KB094464

디어 마이
Dear My friend
프렌드
2

무소 장편소설

디어 마이
Dear My friend
프렌드

2

위즈덤하우스

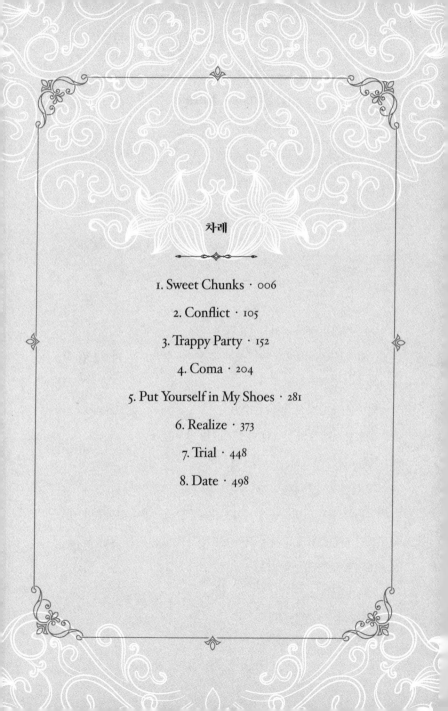

차례

1. Sweet Chunks

"에스클리프 공작 전하."

마차에서 내리자마자 들려오는 목소리에 클로드는 자연스럽게 그쪽으로 시선을 주었다.

익숙한 남자가 거기에 서 있었다.

클로드가 특유의 친근한 미소 지으며 남자를 불렀다.

"딜튼 경."

"오랜만에 뵙습니다."

딜튼이 우아한 미소를 입가에 지은 채 클로드에게 인사했다. 클로드가 자연스럽게 고개를 끄덕이며 인사를 받은 다음 장난스러운 목소리로 딜튼에게 물었다.

"잘 지내셨나요?"

"근래 다소 아팠습니다."

"이런."

클로드가 절레절레 고개를 저은 다음 곧바로 물었다.

"지금은 좀 괜찮으시고요?"

"황태자 전하의 은혜로 많이 나았습니다."

"이런."

클로드가 너털웃음을 터뜨리며 고개를 절레절레 저었다.

"이제 황태자 전하의 사람이 다 되셨군요."

"실제로도 저희 전하께서 많이 신경 써 주셨습니다. 아시겠지만, 겉보기와는 달리 섬세한 분이시니까요."

……그건 그랬다. 클로드는 굳이 부정의 말로 토 달지 않은 채 자연스럽게 화제를 넘겼다.

"그보다 딜튼 경이 여긴 어쩐 일이십니까."

"아."

딜튼은 그제야 그가 이곳까지 온 본래의 목적을 깨닫고선 그에게 말했다.

"전하를 모시러 왔습니다."

"저를요?"

클로드가 양미간을 찌푸리며 말했다.

"하지만 저는 이미 선약이 있습니다."

"아, 그건 저도 알고 있습니다, 전하. 오늘은 황제 폐하의 부름을 받고 온 것입니다."

"폐하께서 중앙궁의 시종을 두고 굳이 딜튼 경을 시키셨다고요?"

"폐하의 의중을 누가 알겠습니까."

딜튼은 빙긋 미소 지으며 다만 그렇게 말했고, 클로드는 이상한 낌새를 느꼈지만 어쩔 수 없었다. 어쨌든 황명 앞에서 선택지 따위는 없었다.

그가 이만 가자는 듯 고개를 끄덕였고, 곧 딜튼이 앞장서 걷기 시작했다.

클로드가 오늘 입궁한 이유는 다름 아닌 헨리 14세 때문이었다.

그가 갑자기 점심이나 함께하자고 말했기 때문이었다. 평소 그를 아들처럼 아꼈던 황제였기 때문에 클로드는 대수롭지 않게 그 청을 받아들였다.

헨리 14세가 약속 장소로 정한 곳은 특이하게도 중앙궁의 정찬실이 아닌 후원이었는데, 그가 알기로 헨리 14세는 야외에서 식사하는 것을 그리 좋아하지 않았기 때문에 클로드는 다소 의아한 마음이 들었다. 어쨌든 그는 늘 그랬듯 별생각 없이 황제와의 만남을 준비하고 있었다.

그랬는데……

"제국의 위대하신 태양, 황제 폐하를 뵙습니다."

짤막하게 인사한 클로드는 잠깐 마른침을 삼킨 다음, 거기에서 고개만 살짝 옆으로 돌려 비슷한 인사말을 다시 한번 내뱉었다.

"위대하신 제국의 작은 태양, 황태자 전하를 뵙습니다."

자비에르가 거기에 있었다.

클로드가 그리 마뜩잖은 표정을 애써 숨기며, 잠깐의 침묵 후에 두 마디를 더 덧붙였다.

"제국에 평안을. 황가에 안녕을."

"오랜만에 보는구나, 클로드."

스스럼없이 작위가 아닌 이름으로 클로드를 부르며, 헨리 14세가 낮게 웃었다. 클로드는 어색하게 미소 지으며 그의 인사를 받아들였지만, 차마 그 옆에 있는 사람에게까지 웃어주지는 못하였다.

설명할 수 없는 어색한 분위기가 클로드와 자비에르, 그 두 사람을 중심으로 흐르기 시작했다. 그것을 노련한 헨리 14세가 알아차리지 못할 리 없었으나, 그는 시종일관 모르쇠로 일관하였다.

"두 사람, 보는 건 오랜만이지. 그렇지 않으냐, 황태자?"

"……그렇습니다, 폐하."

자비에르가 조용한 목소리로 대답했다.

얼핏 들으면 지금 이 상황에 별 개의치 않아 하는 어투였지만, 미묘하게 굳어진 그의 표정이 그것이 아님을 말해주고 있었다.

"두 사람 자주 교류하지 않고. 앞으로 요나스를 이끌어 나갈 주역이 아니더냐."

"……."

그 사실이 클로드와 자비에르, 두 사람을 더욱 불편하게 만들었다.

어쨌든 두 사람은 부정하려야 부정할 수 없는 차기 제국의 실세요, 권력자였다. 그런데 그 두 사람의 사이가 이렇게…… 좋다고는 말할 수 없다면 곤란하지 않은가.

헨리 14세 역시 그 사실을 잘 알고 있었기 때문에 지금 이런 상황을 만든 것일지도 모르겠다.

"난 클로드 너를 내 아들처럼 여기고 있단다."

자칫 들으면 위험할 수 있는 발언이었다.

더구나 클로드는 황가의 방계인 에스클리프 가문의 가주였기 때문에, 당사자인 클로드는 물론이고 자비에르 역시 그 말을 듣고 움찔할 수밖에 없었다. 하지만 정작 발언을 한 당사자는 별로 개의치 않아 하는 모습이었다.

"후원에서 식사하는 건 참 오랜만이지. 두 사람과 이렇게 간만에 식사하다니. 내 기분이 너무 좋구나."

"저 또한 그렇습니다, 폐하."

클로드가 특유의 넉살 좋은 웃음을 지으며 간신히 대꾸했다.

어쨌든 그는 회피형인 자비에르와는 달리 정면돌파형이었다. 헨리 14세가 자신의 그런 점을 좋아하고 있다는 걸, 클로드는 잘 알고 있었다.

"아카데미를 졸업하기 전까지만 해도 분명 둘이 친했던 것으로 기억하는데 말이다."

"……."

"……."

원치 않는 화제에 자비에르와 클로드 모두 입을 다물었다.

환영받아야 마땅한 졸업식은 두 사람에게는 악몽과도 같은 날이었다. 황제가 그걸 모를 리 없는데, 어째서 굳이 콕 짚어내서 말하는 건지 클로드는 도무지 이해할 수가 없었다.

분위기가 어색해지기 딱 좋은 시간대에 애피타이저가 나오기 시작했다.

클로드는 마음속으로 다행이라고 생각하면서 새하얀 식탁 위에 내려진 생굴에 포크를 가져갔다. 레몬즙을 뿌렸는지 생각했던 것보다 비린 맛이 나지 않았다.

식사는 클로드의 생각보다는 원활하게 진행되었다. 세 사람은 간간히 서로의 소식을 주고받으며 불편하지 않을 리 없는 정찬을 문제없이 이끌어 나갔다. 클로드는 입 밖으로 계속 말을 쏟아내면서도, 속으로는 자신이 이렇게 자비에르와 아무렇지 않게 앉아 있을 수 있다는 사실에 감탄했다.

아니, 엄밀히 말해 자신이 불편해할 부분은 없었다.

자비에르가 자신을 몹시도 불편해했기 때문에 자신 역시 어느 순간부터 그를 불편하게 여긴 것뿐이지, 그가 제게 어떠한 불이익을 준 적은 단 한 번도 없었으니까.

더구나 황제와 단둘이 정찬을 가진 것도 아카데미 졸업 이후 이번이 처음이 아니다.

다만 자비에르까지 셋이서 시간을 가지는 것이 처음이었을 뿐이지.

어쨌든 지금 이 순간을 가장 견디기 어려워하는 사람이 있다면, 그건 자신이라기보다는 자비에르이리라고 클로드는 생각했다.

그의 생각대로 자비에르는 평소보다 훨씬 더 표정 관리가 안 되고 있었다.

"음식은 입에 맞느냐, 클로드?"

그때 들려오는 헨리 14세의 목소리에 클로드는 그제야 정신을 차리고 그를 바라보았다. 자애로운 표정으로 자신을 바라보는 헨리 14세의 얼굴이 시야 가득 들어왔다. 클로드는 자신을 바라보는 헨리 14세의 눈빛이 이상하게 불편하게 느껴졌다. 작고하신 제 아버지를 바라보는 기분이었다. 그만큼 따뜻한 눈빛이었기 때문에 기분이 좋아야 하는 게 정상인데, 무작정 좋아하기에는 무언가가 늘 마음에 걸렸다.

클로드는 그게 무엇인지 알고 있었다. 그의 시선이 자연스럽게 자비에르를 향했다.

클로드가 자비에르를 똑바로 쳐다보며 고개를 끄덕였다.

"네, 폐하. 훌륭합니다."

"마음에 든다니 다행이구나."

자비에르의 표정은 좋다고 말하기에는 무리가 있어 보였다.

모르는 누군가가 그를 본다면 모래알을 씹고 있는 중이라고 착각할지도 모를 만큼. 그 모습을 보는 클로드의 마음도 불편해졌다.

헨리 14세는 정작 친아들인 자비에르에게는 그 질문을 하지 않았다.

마침내 식탁 위에 리제 차와 피낭시에가 디저트로 올랐다.

클로드는 길고 길었던 정찬이 막바지로 치닫고 있다는 사실에 속으로 감사하면서, 우아하게 리제 차 한 모금을 마셨다. 황가에서 직수입하는 찻잎답게 맛이 훌륭했다.

집사에게 말해 리제 찻잎을 조금 사두라고 지시해야겠다고 생각하고 있을 때 즈음, 헨리 14세의 목소리가 들려왔다.

"두 사람, 아까부터 지금까지 조금도 서로에게 말하지 않더구나."

그랬다. 2시간이 조금 못 되는 정찬 시간 동안 두 사람은 단 한 번도 상대를 향해 안부조차 물은 적이 없었다.

아무리 눈치 없는 바보라도 눈치채는 게 마땅한 상황인 것이다.

그 사실을 직격으로 듣자 클로드의 얼굴이 민망함으로 물들었다. 하지만 자비에르는 그런 기색조차도 없이 그저 변함없는 무표정으로 헨리 14세의 말을 받아들였다. 누가 그를 본다면 마치 영혼은 서면궁에 둔 채 이 자리에 몸만 내보낸 사람 같다고 생각하리라.

"아무래도 내가 있으니 속 깊은 이야기를 하기가 어렵겠지."

일리 있는 이야기였다. 애당초 두 사람이 이렇게 된 데에는 헨리 14세의 공이 지대했으니까. 당사자는 그 사실을 알고도 모른 척하는 건지, 진짜로 모르는 건지, 그도 아니면 알고 있어도 별로 상관하지 않는 건지 상당히 태연자약한 모습을 보여주고 있었다.

"자리를 비켜주마. 두 사람, 간만에 사적으로 만났으니 내가 빠지는 게 맞겠지."

우습게도 그 말에 아무도 대꾸하지 않았다. 심지어는 클로드조차도. 하지만 헨리 14세는 무반응에도 조금의 어색함을 내색하지 않은 채 태연하게 식탁을 빠져나왔다.

당연하게도 두 사람 사이에는 정적부터 흘렀다.

둘 중 누구도 섣불리 입을 열려 하지 않았다. 클로드는 민망해서, 그리고 자비에르는 이 상황이 정말로 불편해서.

사실 자비에르의 경우에는 복합적인 감정이었다. 클로드를 막무가내로 미워하기에 자비에르는 너무나도 클로드와 공유한 감정과 시간과 추억이 많았으니까. 하지만 그 모든 복합적인 감정을 억누르는 두 가지가 있었다.

의무감과, 죄책감이었다.

"생각보다 잘 견디던데."

먼저 적막함을 깨뜨린 사람은 클로드였다.

그가 이죽거리며 자비에르에게 물었다.

"이제 내가 싫지 않나 봐?"

"……."

자비에르가 택한 것은 침묵이었다.

그는 입을 다문 채로 클로드를 노려보다가, 한참 후에 한 마디를 툭 내던졌다.

"그럴 리가. 여전히 싫어하고 있다."

그 말을 들은 클로드가 눈을 가늘게 뜨며 자비에르에게 따지듯 물었다.

"너, 나한테 너무 잔인한 거 아냐?"

"……."

"막말로 지금 상황에 대해서 내가 잘못한 게 뭐가 있는데. 우리 둘은 전부 무죄야. 오히려 따지고 들자면 부모 세대의 일로 고통받는 피해자지."

"피해자?"

자비에르가 황당한 듯 헛웃음을 머금으며 따졌다.

"뭔가 대단히 착각하고 있는데, 너희 집안은 단 한 번도 피해자였던 적이 없었어."

"……."

"피해자는 늘 우리였다. 아니, 엄밀히 말하면 '우리'도 아니지."

부황께서는 예외셨으니.

자비에르가 차마 그 말까지는 입 밖으로 내지 못했지만, 클로드는 이미 그것마저 눈치챈 듯했다.

클로드는 잠시 말이 없었다가, 침묵을 못 견디기 직전 다시 입을 열었다.

"그래서 앞으로도 계속 이런 상태로 지내겠다고?"

"설마 관계의 변화라도 바라는 건가?"

"난 네가 싫지 않아."

클로드가 사실을 짚어냈다.

"너도 날 싫어하지 않잖아. 아니야?"

"……."

"날 싫어했다면 아카데미에서 내게 그렇게 잘해줄 이유가 없었어. 넌 그냥 서거하신 황후 폐하에 대한 의무감과 죄책감으로……."

"그만하지."

그때 자비에르가 무서우리만치 낮은 목소리로 클로드의 말을 끊었다. 클로드는 내색하지 않았지만 저도 모르게 흠칫했고, 자비에르의 말대로 더 입을 놀리는 것을 포기했다.

잠시 후에 자비에르가 건조한 목소리로 말했다.

"내가 너에 대해 무슨 감정을 가지고 있든, 그걸 논하기에 우리 사이는 이미 돌이킬 수 없는 강을 건넜다. 우린 결코 예전으로 돌아갈 수 없어."

"……."

"너도 그걸 잘 알고 있지 않나?"

"단순히 그 이유 때문이야?"

클로드가 미간을 찌푸리며 되물었고, 이에 자비에르의 미간 역시 똑같이 좁혀졌다.

"무슨 뜻이지?"

"우리 사이가 예전으로 되돌아갈 수 없는 게 정말 우리 두 사람만의 문제 때문일까?"

"무슨 뜻이냐고."

"정말 몰라서 물어?"

클로드가 자비에르를 빤히 쳐다보며 정답을 내뱉었다.

"레이디 마리스텔라."

"……."

"그녀를 좋아하지?"

대답 여하에 상관없이, 클로드는 이미 대답을 확정 지은 듯 여유만만한 얼굴로 웃고 있었다.

자비에르는 그런 그의 태도가 마음에 들지 않았으나, 클로드의 추측이 사실이라는 게 유감이라면 유감이었다.

자비에르가 저도 모르게 왼쪽 손을 말아 쥐었다.

"우리 관계에 그녀를 끌어들이지 마."

"워, 워. 진정해, 자비에르 전하. 너도 아마 알고 있겠지만, 나 또한 그녀를 많이 아끼니까."

"그러니까 말이야."

자비에르가 냉소를 지으며 이의를 제기했다.

"이상하지 않나?"

"뭐가?"

"내가 그녀를 좋아하게 되고 곧바로 네가 그녀에게 빠져든 것 말이야."

그렇게 묻는 자비에르의 눈초리가 서늘했다. 그러나 클로드는 아까처럼 주눅 드는 대신 알 듯 모를 듯한 미소만 지어 보였다. 자비에르가 그런 그를 노려보며 제 확신을 내뱉었다.

"의도적으로 접근한 거군."

"……."

"그렇지?"

"……그렇게 말하면 내가 진짜 나쁜 놈이 되어버린 것 같잖아."

"사실 여부만 말해. 진짜야, 아니야."

핵심을 벗어나지 않으려는 어투에 클로드가 '끙' 소리를 내며 뒷머리를 긁적였다. 그는 자비에르의 그런 점을 좋아하면서도 싫어했다. 곤란한 상황에서 벗어날 수 없게 만드는 화법.

클로드는 잠시 침묵했다가, 자비에르의 눈치가 보일 때 즈음 입을 열었다.

"……사실이야."

마리스텔라가 알면 기함할 이야기였지만, 사실 클로드가 마리스텔라에게 접근한 목적은 그리 순수하지 않았다.

그리고 자비에르는 그 사실을 확신하지는 못하더라도, 어느 정도 짐작은 하고 있던 상태였다.

기가 찬다는 듯 실소를 흘리며 자비에르는 물었다.

"우리 둘 문제에 어떻게 다른 사람을 끌어들일 수 있지? 그것도 아무것도 모르는 사람을?"

클로드가 침묵했다. 그 부분에 대해서는 입이 열 개라도 할 말이 없었다. 지금 그의 감정이 어떠하든 분명 처음의 목적이 불순했던 것은 사실이다.

클로드가 난감한 듯 침음성을 흘리다가 잠시 후에 입을 열었다.

"변명의 여지가 없어."

"고작 그 한 마디뿐인가?"

"어쨌든 네게 사과할 문제는 아니잖아."

클로드가 날카로운 목소리로 핵심을 짚어냈다.

"사과를 구하더라도 네가 아니라 레이디 마리스텔라에게 그래야 할 문제야. 내 말이 틀려?"

"……틀리지 않지."

틀리지는 않았는데 어쩐지 기분이 나빠져서, 자비에르는 저도 모르게 미간을 좁혔다.

"설마 마차 사고도 의도했던 건 아니겠지?"

"이봐, 황태자 전하."

그 말을 들은 클로드가 진심으로 기분 나쁘다는 얼굴로 따졌다.

"그 사고로 나도 죽을 뻔했어. 내가 네게 어떤 마음을 가지고 있든, 그게 내 목숨을 내놓을 정도는 아니야. 알아들어?"

"……."

"우연히 피해자가 그녀였을 뿐이야. 그리고 난 그 사고가 있기 얼마 전에 네가 그녀에게 관심이 있다는 사실을 눈치챈 거고. 마차 사고가 그녀와 엮일 수 있는 좋은 기회라고 빠르게 판단해서 접근하게 된 거야."

클로드가 그때를 회상하며 말을 맺었다.

"그건 그냥 우연이었어. 굳이 그 사고가 아니었더라도, 나는 어떻게든 그녀에게 접근했을 거야. 방법은 무궁무진하니까."

"……너 말이야."

계속되던 클로드의 말을 듣고 있던 자비에르가, 더는 못 듣겠다는 얼굴로 경고의 말을 내뱉었다.

"지금 네 행동이 잘못된 건 알았다면 그만둬. 사람 마음 가지고 장난치지 말라는 말이다."

"장난친 적 없어."

"그게 장난친 게 아니라고? 어떻게 그렇게 말할 수 있지?"

자비에르가 황당한 얼굴로 클로드에게 쏘아붙였다.

"네가 그녀에게 접근한 목적을 내가 한번 말해볼까? 처음에 넌 내가 관심을 가지고 있다는 여자가 누군지 궁금해졌을 거야. 그리고 날 골탕 먹이고 싶어 했겠지. 왜냐하면 내가 널 싫어하게 된 이후로 너도 자연스럽게 날 싫어하게 됐으니까. 아니, 굳이 우리 사이에 그런 문제가 없었더라도 그랬을지 모르겠군. 넌 늘 내게 경쟁의식을 불태우고는 했으니까."

몇 시간 전부터 단 한 번도 흥분한 적 없었던 자비에르의 목소리가 처음으로 높아지고 있었다.

그 사실을 알아챈 클로드가 '끙' 소리를 냈다.

"말이 심하네. 우리 사이가 이렇게 나빠지지 않았다면, 친구가 좋아하는 여자를 탐내는 짓 따위는 안 해."

"그러니까 너는 지금 내가 했던 말을 인정하는 거군. 그렇지?"

"……."

제길.

"틀린 말은 아니야."

"그녀에게서 떨어져."

자비에르가 날카로운 목소리로 경고했다.

"더 이상 그녀와 가까이 지내지 마라. 네게 양심이라는 게 조금이라도 남아 있다면 말이다."

"이봐, 황태자 전하. 그건 내가 결정할 문제야."

클로드가 불쾌하다는 목소리로 말을 이었다.

"적당한 때가 되면 영애에게 사과를 구하고 진심 어린 관계를 이어 갈 거야. 물론 내 사과 받아주지 않을지도 모르겠지만, 그렇다고 하더라도 이건 우리 둘의 문제야. 도대체 네가 무슨 상관이야?"

"……."

"무슨 권리로 나와 그녀 사이를 간섭하려 드는 건지 모르겠네. 네가 내 아버지라도 되나? 아니면 내 어머……."

하지만 거기까지 말하던 클로드는 이내 자연스럽게 입을 다물어 버렸다.

제길, 너무 갔다.

자비에르는 거기에 아무 말도 하지 않았고, 덕분에 두 사람 사이에는 다시 정적이 감돌았다.

"어쨌든."

잠시 후에 클로드가 헛기침을 하며 다시 입을 열었다.

"피차 신경 쓰지 않기로 하자고. 넌 네 일을 해. 난 내 일을 할 테니까."

"계속 그녀를 속일 거라고?"

"속이다니!"

클로드가 발끈해서 소리쳤다.

"귀가 먹었나? 아까부터 계속 말했잖아. 어느 순간부터는 단 한 번도 그녀에게 진심이 아니었던 적 없었다고!"

"그 말 자체가 모순이야. 처음부터 진심이 아니었는데 무슨."

"그래, 너 잘났다."

하여간 남의 말 지적하는 버릇은 예나 지금이나 똑같다니까.

클로드가 속으로 투덜거리면서 자비에르를 비꼬았다.

"넌 마치 실수 한번 안 하는 것처럼 말하네. 아주 대단하신 황태자 전하야."

"……지금 그녀에게 고백하지 않는 게 실수이긴 하지."

"왜 안 하는데?"

"그런 넌."

자비에르가 클로드를 똑바로 쳐다보며 물었다.

"왜 그녀에게 고백하지 않지?"

"아마 우리 둘 다 똑같은 이유로 이러는 거 같아."

"뭐?"

"둘 다 마음이 확실한데, 정작 고백은 못 하고 있잖아."

"……"

그 말을 듣고 자비에르가 아무 말도 못 하고 있는데, 클로드가 씩 웃으며 자비에르에게 물었다.

"난 알 것 같은데. 한번 맞혀볼까?"

자신의 마음에 솔직하지 못하는 이유. 우리 두 사람이 공유하고 있는, 그 공통적인 인연 때문에.

"부황의 전철을 밟을까 봐 두려운 거냐?"

"······."

정곡을 찔린 자비에르가 흠칫하며 클로드를 쳐다보았다.

그건 마치 터부를 언급한 사람이라도 바라보는 눈빛이었다.

"황제 폐하처럼 뒤늦게 진짜 사랑하는 사람이 나타날까 봐 무서운 거냐고."

"그쯤 해, 클로드."

"내 말이 틀려? 지금 그녀에 대한 사랑을 확신하지 못해서 고백하지 못하는 거 맞잖아. 아니야?"

클로드가 비소를 지으며 자조적으로 말했다.

"바보같이. 너만 그런 줄 아나 본데, 나도 똑같거든."

"······네가 그럴 이유가 뭐가 있어."

자비에르가 굳은 표정으로 말을 이었다.

"애당초 모든 문제의 시작은 너희 부모님이 아니라 부황 폐하께 있는데."

"뭐."

클로드가 난감한 표정으로 대꾸했다.

"굳이 책임 소재를 찾자면 그렇지."

확실히 헨리 14세를 앞에 두고서는 할 수 없는 이야기였다. 노골적으로 길게 한숨을 내쉰 클로드가 힘겹게 말을 이었다.

"어쨌든 넌 황제 폐하가 아니야. 네 아버지와는 다른 인격체라고."

"······."

"왜 일어나지도 않은 일을 쓸데없이 걱정해서 스스로를 괴롭게 만들어?"

"네가 내게 그런 충고할 처지는 아닐 텐데."

자비에르가 황당하다는 듯 역으로 쏘아붙였다.

"그러는 너는 도대체 무엇 때문에? 아름답게 사랑해서 결혼한 부모님 사이에서 사지육신 멀쩡하게 태어났잖아. 네가 두려워할 이유가 뭐가 있지?"

"이런 말 들으면 기분 나쁠지도 모르겠지만, 내가 주저하는 이유는 내 부모님에게서 기인한 게 아니야."

"그러면?"

"……네 부모님."

클로드가 떨리는 목소리로 말을 이었다.

"황제 폐하와 돌아가신 황후 폐하."

자비에르가 순식간에 하얗게 질린 얼굴로 입을 다물었다. 클로드는 차분하게 물었다.

"꼭 부모의 일만이 어떤 사람의 가치관에 영향을 줄까? 두 분 사이의 일을 알게 된 게, 내 인생에 얼마만큼의 영향을 끼쳤다고 생각해?"

"……"

"네가 믿을지 말지는 모르겠지만, 넌 한때 내 소중한 친구였어."

그건 자비에르도 마찬가지였다. 그리고 좀 더 솔직해진다면, 그건 지금도 마찬가지였다.

물론 두 사람 모두 부정하고 있긴 했지만.

"우리 부모님과 네 부모님 사이의 일을 알게 된 이후에 내가 얼마나 괴로워했을지, 생각해본 적 없어?"

"내가 굳이 그것까지 생각했어야 했나?"

"그래. 굳이 그럴 이유는 없었지. 가장 큰 피해자는 너였으니까."

클로드는 아까와는 달리 조금도 흥분하지 않는 냉철한 얼굴로 말을 이었다.

"하지만 말이야. 네가 날 조금이라도 생각했더라면 내게 그래서는 안 됐어. 그건 내가 네게 가져야만 했을 죄책감은 조금도 생각하지 않는 대처였어."

"……."

"내가 너한테 얼마나 미안했을지 한 번이라도 생각해 봤어? 내가 하지도 않은 일로 가장 친한 친구에게 미안해 한다는 게, 얼마나 비참한 일인지는 생각해 봤어?"

없었다. 아니, 엄밀히 말해 그런 적은 있었다.

다만 그걸 들키고 싶지 않았을 뿐이다.

그럼 자신이 더 비참해질 것 같았으니까.

이기적이어도 어쩔 수 없었다. 그 당시의 자비에르는 자기 자신만 보호하기에도 충분히 벅찬 상황이었으니까. 그리고 유감스럽게도, 그건 지금까지 크게 달라지지 않은 사실이었다.

자비에르가 저도 모르게 입술을 꾹 깨물었고, 그 모습을 본 클로드는 저도 모르게 왼쪽 손을 세게 말아 쥐었다. 지금 이 모든 상황에 불쾌감이 느껴졌다.

"……그만하자."

이제 와서 전부 부질없는 짓이었다. 어쨌든 그전과 같은 사이로 돌아가는 건 불가능한 일이다.

자비에르도, 클로드도 그 사실을 알고 있었다. 나중 일이 어떻게 될지는 몰라도, 지금으로서 그건 요원한 일이었다.

클로드가 마른침을 꿀꺽 삼킨 다음 다시 입을 열었다.

"주제를 벗어난 이야기를 해버렸네, 내가. 본의 아니게 미안하게 됐어."

"……"

"나는…… 황후 폐하가 겪으셨을 상실감, 괴로움, 배신감을 내가 좋아하는 여자가 겪지 않기를 바랐어."

"무슨 소리야."

클로드가 죽은 친모의 이야기를 직접적으로 꺼내자, 자비에르가 민감하게 반응했다. 하지만 클로드는 그 이야기를 안 할 생각이 없어 보였다.

"내 마음을 표현하는 데에 더 주저하게 되었다는 이야기야."

"……"

"네가 그랬지. 황제 폐하와 황후 폐하는 사이좋은 소꿉 친구셨다고. 그래서 두 분의 약혼 소식이 모두에게 알려졌을 때, 그 누구도 지금과 같은 결말을 예상하지 못했다고."

기억이 났다.

자비에르가 참담한 얼굴로 눈을 감았다.

자신의 어머니가, 이 나라의 황후가 자신의 아카데미 졸업식 날 목을 매달아 자살했다는 사실을 알게 되었을 때, 클로드에게 분풀이하듯 내뱉었던 수많은 말들 중 하나였다.

　생각해보면 자신은 그때의 클로드에게 너무나도 매정하고 잔인했다. 그건 클로드의 잘못이 아니었다. 자신의 아버지가 뒤늦게 클로드의 어머니를 사랑하게 된 것도, 그리하여 자신의 어머니가 스트레스와 자괴감과 배신감을 견디지 못하고 자살한 것도.

　"두 분은 우정과 사랑을 착각하셨어. 아니, 황후 폐하는 그러지 않으셨더라도, 황제 폐하께서 그러하셨지."

　"……."

　"두 분은 결혼하지 않으셨더라면 지금까지 우정을 유지하셨을 거야. 더없이 아름다운 관계로 남을 수 있었겠지."

　이제는 너무 늦어버린 가정에 자비에르가 굳어진 얼굴로 말을 잇지 못했다.

　그 역시도 수없이 했던 가정이었다.

　결코 이루어지지 않을 가정.

　결코 그의 힘으로는 바꿀 수 없는 과거.

　"나야말로 황제 폐하의 전철을 밟고 싶지 않았어. 혹시라도 내가…… 내가 사랑하는 사람에게 그런 우를 범하면 어떻게 하나 너무나도 두려웠어."

　"……."

　"그리고…… 꼭 그런 거창한 게 아니더라도 지금의 이 관계를 망치고 싶지 않았어. 우정으로 포장된 이 관계가 깨지면 어쩌나 두려웠거든. 그렇게 되면 난 진짜로 그녀를 잃게 될 텐데, 그러고 싶지 않았으니까. 그건 정말로 싫었으니까."

그녀는, 마리스텔라는 이제 나한테 정말로 소중한 사람이니까.

너와 그랬던 것처럼 멀어지게 된다면 나는 견딜 수 없으리라는 걸 잘 알고 있었으니까.

그러니까 너만 겁쟁이는 아닌 셈이야, 자비에르. 나도 너 못지않게 겁이 많으니까.

걱정이 너무 많아서, 용기를 내지 못해서, 좋아하는 여자를 실망시키고 상처 주게 만드는 한심한 놈.

"그래서 나도, 주저하고 있어."

"……그러니까 넌."

자비에르가 착잡한 목소리로 결론을 내렸다.

"그녀를 좋아하고 있다는 거군."

"……."

"그렇지?"

"맞아."

클로드가 고개를 끄덕였다.

"나는 그녀를 좋아해."

좋아하고 있어.

강조하듯 한 번 더 반복한 말에, 자비에르가 속을 알 수 없는 얼굴로 클로드를 빤히 쳐다보았다.

클로드는 그 시선을 회피하는 대신 그대로 받아들였고, 그 상태는 자비에르가 질문 하나를 툭 내던지기 전까지 계속되었다.

"언제부터?"

클로드가 곰곰이 생각하다가 입을 열었다.

"그건 잘 모르겠지만, 왜 그 사실을 깨닫게 되었는지는 알아. 어느 순간부터, 네가 그녀에게 더 이상 관심 갖지 않기를 바랐거든."

네가 더 이상 그녀에게 신경 쓰지 않기를 바랐어. 네가 더 이상 그녀를 서면궁으로 부르지 않기를 바랐고, 네가 더 이상 그녀에게 대화를 시도하지 않기를 바랐어.

만약 처음의 그 불순한 목적 그대로였다면 그래서는 안 됐어. 네가 그녀를 더 좋아하기를 바라야만 했어. 네가 그녀에게 빠져 헤어 나올 수 없을 정도로 망가지기를 바라야만 했어. 그래야만 처음의 내 목적이 충족되었을 테니까. 네게서 그 여자를 빼앗아서 널 비참하게 만들 수 있을 테니까. 내가 비로소 너를 이길 수 있었을 테니까. 내 옆에 서 있는 그녀를 보며 비참한 표정을 짓는 모습을 관람할 수 있을 테니까.

"더 이상 그런 걸 원치 않는다는 사실을 깨달았을 때, 그녀와 있을 때 네 생각을 하는 일이 사라졌을 때."

"……."

"그때 깨달았어. 내가 그녀를 좋아하고 있다고."

"삼류 소설에나 나올 법한 클리셰 같은 이야기군."

"폄훼해도 상관없어. 내 처음은 그보다도 더 저급했으니까. 부정하지 않을게."

클로드가 흥분하지 않은 채 말을 이었다.

"그녀와 있을 때 네 생각이 나는 건 딱 한순간뿐이었어. 그녀가 네게 가버리지는 않을까. 그걸 걱정했을 때."

"……."

"그때 빼고는 없었어. 그리고 그게 가장 확실한 증거였지."

'그럴 줄 알았어.'

그 말은 속으로만 중얼거리며, 자비에르는 클로드를 응시했다.

진실해 보이는 표정이었다. 자비에르는 클로드의 그 표정을 이미 여러 번 보았기 때문에, 지금 그가 거짓말하고 있지 않다는 사실을 잘 알고 있었다.

하지만 그가 하는 말이 전부 진실이라는 걸 확인했다고 해서 나빴던 기분이 달라지거나 하지는 않았다.

자비에르는 여전히 불쾌한 기분이었다. 차라리 끝까지 그녀에게 불순한 마음이었다면 좋았을 텐데. 그럼 적어도 이렇게 불안하거나 걱정스럽지는 않았을 텐데.

"네 뜻은 잘 알겠다."

"……."

"이걸로 더 확실해졌군. 이제 우리는 정말로 예전으로 되돌아갈 수 없어."

나 역시도 그녀를 좋아하고 있으니까. 네가 그럴 게 분명하듯, 나 역시 그녀를 포기할 수 없으니까.

"그게 레이디 마리스텔라 때문이라면."

가만히 있던 클로드가 조용히 입을 열었다.

"나도 같은 생각이야."

"……"

"긴장하는 게 좋을 거야. 왜냐하면 나…… 이제부터 진지하게 시작해 볼 생각이거든."

다시 처음의 이죽거리는 얼굴로 돌아온 클로드가 도발적으로 자비에르와 눈을 맞추었고, 자비에르는 저도 모르게 미간을 좁혔다.

"무슨 뜻이야?"

"무슨 뜻이겠어? 내가 너보다 먼저 그녀를 차지하겠다는 뜻이지."

"허."

자비에르가 헛웃음을 터뜨렸다.

"대단한 자신감이군."

"왜."

클로드가 빙긋 웃으며 물었다.

"못 할 것 같아?"

"……"

그 말에 자비에르가 묘한 눈빛으로 클로드를 쏘아보았지만, 클로드는 여전히 여유 넘치는 눈으로 그의 시선을 전부 다 받아낼 뿐이었다. 그가 웃음기 서린 목소리로 자비에르에게 말했다.

"너도 분발하는 게 좋을 거야. 잘 알고 있겠지만, 내가 이래 봬도 한 번 설정한 목표는 절대 놓치는 법 없는 놈이라."

"예전부터 근거 없는 자신감이 넘치기는 했지."

자비에르가 입꼬리만 살짝 올려 웃으며 클로드의 말을 맞받아쳤다.

"그럼 이것도 기억하겠군. 너보다는 내가 1등을 차지했던 적이 훨씬 더 많았다는 거."

"아니었던 적도 있었잖아? 이번이 그때가 될지 어떻게 안다고 장담해?"

"자신만만하군."

"최선을 다해볼 생각이거든. 처음으로 내 심장을 전부 끓게 하는 사람이라."

클로드가 씩 웃었고, 그제야 자비에르의 올라갔던 입꼬리가 아래로 내려왔다. 그건 단순히 그의 선전 포고 때문이 아니었다. 마리스텔라가 자신 이외의 또 다른 사람에게도 심장을 전부 끓게 하는 사람이 될 수 있다는 사실 때문이었다. 그것도 하필이면 그 상대가, 자신의 라이벌이라고 봐도 무방할 남자.

"이만 일어나 봐야겠어. 시간이 너무 오래 지나버렸네."

그 말만 마치고서 클로드는 자리에서 일어났지만, 자비에르는 그런 그를 배웅할 생각이 조금도 없는 건지 그 자리에 꼼짝 않고 앉아만 있었다.

클로드는 애당초 그의 배웅 따위는 바라지도 않았다는 듯, 한번 씩 웃어 보인 다음 자비에르에게 말했다.

"기회가 닿으면 언제 식사 한번 다시 하자."

"사양하겠다."

"까칠한 놈."

클로드가 작게 욕지거리를 중얼거리며 후원을 떠났고, 자비에르는 조용히 고개만 들어 올려 그가 가는 뒷모습을 바라보았다.

그리고 클로드의 뒷모습이 그의 시야에서 사라졌을 즈음에야 자비에르는 자리에서 일어나 서편궁으로 발걸음을 옮겼다.

결국 그전과 달라진 건 없는 셈이다. 여전히 두 사람 사이의 갈등은 완전히 해소되지 않은 채 미완의 상태로 남아 있었으니까.

하지만 어쩐지 두 사람 사이에 흐르는 기류는 전과는 또 다른 느낌을 풍기고 있었다.

"음!"

찻잔을 감싸 쥔 내가 입을 다문 채 탄성을 흘렸다. 새콤달콤한 맛이 끝까지 입안에 남아 있었다.

아무래도 이번 역시 성공인 듯싶었다. 나는 신나는 표정으로 찻주전자에 옆에 놓인 종이에 '블루베리청 성공'이라고 적어 넣었다.

"이건 오델레타 주면 되겠고, 그다음은……."

그다음에 선택한 유리병 안에는 키위가 잔뜩 들어 있었다.

키위청이었다. 나는 유리병의 뚜껑을 연 다음 그 안에서 한 스푼을 크게 떠내 다른 찻잔에 털어 넣었다.

잠시 후 뜨거운 물을 찻잔 안에 부은 다음 살살 원을 그리며 젓자, 달콤한 키위 냄새가 코끝에 훅 끼쳤다.

내가 빙긋 웃은 다음 다시 찻잔을 들어 올렸다. 진한 키위 향이 났다.

"음."

이번 것도 역시 성공. 나는 한쪽 눈을 크게 든 채로 다시 펜을 집어 들었다.

그때 문 바깥에서 노크 소리가 들려왔고, 나는 종이에서 시선을 거두지 않은 채 입을 열었다.

"들어오세요."

말이 끝나고 곧바로 누군가가 문을 열고 안으로 들어왔다.

나는 그제야 뒤를 돌아 상대를 확인했다.

"깜짝이야."

마티나였다. 난데없는 등장에 내가 낮게 웃으며 그녀에게 물었다.

"어쩐 일이야?"

"심심해서."

"나 참. 차 한 잔 줄까?"

"응. 그거 맛있어 보인다."

마티나가 신난 목소리로 대답한 다음 곧바로 내게 물었다.

"무슨 차야?"

"블루베리차가 있고 키위차가 있어. 뭐 먹을래?"

"둘 다 맛있겠는데."

잠깐 고민하던 마티나가 히죽 웃으며 내게 물었다.

"뭐가 더 맛있어?"

"다 맛있지."

"그중에서 특히."

"그냥 개인 취향이야. 난 원래도 블루베리를 더 좋아해서 그런지 블루베리차가 더 입에 맞더라."

"그럼 나도 그걸로 줘."

"좋아."

나는 빙긋 웃으며 빠르게 조제를 시작했다.

요나스의 귀족들이 흔히 먹는 홍차와 달리 과일청으로 만드는 차는 만들어지기까지 그리 오랜 시간이 걸리지 않아 좋았다.

처음 청을 만드는 시간은 좀 걸리긴 했지만. 그 정도도 투자하지 않는다는 건 약간 도둑놈 심보였다. 물론 나는 처음의 그 수고까지 덜어주기 위해 가게를 열려는 것이었지만.

"자, 마셔 봐."

마침 김이 오르는 따뜻한 물이 있어 다행이었다. 현대에는 전기 포트가 있지만, 여기서는 직접 물에 불을 올려 끓여야만 했으니까.

따뜻한 찻잔을 조심스럽게 받아든 마티나가 설레는 표정으로 한 모금을 마셨다. 잠시 후, 마티나의 눈이 동그랗게 커졌다.

"음."

반응을 보니 맛있는 듯했다. 내가 씩 웃으며 물었다.

"어때?"

물론 답은 뻔했지만. 마티나가 최고라는 듯 엄지를 추켜세웠다.

"완전 맛있다. 처음 먹었던 오렌지차보다 나도 이게 더 취향이야. 블루베리에서 이런 맛이 날 줄은 몰랐네."

"칭찬 고마워. 기분 좋다."

"언니, 진짜 가게를 열거야?"

"응. 왜, 혹시 무슨 문제 있어?"

"문제는 무슨. 그냥 신기해서 그렇지."

마티나가 얼떨떨한 목소리로 대꾸한 다음 곧바로 화제를 돌렸다. 유감스럽게도 그리 달갑지 않은 주제였다.

"참, 코르노헨 백작부인 일 말이야."

"……아, 응."

"그냥 원래대로 우리 집안에서 원래처럼 다달이 이자 내기로 결정 났어. 그쪽도 이제 언닐 설득하는 걸 포기한 것 같아."

"그랬구나."

코르노헨 백작부인은 이후에도 몇 번 정도 나를 회유하려고 노력했지만, 이미 결심을 굳힌 내가 마음을 돌릴 리 없었다.

결국 코르노헨 백작부인은 자존심이 상했는지 어느 순간부터 더이상 내게 접촉하지 않았고, 그 대신 원래대로 다시 이자를 납부해주었으면 좋겠다는 편지를 보내온 것이다.

"언니, 혹시 신경 쓰고 있는 건 아니지?"

"응? 뭘?"

"원래부터 내야 할 이자였잖아. 너무 신경 쓰지 말라고."

어쨌든 이번 일로 마티나도 코르노헨 저택에 진 부채의 존재에 대해 알게 되었는데, 나는 그 사실이 썩 달갑지만은 않았다. 하지만 이제 어쩔 수 없는 일이었다.

내가 어깨를 으쓱이며 괜찮다는 듯 말했다.

"신경 안 써."

"혹시나 그럴까 봐 걱정했어."

"안 그래."

나는 고개를 절레절레 저었다.

물론 터럭만큼도 신경 쓰지 않다고 말한다면 거짓이겠지만, 이제는 정말로 어쩔 수 없는 일이었다. 그리고 당연하게도, 부모님은 그 부분에 대해 내게 어떠한 말도 하지 않았다. 이자를 탕감할 수 있는 좋은 기회를 놓쳤다고 못마땅해 하기는커녕 그런 상황에 본의 아니게 발목이 잡히게 만든 것에 미안해하고 있는 듯했다.

"그 이야기는 그만하자."

내가 어색하게 웃으며 고개를 저었고, 마티나는 눈치 빠르게 고개를 끄덕였다. 그녀가 부러 활발한 목소리로 다른 이야기를 꺼냈다.

"그보다 오늘 일정은 어떻게 돼?"

"오늘 일정은 특별히 없는데, 편지를 좀 보내려고."

"편지? 갑자기 어디에?"

"서먼궁하고 트라코스 저택."

"황태자 전하랑 오델레타 언니?"

"응. 과일청을 좀 가져다주려고. 에스클리프 공작님께는 예전에 탄일 선물로 드려서 좀 질려 하실 것 같아."

"그런가? 어차피 다른 과일로 선물할 거잖아. 나라면 좋아할 것 같은데."

"그……런가?"

내가 아리송한 얼굴로 고개를 갸웃거렸다.

지레짐작으로 클로드에게는 선물 줄 생각을 안 하고 있었는데, 마티나의 말을 듣고 보니 그것도 맞는 것 같았다.

나는 잠시 고민하다가 곧 고개를 끄덕였다.

"일단 이번에는 두 사람한테만 선물하고, 만드는 데 시간이 걸리니까 공작 전하께는 나중에 선물해 드리면 되지."

"그렇게 해. 무슨 급한 일도 아니고."

마티나가 어깨를 으쓱이며 대답했다가, 이내 무언가가 생각난 사람처럼 내게 물어왔다.

"오델 언니하고는 좀 어때?"

"응?"

뜬금없는 질문이라고 생각해서 나는 의아한 목소리로 되물었다.

"갑자기 왜? 그냥…… 잘 지내고 있는데."

"아…… 그래?"

"응. 무슨 일 있어?"

"아니, 그런 건 아니고."

마티나가 고개를 모로 저으며 내게 말했다.

"아무래도 그때 파티에서 있었던 일 때문에 혹시 두 사람 어색해 지지는 않았나 해서."

"에이, 아니야."

무슨 그런 말을.

내가 손을 휘휘 내저으며 마티나의 걱정을 일축시켰다.

"별문제 없어. 애당초 오델레타가 날 옹호해 주는 덕분에 일이 커 진 건데."

"그래? 다행이다. 난…… 그냥 혹시나 해서. 물론 아닐 거라고 생 각은 했었어!"

마티나가 괜한 걱정을 했다는 듯 빠르게 말을 돌렸다.

아무래도 불필요한 이야기를 꺼냈다고 생각한 듯했다.

"그보다 언니 편지 보내려면 서둘러야겠다. 곧 있으면 해가 질 텐 데, 더 늦으면 실례가 되겠어."

"으음, 그러게."

바깥을 보니 어느새 하늘의 밝은 부분이 거의 옅어져가고 있었 다. 늦게 편지 보내는 것처럼 실례되는 행동도 없으니 서둘러야 할 것이다.

나는 가만히 고개를 끄덕였다.

"그래야겠다."

"그럼 난 이만 가볼게, 언니. 파이팅!"

내 등을 톡톡 두드린 마티나가 바람처럼 내 방에서 나갔고, 혼자 남겨진 나는 몇 번 쿡쿡 웃다가 플로린다를 불러 편지지를 가져오게 했다.

"존경하는 황태자 전하……."

나는 입 밖으로 소리를 중얼거리며 흰 종이 위에서 손을 움직이기 시작했다.

두 사람의 답장은 약간의 시간차를 두고 순차적으로 왔다.

자비에르가 가장 먼저, 오델레타가 그다음. 그에 따라 내 일정도 자비에르를 먼저 만나고, 오델레타를 그다음에 만나는 것으로 맞추어졌다.

자비에르를 만나기로 한 건 답장을 받고 이틀 후였다. 하지만 그를 만나기 하루 전에, 나는 오델레타부터 만났어야 했는지 고민이 되기 시작했다. 아무리 그래도 황족인데, 날 스스럼없이 대해주긴 하지만 입맛까지 과연 그럴까가 문제였다.

'물론 가족들은 좋아해주긴 했지만…….'

남과 대면해서 직접 평가까지 받는 건 이번이 처음이었다.

클로드에게서는 아직 과일청 맛에 대한 평가를 듣지 못했으니까.

'그러고 보니 클로드는 잘 먹었나 모르겠네.'

에스클리프 저택에서의 파티 이후로 그에게서는 소식이 없었다. 하지만 그 부분에 대해 서운해 하거나 하지는 않았는데, 클로드가 요즘 격무에 시달리고 있다는 내용을 플로린다를 통해 들었기 때문이었다.

듣기로는 근래 영지 하나를 매입하느라 정신이 없다고. 하여튼 사업적인 욕심은 참 많은 남자였다.

"도착했습니다, 레이디 마리스텔라."

이런저런 잡생각을 하다 보니 마차는 그새 황궁까지 도착했다.

마차의 문을 열고 밖으로 나가자, 새하얀 햇살이 내게로 쏟아져 내렸다. 그 바람에 살짝 인상이 찡그려졌다.

'딜튼 경은 어디 계시지?'

늘 나를 먼저 기다려 맞아 주던 딜튼 경이, 어째서인지 오늘은 코빼기도 안 보였다.

처음 있는 일에 나는 이상함을 느꼈다. 그러다 내가 평소보다 훨씬 일찍 도착했다는 사실을 자각하고선 '아' 하고 탄성을 내뱉었다.

"이런."

"왜 그러세요, 아가씨?"

"우리가 너무 일찍 와버렸나 봐."

"딜튼 경이 안 계세요?"

뒤쪽에서 유리병을 든 플로린다가 내리며 물었고, 나는 고개를 끄덕였다.

"응. 내가 이렇게까지 일찍 온 게 처음이거든. 괜히 긴장이 돼서 그랬는데……."

"이런. 그럼 어떻게 하죠?"

플로린다가 난감한 얼굴로 내게 물어왔고, 나는 잠깐 고민하는 시간을 가졌다. 어차피 여기서 서면궁까지 가는 길은 몇 번의 경험을 통해 알고 있었다. 여기서부터의 거리가 걸었을 때 대단히 발이 아픈 것도 아니고, 어쩌면 우리끼리 찾아갈 수 있을지도 모르겠다는 생각이 들었다.

오늘은 본의 아니게 서프라이즈 방문을 하게 될 듯하다.

"일단 우리끼리 가보자. 어때?"

"그러다 길이 엇갈리면 어떻게 해요."

"괜찮아. 여기서 서먼궁까지 가는 길은 딱 하나거든. 길이 엇갈리지는 않을 거야. 가다가 마주치는 정도겠지."

"그래요?"

내 말에 플로린다는 안심이 되는 듯 눈이 동그래졌다. 내가 웃으며 고개를 끄덕이자, 그제야 플로린다도 나를 재촉했다.

"그럼 우리끼리 가요, 아가씨. 오늘 햇볕이 조금 강해서, 계속 이대로 있다가는 얼굴이 다 익어버릴지도 몰라요."

"그러자, 그럼. 내가 좀 들어줄까?"

나름 배려해서 건넨 제안이었지만, 내 말을 들은 플로린다는 그자리에서 펄쩍 뛰었다.

"맙소사. 제가 있는데 아가씨가 이걸 드시면 다른 사람들이 절 뭐로 보겠어요? 아가씨에게 일을 떠넘기는 나쁜 하녀라고 다들 수군거릴걸요!"

"에이, 그건 너무 비약이다. 아무렴 그러겠어?"

"그럴지도 몰라요. 여긴 황궁이니까. 우리 모두 몸가짐을 조심히 해야 한다고요."

플로린다가 괜히 심각해진 얼굴로 내게 말했다.

"어쨌든 제가 들게요, 아가씨. 그리 무거운 것도 아니에요."

"알았어……."

플로린다는 고집을 꺾을 생각이 없어 보였다. 더 설득한다고 설득당할 것 같지도 않아서 나는 결국 포기한 채 걸음을 옮기기 시작했다. 사실 나 혼자서는 서먼궁까지 처음 가는 것이었기 때문에 조금 걱정스럽긴 했다. 길치는 아니었지만, 황궁은 워낙 넓으니까.

"우리 잘 갈 수 있겠죠?"

내 뒤를 졸졸 따라오면서 플로린다가 물어왔다.

유감스럽게도 그건 확답할 수 없는 문제였다. 하지만 플로린다로서는 정말로 초행길이었고, 나만 믿고 쫓아오는 것이었기 때문에 그런 대답을 하면 안 될 것 같았다. 약간 무책임한 것 같다는 생각이 들었달까.

그래서 나는 부러 자신감 넘치는 목소리로 대답해버렸다.

"걱정하지 마. 별일 없이 도착할 수 있을 거야."

결론부터 이야기하자면 나는 플로린다와 함께 무사히 서먼궁에 도착했다. 하지만 유감스럽게도, 가는 동안 '별일'이 없었던 것은 아니었다.

"딜튼 경."

자비에르가 조용한 목소리로 딜튼을 부르자, 딜튼이 냉큼 대답했다.

"네, 전하."

"레이디 마리스텔라는 언제 마중 나갈 생각이지? 시간이 위태위태한 것 같은데."

"아. 안 그래도 지금 나가보려던 참이었습니다, 전하. 대개 이 시간에 나가면 알맞게 오시더라고요."

"그래도 혹시 모르니 일찍 나가두는 게 좋지. 손님을 기다리게 할 수는 없잖나."

"그도 그렇지요. 그럼 이만 가보겠습니다, 전하."

그리고 한동안 자비에르의 집무실에서는 조용한 기운만이 감돌았다. 그렇게 20분 정도가 되었을 때, 누군가가 자비에르의 집무실 문을 두드렸다.

똑똑.

어쩐지 다급하게 들리는 노크 소리에 자비에르가 이상하다는 생각과 함께 입을 열었다.

"누구지."

"저, 전하."

딜튼의 목소리였다. 자비에르가 들어오라는 말과 함께 의아한 표정을 지었다. 설마 무슨 일이 생기기라도 한 걸까?

"무슨 일이지?"

그가 다급하게 안으로 들어오는 딜튼에게 물었다.

달려오기라도 한 건지 이마에는 땀방울이 맺혀 있었고, 숨은 거칠게 헐떡이고 있었다.

인내심이 바닥난 자비에르가 초조한 목소리로 딜튼의 이름을 불렀다.

"딜튼."

"어, 없어지셨습니다."

"뭐?"

"없어지셨다고요."

"똑바로 말해, 딜튼 경. 누가 없어졌다는 건가."

하지만 질문을 하는 그 순간조차 자비에르는 이미 알고 있었다. 저기서 딜튼 경이 말하는 사람이 과연 누구인지를.

딱 한 사람밖에는 없지 않은가.

"레이디 마리스텔라가…… 보이지 않으십니다."

"……뭐?"

"안 보이십니다. 마차는 도착한 상태인데, 마부 말로는 길을 떠나신 지 꽤 되셨다고 합니다. 한 3, 40분 정도……."

"그런데 아직까지 서면궁에 도착하지 않으신 상태고."

자비에르가 침음성을 흘리며 상황을 요약했다.

"행방도 모른다, 이 말인가?"

"그렇습니다, 전하."

걱정이 사실이 되자 자비에르의 얼굴은 사색이 되었다.

마리스텔라가 실종된 것이다. 그것도 이 드넓은 황궁에서! 그의 입속에서 저도 모르게 욕지거리가 흘러나왔다.

"제기랄."

"전하."

딜튼 경 역시 하얗게 질린 얼굴로 자비에르에게 물었다.

"기사들에게 영애를 찾아보라 명을 내릴까요?"

"그래야겠지. 어쨌든 황궁 안에 계신 건 틀림없는 사실 아닌가?"

"그렇습니다."

문제는 이 황궁이 하루 종일 돌아도 다 못 둘러볼 만큼 거대하다는 사실에 있었다. 자칫 길을 잘못 헤맸다가는 농담이 아니라 평생 헤맬 수도 있는 게 요나스의 황궁이었다. 그만큼 요나스의 황궁은 복잡하기로 정평이 나 있었다.

그 사실을 누구보다 잘 알고 있는 두 사람으로서는 걱정이 이만 저만이 아니었다. 더구나 마리스텔라는 궁문에서부터 서면궁까지의 오는 길만 알고, 그 이외의 길은 전혀 몰랐으니까.

초행길인 사람이 황궁에서 길을 잃는 것처럼 끔찍한 일도 없으리라. 만약 그녀가 길치라면 문제는 더 심각해지는 것이다.

자비에르가 초조한 눈빛으로 창밖을 쳐다보았다.

도대체 어디 있는 걸까.

'별문제가 없어야 할 텐데……'

그의 초조함이 노골적으로 드러나자, 딜튼 경이 얼른 그를 안심시켰다.

"걱정하지 마십시오, 전하. 서면궁의 기사들을 푼다면 아마 머잖아 영애를 찾을 수 있을 것입니다."

"마땅히 그래야지."

자비에르가 여전히 초조함이 느껴지는 목소리로 명령했다.

"최대한 빨리 영애를 찾도록 해, 딜튼 경."

"차는 어떤 걸 좋아하느냐."

처음으로 떨어진 물음에 나는 당황할 수밖에 없었다. 하지만 곧 차분하게 대답했다.

"뭐든 잘 마십니다."

"취향을 물어본 것이란다. 가감 없이 말해 보거라."

그가 여유로운 미소를 입가에 건 채로 내게 말했다.

"이곳엔 없는 차가 없거든."

거만함에 가까운 그 목소리에서는 결코 허세가 아닌 듯한 자신감이 드러났다. 천상천하 유아독존. 세상에 내 머리 위에 서 있을 수 있는 사람은 단 한 사람도 없을 거라는 이유 있는 자신감.

"그러니 신경 쓰지 말고 말해도 된다."

그렇다. 나는 지금 헨리 14세와 대면 중이었다.

"그렇다면 잘 말린 장미차가 마시고 싶습니다, 폐하."

폐하라니, 맙소사. 내가 언제 이런 경칭을 입에 담을 줄 생각이나 했었던가.

기분이 생경했다. '전하'야 클로드와 자비에르가 있어서 숱하게 입에 담아봤지만, '폐하'는 단언컨대 처음이었다. 하긴 이 제국의 영애들 중 그 경칭을 입에 담아본 적 있는 사람들이 얼마나 되겠느냐만.

"잘 말린 장미차라."

내 말을 들은 헨리 14세가 묘한 표정으로 중얼거렸다.

아, 설마 본인은 그걸 싫어하나?

지레 겁먹은 내가 서둘러 덧붙였다.

"혹 마음에 들지 않으신다면 다른 것도⋯⋯."

"그걸로 두 잔을 내오도록 해라."

"네, 폐하."

말이 끝나기가 무섭게 헨리 14세가 명령하는 바람에, 나는 민망한 얼굴로 입을 다물 수밖에 없었다.

자비에르에게서는 이런 식의 위압감이 느껴진 적이 없었는데, 헨리 14세는 아니었다. 자신이 황제라는 사실을 그 누구도 모르지 않게끔 하려는 듯, 엄청난 기세와 카리스마가 가만히 앉아만 있어도 넘쳐흘렀다.

역시 황제는 황제라 이건가, 싶었다.

'자비에르도 나중에 아버지를 닮을까.'

피는 못 속인다고 그럴 것 같았다. 위압감을 내뿜는 자비에르라니. 어쩐지 상상이 가질 않아서 나도 모르게 웃음이 피식 터져 나왔다.

"왜 웃지?"

아뿔싸. 내가 얼른 표정을 죽인 다음 말했다.

"죄송합니다, 폐하. 제가 무례……"

"아니, 그런 것보다 궁금해서 물어본 것이네. 왜 웃었지?"

"그……"

나는 잠깐 머뭇거리다가 솔직하게 말했다.

"황태자 전하가 생각났습니다."

"……어떤 의미에서?"

"전하께서도 후일 제왕의 자리에 오르신다면 부황과 같은 모습이실까 상상해보았거든요."

여기까지 말하고 나서 나는 살짝 흠칫했다.

이 말을 이상하게 받아들이면 어쩌지? 또 지레 겁을 먹은 내가 얼른 뒤에 덧붙였다.

"이상한 뜻은 아닙니다. 그저 상상이 잘 가지 않아서……"

"그래. 알겠다."

말이 끊긴 내가 머쓱한 표정으로 시선을 내렸고, 잠시 후 잘 말린 장미차가 나왔다. 향기가 너무 좋아서 나도 모르게 미소를 짓자, 앞에 있던 헨리 14세가 내게 말을 걸어왔다.

"장미를 좋아하나 보구나."

"네?"

갑작스러운 말이라고 생각해서 나도 모르게 눈이 커졌고, 그 모습을 본 헨리 14세는 껄껄 웃었다.

"장미차를 요구하길래. 보통은 황궁에 오면 더 값비싼 차를 요구하거든."

"차에 대해 문외한인지라."

내가 머쓱한 얼굴로 대꾸했다.

"값비싼 차와 저렴한 차의 차이에 대해서 잘 모릅니다. 그래서 보통은 제가 좋아하는 걸 골라요."

"욕심이 없는 편이구나."

"그렇다기보다는…… 그냥 제가 좋아하는 걸 선택할 뿐입니다, 폐하. 값비싼 것이 꼭 제 행복을 보장해 주는 것은 아니니까요."

여기까지 대답하고 나서는 혹시 너무 말을 많이 한 건 아닌지 걱정이 들었다. 아무리 그래도 황제 앞인데 좀 자중했어야 하나. 자비에르와 비슷한 느낌이 너무 많이 들어서 나도 모르게 편하게 말해 버렸다.

뒤늦은 후회를 하고 있는데 헨리 14세가 다시 말을 걸어왔다.

"마음가짐이 그녀와 똑 닮았구나."

그녀?

'그녀가 누구지?'

나는 찬찬히 머리를 굴려보았다.

아, 혹시 죽은 황후를 말하는 건가? 나는 지레짐작하고선 입을 열었다.

"돌아가신 황후 폐하 역시 검소한 분이시라 들었습니다."

그러고 나서 헨리 14세의 얼굴을 보았는데, 표정이 묘했다.

속내를 알기 어려운 얼굴에 내가 속으로 떨떠름해 하는 사이, 헨리 14세는 다시 빠르게 화제를 돌렸다.

"그보다 황태자와는 잘 아는 사이인가 보구나."

너무 빨라서 적응하기 어려울 지경이다. 내가 차분하게 대답했다.

"얕은 친분이나마 맺고 있는 관계입니다, 폐하."

혹시 괜한 오해를 살 수 있어서 나는 그렇게 말해버렸다.

그러니까, 내가 지금 이렇게 헨리 14세와 대면하고 있는 이유가 바로 그것 때문이었다.

서면궁으로 가던 중 우연히 헨리 14세와 마주치게 되었는데, 궁 안에서 처음 보는 사람이라고 생각했던 건지 아니면 다른 이유가 있었기 때문인지는 모르겠지만 그가 나를 불러 세운 것이다. 황제의 부름에 답하지 않을 수 있는 사람은 적어도 이 요나스에는 없었다.

그는 나를 못 보던 얼굴이라고 칭하며 내게 정체를 물었고, 나는 솔직하게 벨플레어 백작의 적장녀인 마리스텔라라고 답했다.

어째서 황궁 안에 있느냐는 물음에는 자비에르를 만나러 왔다고 대답했더니 갑자기 중앙궁에서 같이 차나 한 잔 마시자고 하는 것이었다.

처음에는 당연히 정중히 거절했었다. 자비에르를 만나러 가는 길이기 때문이었다. 하지만 내 말을 들은 헨리 14세가 너무 걱정하지 말라면서, 자신이 서면궁으로 내가 조금 늦는다는 소식을 전해주겠다고 말했다. 거기서 더 거절할 수가 없어서, 나는 어쩔 수 없이 고개를 끄덕였다.

어쩔 수 없었다. 자비에르도 분명 권력자였지만, 눈앞의 그 사람은 자비에르에게 모든 권력을 일임해줄 그의 아버지였기 때문이었다. 잘못 처신했다가는 황제모독죄로 베일탑에 갇힐지도 몰랐다.

"황태자 전하께서 소식을 접하셨는지 모르겠네요."

내 말에 헨리 14세가 잠깐 동안 아무 말도 하지 않다가, 곧 '아아' 소리와 함께 입을 열었다.

"아마 갔을 거다. 너무 걱정하지 말려무나."

"감사합니다, 폐하. 아무래도 신하 된 입장에서 걱정이 되는지라……."

"배려심이 깊구나."

"감사합니다."

칭찬을 받았음에도 어색한 기분만 들었다. 어쩐지 무섭게만 생각하던 친구 아빠를 만난 기분이다. 나는 살짝 떨리는 손길로 앞의 찻잔을 들어 올렸다. 조금 많이 뜨거웠기 때문에 차의 표면 위에 바람을 몇 번 분 뒤에야 입술로 가져갈 수 있었다.

"그래서 황태자에게는 무슨 일로 가던 중이었느냐."

"아, 실은…… 드릴 것이 있어서 서면궁에 방문했습니다."

"드릴 것이라니?"

"근래에 과일청을 만들고 있는데, 맛이 좋아서 황태자 전하께도 가져다드리려 하였습니다."

"과일청?"

그는 생소하다는 반응이었다.

"특이하구나."

"요나스에서는 잘 먹지는 않습니다."

"그런데 넌 그런 걸 만들고자 했고."

"네, 폐하. 조만간 가게도 열 생각입니다."

"특이해."

밑도 끝도 없는 말에 나는 순간 할 말을 잃었다.

아, 이 상황에서 어떻게 더 이야기를 이어나갈 수 있을까. 어떻게 대꾸해야 예의 바르게, 귀족 여성으로서의 품위를 잃지 않을 수 있을까. 평소의 오마리라면 이런 생각을 할 일조차 없었지만, 지금 내가 마리스텔라이고 앞의 상대가 이 제국의 지고하신 황제 폐하라는 점이 나를 그렇게 생각하게 만들었다.

"감사합니다, 폐하. 아무래도 조금 독특한 걸 시도해보고 싶었습니다."

"거기다 영애가 직접 장사라니. 그건 좀 용감하군."

"장사라고 부르기 민망할 정도로 작은 규모입니다. 제 능력이 일을 크게 늘릴 정도는 못 되어서요."

"글쎄. 시작을 한다는 것에 의의를 두는 게 좋지."

그가 나름의 칭찬으로 분위기를 좀 더 부드럽게 풀었다.

"생각만 하는 것과 그걸 실행으로 옮기는 것 사이에는 엄청난 간

극이 존재하거든."

"과분한 칭찬입니다, 폐하. 전 그저 재미로 시작했을 뿐인걸요."

"처음 동기가 무엇이 되었든 행동하는 사람은 그 자체로 용기를 냈다고 볼 수 있지. 영애는 겸손하기까지 하군."

"감사합니다."

이거…… 좋은 상황인 거 맞지?

나는 여전히 속을 졸이며 헨리 14세와의 대화에 임했다.

"그런데 황태자와는 무슨 사이인가?"

"……네?"

아까 들었던 질문인 것 같아서, 나는 당황하지 않고 동일한 대답을 했다.

"얕은 친분이나마 맺고 있는 관계입니다, 폐하."

"얕은 친분."

내가 하는 말을 끄집어내서 반복하는 헨리 14세를 보며 나는 약간의 불안감을 느꼈다.

도대체 뭘까. 뭘, 물어보고 싶은 걸까.

"애매한 대답이군."

"송구하지만 아까와 같은 대답을 드렸습니다, 폐하."

그때는 딴죽을 걸지 않으면서 왜 지금은 그러느냐는 간접적인 물음이었다. 내 말에 헨리 14세가 나를 빤히 바라보다가, 이내 접시 위에 놓인 머랭 하나를 집어 들어 입안에 넣었다.

잠시 후 그가 눈살을 찡그리며 딴소리를 했다.

"난 도무지 이 디저트가 입에 맞지 않더군."

"……."

"너무 달아."

슬슬 불안한 감이 들기 시작했다.

갑자기 서면궁으로 가던 나를 이곳까지 데려와 차를 대접해준 황제. 그리고 영문을 알 수 없는 대화. 어쨌든 정체 모를 것들은 그게 뭐가 되었든 좋은 게 아니다.

나는 어색하게 웃으며 대꾸했다.

"단 음식을 좋아하지 않으시나 보군요."

"영애는 그러한가?"

"전 좋아합니다."

내가 빙긋 웃으며 대답했다.

"제 나이 또래 영애들은 대개 그렇더군요. 저 역시 폐하처럼 나이를 먹는다면 입맛이 달라질지도 모르겠습니다."

"아니야, 영애."

헨리 14세가 고개를 저으며 내 말을 부정했다.

"나이를 먹는다고 해서 꼭 입맛이 변하는 건 아니지."

"마치 겪어보신 분처럼 말씀하시네요."

"아는 사람이 그랬거든."

그렇게 말하면서 그는 또 웃어 보였다. 묘한 미소. 속내를 좀처럼 읽기 어려운. 그가 나를 통해 무언가를 보고 있는 것 같아서 나 역시 자연스럽게 기분이 묘해졌다.

"그럴지도요. 어쨌든 지금은 좋아합니다."

"흐음."

낮은 소리를 내며 턱을 쓰다듬은 그가 내게 다시 질문해왔다.

"그래서 황태자와는 정말 아무런 사심도 섞이지 않은 관계인가?"

"우정을 사심이 아니라고 보기에는 어렵지요."

"우정 말고."

그가 고개를 저으며 내 말을 정정했다.

"남녀 간의 연정을 말하는 걸세."

그 말을 듣자마자 나는 얼굴이 빨개졌다.

순전한 당황함의 표현이었지만, 헨리 14세는 그것을 긍정으로 오해한 듯 짓궂게 웃으며 자신의 가정에 확신을 굳혔다.

"반응을 보아하니 맞구만."

"아닙니다, 폐하. 제가 당황하면 얼굴을 붉히는 습관이 있어서요."

차분하게 대답한 나는 곧 그의 오해를 바로잡아주었다.

"송구하지만 폐하께서 생각하시는 그런 관계가 아닙니다."

"아니라고?"

"예."

"우리 황태자가 마음에 들지 않는다는 뜻인가?"

그렇게 말하는 헨리 14세는 어쩐지 언짢은 듯 보였고, 나는 속으로 '아차' 해서 얼른 정정했다.

"아닙니다, 폐하. 그런 뜻이 아닙니다."

"그러면?"

그가 도무지 이해할 수 없다는 목소리로 말했다.

"황태자 정도면 괜찮은 신랑감이라고 늘 생각해 왔어. 영애는 그렇게 생각하지 않는 건가?"

"오해십니다, 폐하. 저 또한 늘 그렇게 생각해 오고 있었습니다."

"그런데?"

"다만…… 전하에 대해 그런 식으로 생각해본 적은 없습니다."

"특이한 영애야."

헨리 14세가 흥미롭다는 눈으로 나를 바라보며 말했다.

"보통은 황태자와 친해질 기회가 있으면 비가 되려고 생각부터 하던데."

"그건 순수한 우정이 아닙니다."

"관계의 순수성을 따지기에는 영애의 혼기가 너무 찼다고 생각하지 않나?"

"그것과는 별개의 문제이지요. 전하와 그런 식으로 엮이는 것에 대해서는 생각해 본 바가 없습니다. 무엇보다…… 제 친구가 전하를 좋아하고 있어요. 제 친구를 위해서라도, 설령 그런 감정이 든다 해도 참을 생각입니다."

"눈물겨운 우정이군."

비꼬는 건지 진심어린 감탄인지 모를 목소리로 그는 그렇게 말했다. 그리고 그 이야기를 하다 자연스럽게 나는 지난번의 일이 떠올랐다.

'황명으로 나왔다고 했지.'

자비에르가 미팅에 나왔던 이유는 자의가 아닌 황명이라고 했었다. 그러니까 이 눈앞의 남자가 실은 모든 일의 원흉인 거다.

'하지만 이걸 입 밖으로 내도 괜찮은 걸까.'

없을 때야 나라님 욕이라도 한다고 하지만, 지금 이건 그와 대면하고 있는 상황이었다. 나는 그렇게 간이 크지도 않았고, 용기 있는 여자도 아니었다.

원래의 세계로 따지자면 대통령, 아니 대통령보다 더 절대적인 권력을 가지고 있는 남자와 마주하고 있는 것도 살 떨리는 상황인데 거기에다 대고 뭘 따져 묻는다고?

맙소사, 난 못해.

'하지만 그렇다고 해서 안 물어보기도 좀……'

엄밀하게 말하면 좋은 기회였으니까. 그러니 선택해야 한다. 용기와 안전, 그 둘 사이에서.

물론 그건 내 착각이고, 실제로는 만용과 당연 사이일지도 모른다. 어쨌든, 선택은 해야 했다.

"폐하."

내가 조용히 헨리 14세를 부르자, 그가 나를 쳐다보았다. 확실히 자비에르를 많이 닮은 얼굴이다.

"제게 그런 것을 하문하시는 까닭을 여쭈어도 될까요?"

"무슨 뜻이지?"

"저와 황태자 전하의 관계는 그저 우정을 맺는 관계, 그 이상도 그 이하도 아니랍니다. 그런데 폐하의 말씀은 어쩐지 저희 두 사람이

58

그 이상의 관계를 맺기를 바라는 것처럼 들려서요."

"……."

"제가 전하와 잘 되기를 바라시나요?"

"……글쎄."

그가 알 듯 모를 듯한 목소리로 말했다.

"영애는 왜 그런 걸 묻는 거지?"

"이해가 되지 않아서요."

내가 담담하게 대답했다.

"전 폐하께서 전하와 오델레타 사이의 결합을 원하시는 줄로만 알고 있었거든요."

"어째서?"

"그건……."

내가 머뭇거리다 입을 열었다.

"폐하께서 전하께 오델레타와의 미팅에 참석하라는 명령을 내리셨다고 들었기 때문입니다."

"……그걸 황태자가 말하던가?"

"제가 무례하게도 전하께 여쭈었습니다."

"그렇다면 지금 이 질문이 무례하다고는 생각지 않는가?"

"……송구합니다."

내가 입술을 꾹 깨물며 대답했다.

"하지만 궁금했습니다. 폐하의 의중을 도무지 알 수가 없었거든요."

"……."

"만약 제가 오델레타의 자리를 빼앗을까 염려하시는 것이라면, 그런 걱정은 하실 필요 없다고 말씀드리고 싶습니다."

"그런 것 때문에 물어본 것이 아니야."

"그럼……."

"나이 들어 추한 늙은이의 변덕이라고 생각해두게."

"……."

'나이 들었다'고 말하기에 헨리 14세는 젊은 축에 속했다. 40대 후반의 나이였으니까. 그리고 그 나이가 믿기지 않을 만큼 수려한 외모를 가지고 있었고.

'도대체 무슨 뜻일까.'

중요한 건 그것이었다. 그가 방금 한 말의 의미를 도무지 알 수가 없었다. 내가 도무지 모르겠다고 생각하고 있는데, 헨리 14세가 다시 입을 열었다.

"내가 너무 영애를 오래 잡아두었군."

"……."

"이만 가보는 게 좋겠어. 황태자가 기다릴 걸세."

"네, 폐하."

나는 짧게 대답한 다음 자리에서 일어났다.

"대접해주심에 감사드립니다. 차, 잘 마셨습니다."

"입에 맞았다니 다행이군."

"만나 뵈어 영광이었습니다, 폐하. 그럼 전 이만……."

나는 종종걸음으로 뒷걸음질하며 그 자리에서 물러났다.

본래 그렇게까지 예의 차릴 생각은 없었지만, 이 제국 최고 권력 자와의 만남이라 지나치게 긴장했던 듯싶었다.

더구나 자비에르처럼 내 또래도 아니고 내 아버지 또래였으니.

'원래는 이것도 책 속에서는 없었던 일인데.'

이제는 거의 모든 일들이 원작의 흐름을 벗어난 것처럼 보였다. 물론 메인 스토리는 여전히 유지되고 있었지만, 그 곁가지들은 거의 중심을 잃은 느낌이다. 본래 마리스텔라는 황제를 만난 적이 단한 번도 없었으니까. 물론 이것도 작가가 서술하지 않았을 뿐 실제로는 있었을지도 모르는 만남이었지만, 어쨌든 내가 보기에는 그랬다.

'복잡해.'

내가 고개를 절레절레 저으며 중앙궁 바깥으로 나왔다.

안절부절못한 채로 서 있는 플로린다가 가장 먼저 눈에 들어왔다. 내가 작은 목소리로 그녀를 소리쳐 불렀다.

"플로린다!"

"아가씨!"

그녀 역시 작은 목소리로 내지르며 내게로 달려왔다. 하지만 들고 있던 과일청의 무게 때문에 그리 빠른 속도는 아니었다.

"오래 기다렸지. 미안해."

"아니에요, 아가씨. 그렇다고 해서 황제 폐하와 계신 자리를 마음 대로 박차고 나올 수는 없잖아요."

그건 그랬다.

"어쨌든…… 많이 걱정했지?"

"어휴, 그럼요. 갑자기 황제 폐하께서 아가씨를 데리고 가셔서 얼마나 놀랐는지……. 전 정말 기다리면서 별생각을 다 했어요."

그렇게 말하는 플로린다의 목소리에서는 걱정이 한껏 묻어져 나왔다. 얼굴은 아까보다 창백하게 질려 있었고, 입술은 미세하게 떨리고 있었다.

사실 그건 나도 마찬가지였고, 무슨 안 좋은 일이 일어나는 건 아닌지 응접실을 나오는 순간까지도 걱정했지만, 굳이 티 내지는 않기로 했다. 나보다는 플로린다가 더 걱정했을 게 뻔하니까.

나는 아무렇지 않게 그녀의 어깨를 툭툭 두드리며 괜히 괜찮은 척을 했다.

"괜찮아, 괜찮아. 별일 아니었어. 좋은 분이셨다고."

사실 '좋은 분'인지에 대해서는 확신이 안 섰다.

그런 걸 파악하기에 그곳에 있던 나는 너무나도 긴장한 상태였다. 다만 외관이 자비에르와 유사하다는 것 정도는 내게 약간의 편안함을 가져다주었다.

"시간이 너무 지체되었어. 황제 폐하께서 서먼궁에 내가 늦을 거라고 말씀을 전해 주시긴 했다지만…… 그래도 어서 가보자."

"네, 아가씨."

해맑게 대답한 플로린다는 하지만 곧 걱정스러운 얼굴로 내게 물어왔다.

"그런데 여기서 서먼궁까지 가는 길을 아세요?"

이런, 그게 문제였다. 뜻밖의 난관에 부닥치자 당황한 내가 저도 모르게 침음성을 울렸다.

"레이디 마리스텔라."

그때 누군가가 내 이름을 부르며 우리가 있는 쪽으로 다가왔다.

그는 30대 중반에서 후반 정도로 추정되는 남자였는데, 만약 사무적인 얼굴이라는 게 있다면 이 남자를 일컫는 것이리라는 생각이 들 정도로 딱딱한 인상을 가지고 있었다.

그 분위기에 나는 자연스럽게 위축되었다.

무엇보다 낯선 얼굴이었기 때문에 내가 무의식적으로 경계하는 사이, 남자가 조용한 음성으로 내게 말했다.

"황제 폐하께서 영애를 서먼궁까지 모시라고 명하셨습니다."

참 배려 깊으신 황제 폐하셨다.

나는 '아' 하고 소리를 내며 속으로는 다행이라는 생각을 했다. 정말 다행이었던 게, 만약 헨리 14세가 이런 호의를 베풀지 않았다면 나는 꼼짝없이 이 넓디넓은 궁 안에서 플로린다와 함께 가늠할 수 없는 시간을 헤매야 할 것이었기 때문이었다.

사실 따지고 보면 멀쩡히 서먼궁까지 가던 나를 한 번도 가본 적도 없는 중앙궁으로 끌고 온 사람은 헨리 14세였기 때문에 응당 이렇게 하는 것이 맞았다.

물론 직접적으로 요구하는 말을 입 밖으로 낼 수는 없었겠지만.

"황은에 감사드립니다."

"절 따라오시지요. 짐은 제가 들겠습니다."

그렇게 말하면서 남자는 플로린다에게서 과일청이 든 묵직한 선물상자를 받아 들었다.

플로린다는 의외로 거부하지 않았고, 순순히 그것을 넘겨주었다.

어쨌든 남자는 그 친절함과는 모순적으로 얼굴에는 웃음기가 하나도 없었고, 멘트는 지나치게 사무적이었다. 딜튼 경과는 대조적인 모습에 나는 약간의 민망함을 느꼈는데, 그로 인해 더 이상 입을 열 엄두를 내지 못했다. 어쨌든 남자는 황명에 충실하게 나를 서면궁까지 인도했는데, 내 발걸음이 자꾸 빨라지는 것을 알았는지 그의 발걸음 역시 묘하게 빨라지기 시작했다.

사실 나는 마음이 급할 수밖에 없었다. 원래 시간보다 대략 3, 40분 정도가 더 지체되었기 때문이었다. 물론 중앙궁에서 서면궁으로 기별을 주었다니 안심이긴 했지만,

그래도 방문자인 나로서는 마음이 불편할 수밖에 없었다.

물론 그게 내 책임은 아니라는 게 다소 억울한 문제이긴 했지만.

대략 20분 정도를 걸어 서면궁에 도착했을 때, 나와 플로린다는 우리를 이곳까지 데려다준 남자에게 - 아마 중앙궁의 시종일 것이다 - 고맙다는 인사를 남긴 다음 - 이때조차 남자는 무표정하고 무신경했다 - 서면궁에 입성했다.

옆에 있던 플로린다가 다행이라는 목소리로 입을 열었다.

"어쨌든 무사히 도착해서 다행이에요, 아가씨."

"그러게. 시간이 조금 지체되긴 했지만, 뭐……."

어쨌든 결론은 나쁘지 않았다. 과정에서 조금 잡음이 있긴 했지만. 나는 별생각 하지 않고 플로린다와 함께 계속 앞으로 걸었다.

그런데 나를 바라보는 서먼궁 시종들과 시녀들의 얼굴빛이 어째 평소와는 다르게 이상했다.

'뭐지?'

늘 절제하는 태도를 보이던 서먼궁의 시종과 시녀들이 어쩐지 오늘따라 어수선했다. 내가 무슨 일이 있었느냐고 물어보기 위해 입을 열려는 그때, 누군가가 나를 소리쳐 불렀다.

"레이디 마리스텔라!"

딜튼 경의 목소리였다.

그 큰 목소리에 깜짝 놀란 나는 얼른 목소리가 난 쪽으로 돌아보았다. 거기에는 누가 보아도 다급해 보이는 딜튼 경이 나를 향해 아주 빠른 속도로 달려오고 있었다.

그 모습이 너무 급박해 보여서 나도 모르게 뒤로 주춤 물러났다.

뭐야, 도대체 무슨 일이야?

"디, 딜튼 경."

"레이디 마리스텔라, 여기 계셨군요!"

"지금 왔답니다. 폐하와의 대화가 조금 길어졌어요."

하지만 그 말을 들은 직후 딜튼 경의 표정은 완전히 이상하게 변해버렸다. 좀 더 구체적으로 표현하자면 그건, 경악이었다.

그 표정을 보고 당황해 버린 내가 그에게 물었다.

"왜, 왜 그러세요?"

"폐하와의 대화라니요?"

믿을 수 없다는 목소리였기 때문에 나는 의아해졌다.

분명 헨리 14세가 기별을 보냈다고 했는데?

"중앙궁으로부터 기별을 받지 않으셨나요? 왜 이렇게 처음 들으신 분처럼 반응하시는지⋯⋯."

"맙소사. 폐하를 만나셨습니까?"

"네에⋯⋯."

어쩐지 심각해 보이는 딜튼 경의 물음에 당황한 내가 얼른 고개를 끄덕였다.

"방금까지 만나 뵙고 오는 길이랍니다."

"맙소사. 도대체 이게 어찌 된 일⋯⋯."

도무지 믿을 수 없다는 듯, 딜튼 경은 이마에 손을 얹으며 곧 죽겠다는 시늉을 했다. 그 모습을 본 나는 더더욱 이 상황을 이해하기가 어려웠다. 마치 한 편의 촌극을 보는 듯한 느낌에 내가 의아해진 목소리로 물었다.

"왜 그러세요?"

내 말에 딜튼 경은 모든 행동을 멈추고 나를 쳐다보았고, 나는 그 시선에 처음으로 긴장했다.

딜튼 경의 시선에 이토록 긴장하는 것은 이번이 처음이었다.

"⋯⋯일단은."

그의 입이 열렸다.

"황태자 전하를 뵙는 게 좋겠습니다. 많이 걱정하고 계시거든요."

"네? 전하께서 제 걱정을 왜……."

"모든 이야기는 응접실에 가셔서 하시지요. 이곳은 상황을 정리하기에는 부적합한 장소 같습니다."

확실히 그랬다. 나는 고개를 끄덕인 다음 플로린다에게서 상자를 받아 들었고, 곧바로 딜튼 경을 따라 응접실로 갔다.

그러는 동안 딜튼 경은 단 한 마디도 하지 않았는데, 할 말이 없다기보다는 하고 싶은 말이 많은데도 억지로 참고 있는 느낌이어서, 그것만으로도 나는 직감적으로 무슨 일이 일어났음을 깨달았다.

어쨌든 응접실에 도착했을 때, 딜튼 경은 조용한 목소리로 나의 등장을 문 너머의 사람 – 자비에르 – 에게 알렸다.

"황태자 전하, 벨플레어 영애께서……."

하지만 그 말이 끝마쳐지기도 전에 문이 벌컥 열리는 바람에 나는 깜짝 놀랐고, 나보다 더 문 가까이에 있던 딜튼 경은 더 놀란 듯 보였다. 나는 거의 처음으로 딜튼 경의 말이 끝나기도 전에 성급하게 문을 연 자비에르를 쳐다보았다.

반짝이는 그의 은빛 머리카락은 무슨 일이 일어난 건지 잔뜩 형클어져 있었고, 늘 생기가 돌던 그의 눈동자는 퍽 죽어 있는 모습이 눈에 들어왔다. 분명 무슨 일이 있었다는 소리였다.

그게 뭔지 모른다는 게, 지금 이 순간 가장 답답한 일이었다.

"……영애께서 오셨습니다."

딜튼 경은 잠시 후 차분하게 남은 말을 마쳤다.

자비에르는 해저를 연상시키는 검푸른 눈으로 딜튼 경을 한번 흘굿 보았다가, 이내 나를 뚫어져라 쳐다보았다.

다정하고, 부드럽고, 온화한 눈빛.

나는 늘 자비에르의 눈동자에 대해 그런 식의 감상을 가지고 있었는데, 오늘만큼은 달랐다. 퇴폐적이고, 어둡고, 금방이라도 무슨 일이 일어날 듯한 눈빛이었으니까.

내가 알던 것과는 완전히 다른 눈동자에 나는 자연스럽게 당황할 수밖에 없었다.

그게 내 얼굴에 드러나지 않았을 리 없는데도, 자비에르는 여전히 그 눈빛을 유지했다.

"……어디서 찾았지?"

그가 낮은 목소리로 딜튼 경에게 물었고, 딜튼 경 역시 낮은 목소리로 대답했다.

"서면궁의 입구에 계셨습니다."

딜튼 경에 이어 자비에르까지. 분명 이건 일상적인 일이 아니었다.

"다치신 곳은 없나?"

"외관상으로는, 보시는 바와 같습니다."

"……알았다. 일단 내 지시가 있기 전까지는 아무도 이곳에 발 들이지 말도록 해."

"예, 전하."

그 차가운 몇 마디의 대화가 오고간 다음, 딜튼 경은 그 자리를 떠났고, 나는 거의 홀로 남겨진 듯한 기분이었다.

내가 조심스럽게 자비에르의 표정을 살폈지만, 유감스럽게도 그의 눈빛은 딱히 변화할 기색이 보이지 않았다.

아아, 이건 분명 뭐가 잘못된 거다.

'어디서 찾았지?'부터 나는 그것을 예상했다.

"들어오시지요."

짧은 한 마디와 함께 자비에르가 먼저 들어갔고, 나는 그를 뒤따랐다.

마지막으로 들어가게 된 내가 응접실의 문을 닫았고, 이제는 완벽하게 우리 둘뿐이었다. 그 생각을 하며 이 어색한 분위기를 어디서부터 풀어나가야 할지 고민하는데, 갑자기 뜨거운 온기가 내 몸을 감싸 안았다.

"아……."

자비에르가 돌연 나를 품에 안은 것이다.

갑작스러운 스킨십에 자연스럽게 몸이 굳어졌다.

단 한 번도 내게 이런 적이 없었기 때문에, 그러니까 처음이었기 때문에 나는 더 당황스러워했다.

"전……."

하지만 내가 그를 다 부르기도 전에, 그가 먼저 말했다.

"걱정했습니다."

그는 딱 한 마디만 했다. 하지만 누가 들어도 거기에는 숨길 수 없는 걱정과 초조함과 불안함이 담겨 있었다. 고작 그 한 마디에 그게 전부 다 들어 있었다.

귓가를 생생히 울리는 목소리에 나는 당황하는 동시에 말을 잇지 못했다.

"정말로."

"······."

이런 모습은 처음이었다.

내 귓가로 자비에르의 심장 소리가 생생히 전해졌다.

두근, 두근, 두근, 두근.

그러다 어느 순간부터, 나는 내 귓가에 울려 퍼지는 심장 박동이 그의 것인지, 아니면 그에게 전염되어버린 나의 것인지 헷갈려지기 시작했다.

빠담, 빠담, 빠담, 계속해서 심장이 거세게 뛰었다.

"······걱정시켜 드려 죄송합니다, 전하."

그의 품에 안겨서 내가 할 수 있는 말은 오직 그것뿐이었다.

내가 떨리는 눈꺼풀을 아래로 내렸고, 내 사과 아닌 사과에도 자비에르는 계속 나를 꼭 끌어안고 있었다.

그 시간이 예상보다는 꽤 길다고 느껴질 때 즈음이 되어서야 나는 조심스럽게 자비에르를 불렀다.

"전하······."

그제야 자비에르는 내게서 힘을 푼 뒤 떨어졌다. 하지만 눈빛은 그대로였다. 아까 보았던 것과 똑같은, 진득하고 어두운 눈빛.

왜 저런 눈빛으로 나를 보는 걸까.

나는 문득 궁금해져 물었다.

"많이 화가 나셨나요?"

"그랬습니다."

"죄송합니다. 착오가 있었던 듯해요. 황제 폐하께서……."

"아뇨."

그가 드물게 내 말을 중간에서 끊으며 말했다.

"영애께 화가 난 것이 아닙니다."

"그럼……."

"저 자신에게 화가 났습니다."

그는 정말로 그런 듯 보였다.

어느 순간부터 자비에르의 몸이 얕게 떨리고 있었으니까.

"제 책임입니다, 레이디 마리스텔라."

"그게 무슨……."

"영애를 이곳까지 안전히 모셔 오도록 하는 것이 응당 저의 의무였지요. 그 의무를 져버렸습니다. 뒷사정이 어쨌든요."

"……제가 평소보다 이르게 온 것뿐이에요. 전하의 잘못이 아닙니다."

"그리 말씀해 주시니 감사합니다만."

자비에르가 가만히 내 양손을 하나로 모아 감쌌고, 갑작스러운 2차 스킨십에 나는 또 당황했다.

"어쨌든 1차적으로는 제 책임입니다. 무사히 돌아와 주셔서 감사합니다."

"그래봤자 황궁인걸요."

서서히 떨려오기 시작하는 목소리를 무시하며 내가 말했다.

"황제 폐하의 비호가 닿는 장소입니다. 뭘 두려워하세요."

"그 비호가 구석구석까지 닿는 건 아니니까요. 돌이켜보면 이곳처럼 살벌하고 위험스러운 곳도 없습니다."

그런 말을 다른 사람도 아니고 차기 황궁의 주인이 될 남자가 하다니. 뭔가 어색하고 맞지 않았다.

내가 아무 말도 못 하고 있는데, 그가 아까와는 다르게 다시 따뜻한 미소를 지어 보이며 내게 말했다.

"일단 앉으시지요. 많이 놀라셨을 텐데 제가 너무 세워 두었군요."

"아닙니다, 전하."

그제야 자비에르는 바깥의 시종들에게 다과를 요청했고, 잠시 후 말린 장미차와 머랭이 나왔다.

'맙소사, 중앙궁에서 먹었던 것과 똑같은 것들이잖아?'

데자뷰 같은 상황에 나는 잠시 당황했고, 무심코 이런 말을 내뱉어 버렸다.

"아, 신기하네요."

"뭐가 말씀이십니까."

"중앙궁에서도 똑같은 걸 먹었거든요."

탁.

그 말을 듣자마자 자비에르가 찻잔을 내려놓는 소리가 들렸다.

하지만 그건 자연스러운 내려놓음과는 거리가 멀었다. 어쩐지 화가 난 것처럼 들렸기 때문이었다.

내가 의아한 목소리로 그에게 왜 그러느냐고 묻기도 전에, 자비 에르가 내게 물어왔다.

"중앙궁에 가셨습니까?"

"네."

내가 고개를 끄덕이며 대답했다.

"서면궁에 가는 길에 황제 폐하를 뵈었어요. 제게 다과를 함께하 자고 하시더라고요."

"그래서…… 중앙궁에 가신 겁니까?"

"네."

나는 별생각 없이 그렇게 말했지만, 자비에르의 표정은 어쩐지 심상치 않았다.

나는 그것을 느끼고 자연스럽게 주절거렸다.

"황태자 전하께서 기다리실 거라고 말하면서 거절했지만, 황제 폐하께서 서면궁으로 기별을 보내준다고 하셨어요. 상황이 그렇 게 되자 저도 거절하기가 어려워졌죠. 전 그래서 알고 계실 줄 알았 는데……"

"……몰랐습니다."

그가 잔뜩 굳은 목소리로 대꾸했다.

"기별이 오지 않았거든요."

"하지만 황제 폐하께서 분명 보내셨다고……!"

"부황께서는 가끔 그런 장난을 치시지요. 제가 오늘도 넘어간 듯하군요."

그는 아까보다는 아니었지만 여전히 싸늘한 목소리였고, 나는 당황스러움을 숨길 수 없었다.

아니, 대체 왜 거짓말을 한 거지?

"도대체 왜 그러셨을까요?"

"글쎄요. 저 역시 부황 폐하의 마음은 태어나서부터 지금까지 단 한 번도 이해해본 적이 없어서……. 사실 이해하고 싶지도 않았고요."

그렇게 말하는 자비에르의 목소리에서는 경멸이 묻어났다.

"딜튼 경이 늘 같은 시간에 영애를 마중 나갔지만, 마차는 있고 영애는 안 계시더군요. 의아해져서 마부에게 물으니 이미 영애께서는 서면궁으로 가셨다고……. 하지만 아시다시피 궁문에서 서면궁까지 오는 길은 하나지요. 그러니까……."

"제가 실종된 줄 아셨군요."

"당연히 저로서는, 그리 생각할 수밖에 없었습니다."

이야기를 듣고 보니 정말로 그랬다. 내가 떨떠름한 얼굴로 중얼거렸다.

"일이 왜 이렇게 된 걸까요."

"그건 저도 잘 모르겠습니다. 하여튼 영애를 찾느라 난리가 났지요."

"괜한 소란을 일으켜 죄송합니다. 속이 말이 아니셨겠군요."

내가 어쩐지 미안해져서 그에게 사과했지만, 자비에르는 아니라는 듯 고개를 저었다.

"영애께서 사과하실 일은 조금도 없습니다. 영애께서 잘못하신 일이 없으니까요. 사과는 다른 분께 받겠습니다."

그 상대가 누구일지는 눈에 빤했기 때문에 나는 아무 말도 하지 못했다. 원작에서도 아버지와의 사이가 그리 좋지는 않아 보였는데 – 이상하게도 그 이유는 나와 있지 않았지만 – 그건 여기서도 그런 듯했다.

나는 조심스럽게 그에게 말했다.

"어쨌든 일이 좋게 끝났으니 너무 흥분하지는 마세요, 전하."

"걱정하지 마십시오."

……라고 말했지만 걱정이 되는 듯한 미소를 그는 나를 향해 지어 보였다. 솔직히 말하면 걱정이 됐다. 그것도 꽤 많이.

"그보다 들고 계신 것은……."

"아, 이거요."

나는 얼른 품에 가지고 있던 선물 상자를 들어 올려 보였다.

정말, 이거 하나 주려고 그 많은 일을 겪었다.

"선물입니다, 전하."

"선물이요?"

"네. 실은 이것 때문에 뵙자고 한 거예요."

내가 배시시 웃으며 그에게 선물 상자를 건넸고, 자비에르는 그런 나와 상자를 번갈아 쳐다보다가 천천히 선물을 받아들었다.

얼떨떨한 표정이었다.

"감사합니다, 영애. 여기까지 들고 오느라 무거우셨겠습니다."

"실은 플로린다가 들었어요."

"그래도요. 정성에 감사드립니다."

그가 방긋 웃은 다음 내게 물어왔다.

"열어 봐도 괜찮습니까."

"그럼요. 그러려고 가져왔는걸요."

"이게 뭘까요……."

자비에르가 기대감 어린 얼굴로 상자에 묶인 리본을 풀기 시작했다.

잠시 후 리본이 다 풀리자, 그는 조심스럽게 상자의 뚜껑 부분을 열었다. 그리고 발견한 갖가지 과일청이 담긴 유리병에 자비에르가 신기하다는 듯 중얼거렸다.

"이게……."

"과일청이에요."

나는 살짝 수줍어진 사람처럼 설명하기 시작했다.

"실은 조만간 과일청을 파는 가게를 열 생각이거든요. 그래서 만드는 김에 전하 것도 같이 만들어 보았답니다. 마음에 드실지 모르겠네요."

"마음에 듭니다. 정말로요."

"하지만 이게 뭔지 아세요?"

"아뇨."

그가 머쓱하게 웃은 다음 대답했다.

"하지만 새콤달콤해 보이네요."

"지난번에 달콤한 걸 별로 좋아하지 않는다고 하셨잖아요."

맨 처음 이곳에 왔을 때의 대화를 기억한 내가 물었다. 하지만 자비에르는 묘한 미소를 띤 얼굴로 이렇게 말할 뿐이었다.

"그때를 기점으로 천천히 좋아지고 있었습니다."

"아, 정말요?"

"네. 그랬습니다."

"입맛이 바뀌기가 쉽지가 않은데 의외네요."

"마음이 변하니 입맛도 변하더군요. 저도 신기한 일이라고 생각하고 있습니다."

"역시 그랬군요. 전 황제 폐하께서 담백한 입맛을 가지고 계시기에 당연히 전하께서도 계속 그러실 줄 알았어요."

"……."

그 말에 자비에르는 잠깐 침묵했다가 곧 아무렇지 않게 입을 열었다.

"부황께서는 단걸 못 드시지만, 늘 단것을 찾으시지요. 알다가도…… 모를 일입니다."

"전하께서도 그러신가요?"

"전 요즘 제가 직접 먹고 있으니 부황과는 다릅니다."

그 말을 마치고 나서 자비에르는 좀 더 짙게 웃어 보였고, 내게 물어왔다.

"직접 담그신 것입니까."

"그렇습니다, 전하."

내가 살짝 얼굴을 붉히며 그에게 말했다.

"부족한 솜씨지만요."

"하지만 외관은 전혀 그래 보이지를 않는군요."

"과찬이십니다. 모쪼록 입맛에 맞으셨으면 좋겠네요."

"그런데 요나스에서는 흔히 보이지 않는 디저트 같은데요."

"동양에서 주로 유명하다고 책에서 보았습니다."

"그럼 책만 보고 직접 만드신 겁니까?"

자비에르가 신기하다는 듯 내게 물어왔고, 나는 양심의 가책을 느끼면서 거짓말로 고개를 끄덕였다.

엄밀히 말해 책만 보고 만든 건 아니었다. 난 그렇게 머리가 좋지 않았기 때문에. 그렇다고 해서 사실대로 '원래 세계에서 만든 적이 있다'고 말할 수는 없었으니까.

"그래도 맛은 있답니다. 자신할 수 있어요."

"그렇겠지요. 영애께서 아무렴 허투루 만드신 것을 제게 선물하실 리는 없으니까요."

그가 빙긋 웃은 다음 내게 물었다.

"그보다 가게 개점 준비는 잘 되어가고 계시나요?"

"아, 네. 좋은 가게를 얻었거든요."

내가 해맑게 웃으며 대답을 이었다.

"이틀 후에 계약하러 가기로 했어요. 가게를 계약하고 나면 한 달

후에는 가게를 열 수 있지 않을까 생각해요."

"대단하십니다, 레이디 마리스텔라."

내 대답을 들은 자비에르가 퍽 놀랍다는 얼굴로 내게 물어왔다.

"가게를 여실 생각은 어쩌다 하게 되셨습니까? 귀족 여성이 장사를 한다는 건 분명 쉽지 않은 일일 텐데요."

"물론 장사는 누구에게나 어려운 일이지요. 그리 무거운 마음으로 시작하는 것은 아닙니다. 그저 소일거리 삼아 하려는 것이지요."

"그래도 대단하십니다. 생각에만 머물 수도 있었을 텐데, 직접 행동으로 옮기신 것이니까요."

아, 그때와 똑같은 말이었다.

내가 순간 묘해진 얼굴로 자비에르를 쳐다보았고, 그는 내 시선에 당황한 듯 보였다.

"어째서 그렇게 보십니까."

"비슷해서요."

나는 여전히 묘한 감정을 느끼며 그에게 말했다.

"확실히 전하는 폐하의 핏줄이신가 봅니다."

"갑자기 왜 그런 말씀을……."

"아까 폐하께서도 제게 똑같은 말씀을 하셨거든요."

신기하지 않으냐는 목소리로 그에게 물었지만, 어쩐지 그의 반응은 내가 생각했던 것과는 다소 거리가 멀었다.

"그러게요."

그렇게 말하는 그는 어쩐지 쓸쓸한 모습이었다.

"정말 피는 속일 수 없나 봅니다."

아차.

나는 그제야 두 사람의 관계가 나쁘다는 것을 자각하고선 속으로 후회했다. 헨리 14세의 이야기를 꺼내는 걸 그는 좋아하지 않을 게 뻔한데도. 하지만 지나간 일을 후회해봤자 다시 되돌릴 수도 없는 일이었다.

"그, 그보다 전하께서 자몽을 좋아하시는지 모르겠어요. 자몽청이 은근히 호불호가 갈린답니다. 정작 자몽처럼 손이 가장 많이 가는 청도 없는데 말이에요."

내가 재빨리 화제를 돌렸고, 자비에르는 그런 나를 빤히 바라보다가 이내 미소 지었다.

"말씀드렸듯 단맛을 엄청나게 좋아하는 편이 아니라서요. 자몽, 좋아합니다."

"그렇다니 다행이네요."

빠르게 전환된 분위기에 나는 속으로 안도의 한숨을 내쉬었다.

후, 하마터면 분위기가 안 좋은 쪽으로 흘러갈 뻔했다.

"그럼 전하께서는 혹시 싫어하시는 다른 과일은 없으시나요?"

"대개 잘 먹는 편입니다."

그렇게 말한 자비에르가 나를 향해 씩 웃어 보이며 덧붙였다.

"그러니 언제든 가져다주십시오."

"……."

하여간, 저 미소는 정말 주체할 수 없을 정도로 잘생겼다. 거기에는 누구의 이견도 없을 것이다. 나는 의식하지 못하는 사이 가슴이 두근거리는 것을 느끼며 의도적으로 헛기침했다.

아, 위험하다, 위험해.

결국 본의 아닌 사건이 중간에 끼어드는 바람에 나는 예정보다 늦은 시각에 집에 도착할 수밖에 없었다. 저녁 즈음에나 도착한 나는 씻고 바로 잠에 들었다. 그만큼 피로가 온몸에 누적된 기분이었다.

그다음 날 아침에는 평소보다 느지막하게 일어났는데, 아무래도 어제의 여파가 꽤 큰 듯싶었다.

나는 게으른 표정으로 하품을 하면서 고개를 이리저리 돌렸다.

그래도 푹 잤더니 꽤 괜찮은 기분이다.

똑똑.

그때 문 두드리는 소리가 침실 안에 울려 퍼졌다.

"들어와요."

나직한 목소리를 내뱉기가 무섭게 누군가가 문을 열고 들어왔다. 나는 그 광경을 바라보며 가만히 미소 지었다.

"플로린다, 좋은 아침."

"좋은 아침이라기보다는."

플로린다가 고개를 저으며 내 말을 정정해 주었다.

"좋은 점심이랍니다, 아가씨."

"맙소사."

내가 당황한 눈으로 시계를 쳐다보았다.

정말 그랬다. 11시 30분. 나는 인상을 찡그리며 고개를 저었다.

"맙소사."

"맙소사만 외쳐대실 때가 아니랍니다, 지금."

"그게 무슨 소리야."

내가 아리송한 얼굴로 물었다.

"무슨 일이 있어?"

"있고말고요."

그렇게 말한 플로린다가 곧바로 내게 충격적인 소식을 전했다.

"오후에 방문해도 되겠냐는 에스클리프 공작님의 전언이 있었습니다."

"……뭐?"

나는 자연스럽게 당황했다.

"설마 오늘 오후? 너무 갑작스럽잖아!"

"오늘 바로 방문하시겠다는 게 아니라, 여쭤보셨어요. 아무렴 공작 전하께서 그렇게 무례하게 행동하실 리가요."

"그런데 갑자기 왜 방문하시겠다고 하시는 걸까? 근래 영지 매입 때문에 바쁘시다고 들었는데."

"구체적인 이유는 말씀해주시지 않으셨어요. 그냥 간만에 얼굴 뵙고 싶다고 말씀하신 정도?"

"으음……."

나는 잠깐 고민의 시간을 가졌다. 내일이 오델레타와 만나기로 한 날이었고, 그러니 오늘까지는 시간이 있었다.

지금 시간도 그리 늦은 건 아니었으니 준비를 마치면 오후에 그를 만나는 게 아주 불가능한 것도 아니었다.

결국 나는 고개를 끄덕였다.

"오후에 아무 때나 방문하셔도 괜찮다고 말씀드려. 준비를 서둘러야겠다."

"네, 아가씨."

잠시 후 플로린다가 방 밖으로 나갔고, 이제는 정말로 일어날 준비를 해야 했다. 길게 하품을 한 내가 두 번째 손가락으로 눈가를 비비기 시작했다.

클로드는 정확히 4시에 도착하겠다는 답신을 보내왔고, 나는 그 사이에 과일청을 만들 준비를 했다.

숙성이야 공작저에서 하면 되는 거고, 중요한 건 일단 만드는 것이었으니까. 히비스커스청, 청포도청, 체리레몬청이 오늘 그에게 선물할 것들이었다.

내가 과일청을 만들어 팔겠다는 야심 찬 포부를 밝힌 이후 부모님이 내게 지원해주신 것들 중 하나는 과일청을 만드는 조리실을 제공해 주신 것이었다.

나는 그날도 어김없이 그곳에서 청포도를 한 알 한 알 따내고 있었다. 물론 플로린다와 다른 하녀들도 금방 도착할 클로드를 생각해 나를 도와주었다.

"아가씨."

나를 부르는 목소리에, 계량한 설탕을 커다란 유리병 안에 집어넣으려던 나는 모든 행동을 중지했다. 내가 의아한 얼굴로 나를 부르며 조리실 안으로 들어온 하녀에게 물었다.

"무슨 일…… 아."

말이 채 끝맺어지기도 전에 익숙한 남자가 조리실로 들어왔다.

나는 괜히 장난스럽게 웃으며 그를 반겼다.

"이곳은 관계자 외 출입금지입니다만."

"이런. 저도 나름 관계자 아닌가요?"

클로드가 능청스럽게 웃으며 내게 물었다. 그런 다음 아까 전의 말을 의식한 듯, 더 이상 내 쪽으로 걸어오지는 않은 채 그 자리에 멈춰 섰다.

은근히 말을 잘 듣는 그의 모습이 귀여워서 나도 모르게 피식 웃음이 나왔다.

"무슨 관계자요?"

"제가 이 과일청을 맛본 최초의 사람으로 알고 있는데."

"유감스럽게도 그건 저희 가족들이에요."

"그럼 최초의 남이라고 치죠."

유쾌한 대답에 결국 나는 참지 못하고 까르르 웃음을 터뜨렸다.

그것을 동의의 뜻으로 받아들인 클로드가 마침내 내 조리실에 출입했고, 나는 여전히 웃음을 갈무리하지 못한 채 그를 맞아들였다.

"어서 오세요, 전하. 오랜만에 뵙습니다. 그간 대단히 바쁘셨다고요."

"그래서 그 맛있는 과일청이 다 떨어지도록 연락 한 번을 못 드렸답니다."

"네?"

예상치 못한 말에 내가 깜짝 놀라며 물었다.

"그걸 다 드셨어요?"

"영애가 주신 것이니."

그가 나른하게 웃으며 대답했다.

"응당 아껴먹어야지요. 하지만 맛이 너무 좋아서 그럴 수가 없었답니다."

"맙소사. 하지만 분명 어마어마한 양이었는데요."

"그동안 홍차나 허브차는 한 방울도 입에 대지 못했습니다. 이제 저는 아무래도 영애의 과일청으로 만든 차만 마시게 될 것 같아요."

"이런."

내가 여전히 웃는 얼굴로 고개를 절레절레 저었다.

하여간 너스레 떠는 건 1등이라니까.

"그러다 제가 드린 선물이 자칫 전하의 귀족으로서의 품위를 손상시키지는 않을까 걱정되는군요."

"품위는 고작 마셔버리면 그만일 차 따위에서 나오는 게 아니라 그 사람의 됨됨이에서 나오는 것이지요. 지나친 기우시고, 쓸데없는 걱정이십니다."

"그런가요."

"그럼요. 그런 의미에서……."

그가 빙긋 웃으며 진짜 하고 싶었을 말을 꺼냈다.

"선물을 한 번 더 주십사, 찾아왔습니다. 뻔뻔하게도요."

"그걸 아시는 분이 찾아오셨습니까."

"배상을 바라신다면 언제든 말씀하십시오."

"곧 가게를 열 텐데요."

"하지만 그때까지는 시간이 있으니까요."

"그리 말씀하시는 걸 보면 제 과일청이 정말로 입맛에 맞으셨나 봅니다."

"제 입맛이 이국적이라는 걸 처음 깨달았습니다."

능청스럽게 웃는 클로드를 바라보며 내가 알았다는 듯 고개를 끄덕였다.

"안 그래도 전하께서 오신다는 말에 부랴부랴 준비를 하고 있었답니다."

"오, 정말인가요?"

"네."

내가 씩 웃으며 남은 히비스커스를 손에 쥔 뒤 흔들어 보였다.

그가 특이한 것을 본 사람처럼 물었다.

"히비스커스 아닙니까?"

"맞습니다."

"그런 걸로도 청을 만드는군요."

"신기하죠. 근데 호불호가 좀 갈리더라고요. 아무래도 일반적인 맛은 아니라."

"과일청 자체가 요나스에서 일반적인 맛은 아닙니다."

"그건 그래요."

나는 낮게 웃으며 고개를 끄덕인 뒤 다시 원래 일에 열중했다.

그러는 사이 클로드가 내게 가까이 왔고, 내가 그걸 눈치채기도 전에 귓가에 말소리가 들려왔다.

"도와줄까요?"

"어…… 괜찮은데."

"손이 많이 가는 일 같아서."

그가 히비스커스가 쌓여 있는 곳에 손을 가져간 다음 물었다.

"정말 필요 없어요?"

"……."

나는 순간 아무 말도 하지 못했고, 그러는 사이 클로드는 웃었다.

잠시 후 나는 아무렇지 않게 말했다.

"괜찮습니다, 전하. 손님을 이런 일로 세워둘 수는 없지요. 더구나 이건 다른 것도 아니고 전하를 위한 선물인걸요."

"영애와 같이 만든다면 그 또한 특별한 추억일 것 같은데."

"뭐……."

나는 잠깐 고민하다가 그에게 체리가 가득 들어 있는 볼을 내밀며 말했다.

"체리 꼭지 좀 따주세요."

"그러죠."

그가 흔쾌히 내 청을 받아들였고, 나는 그러는 사이 마저 남은 내 할 일을 다 했다. 아까 열심히 따 둔 청포도 알들을 일일이 반으로 가르는 작업이었다.

'참 그러고 보면……'

이 일이 정말 정성이 가득 들어가는 일은 맞다니까.

'귀찮고, 손 많이 가고……'

그래도 그 정성 어린 선물을 받았을 때 그 사람의 표정이 어떨지를 생각하면, 그 정도 고생은 아무것도 아니다.

금방이라도 보람이 마음속 가득 차오를 것 같은 얼굴. 아마 클로드도 그런 표정일까.

'그렇겠지.'

에스클리프 저택 파티 때도 그랬으니까. 두 번째라고 해서 그렇게 금방 퇴색되거나 하지는 않을 것이다. 적어도 나는 그렇게 믿고 싶었다.

"아……!"

그러다 순간 손가락 쪽에 강한 통증이 느껴졌다.

무슨 일인가 하니 왼쪽 검지에 길게 자상이 나 있었다. 딴생각하는 사이에 칼질을 잘못한 듯싶었다. 자연스럽게 내 입속에서 신음이 나왔다.

"아……."

아팠다. 솔직히. 나는 인상을 찡그렸고, 옆에 있던 클로드가 다급하게 물어왔다.

"왜 그러십니까."

"별일 아니에요."

나는 침착하게 대답했지만, 이어지는 클로드의 반응을 보면 그리 효과는 없었던 듯하다.

"괜찮긴요. 피가 나는데."

그가 내 왼손을 잡아 쥐며 인상을 썼다. 다친 건 난데 어째 잘못한 기분이 들어 묘했다. 나는 어색하게 웃으며 그를 안심시켰다.

"이런 건 손수건으로 감기만 하면⋯⋯."

하지만 말이 다 끝맺어지기도 전에 내 손가락은 어딘가로 들어갔다. 촉촉하고, 따뜻하고, 말랑하고, 부드러운, 그 어딘가로.

이질적인 촉감에 나는 당황하며 클로드를 쳐다보았다. 입속에 내 상처 난 손가락을 머금고 있는 그를.

"⋯⋯."

전혀 예상치 못한 상황. 손가락에 상처가 난 것도, 그 상처 난 손가락이 클로드의 입에 머금어진 것도.

내 당황한 눈빛이 그를 그대로 꿰뚫었지만, 그는 무슨 생각인 건지 계속해서 나를 바라보고 있었다.

마치 지금 그가 하는 행위에 그 어떤 문제도 없다는 듯이.

그 태연함에 나는 어이가 없다는 사실도 잊어버린 채 그를 가만히 바라보기만 했다.

에메랄드를 닮은 녹색 눈동자에서는, 자비에르의 깊은 바다를 닮은 눈동자와는 다른 또 다른 어두움과 깊이가 느껴졌다.

"아……."

내가 뭐 하는 짓이냐고 말도 못 하고 멍한 얼굴로 클로드를 뚫어져라 쳐다보고 있는데, 클로드가 어느 순간 제 입에서 내 것을 빼냈다. 나는 그때까지도 정신을 차리지 못한 얼굴이었다.

"손수건이 없어서."

"……."

"응급처치."

……침에는 라이소자임이라는 게 들어 있다고 언뜻 들은 적이 있다. 항균 작용을 한다고. 그러니 상처가 났을 때 침을 바르는 행위는 이상한 게 아니라는 것이다.

"감사합니다."

아니, 여기서 감사를 해야 할 일인지도 잘 모르겠는데. 어쨌든 확실한 건 지금 이 상황에서 그 말 말고는 할 수 있는 일이 마땅히 없다는 것이었다.

그에게 '어머, 왜 더럽게 상처에 침을 발라요? 어이가 없네'라고 말하거나 '왜 남의 허락도 안 받고 그런 짓을 해요?'라고 따질 수는 없었으니까. 그러니까 이건, 상황이 최대한 어색해지지 않게 하기 위해 내 나름대로 몸부림치는 것과 다름없었다.

내 말에 클로드는 '뭘요'라고 답하면서 웃었다.

그 미소를 누가 보았더라면 그가 정말로 순수하게 내 상처를 걱정하여 그런 짓을 한 줄 알 것이다.

그만큼 해맑고, 아름답고, 결점 없는 미소였다.

"하지만 처치는 제대로 받는 것이 좋겠지요. 플로린다, 당신의 아가씨를 모시고 가서 제대로 치료받으실 수 있도록 해요."

클로드가 온화한 목소리로 플로린다에게 부탁했고, 플로린다는 고개를 끄덕이며 내 손을 잡았다.

머뭇거리는 내게 그는 말했다.

"이곳은 걱정하지 마십시오, 영애. 가르쳐주신 대로 잘하고 있겠습니다."

"……."

그 말에 나는 가만히 고개만 끄덕인 뒤 그 자리를 나설 수밖에 없었다.

"전하 아까 완전…… 설레지 않았어요?"

자리를 옮겨 내 상처를 치료하면서, 플로린다가 가장 먼저 꺼낸 한 마디가 그것이었다. 내가 대놓고 한숨을 내쉬며 대꾸했다.

"몰라."

"안 설레셨어요?"

"그건 차치하고서라도, 첫 번째는 당황했어."

"하긴 저라도 그럴 거 같긴 해요."

그런 미남이 내 다친 손가락을 그렇게, 섹시하게 빨다니.

플로린다가 덧붙인 말에 나도 모르게 헛기침이 나왔다. 그런 내 반응을 본 플로린다가 짓궂게 웃으며 내게 물었다.

"안 섹시하셨어요, 공작 전하?"

"아니……."

안 섹시하지는 않았지, 그 모습이.

내가 차마 부정하지 못하고 고개를 저었다.

섹시하고, 매력 있고, 아름다운 남자. 그게 클로드였다.

그런 남자가 아까 그런 짓을 하는데 묘한 감정이 안 들 리 없었다. 문제는…….

'왜 굳이 그런 행동까지.'

그냥 호들갑을 떨면서 손수건을 찾아도 되었을 텐데. 아니, 만약 지혈이 목적이었다면 그냥 손가락을 세게 쥐기만 해도 괜찮았을 텐데. 굳이 왜 그런 성적 의도가 다분한 행동을…….

'미쳤네.'

여기까지 생각하다가, 나는 퍼뜩 정신을 차리고선 고개를 팍 저어버렸다. 그냥 내가 너무 예민한 거다. 성적 의도는 무슨.

'이런 뇌로 일상생활이 가능하다는 게 신기할 정도야.'

중증이다, 정말. 나는 고개를 절레절레 저었다.

아무래도 요즘 어디가 맛이 간 게 틀림없었다.

도로테아도 정리했겠다, 과일청 일도 잘되어가고 있겠다, 문제 될 것 하나 없으니 뇌가 새로운 일탈을 찾으려 발악하는 것이다.

내가 연신 고개를 저으며 플로린다에게 말했다.

"모르겠어. 어쨌든 본인이 들으면 기분 나빠하실 수도 있으니까 이 이야기는 그만하자."

"네, 아가씨."

플로린다는 내 분위기가 약간 달라졌다는 걸 감지했는지 더 이상 아까의 일을 입에 담지 않았고, 다친 내 손가락을 치료하는 데에만 힘썼다. 자상은 얕고 길었기 때문에 심각한 상처는 아니었지만, 그만큼 귀찮고, 성가시고, 불편했다.

말하다 보니 뭔가 도로테아가 생각나서 더 불쾌해졌지만.

"전하께서 많이 기다리시겠어. 서둘러 가봐야지."

치료를 다 받자마자 나는 곧바로 조리실로 갔다.

손님을 홀로 내버려 두는 것처럼 마음 불편한 일도 없으리라.

"전⋯⋯."

조리실의 유리문을 열고 들어간 내가 익숙하게 클로드를 부르려는데, 멀리서 누가 봐도 집중한 것 같은 클로드의 뒷모습이 보였다.

그 모습을 약간 신기하게 바라보던 내가 살금살금 발소리를 내지 않으며 그에게로 가까이 다가갔다. 가까이 다가가면 다가갈수록 그가 긴장한 얼굴로 집중하고 있는 모습이 좀 더 자세히, 잘 보였다.

그건 퍽 신기한 경험이었다.

"전하."

"아!"

엄청난 집중력을 발휘해 체리 꼭지를 따고 있던 그가 갑작스럽게 들려오는 내 목소리에 화들짝 놀라 뒤를 놀라보는 것 역시 그에 속했다. 누가 봐도 당황한 눈동자와 마주하면서, 나는 맑게 웃었다.

"엄청 놀라시네요, 이런. 죄송합니다. 제가 너무 짓궂었네요."

"아닙니다, 영애. 일찍 오셨군요."

"사실 그리 짧은 시간은 아니었는데, 일에 집중하고 계셨나 봐요."

"아아."

내 말에 그가 어색하게 웃으며 고개를 끄덕였다.

"재미있더군요."

맙소사, 천하의 에스클리프 공작이 이런 일에 재미를 느끼다니.

생소하기도, 안 어울리기도, 믿기지 않기도 했다.

"의외입니다. 이런 걸 좋아하실 줄은 몰랐어요."

"영애와 함께하는 일이라고 생각하니 더 재미있군요."

"그런가요."

대수롭지 않게 그 말을 받아들인 내가 그의 곁으로 다가갔고, 그는 잠시 작업을 멈춘 다음 내게 물었다.

"상처는 좀 어떠십니까."

"보시다시피."

내가 그의 앞에서 손가락을 흔들어 보이며 대답했다.

"치료를 완벽하게 마쳤습니다. 전하께서 '응급처치'를 해주신 덕에 일이 수월해졌어요."

"도움이 되었다니 기쁩니다."

그 말을 마치고 씩 웃어 보이면서, 그는 묘한 말들을 덧붙였다.

"다시는 다치지 마세요."

"조심하겠습니다."

"하지만 만약 다치신다면, 그때도 이렇게 해드리겠습니다."

그때도…… 이렇게? 나도 모르게 꿀꺽 마른침을 삼켰다.

"제가 다칠 때마다 늘 제 옆에 계실 것처럼 말씀하시네요."

묘한 말이었지만, 나는 굳이 의미 부여를 하지 않고 넘어갔다.

"꼭 그런 순간이 아니더라도 영애의 옆에 있으면 좋지요."

"방금 그 말은 오렐레타 같았고요."

내가 입꼬리를 위로 끌어당겨 웃었고, 그 또한 그렇게 했다.

우리는 다시 과일청을 만드는 데 집중했고, 옆에서 본 클로드의 모습은 사뭇 진지해 보였다.

모든 일에 그가 이렇게 집중력을 보이는 건지, 아니면 정말로 이 일에 흥미를 느끼는지는, 알 수 없는 일이었지만.

"자아……."

내가 능숙하게 유리병의 뚜껑을 닫아 돌리며 말했다.

"이제 사흘 동안 두었다가 드시면 됩니다, 전하. 가급적 빨리 드시는 게 부패를 막기 위해서는 좋고, 더운 온도보다는 서늘한 온도에서 보관해 주십시오."

"알겠습니다, 레이디 마리스텔라."

그는 그렇게 말한 다음 자신이 만든 과일청들을 꽤나 사랑스러운 눈빛으로 바라보았는데, 그 모습이 왠지 웃겨서 나는 살짝 웃음기를 흘리며 말했다.

"정말 입에 맞으셨나 봅니다. 전하께서 이렇게 좋아하시는 모습은 처음 보네요."

"이게 제 입에 맞기도 했지만."

그가 나직한 목소리로 속삭이며 대답했다.

"영애께서 처음으로 제게 주신 것 아닙니까. 무엇보다도 뜻깊답니다."

"전하께서는 참 좋은 친구시네요."

내가 배시시 웃으며 대답했다.

"전하 같은 분과 이런 관계를 유지할 수 있다니, 전 정말 운이 좋은 여자 같아요."

내 말에 클로드는 잠시 나를 알 수 없는 시선으로 바라보다가, 갑자기 내 왼손을 그의 입술 쪽으로 끌고 가버렸다.

그러더니 내가 당황의 말도 흘리기 전에 손등 위에 입을 맞추는 것이었다. 나는 순식간에 벌어진 이 상황에 어벙한 표정을 지으며 클로드를 쳐다보았다.

"레이디 마리스텔라."

그가 내 이름을 불렀고, 나는 가만히 고개를 끄덕였다.

"네, 전하."

"……그렇게 생각해 주신다면 저 또한 영광입니다."

그렇게 말하며 웃는 클로드의 미소가 아름다워서, 나는 그전에 느꼈던 이상함은 전부 망각한 채 그저 따라 미소 지을 뿐이었다.

◇◆◇

모든 일을 마치고, 나는 클로드에게 전에 만들어 두었던 체리레몬청으로 차를 끓여 대접했다. 어쩐지 본의 아니게 선물을 본인이 만들도록 한 셈이 되어버려서 약간 신경 쓰였다.

그걸 눈치챘는지 클로드는 신경 쓰지 말라고, 본인은 외려 재미있었다고 말하며 내게 위로 아닌 위로를 건넸지만, 아무래도 선물하는 입장에서는 다소 미안함이 들 수밖에 없었다.

만약 클로드가 정말로 과일청을 좋아한다면 나중에는 서프라이즈로 선물해줘야겠다는 다짐 아닌 다짐이 들었다.

"그보다 가게 개점 준비는 잘 되어가고 계시는지 모르겠습니다."

"아."

내가 낮게 웃으며 답했다.

"안 그래도 요즘 그 일로 바쁘답니다."

"이런. 제가 바쁘신 분을 괜히 찾아뵌 것일까요?"

"그럴 리가요, 전하. 그런 의미로 드린 말씀은 아니었어요."

내가 낮게 웃으며 고개를 저었다.

"그리고 바쁘기로 치면 전하께서 저보다 더 바쁘실 텐데요."

"네?"

"근래 영지를 새로 구입하셨다고 들었습니다."

"아아."

그제야 그가 이해했다는 듯 고개를 주억거리며 대꾸했다.

"그 일로 요즘 바쁘기는 하지요. 하지만 영애를 찾아뵐 여력 정도는 있답니다."

"그렇게 말씀하시기에는 지난번 에스클리프 저택에서 뵙고 난 이후 처음인걸요."

"이런."

내 말에 그가 묘한 미소를 지어 보이며 내게 물어왔다.

"그래서."

"……."

"서운하셨습니까?"

"아뇨. 그럴 리가요."

내가 낮게 웃으며 고개를 저었다.

"전하께서 바쁘신 분이라는 걸 뻔히 알고 있는데, 어떻게 그런 마음을 품을 수 있겠어요."

"품으셔도 됩니다."

그런 마음.

덧붙여진 클로드의 말에 나는 잠깐 멈칫했다가, 잠시 후 아무렇지 않게 입을 열었다.

"배려해 주셔서 감사합니다, 전하."

"배려는 늘 제가 아니라 영애께서 해주시는걸요."

"그런가요?"

내가 낮게 웃으며 묻자, 클로드가 그렇다는 듯 고개를 끄덕였다.

"영애처럼 마음 따뜻하고 배려심이 깊은 사람도 드물지요."

"레이디 오델레타도 그렇답니다."

"끼리끼리 친해지는 법이니까요."

"전하께서도……."

나는 잠깐 머뭇거리다가, 무모하다 싶을 정도로 궁금했던 질문을 던졌다.

"황태자 전하와 비슷하셨기에 친하셨던 걸까요?"

"으음……."

예상외의 질문이었다는 듯 클로드가 난처한 소리를 흘렸다.

나는 뒤늦게 내 행동에 걱정을 품었지만, 이어지는 클로드의 반응이 그것이 기우였음을 말해주었다.

"저는 그렇다고 생각하고 있습니다. 하지만 황태자 전하 역시도 같은 생각이실지는, 음……. 잘 모르겠군요."

"아마 황태자 전하께서도 같은 생각이실 겁니다."

"그보다 갑자기 저와 전하 사이의 관계에 관심이라도 생기신 겁니까?"

클로드가 낮게 웃으며 물었다.

"이런 걸 직접적으로 물으셨던 적이, 제가 기억하기로는 거의 없어서요."

"그저 문득 궁금해져서 던진 질문이었는데, 지금은 다소 무모하지 않았나 생각도 듭니다. 불쾌하셨다면 죄송합니다."

"아뇨. 불쾌하지 않았습니다."

그가 엷게 미소 지으며 대답했다.

"오히려 좋았는걸요. 어느 쪽으로든 제게 관심을 표해 주셨으니……."

"친우에게 관심을 가지는 건 당연한 일이잖아요."

"관심이 모든 관계의 시작이니까요."

묘한 눈빛으로 나를 바라보던 클로드가 덧붙였다.

"그래서 영애께 이런 질문을 받을 때마다 즐겁습니다."

"그러다 제가 곤란한 질문이라도 하면 어쩌시려고요."

"곤란한 질문이요?"

그가 흥미롭다는 듯 내게 물었다.

"이를테면요?"

"으음……."

말만 내뱉었을 뿐, 막상 그것이 무엇인지에 대해 생각해본 적 없던 내가 당황했다. 그런 내 모습을 빤히 바라보던 클로드가 나를 도와주기라도 하려는 사람처럼 입을 열었다.

"이를테면…… 제가 지금껏 겪었던 일들 중에 가장 곤란했던 일이라던가."

나는 속으로 입 밖으로는 절대 내지 못할 말을 읊조리면서 고개를 끄덕였다.

아니면 당신이 지금 입고 있는 팬티 색깔 같은 것들?

"뭐, 아무튼 그런 것들이요. 어쨌든 들으셨을 때 대답을 원치 않으실 법한."

"생각해 봤는데 영애께 그런 감정을 느낄 만한 질문이 없어서요."

"……네?"

"모든 걸 다 말씀드릴 수 있을 것 같다는 말씀입니다."

"'모든 걸' 다, 라니. 너무 자신만만하신걸요."

진짜로 속옷 색깔이라도 물어보면 어쩌시려구요, 공작님.

"하지만 진심입니다."

클로드가 씩 미소 지으며 내게 물어왔다.

"이런 질문을 하신다는 건, 그런 유의 질문 하나쯤은 마음속에 남겨두고 계신다는 거네요."

"전하께 궁금한 은밀한 이야기가 없는 것은 아닙니다만."

내가 머뭇거리며 입을 열었다.

"아직 여쭤보기에는 시기상조 같아서요."

……라고는 말했지만, 사실 그와 자비에르 사이에 얽힌 과거가 궁금했다. 하지만 일전에 자비에르에게 물었다가 그가 매우 곤란해하는 모습을 본 이후부터는, 그 이야기를 직접적으로 꺼내는 것이 아무래도 조심스러웠다.

자비에르와는 달리 클로드가 태평하고 호쾌한 성격이라는 걸 알고 있었지만, 어쨌든 자비에르에게 그런 느낌을 주는 화제라면 클로드에게도 그에 상응하는 만큼의 충격을 주지 않을까.

나는 그렇게 생각했다. 그래서 더 조심스러워졌다.

"원하신다면 언제든 물으셔도 좋습니다. 영애께서 하고 싶으실 때면 언제나요."

"……지금은 아닌 것 같아요."

"그럼 다음을 기약하셔도 좋고요. 분명한 건, 전 늘 영애께 열려 있다는 점입니다."

"기억하고 있겠습니다, 전하."

옅게 미소 짓는 나를 향해, 클로드가 곧바로 다른 질문을 해왔다.

"아, 그러고 보니 코르노헨 영애와는 어떠신지 여쭙지 못했군요."

오랜만에 듣는 이름이었다. 나는 입가의 미소를 더 짙게 만든 다음 대답했다.

"뭐…… 사교계에서 들으셨을지도 모르겠지만, 완전히 끊었어요. 그 일 이후 완전히 관계를 정리했습니다."

도로테아와의 관계는 친구든 시녀로든 완전히 끊어졌다.

그녀는 더 이상 내게 놀아달라고 귀찮게 하지 않았고, 그녀의 가문 역시 우리 가문에 일체의 친교 의사를 표시하지 않았다.

이렇게 자연스럽게 멀어지는 것이다. 물론 그전의 과정은 결코 자연스럽다고는 말하기 어려웠지만, 어쨌든 결과가 좋았으니 아무래도 다 좋다고 생각하기로 했다.

"감회가 남다르시겠네요."

"다시는 그녀로 인해 제 삶이 휘둘려질 일이 없다고 생각하니 너무 기뻐요."

엄밀히 말하자면 내 삶이라기보다는 마리스텔라의 삶이었다.

책을 읽다 보면, 가끔은 그녀가 오직 도로테아를 돋보이게 만들기 위한 용도로만 창조된 소모품은 아닌가 하는 의구심까지 들었는데, 그것은 소설 속 대부분의 조연들이 주인공들의 '무언가'를 위해 창조되는 상황에서 그리 이상한 일은 아니었다.

하지만 지금은 상황이 달라졌다. 이제 그 조연들 중 한 명이 나였으니까. 나는 들러리로만 살고 싶지는 않았던 것이다. 이 소설 속의 주인공이 누구인지는 관심 없었지만, 적어도 내 삶의 주인공은 나여야만 했다. 그런 의미에서, 내가 도로테아와의 인연을 끊은 것은 정말로 획기적인 사건임이 틀림없었다.

이제는 시간이 많이 흘러 머릿속에서조차 희미해지고 있기는 했지만, 분명 의미 깊은 일이었던 것이다.

나는 뿌듯한 얼굴로 클로드에게 다짐하듯 말했다.

"앞으로는 온전한 제 삶을 살 거예요."

"당연히 그래야지요. 그 누구에게도 영애의 삶을 함부로 뒤흔들 수 있는 자격 따위는 없으니까요."

"그리고 제게는 그녀 이외에도 좋은 사람들이 주변에 너무 많으니까요. 굳이 그런 관계로 더 스트레스받을 이유가 없지요."

"탁월한 판단이셨습니다. 표정이 한결 나아 보이시니 기쁘군요."

"적어도 제게는 해악만 되는 관계였거든요. 확실히 마음이 편해졌어요."

"그런 관계는 하루빨리 끊어 내는 것이 맞지요. 서로를 위해서라도 말입니다."

"네. 후회는 없어요."

내가 윗니를 살짝 드러내며 웃어 보였고, 그 모습을 지그시 바라보던 클로드가 이내 아쉽다는 듯 들고 있던 찻잔을 테이블 위에 내려놓았다.

"아쉽지만 이만 일어나봐야 할 듯합니다. 선약이 있어서요."

"아, 그러셨군요."

나는 깜짝 놀란 목소리로 그에게 말했다.

"얼른 가보세요. 제가 공연히 전하의 시간을 빼앗은 것 같아 죄송하네요."

"늘 말씀드리지만, 결단코 그렇지 않습니다, 레이디 마리스텔라. 제게 영애처럼 의미 있는 사람은 없는걸요."

그 말에 나는 소리 없이 미소 지었고, 곧 응접실 바깥으로 나가 클로드를 배웅해 주었다. 클로드는 내가 선물한 – 엄밀히 말하면 나와 같이 만든 – 과일청들을 실은 마차에 올라탔다.

"모쪼록 조심히 들어가세요, 전하."

나는 정중하게 클로드에게 작별 인사를 건넸고, 그는 그런 나를 가만히 바라보다가 돌연 내 손을 끌어당겨 손등 위에 키스했다.

돌발 행동에 나는 속으로 많이 당황했지만, 이 세계에서 귀족 남성이 귀족 여성의 손등에 키스하는 일은 흔한 인사였기 때문에 내색하지는 않았다.

"조만간 또 뵙겠습니다."

나긋나긋한 한 마디만 남긴 채 그를 태운 마차가 출발했다.

나는 멀어져가는 클로드의 마차를 끝까지 바라보았다가, 시야에서 완전히 사라졌을 즈음에야 뒤를 돌았다.

2. Conflict

그다음 날은 드디어 오델레타와 만나기로 한 날이었다.

연이어 여러 사람들을 만난 탓에 그녀와 만나는 시간 텀이 길지 않았음에도 오랜만에 만나는 것 같은 착각이 일었다.

나는 선물 받으면 곧바로 차로 마실 수 있을 정도로 숙성된 과일청을 들고 트라코스 저택을 찾았다.

늘 그렇듯 로버트 조이스 씨가 나를 맞아 주었다.

"어서 오십시오, 레이디 마리스텔라. 자주 뵈니 좋네요."

"안녕하세요, 조이스 집사님. 잘 지내셨지요?"

"늘 같은 대답을 드리지만, 제 일상은 변함이 없답니다."

그가 인자하게 웃으며 나를 오델레타의 방으로 인도했고, 오델레타는 늘 그렇듯 나를 반갑게 맞아주었다.

"마리."

"안녕, 오델. 보고 싶었어."

익숙하게 오델레타를 한 번 안아준 다음 내가 한 일은 그녀에게 선물부터 내미는 것이었다. 커다랗고 묵직한 상자를 받은 오델레타가 설렘과 당황이 반쯤 섞인 목소리로 물었다.

"뭐야, 이게?"

"과일청이야."

내가 엷게 미소 지으며 대답했다.

"그때 네 걸 만들어 주겠다고 했는데, 일에 치여서 계속 미뤄지다 보니 결국 여기까지 왔네. 늦어서 미안해."

"아냐, 마리. 미안하긴 무슨. 그냥 흘러가는 말로 해본 말이었는데, 이렇게 기억해주고 선물해줘서 고마워."

오델레타가 빙긋 웃으며 받은 선물 상자를 방 안에 있던 하녀 하나에게 건넸고, 하녀는 그것을 가지고 바깥으로 나갔다.

이내 모든 하녀를 방 안에서 물린 오델레타가 내게 물었다.

"잘 지냈어? 마지막으로 만난 지가 그렇게 오래된 건 아닌데 이상하게 만남이 뜸했던 느낌이네."

"응. 바쁘게 지냈어. 과일청도 계속 만들어보고, 다른 사람들에게 가져다주기도 하고……."

"다른…… 사람들이라니? 누구?"

"황태자 전하와 에스클리프 공작 전하. 그 두 분께도 전해 드리는 게 예의라고 생각했거든."

"……하긴 넌 그분들과 원래부터 친했으니까."

잠시 생각하는 표정을 짓던 오델레타가 내게 물어왔다.

"그래서 평은 어떤데?"

"두 분 모두 좋아하셔서. 특히나 에스클리프 공작 전하께서는 정말 좋아하셔서, 내가 가져다드리기도 전에 저택을 방문하셨더라고. 급작스러운 방문이라서 정말 깜짝 놀랐……."

"그분이 너 좋아하시는 거 아냐?"

내 말이 끝나기도 전에 오델레타가 말을 끊고 물어왔고, 나는 당황했다. 첫 번째 이유를 들자면 오델레타는 내 말을 한 번도 끊은 적이 없었고, 두 번째 이유를 들자면 그 말의 내용 때문이었다.

내가 어색하게 웃으며 중얼거렸다.

"왜 갑자기 그런 소리를……."

"아니, 갑자기가 아니라. 어쩐지 느낌이 그래서."

"무슨 느낌……?"

"공작 전하께서 예전부터 널 좋아하고 있는 것 같다는 느낌이 강하게 드네."

"……."

그 부분에 있어서는 나 역시도 아예 생각하지 않은 문제는 아니었으나, 가정에 확신을 가지기에는 아직 위험한 감이 있었다.

내가 어색하게 웃으며 고개를 저었다.

"모르지. 그런 느낌으로 단정하기에는…… 좀 위험하지 않아?"

"고백을 기다리는 거야?"

"확실한 건 아무래도 그쪽이라고 생각해."

"행동만으로도 뻔히 답이 보이는데."

"난 잘 모르겠어."

내가 끝까지 대답을 피했지만, 오델레타는 평소답지 않게 집요했다.

"행동만으로 혼자 지레짐작하고 묻기에는…… 전하와 나 사이에 공유하고 있는 친분이 있잖아. 그게 깨질 것 같아. 그리고 그런 걸 묻는 건 조금 실례인 것 같기도 하고."

"아니면 그냥 아무렇지 않게 없었던 일로 하면 되는 거지."

"난 그렇게 어른스럽지가 못해서."

나는 어색하게 웃으며 덧붙였다.

"그리고 그런 문제에 있어서는 누구도 어른스러울 수 없지 않을까? 난 그렇게 생각해."

"으음…… 어쨌든 내가 보기에 공작 전하는 널 좋아해."

완벽한 단정조에 나는 순간 할 말을 잃었다. 원래 오델레타는 이런 성격이 아니었다. 늘 조심스럽게 과정에 다가가고 결론에 도달하는 성격이었는데, 이번 일은 조금 막무가내 같아서 당황스러웠다.

그만큼 이번 일에 대해서 그녀가 확신하고 있다는 뜻일까?

"일단 좀 기다려 볼게. 성급하게 결정 내리고 행동해야 할 문제 같은 게 아니잖아, 이건."

"……그건 그렇지."

"느긋해서 나쁠 것도 없고. 조급하면 탈이 나기 마련이야."

"……."

내 말을 듣고 난 후에도 오델레타는 대꾸가 없었고, 나는 혹시라도 내가 그녀의 기분을 거스르게 한 것은 아닌지 점검해 보았다. 하지만 특별히 그런 점은 없었기 때문에, 나는 별생각 없이 다음 화제로 넘어갔다.

"맞다, 그러고 보니 나 이번에 좀 이상한 경험을 했어."

"이상한 경험이라니?"

"서먼궁에 가던 길에 황제 폐하를 만났거든."

"황제 폐하를?"

"응."

"어떻게? 아니, 어쩌다가?"

"서먼궁으로 가다가 우연히 마주쳤는데, 갑자기 내가 누군지 물으시더니 차 한 잔 하자고 하시는 것 있지? 엄청 당황했어."

"황제 폐하를 만나 뵈었다니…… 대단하다, 마리."

오델레타가 떨떠름한 목소리로 내게 물었다.

"그래서 무슨 이야기를 나누었어?"

오델레타의 질문에 나는 아무렇지 않게 있었던 일을 그대로 말하려다가, 이내 그와 나누었던 대화 중에 자비에르가 지나치게 많이 끼어 있다는 사실을 깨닫고선 순간 멈칫했다.

아무래도 걸러서 이야기해야 할 필요가 있을 것이다. 자칫 오델레타에게는 민감하게 받아들여질 수도 있는 문제였으니까.

나는 뺄 정보는 빼고, 살릴 정보는 살려서 이야기했다.

그러는 바람에 이야기 자체는 상대적으로 많이 빈약해져버리는 문제가 생겼지만.

"……여하튼 그랬어. 좋으신 분 같더라."

"그랬구나."

여기서 끝이었다면 참 좋았을 것이다. 하지만 문제는 여기서 끝이 아니라는 점이었다.

"그럼 황태자 전하 이야기도 했겠네?"

"……."

안 했을 리가.

"별 이야기는 안 했어."

"설마 나한테 숨기는 건 아니지?"

"응?"

찔리는 게 있어서 나도 모르게 화들짝 놀랐다.

그 모습을 본 오델레타가 묘한 표정으로 확신했다.

"있구나. 숨기는 거."

"아냐. 숨기는 거라기보다는……."

내가 조심스럽게 입을 열었다.

"지금 말하려고 했어."

"아닌 것 같은데……."

"정말이야."

내가 침착하게 대꾸했지만 오델레타는 영 안 믿는 눈치였다.

그녀가 내 두 눈을 빤히 쳐다보다가 이내 고개를 돌렸다.

"아니야, 됐어. 안 들을래."

"오델, 정말……."

"난 너한테 내 밑바닥까지 전부 다 보여줬는데, 넌 내게 비밀이나 있고. 좀 그렇다."

"신중하게 말할 이야기라고 생각해서 뒤로 뺀 거야."

"솔직히 말해봐. 내가 직접적으로 안 물었으면, 너 이 이야기 했을 거야?"

"내가 네게 숨기는 게 있다면 애당초 폐하를 만난 이야기를 하지 않았겠지. 안 그래?"

"……."

그럴싸한 이야기에 오델레타는 아무 말도 하지 못했고, 나는 짧게 한숨을 내쉰 다음 입을 열었다.

"네가 상처받을까 봐 이야기하기가 조심스러워졌던 건 사실이야. 그걸 부정하지는 못하겠어. 하지만 나쁜 뜻은 아니었고, 결국은 다 말하려고 했다고."

"무슨 이야길 했는데."

"황태자 전하와 무슨 관계인지를 물어보셨어. 그냥 친구 관계라고 말씀드렸고."

거짓말이 아니라 솔직하게 말하자면 자비에르와 관련된 유의미한 이야기는 이게 전부였다. 하지만 오델레타는 믿지 못하는 듯 보였다.

"거짓말인지 아닌지, 내가 어떻게 알아."

"오델레타."

상황이 이쯤 되자, 나 역시 화가 나기 시작했다.

"날 못 믿는 거야? 애당초 이런 걸 걱정했음 말을 꺼내지도 않았어."

"그럼 차라리 말을 꺼내지 말질 그랬어."

"……뭐?"

"내가 황태자 전하랑 지금 무슨 관계인지 뻔히 다 알면서……. 꼭 그 이야기를 내게 해야만 했어?"

"……"

이런 식의 반응은 상상도 못 했던 일이라 나는 순간 당황했다. 내가 입술을 꾹 깨문 다음 입을 열었다.

"아예 처음부터 말하지 말았어야 했다는 거야?"

"아니면 처음부터 다 말했어야 했어."

"하지만 어느 쪽이든 한쪽은 거짓말인데, 그렇다면 넌 남은 한쪽을 온전히 믿을 자신이 있니?"

내가 떨리는 목소리로 물었지만, 오델레타에게서는 답이 없었다.

나는 그것을 무언의 부정으로 받아들이고선 허탈한 표정을 지었다.

"그러니까 너는 날 못 믿는구나, 오델레타."

"먼저 그렇게 행동한 건 너야."

"내가 어떻게 행동을 했는데?"

"……그만하자."

오델레타는 더 이상 나와 말하기를 포기한 듯 보였고, 나는 그것이 어째서인지 궁금했다.

"이유를 말해줘, 오델. 내가 잘못한 게 있어?"

"말해준다면, 고칠 거니?"

"내가 노력할 수 있는 선에서라면 기꺼이."

"황태자 전하와 어울리지 말아줘."

그렇게 말하는 오델레타의 목소리는 진지했고, 나는 순간 머리를 '뎅' 하고 맞은 기분이었다.

"……뭐라고?"

"서먼궁에 가는 것도 그만둬 줘, 마리. 부탁이야."

"……"

나는 이제 할 말까지 잃었다.

오델레타에게서 이런 말을 들을 줄은 꿈에도 몰랐다.

"난 전하께 불순한 마음을 품은 적이 없어. 내가 전하를 좋아하는 건 친구로서의 우정일 뿐이야."

"그건 네 생각이지. 전하도 그럴지 어떻게 단정해?"

오델레타가 처음으로 내 앞에서 냉소를 흘리며 말했고, 내 심장은 덜컹거렸다.

"그리도 다른 사람들 보는 눈도 있고. 너도 그렇고, 전하께서도 혼기 꽉 찬 나이시잖아."

"오델레타, 너…… 도로테아랑 비슷한 소리를 하는구나. 남녀 사이에는 오직 연정만 있을 수밖에 없는 거야? 네 말 대로라면, 혼기 꽉 찬 공작 전하와도 어울리면 안 되겠다. 괜한 오해를 살 수 있으니까."

"그럴 수 있다면, 가급적 그러는 게 좋지."

"······지난번에는 그렇게 말하지 않았잖아."

나는 어느새 굳어진 얼굴로 그녀에게 말했다.

"그렇게 말하지 않았어. 외려 그런 식으로 말하는 도로테아를 면전에서 망신 줬잖아."

"그때는 그랬어. 지금도 입장이 다르지는 않아."

"입장이 다르지 않다고? 지금 내 눈에 넌 그때의 도로테아랑 특별히 다른 점이 없는데?"

"다른 사람도 아니고 그녀와 날 비교하지 마. 불쾌해."

"내가······."

내가 오델레타를 뜯어보며 물었다.

"황태자 전하와 어울리지 않으면, 네가 이렇게 화낼 일도 없니?"

"당연하지."

"그렇다면 너는 내가 전하와 이루어지기라도 할까 봐 걱정하는 거야?"

"솔직한 심정으로는 그래."

오델레타가 다소 날이 선 목소리로 내게 말했다.

"네가 황제 폐하와 대면했다는 말을 듣고 나서는, 그 걱정이 더 커졌고."

"······."

나는 잠시 말을 잇지 못했고, 잠시 후에 당황한 목소리로 그녀에게 물었다.

"하지만 오델레타…… 전하께서 좋아하시는 분이 나는 아닐 거 잖아."

"……"

"그럴 리 없잖아, 오델레타. 아니야? 그런데 왜……."

"……몰라."

오델레타가 살짝 날이 선 목소리로 내 말을 끊었고, 갑작스럽게 말이 끊긴 나는 당황한 얼굴로 그녀를 쳐다보았다. 오델레타는 난생처음 보는 좋지 않은 얼굴로 내게 말했다.

"어쨌든 난 걱정돼. 마리, 이런 날 이해해주면 안 될까?"

"하지만 나는 도무지 이해할 수 없어, 오델레타. 도대체 뭘 걱정하는 거야?"

나는 이해되지 않는다는 목소리로 그녀에게 말했다. 상식적으로 그렇지 않은가. 자비에르에게는 이미 좋아하는 사람이 있는데, 오델레타가 걱정하는 일이 어떻게 일어날 수 있겠는가. 나는 소설 속에서 보아왔던 자비에르의 모습에서, 그가 그렇게까지 지조 없는 사람이리라고는 생각하지 않았다.

"나를 이성으로서 좋아하지 않는 전하를, 내가 친구로서 좋아하는 것조차 너의 눈치를 보아야 할 일이야?"

"혹시 모르지. 사람 일이란 게 어떻게 될지는 아무도 모르는 일이니까. 네가 서면궁을 드나들며 전하를 자주 보게 되면…… 전하께서 너에 대한 마음을 바꾸실 수도 있는 일이잖아?"

"오델레타, 너……."

그녀답지 않은 억측에 나는 순간 할 말을 잃고 말았다. 그리고 잠시 후에 다시 착잡한 목소리로 입을 열었다.

"나는 네게 끊임없이 말했지. 친구가 좋아하는 남자를 좋아하는 일은 없으리라고 반복했어. 그게 널 완전히 안심시켜 줄 수 있을지 걱정도 했지만, 우린 친구니까, 서로 간에 신뢰가 있으니까 괜찮을 거라고 생각했어."

"……."

"내가 황태자 전하와 어울리지 않는다면 넌 안심할까? 만약 그렇다면 내가 노력해볼게, 오델레타. 하지만 그게…… 정말로 의미가 있어?"

나는 어쩐지 슬픔을 느끼며 그녀에게 물었고, 오델레타는 여전히 아무 말도 없었다. 아무래도 오늘은 계속 있는 게 무의미하다는 생각이 들어서, 나는 천천히 자리에서 일어섰다.

"아무래도 오늘은 날이 아닌 것 같다. 평소보다 날이 더워서 그런가 서로 좀 예민한 것 같네."

"……."

"오늘은 이만 가볼게. 어차피 과일청 주려고 왔던 거거든. 푹 쉬어."

나는 그 말만 마치고선 몸을 돌려 방 밖으로 나갔다. 오델레타는 나를 잡지 않았고, 나는 그 사실에 더 마음이 쓰려왔다.

그때, 평소보다 일찍 방을 나선 나를 본 트라코스 후작부인이 의아한 목소리로 물었다.

"오늘은 일찍 가네요, 영애?"

"아……."

나는 그 순간 내가 어떤 표정을 짓고 있는지조차 자신할 수 없었다. 하지만 어쩐지 금방 울어버릴 것 같은 기분이 들어서, 나는 최대한 감정을 갈무리한 다음 그녀에게 말했다.

"오늘은 몸이 조금 좋지 않아서요. 원래 과일청을 주기 위해 온 것이었으니 일찍 가보려고 합니다."

"어머, 그랬군요. 몸이 아픈 사람을 계속 잡아둘 수야 없지요."

트라코스 후작부인은 늘 그렇듯 인자한 얼굴로 내게 말했다가, 곧 떨떠름한 목소리로 말을 이었다.

"그런데 오델 얘는 친구가 간다는데 배웅조차 하지 않고."

"아, 제가 말렸습니다, 후작부인. 번거롭잖아요."

"그래도 그건 예의가 아닌데……."

"전 괜찮습니다, 부인. 저희는 친구인걸요."

그렇게 말하면서 나는 마음이 조금 아려왔다.

"이만 가보겠습니다. 부인께서도 그냥 계셔요."

"하지만……."

"그럼 또 뵙겠습니다."

나는 끝까지 정중함을 유지한 채 트라코스 저택을 빠져나왔다.

저택 밖을 나서는 순간, 갑자기 서러움이 물밀 듯 쏟아져서 견디기가 어렵겠다는 생각이 들었다. 그렇다고 해서 눈물을 보일 수는 없는 노릇이었기 때문에, 나는 입술을 깨물어가며 간신히 감정을 추슬렀다.

마차 안에 타고 나서도 상태는 그리 달라지지 않았다.

나는 다른 것보다 우리의 상황이 어쩌다 이렇게 치달았는지가 가장 안타까웠다.

내가 자비에르와 친하게 지내는 것이 정말로 모든 상황의 원흉이 었을까? 내가 클로드와 우정을 맺는 것이 남들 눈에는 그저 양다리로만 보였을까? 하지만 진실은 그것이 아닌데, 고작 남들이 그렇게 바라본다는 이유 하나만으로 내가 원하는 것을 하지 않을 이유가 있나?

내가 만약 지금에라도 철벽을 치고 두 사람을 멀리한다면 다시 상황은 좋게 돌아올 수 있을까?

'아니야.'

나는 잠시 후 내 생각을 전면으로 부정했다.

얼토당토않은 소리였다.

나는 그렇다고 치더라도, 그렇게 행동했을 때 상처받을지 모르는 자비에르와 클로드는 조금도 배려하지 않는 생각이 아닌가.

그것이야말로 이기적인 생각이었다.

'내가 내게 떳떳한데, 눈치 볼 필요는 없어.'

그렇게 교육받고 자랐다. 이 세계에서는 그 가치관이 통용되지 않을지도 모르겠지만, 그래서 로마에 왔으니 로마법을 지켜야 하는

지도 모르겠지만, 그건 세계의 문제라기보다는 상식의 문제였다.

'일관성 있게, 나답게 행동하자.'

오델레타는 나와 가장 친한 친구였지만, 자비에르와 클로드 역시 내 친구였다. 함부로 잃고 싶지 않았다.

'분명 다른 방법이 있을 거야.'

나는 그렇게 생각하고 있었다. 하지만 만약 다른 방법이 없다고 할지라도, 그런 식으로 두 사람과의 연을 끊을 수는 없다는 것이 나의 결론이었다.

그 후, 나는 한동안 우울하게 지냈다.

오델레타는 그 이후 내게 서신은커녕 어떠한 연락도 보내오지 않았고, 그건 나도 마찬가지였다.

연락을 보내는 건 어렵지 않은 일이었지만, 그랬을 때 거절당하면 어쩌나 하는 심리가 은근히 내 마음에서 자리하고 있었기 때문이기도 했고, 또 내가 오델레타의 바람대로 마음을 바꾸지 않은 상태에서 그녀를 만나는 것이 과연 의미가 있을까 하는 의구심도 있었기 때문이었다.

물론 냉정하게 봤을 때 그건 내가 겁쟁이라는 소리밖에 더 되지 않았지만, 유감스럽게도 나는 그렇게까지 강인한 인간은 아니었다.

그걸 핑계고 변명이라고 말해도 어쩔 수 없었다.

"아가씨, 이번에 새로 라즈베리가 들어와서 좀 사와 봤어요."

그와는 별개로 가게 개점 준비는 잘 되어가고 있었다.

아이러니하게도, 나는 내 슬픔을 일로 돌리는 중이었다.

"조리실에 보관해줄래? 이따가 라즈베리청을 담가봐야겠다."

"이따가요?"

내 말을 들은 플로린다가 고개를 갸웃거리며 물었다.

"하지만 오늘 오후에 가게 계약을 하러 가신다고 하셨잖아요."

"으음……. 내 생각이긴 하지만 금방 만들 거 같거든. 아니면 다녀와서 하지, 뭐."

"언제 다녀오시죠?"

"오후 2시."

"다녀오신 다음 하셔도 늦지 않을 것 같아요. 벌써 11시인걸요. 아마 점심을 드시고 나면 시간이 많이 촉박할 거예요."

그건 플로린다의 말이 맞았다. 나는 알았다는 듯 고개를 끄덕였다. 아무래도 다녀와서 여유롭게 만드는 편이 좋을 듯했다.

오후 2시 즈음, 나는 계약할 가게에 도착했다.

"이곳이에요, 아가씨."

처음 와서 둘러본 대로 가게는 아담하면서도 정갈한 분위기였는데, 사방을 가득 메운 붉은색 벽돌에서 운치가 느껴졌다.

설레는 기분으로 플로린다와 함께 가게 주인을 기다리고 있는데, 누군가가 가게 안으로 들어섰다.

"오셨군요, 레이디 마리스텔라."

거래의 중개인 역할을 맡은 스미스 씨였다.

내가 스미스 씨를 보고 활짝 웃으며 그에게 인사했다.

"안녕하세요, 스미스 씨. 오랜만에 다시 뵙네요."

"그러게요. 2주 전에 뵙고 처음이네요."

"가게 주인분은 언제쯤 오시나요?"

"금방 오실 겁니다. 워낙 바쁘신 분이라 그런가…… 아무래도 조금 늦어지는 모양입니다."

"조금 기다리죠, 뭐. 가게가 청소가 잘 되어 있네요."

"다른 건 몰라도 제가 청결 하나만큼은 중요시해서요. 좋게 봐주시니 기쁩니다."

그렇게 별 시답잖은 말을 한 마디씩 주고받으면서 시간을 때운 게 아마 15분가량 되었을 것이다. 열정적으로 과일청 이야기를 하느라 어느새 가게 주인을 기다리고 있다는 사실이 내 머릿속에서 희미해질 즈음, 스미스 씨의 얼굴색이 갑자기 달라졌다.

그가 '아!' 하고 소리를 내며 아는 척을 했고, 문가를 등지고 서 있던 나는 자연스럽게 누군가가 도착했음을 눈치챘다. 아마 가게 주인일 것이라고 생각하면서, 나는 별생각 없이 뒤를 돌았다.

그리고…….

"오셨습니까, 공작 전하."

정말 의외의 남자와 마주쳐야만 했다.

내가 믿을 수 없다는 얼굴로 내 앞에 선 남자를 쳐다보았다.

"에스클리프…… 공작님?"

"레이디 마리스텔라."

나는 놀란 표정이었지만, 상대방은 아니었다. 아무래도 내 존재에 대해 미리 알고 있었던 게 틀림없었다.

"오랜만에 뵙습니다."

오랜만은 아니었다. 지난번에도 과일청을 선물하면서 만났으니까.

'조만간 보자는 의미가 이런 의미였나.'

내가 어벙한 얼굴로 그를 쳐다보며 물었다.

"이 가게 주인이…… 전하셨어요?"

믿을 수가 없었다. 이런 식으로 엮이게 되다니!

내 물음에 클로드가 어깨를 으쓱이며 대답했다.

"정확히 말하자면 이 거리 전체가 다 제 것입니다."

말도 안 돼.

내 입이 떡하고 벌어졌다.

"어떻게 그럴 수 있죠?"

"그래도 제도 전체가 제 소유는 아닙니다."

그거야 당연한 이야기였다. 나는 새삼스럽게도 그의 재력에 대해 다시 한번 실감할 수 있었다. 하긴 제국 서열 2위 가문의 - 1위는 누가 뭐래도 황가인 요나스 가문이었다 - 재력이니만큼 황가에 감히 버금간다고 말할 수 있는 수준이어야 할 것이다.

나는 어벙한 표정으로 그에게 말했다.

"그래도 여기서 뵙게 될 줄은 몰랐어요. 아니, 이런 일로 직접 여기까지 오실 줄은 몰랐어요. 많이 바쁘실 텐데 아랫사람을 보내시지 않고요."

"영애께서 제 가게에 관심이 있으시다는데 당연히 와봐야지요."

"그 사실을 알고 있으셨음 지난번에라도 제게 언질을 주시지 않고요."

"이상하게 비밀로 하고 싶었답니다. 덕분에 이렇게 영애의 놀라는 모습도 볼 수 있었으니."

하여튼 짓궂으시긴.

나도 모르게 피식 웃고 있는데, 갑자기 클로드가 은근한 목소리로 내게 다시 물었다.

"설마 제가 와서 실망하셨나요?"

"……그럴 리가요."

내가 슬며시 고개를 저으며 대답했다.

"다만 사소한 일로 전하의 시간을 빼앗은 것 같아 염려스러웠을 뿐이랍니다."

"제 시간은 영애께 늘 열려 있습니다. 그 부분은 걱정하지 마세요."

그 목소리가 어쩐지 평소보다 낮고 매혹적이어서, 나는 순간 할 말을 잃었다. 그런 나를 빤히 바라보던 클로드가 이내 빙긋 웃으며 말을 돌렸다.

"우리 사이에 머뭇거릴 이유는 없지요."

그는 그 긴 손가락을 이용해 서류 가방에서 무언가를 꺼내 들었다. 두 장의 새하얀 종이였는데, 누가 봐도 그건 계약서였다.

자연스럽게 마른침을 삼킨 내게 그가 물었다.

"바로 서명할까요?"

"전 괜찮습니다."

"좋아요. 진행이 빠르군요."

만족스럽게 클로드가 가게 안에 있던 테이블에 계약서를 내려놓은 다음, 품 안에서 만년필을 꺼내 들어 내게 건넸다.

에보니로 만든 듯한 황동색 금촉의 만년필.

기품 있는 외관에 내가 그것을 빤히 바라보고만 있자, 그가 수려한 얼굴로 웃으며 내게 설명했다.

"저는 이미 서명했습니다. 영애와 만나는 시간을 좀 더 효율적으로 쓰고 싶었거든요."

"……"

나는 말없이 만년필을 받아 든 다음 계약서를 살펴보았다.

간단하게 적힌 계약 내용을 두어 번 정도 꼼꼼히 읽어본 내가 망설임 없이 서명란에 이름을 적었다.

애당초 다른 사람도 아닌 클로드와의 계약이었기 때문에 마음이 편했다. 나는 클로드가 있는 쪽으로 만년필을 위에 내려놓은 계약서를 밀어 넣으며 입을 열었다.

"계약금은 바로 드릴 수 있도록 하겠습니다."

"천천히 주셔도 됩니다. 영애께서 편하신 때를 기다리고 있지요."

"중요한 일을 미뤄두는 걸 별로 좋아하지 않아서요. 저택으로 돌아가자마자 보내드리겠습니다."

"원하시는 대로 하시지요."

클로드는 굳이 거절하지 않겠다는 듯 씩 웃었고, 나는 그런 그의 얼굴을 보면서 마음이 편해졌다. 건물주가 다른 사람도 아닌 클로드라 적어도 사기는 안 당할 것 같다는 믿음이 생겼기 때문이었다.

물론 클로드 같은 사람이 내 돈을 떼어먹을 리는 절대 없겠지만.

"그럼 이제…… 가보셔야 하나요?"

"아까 말씀드리지 않았나요?"

그가 '그럴 리가요'라는 듯한 표정을 지으면서 내게 매혹적인 미소를 보여 주었다.

"제 시간은 영애께 늘 열려 있답니다."

그 말이 허언이 아니라는 사실을 보여주듯 클로드는 나를 데리고 근처의 찻집으로 데려갔다. 따뜻한 밀크티 한 잔씩을 주문한 뒤, 우리는 구석진 테이블에 자리를 잡고 앉았다.

"여기 밀크티가 아주 맛있답니다."

클로드는 그 말과 함께 대화의 운을 띄웠다.

덕분에 부담이 줄어든 내가 엷게 웃으며 질문했다.

"밀크티를 좋아하셨나요?"

"단 걸 싫어하는 편은 아닙니다. 기분이 좋지 않을 때는 꼭 단 걸 먹지요. 이유는 모르겠는데, 그럼 기분이 좋아지더라고요."

씩 웃으며 대답한 클로드가 내게도 역으로 물었다.

"영애께서는 단 걸 좋아하시나요?"

"좋아하는 편이에요. 거창한 이유는 없고, 그냥 맛있어서요."

"무언가를 좋아하는데 꼭 거창한 이유가 필요하지는 않지요. 좋으면 그냥 좋은 겁니다. 좋아하는 것에 이유를 찾으면 피곤해지더라고요."

클로드의 그 말이 끝나기가 무섭게 직원이 다가와 주문한 밀크티 두 잔과 함께, 러스크를 접시에 담아 가져다주었다. 러스크는 갓 구운 건지 눈으로만 봐도 따뜻해 보였다. 내가 빙긋 웃으며 말했다.

"맛있어 보이네요."

"말씀드렸잖습니까, 맛있는 집이라고."

그렇게 말하는 클로드의 목소리에서는 설명할 수 없는 자부심이 묻어났다.

"아마 후회하지 않으실 겁니다."

"그건 한번 먹어보고 결정할게요."

내가 장난스럽게 말한 다음 러스크 하나를 손으로 집어 입안으로 가져갔다. 한 번 씹을 때마다 러스크가 입속에서 깨지며 오도독거리는 소리가 났다. 그렇게 몇 번을 더 씹고 나서야 내 입가에는 솜사탕 같은 미소가 걸렸다.

표정이 모든 것을 다 말해주었는지, 클로드는 '그럴 줄 알았다'는 듯한 얼굴로 웃었다.

"마음에 드시나 보군요."

"맛있어요."

내가 황홀하다는 듯 입가에 손을 가져다 대며 말했다.

"이런 델 어떻게 알게 되신 거죠?"

"말씀드렸잖습니까. 이 거리가 전부 다 제 거라고."

아, 맞다. 그랬었지.

나는 그제야 잊고 있던 정보를 머릿속으로 끄집어냈다.

"그럼 이 가게도 전하의 소유인가요?"

"그렇답니다."

클로드가 씩 웃으며 덧붙였다.

"제 거리에 있는 디저트 가게들 중 가장 일품인 곳이랍니다. 그래서 영애를 모시고 온 것이고요."

"영광이네요."

내가 배시시 웃으며 밀크티 한 모금을 더 마셨다. 몇 번을 마셔도 훌륭한 맛이었다.

그때, 클로드가 화제를 돌렸다.

"그보다 과일청을 만들어 파실 줄은 몰랐습니다."

"전 사실 전하께서 짐작하고 계실 줄 알았어요."

"그쪽으로 관심이 있어 보이시기는 했지만, 가게까지 여실 줄은 생각도 못 했지요."

"그래서, 의외인가요?"

내 질문을 받은 클로드가 잘 모르겠다는 목소리로 물었다.

"정확히 어떤 것이요? 영애가 직접 가게를 운영하는 것? 아니면 판매하는 물건이 직접 만든 과일청이라는 것?"

"둘 다요."

"과일청은 요나스 제국에서 흔한 디저트는 아니니까요. 그래서 조금 놀란 건 사실입니다."

"저도 일이 이렇게 될 줄은 몰랐어요. 전하의 탄신 선물로 뭐가 좋을지 고민하다 나온 결과물이었거든요."

"그 말씀을 들으니 괜히 뿌듯하네요."

그렇게 말하면서 클로드는 정말로 뿌듯해 보이는 표정으로 웃었고, 나는 어쩐지 부끄러워져서 살짝 얼굴을 붉히며 말을 돌렸다.

"요나스에서 흔한 디저트는 아니라 기대와 걱정이 반씩 되는 게 사실이랍니다. 보수적인 귀족 사회에서 통할 거라는 기대는 일찌감치 접었고요."

"글쎄요. 경험상 모든 사업은 뚜껑을 열어 봐야 아는 일이라. 근래에 요나스의 귀족들이 이국적인 것을 선호하는 경향이 강해서요. 벌써부터 걱정하실 필요는 없을 것 같은데……."

"그런가요? 낙관적인 말씀이라도 듣기 좋네요."

"전 거짓말은 안 한답니다. 더구나 돈이 걸린 문제에 대해서는 평소보다 훨씬 객관적이죠."

"그렇게 말씀해 주시니 자신감이 조금 붙네요."

"잘하실 겁니다. 사실 어떤 분야를 개척한다는 게 쉬운 일은 아니지만, 이상하게 잘하실 것 같다는 확신이 드네요."

"그거야말로 정말 객관적이지 못한 말씀이신데요."

내가 장난스럽게 말을 내뱉자, 클로드가 어깨를 으쓱이며 대꾸했다.

"전 제 촉을 믿거든요. 틀린 적이 거의 없었어요."

"그럼 저도 전하의 촉을 한번 믿어볼게요."

"으음……."

내 말에 알 수 없는 소리를 중얼거리던 클로드가 이내 내게 말했다.

"언제라도 제 도움이 필요하시다면 말씀해 주시고요."

"늘 배려해주심에 감사드립니다, 전하. 하지만 아직까지는 괜찮습니다."

"알고 있습니다."

클로드가 예상한 답변이었다는 듯 활짝 웃으며 대답했다.

"그러니 지금 말씀드리는 것이랍니다."

"그렇게 말씀해 주시지 않으셨더라도, 제가 곤란한 상황이면 전 전하를 가장 먼저 떠올릴 거예요."

"……그것 참 영광이군요."

클로드가 입꼬리를 길게 끌어 올려 미소 지었다.

"오늘 들은 말 중에 가장 기쁜 말이네요."

"저희가 정말 친구라면요. 전하께서도 제 도움이 필요하시다면 언제든 말씀하세요."

"이미 일전에 말씀드린 적이 있지 않습니까."

지난번 에스클리프 저택에서의 파티를 말하는 것이었다. 그것을 기억해낸 내가 알고 있다는 듯 웃었다.

"네. 그때처럼요."

그때, 바스스 웃음 짓던 내가 클로드와 눈이 마주쳤다.

대화 중 자연스럽게 일어날 수 있는 눈 마주침이었지만, 그 순간 나는 의도치 않게 멈칫해버렸다. 하지만 너무나도 짧은 시간 동안 일어난 일이었기 때문에, 나는 자연스럽게 몸을 풀고 아무 일도 없었던 사람처럼 다시 그와 눈을 마주쳤다.

나와 눈이 마주치자마자 클로드는 명령이 입력된 로봇처럼 또 살포시 웃어 보였는데, 거기에서 나는 이유 모를 편안함을 느꼈다.

내가 자연스럽게 따라 미소 지었고, 클로드는 그런 나를 보면서 즐거운 목소리로 말했다.

"이제 영애가 만든 과일청을 망설임 없이 사 먹을 수 있겠군요. 저는 다른 것보다 그게 가장 기쁘답니다."

"이런. 너무 좋아하시네요. 그렇게 입에 맞으셨나요?"

"사람 입맛은 다 거기서 거기랍니다. 제가 이렇게 좋아하는 걸 보면 분명 다른 분들께서도 좋아하실 겁니다. 전 확신하고 있어요."

"좋게 봐주셔서 정말 감사합니다. 이러다 제가 제 분수를 모르고 까불게 되는 건 아닌지 걱정이네요."

"제가 아는 영애는 자만과 교만과는 거리가 먼 사람이지요. 지나친 걱정을 하시는 듯합니다."

"그리 봐주시니 감사합니다. 전하를 보아서라도 늘 자중하고 겸손해야겠네요."

과분한 칭찬에 나는 문자 그대로 '몸 둘 바를 모를 지경'이었다. 하여간 클로드는 내게 너무 너그러웠다.

"벨플레어 백작내외께서 영애를 많이 장하게 여기실 듯합니다."

"제가 부담스러워 할까 봐 내색은 하지 않으시지만 그런 눈치세요."

"트라코스 영애도 기뻐하겠군요."

"……"

오델레타 이야기가 나오자 나는 자연스럽게 멈칫할 수밖에 없었다.

아직 우리가 갈등을 빚었다는 소식은 아는 사람이 없었으니까.

당연히 클로드도 모르는 문제였다. 내가 어색하게 웃으며 입을 열었다.

"실은 그녀와 언쟁이 조금 있었어요."

"아."

하지만 예상과는 달리 클로드는 그리 당황해하는 눈치는 아니었다. 의외로 담담한 반응이어서 나는 외려 마음이 편해졌다.

"그래서 지금 좀 사이가 어색해요."

"무슨 일로 그리되셨는지 여쭤보는 것은 무례이려나요."

"무례는 아닙니다만…… 전하께서는 듣지 않으시는 편이 나을 겁니다."

"어째서요?"

클로드는 내 말을 이해하지 못하는 눈치였다.

"설마 저를 두고 싸우신 겁니까? 그럴 리는 없을 텐데요. 황태자 전하라면 또 모를까."

"하하."

진지하고 심각한 분위기에는 어울리지 않는 유머러스한 한 마디.

나는 이런 면에서 클로드가 좋았다. 내가 찻잔을 만지작거리며 솔직하게 이야기했다.

"황제 폐하를 만났어요."

"……."

"그 이야길 오델레타에게 했는데, 갑자기 제게 황태자 전하 이야기는 하지 않았느냐고 묻더군요."

"황제 폐하를 만나셨다고요?"

"그랬답니다. 우연히 서면궁에 가는 길에 마주쳤는데, 갑자기 제게 차를 권하셨어요."

"……하필이면."

"네?"

뜬금없는 중얼거림에 내가 의아한 얼굴로 묻는데, 그가 아니라는 듯 고개 저었다.

"제가 잠시 다른 생각을 했습니다. 계속 말씀하세요."

"어쨌든 그래서 차를 마시게 되었는데, 폐하께서 제게 하문하시더군요. 황태자 전하와는 무슨 관계냐고. 전 솔직하게 친구 관계라고 말씀드렸는데, 영 믿지 않으시는 눈치셨어요. 제게 자꾸 황태자 전하를 좋아하는 마음이 전혀 없느냐고 확인하시더군요."

"흐음……."

"하지만 이해가 가지 않았던 게…… 제가 알기로 황제 폐하께서는 오델레타와 황태자 전하와의 결합을 원하시거든요. 하지만 그때 그 질문은 마치……."

"마치……?"

"제가 황태자 전하를 좋아했으면 하는 느낌이었어요."

물론 어디까지나 나의 추측이었다. 내가 재빨리 덧붙였다.

"순전히 개인적으로 받은 느낌일 뿐이니, 확실하지는 않습니다."

"하지만 영애의 감을 무시할 수는 없지요. 황제 폐하께서 무슨 연유로 영애께 그런 질문을 했는지는 모르겠지만……."

"어쨌든 전 그냥 사실대로 말씀드렸어요. 그저 얕은 친분이나마 유지하고 있는 관계라고."

"으음……. 그분이 워낙 변덕스러우신 분이라 저도 함부로 말씀드리기가 어렵네요."

"그 이야기를 했는데, 오델레타가 믿지 않더라고요. 그 부분에서 이미 충격을 받았는데, 황태자 전하와 더는 어울리지 않았으면 한다고까지 이야기하니 그 순간 머리가 띵했어요."

"레이디 오델레타가 코르노헨 영애와 겹쳐 보이셨겠군요."

"그것과는 또 다른 느낌이었어요. 도로테아와는 다르게 저는 그녀를 정말 진심으로 아끼고 좋아했으니까요."

나는 슬픈 목소리로 말을 이었다.

"그냥…… 제가 정말로 잘못한 것인지도 생각해 보았어요. 하지만 전 떳떳하지 못한 마음을 품은 적도, 행동으로 옮긴 적도 없습니다. 그런 이유로 황태자 전하와 멀어지는 건 그분께도 상처가 되는 일이라고 생각했어요."

"영애의 말이 옳습니다. 입장을 바꾸어서, 제가 만약 황태자 전하였더라도 그랬을 겁니다."

"하지만 오델레타를 잃고 싶지는 않아요."

내가 우울한 목소리로 말을 이었다.

"지금 상황에서 도무지 어떻게 해야 할지를 모르겠어요. 전 아직 많이 부족한가 봅니다."

"그런 상황이라면 누군들 어려워하지 않겠습니까. 너무 자책하시지는 마세요. 영애의 잘못이 아니니까요."

"전 이제 어떻게 해야 할까요."

내가 괴로움을 토로하며 이마에 손을 얹자, 클로드가 나를 안쓰럽게 바라보는 시선이 느껴졌다.

순간적으로 한심하다는 생각이 들었다. 클로드도 바쁜 사람일 텐데, 괜히 이런 푸념이나 하고.

너무 어린아이 같다는 생각이 들어서, 나는 억지로 미소 지었다.

"제가 바쁘신 분께 너무 쓸데없는 이야기를 많이 했네요. 죄송합니다, 전하."

"그렇지 않습니다, 레이디 마리스텔라."

그가 아니라는 듯 고개를 저으며 나를 위로했다.

"친구의 고민은 제 고민과 다름없지요. 그렇게 생각하신다면 저는 많이 서운할 겁니다."

"그리 말씀해주시니 정말 감사합니다."

하지만 그렇게 말하면서도 나는 얼굴에서 걱정을 지워내지 못했다. 그런 나를 빤히 바라보던 클로드가 입을 열었다.

"실은 저도 그 문제에 대해서만큼은 조언을 드리기가 어렵습니다. 왜냐하면 저도…… 그와 비스무리한 관계를 아직까지도 풀지 못하고 있거든요."

"정말이세요?"

"네. 그런데 얼마 전에 그 친구와 진솔한 대화를 나눌 기회가 생겼답니다."

그가 싱긋 웃으며 말을 이었다.

"확실히 대화를 나누니 좀 낫더군요. 물론 아직까지도, 그리고 앞으로도 갈등은 진행 중일 것 같습니다만…… 그래도 그전보다는 감정이 달라졌어요."

"……."

"일단 이야기를 나누어 보시지요. 갈등을 풀려고 굳이 애쓰지 않으셔도 좋습니다. 그런 의도를 가지고 대화에 임한다면 역효과만 날 테니까요."

"조언 감사합니다, 전하."

나는 아까보다 밝아진 얼굴이 되어 그에게 말했다.

"정말로 그래봐야겠어요."

집으로 돌아온 내가 가장 먼저 한 일은 오델레타에게 방문해도 되겠느냐는 편지를 보내는 것이었다.

클로드의 말대로 일단은 대화가 중요했다. 만약 갈등을 이대로 풀지 못하게 된다고 하더라도 서로 진솔하게 이야기를 나누는 게 좋을 것이다. 오델레타는 빠르게 답신을 보내주었다.

그녀는 편지를 받은 다음 날 내게 만나고 싶다는 의사를 보내왔고, 나는 그렇게 하겠노라고 다시 편지를 보냈다.

그렇게 우리는 싸운 지 근 한 달 만에 시내의 한 카페에서 재회하게 되었다.

지난번 클로드가 나를 데리고 갔던 그 밀크티 카페였다.

"……."

"……."

당연히, 처음에는 서로 말이 없었다.

어쨌든 오델레타를 처음 불러낸 사람은 나였기 때문에, 내가 먼저 입을 여는 것이 예의였다. 나는 큰 결심을 하고선 입을 열었다.

"저기."

"마리."

하지만 제길, 타이밍이 영 그랬다. 하필이면 같이 입을 열 줄이야.

동시에 나와 오델레타의 눈이 마주쳤고, 나는 일반적인 소년만화에서 이 타이밍에 서로 자지러지게 웃는다는 사실을 잘 알고 있었다. 하지만 만화는 만화고 현실은 현실이었다.

우리 둘은 웃지 않았다.

대신 머쓱한 표정을 지으며 시선을 땅으로 떨어뜨릴 뿐이었다.

"먼저 말해."

그녀가 내게 순서를 양보했고, 내가 봐도 내가 먼저 이야기를 하는 게 옳은 듯싶었다. 나는 속으로 깊은 한숨을 쉰 다음 입을 열었다.

"일단…… 만나는 걸 피하지 않아 줘서 고마워."

"내가 피할 이유가 없었으니까."

"어찌 되었든 고마워."

내가 엷게 웃으며 오델레타에게 말했다.

"난 네가 좋아, 오델레타."

"……"

"그래서 만나자고 했어."

"내가 했던 말대로 행동하기로 한 거야?"

"그런 게 아냐, 오델레타."

나는 대답과 함께 고개를 저었고, 오델레타의 얼굴은 아까보다 굳어졌다. 하지만 나는 개의치 않고 말을 이었다.

"결론부터 말하자면 나는 지금 내가 맺고 있는 인간관계를 그런 이유 때문에 정리하고 싶은 마음이 전혀 없어."

"……그럼 오늘 날 왜 불러낸 거야?"

오델레타가 기대한 건 아마도, 내가 그녀의 요구를 받아들이는 것이겠지. 나는 살짝 착잡한 마음으로 그녀에게 말했다.

"진솔하게 대화가 하고 싶어서."

"대화라니?"

"그때도 말했지만, 중요한 건 내 태도야."

내가 담담하게 내 생각을 말해나갔다.

"내가 만약 네게는 두 분 전하와 만나지 않겠다고 말했으면서, 뒤로는 만나고 다닌다면? 그게 의미가 있을까? 중요한 건 우리 둘 사이의 신뢰고, 내 양심이야. 난 그걸 다 지키고 있다고 생각했기 때문에 서면궁을 드나들면서도 네게 떳떳했어."

"……"

"차라리 네가 한 요구의 이유로 타인의 시선을 들었다면 고려했을지도 몰라. 하지만 내가 보기에 그런 건 아닌 것 같아서. 맞지?"

"하고 싶은 말이 뭐야, 마리."

"나와 절교하고 싶은 거야?"

"……"

그건 아닌 듯했다.

오델레타의 표정이 살짝 굳어졌다가 이내 풀어졌다.

"나와 절교하고 싶어?"

역으로 질문이 들어왔다. 나는 고개를 저었고, 솔직한 내 마음을 전했다.

"그런 걸 바랐으면 이렇게 대화하려는 시도조차 하지 않았을 거야. 네가 뭘 걱정하는지는 알겠는데, 적어도 그런 일은 없을 거야, 오델레타. 마음이 동하지 않는다면 지금처럼 멀리 떨어져서 지내도 좋아. 물론 그러면 내 마음은 많이 아프겠지만. 네가 날 믿어줄 때까지 나 기다릴게. 기다릴 수 있어."

"……"

"그냥 내 진심을 알아줬으면 했어. 그래서 오늘 널 부른 거야."

하지만 오델레타는 내 말이 끝난 뒤에도 여전히 침묵을 지켰다.

나는 그것이 그녀가 내게 할 말이 없어서가 아니라, 속에 담아둔 생각이 많기 때문이라는 걸, 그것들이 어지럽게 뒤섞이면서 혼란을 만들어 내고 있기 때문이라는 걸 잘 알고 있었다.

그래서 나는 기다렸고, 오델레타는 여전히 침묵을 지켰다.

"네 마음은 잘 알겠어."

마침내 그녀가 입을 열었을 때, 나는 환호성이라도 지르고 싶은 마음이었다.

"하지만 지금은 도무지…… 널 제대로 마주할 자신이 없어, 마리 스텔라."

"그래. 이해 못 하는 건 아냐."

"일단은 서로 떨어져서 생각할 시간을 갖자. 그게 우리 모두에게 좋을 것 같아."

"네가 원한다면 그렇게 해."

내 대답에 오델레타는 잠깐 동안 나를 빤히 쳐다보았다가, 이내 자리에서 몸을 일으켰다.

"……이만 가볼게."

그 말만 남기고서 그녀는 떠났다. 내 앞자리에는 그녀가 고작 한 모금만 마셨을 뿐인, 여전히 따끈따끈하게 김이 피어오르는 밀크티 가 놓여 있었다.

나는 복잡한 표정으로 깊게 한숨을 쉬었다. 애당초 오늘 이 자리에서 바로 갈등을 풀 수 있으리라고는 생각지 않았다.

'하지만 역시……'

클로드의 말이 맞았다. 분명 결과론적으로 봤을 때 달라진 건 없는 상황이었다. 나는 여전히 그녀와 갈등 중이었고, 오델레타는 나를 이해하지 못했으니까.

그렇지만 분명 처음과는 달라진 분위기였다. 말로 설명할 수 없을 정도의 미묘한 변화였지만, 나는 분명히 그것을 느꼈다.

그 이후 특별히 달라진 것은 없었다.

나는 가게 개점 준비로 바쁜 나날을 보냈고, 마침내 시내 한복판에 위치한 내 과일청 가게는 무사히 문을 열었다.

처음에는 파리만 날리는 날들의 연속이었다.

과일청 자체가 요나스 사람들에게 익숙한 디저트가 아니었는 데다, 누가 그랬는지는 몰라도 귀족 여성이 운영한다는 사실이 새어나가는 바람에 사람들이 거리감을 느꼈기 때문이었다.

농담이 아니라 처음 얼마 동안은 정말로 힘들었다. 소일거리나 하자는 생각으로 시작한 가게였지만, 정작 손님이 없으니 괴로웠고 내가 한심하게 느껴졌기 때문이었다. 우울감에 빠져 있는 나를 달래느라 벨플레어 저택 사람들이 고생깨나 했을 것이다.

하지만 한두 명씩 오가던 가게의 손님들은 점차 유의미한 숫자로 늘어나기 시작했는데, 아무래도 처음 도전정신을 가지고 과일청을 사 간 사람들이 그 맛에 매료되어 주변에 입소문을 낸 듯했다.

덕분에 가게는 눈에 띄지는 않더라도 분명 조금씩 성장하고 있었고, 손님들도 천천히 늘고 있었다.

그리하여 개업 후 두 달이 지난 지금, 대단한 흑자를 기록하고 있는 것은 아니었지만 그래도 적자는 면하고 있는 상황이었다. 아마 시간이 더 흐르면 지금보다 훨씬 가게가 성장하리라는 것이 내 예측이었다.

유감스럽게도 오델레타와는 마지막 만남 이후 접점이 없었다.

나는 기다리겠다고 말한 상황이었기 때문에 내가 먼저 그녀를 찾는다는 것은 안 될 말이었다. 바쁜 와중에도 나는 잊지 않고 그녀의 마음이 변화하기를 기다렸지만, 적어도 아직까지는 큰 소득이 없었다.

하지만 괜찮았다. 아직 시간은 많았으니까.

사람이 마음을 바꾼다는 게 얼마나 어렵고 대단한 일인데. 짧은 시간 동안 그러기를 기대하는 건 내 욕심이었다. 나는 그렇게 자위하며 가끔씩 트라코스 저택에 방문하고 싶은 충동을 억눌렀다.

"아가씨, 호드페 저택에서 파티가 열린다는 초대장이에요."

그 초대장이 온 건 호드페 후작이 자신의 탄신일을 얼마 남겨두지 않았을 때였다.

나는 대수롭지 않게 플로린다에게서 초대장을 받아들었다.

생일 파티 초대장이었다.

"꼭 가야 하나. 호드페 가문과는 접점도 없는데."

"아이고, 아가씨. 설마 참석하지 않으실 건 아니죠?"

내 말을 들은 플로린다가 경악했고, 나는 당황해서 물었다.

"왜, 왜? 그러면 안 되는 이유라도 있는 거야?"

"당연하죠! 요즘 너무 파티에 가시는 게 뜸하셨잖아요."

그렇기는 했다. 근래 가게 일에 신경을 너무 많이 쓰느라, 정작 사교 활동은 뒷전이었던 것이다.

사실 지금 고민하는 이유도 순전히 가게 때문이었다.

'원래는 사교 활동과 병행하면서 하려고 했던 건데.'

주객전도가 되어 버린 느낌이다. 어느 쪽이든 바빠져서 좋기는 했지만.

'요즘 너무 뜸하기는 했지.'

플로린다의 말이 맞았다. 예전에는 파티란 파티는 거의 빠지지 않고 매번 참석했는데, 요즘은 정말 중요한 것들만 선택적으로 참가하는 느낌.

그래서 주변 영애들은 우스갯소리로 '장사 시작하더니 변했다'는 말을 하고는 했다. 물론 비꼬는 건지 칭찬인지는 모르겠지만.

아마 반반일 것이다.

"이번에는 참가하세요. 호드페 후작이 황제 폐하와 절친한 관계라지요? 내로라하는 귀족들이 다 올 텐데 아가씨께서 참석 안 하시면 안 될 일이죠."

그런 자잘한 정보까지 내가 알고 있을 리 없었다.

소설에는 그런 말까지 나와 있지 않았기 때문이었다. 더구나 호드페 후작의 탄신 연회는 소설에서 나온 적조차 없는 에피소드였다.

이제 현실은 완전히 소설 속 내용을 벗어나고 있는 듯 뒤죽박죽이었다. 하긴 애당초 마리스텔라가 가게를 연다는 것 자체가 이 소설의 흐름을 완벽하게 훼손시키고 있었다.

'그럼 이왕 뒤죽박죽된 김에 오델레타도 황태자와 사랑하면 얼마나 좋아.'

왜 하필 그런 것들만 원작에 충실하게 흘러가느냐는 말이다.

이 세계에 신이란 게 있는지는 모르겠지만, 만약 그런 게 있다면 정말로 원망스러웠다. 꼭 이런 원작의 안 좋은 내용들만 현실에 충실히 반영시키다니.

우리 오델레타가 가엾지도 않나.

'하긴 적어도 자비에르가 도로테아와 이루어질 일은 없을 테니.'

그것으로 최소한의 불행은 막은 셈이었다. 그걸 다행이라고 생각해야 하는지는 모르겠지만.

"아가씨, 이번에는 제가 아가씨께 꼭 입히고픈 드레스가 있어요."

"뭔데요?"

내 질문에 플로린다는 음흉한 미소를 입에 건 다음 다른 하녀들과 함께 무언가를 가지고 나왔다.

누가 봐도 그건 드레스였는데, 문제가 있다면 좀…… 야하다는

데 있었다. 나는 당혹스러운 얼굴로 고개를 저었다.

"야해요."

딱 세 음절로 나는 그들의 요구를 거절했다.

맙소사, 내가 고리타분한 사람은 아니었지만 저건 좀 아니었다.

등이 다 드러나고 허벅지까지 찢어져서 각선미가 제대로 드러나는, 그것도 몸에 딱 달라붙는 모양의 새까만 머메이드 드레스.

누가 봐도 섹시하고 누가 봐도 유혹적이었는데, 아래쪽에 따로 붙은 드레스 자락이 크게 나풀거리는 형식이라 화려함까지 제대로 느껴졌다. 만약 벨플레어 백작부부가 본다면 둘 다 사이좋게 뒷목 잡고 넘어갈지도 모른다.

내가 어림도 없다는 목소리로 덧붙였다.

"절대 안 돼요."

"히잉……."

"아니, 도대체 이런 드레스는 어디에서 구한 거예요?"

하녀들의 재량으로 이런 값비싼 드레스를 구할 수 있을 리 없었다. 야하고 안 야하고를 떠나서 저 드레스, 상당히 비싸 보였기 때문이었다. 의문에 사로잡힌 채 누가 저런 걸 샀을까 고민하고 있는데, 뒤쪽에서 답이 들려왔다.

"실은 이거 마티나 아가씨 거예요."

"네에?"

전혀 예상치 못한 상대에 내 눈이 크게 커졌다.

"마티나가요?"

"실은 마티나 아가씨가 입으려고 사신 건데 마님께 들키셨거든요. 마님이 경을 치시는 바람에 마티나 아가씨는 이제 저 드레스를 입지 못해요."

"그래서 아가씨가 지난번에 저희들을 불러서 이걸 주셨어요. 당신께서 못 입게 생기셨으니 대신 마리스텔라 아가씨를 입히라고요."

"……."

아니, 상식적으로 마티나가 못 입는 걸 내가 입을 수 있을 리 없잖아요……?

아마 벨플레어 백작부인은 내가 이런 걸 입는다고 한다면 똑같이 경을 치고 드레스를 압수해 갈 것이다.

애당초 이걸 압수당하지 않고 내게 전해줬다는 게 신기할 따름.

"내가 입기에도 무리예요."

"하지만 아가씨. 아가씨까지 이걸 입지 않으신다면 이 드레스는 꼼짝없이 버려야 해요."

"마티나의 친구들이 있잖아요."

"남에게 이런 걸 어떻게 줘요."

"맞아요, 아가씨. 이 드레스 어마어마하게 비싼 거랬어요."

"……."

'그래도 버리는 것보다는 낫지 않나'가 나의 생각이었으나, 아무래도 하녀들은 그걸 염두에 두고 있지는 않은 듯했다.

보아하니 목표가 저 드레스를 내게 입히는 것 같았는데, 유감스

럽게도 내 취향은 저런 식의 노골적인 드레스가 아니었다. 뭇 영식
들의 시선이 다 집중될 게 뻔했기 때문이었다.

물론 내가 이런 자기 자랑 같은 이야기를 태연하게 할 수 있는 건
순전히 이 몸이 오마리의 것이 아니라 마리스텔라의 것이었기 때문
이었다. 그녀는 육감적이고 군살 없는 몸매를 가지고 있었으니까.

확실히 마리스텔라의 몸에 저 드레스를 걸친다면 예쁘기는 할 것
이다. 그러나 너무 과했다.

"아무리 봐도 무리인데……."

"아가씨는 예쁘시니 괜찮아요!"

"아마 저걸 입으신다면 대번에 시선이 집중될걸요?"

"그건 그렇지만……."

"제발요, 아가씨."

"저희 죽기 전에 소원이에요."

"아니, 그렇게 말할 것까지야……."

내가 당황한 눈으로 하녀들을 쳐다보았지만, 그들의 눈빛은 굳건
하게 빛나고 있었다.

난감한 얼굴로 플로린다를 쳐다보았지만, 이쪽도 상황은 똑같
았다.

"실은 아가씨가 파티 때마다 너무 보수적으로만 입으셔서…….
저도 아가씨께 저런 도발적인 드레스를 입혀보고 싶은 욕망이 어마
어마했답니다."

아니, 더 심하다고 볼 수 있겠다.

나는 속으로 한숨을 깊게 내쉬었다. 어째 인형이 되어버린 기분이었지만, 이번 한 번만 들어주기로 했다. 그깟 소원.

"좋아요. 알았어요. 하지만 이번 한 번만이에요."

"그럼요, 아가씨!"

"잘 생각하셨어요!"

"탁월한 선택이세요!"

하녀들은 모두 하나같이 입을 모아 내 선택을 칭찬했다.

고작 드레스 하나 입는 걸로 이런 칭찬을 들을 줄이야.

결국 호드페 저택에서의 파티 드레스는 그 야해빠진 검은색 머메이드로 결정되었다.

"너 도대체 무슨 생각으로 나한테 그런 걸 입히려고 한 거야?"

그날 저녁, 침대 위에서 아무 생각 없이 누워 있던 내가 도무지 이해되지 않는다는 목소리로 물었다. 내 질문에 책상 위에서 책장을 넘기던 마티나가 그 소리를 듣고 짓궂게 웃었다.

"이야기 들었어. 결국 입기로 했다면서?"

"부모님께 안 들킬 자신이 없는데 어쩌지?"

"원래도 언니는 파티장까지 부모님과 같이 안 가잖아. 부모님 걱정은 하지 마. 내가 부모님과 같은 마차를 타고 갈 테니까."

"소문이 퍼질 텐데? 벨플레어의 장녀가 대단히 파격적인 드레스를 입고 호드페 저택에 나타났다고."

"소문은 늘 현실보다 늦지. 그 소문이 돌 때 즈음이면 이미 파티는 끝난 다음일걸?"

"……."

틀린 말은 아니어서 나는 순간 할 말을 잃었다. 그러다 잠시 후에 깊게 한숨을 내쉬며 물었다.

"그런 드레스는 도대체 어디서 구한 거야?"

"마담 로부아르가. 그때 언니가 입은 진주색 드레스 맞추고 나서 나도 갔는데 추천해줬어. 물론 입지도 못했지만."

마티나는 그 사실이 영 아쉬운 모양이었다. 입술까지 비죽이면서 투덜대는 걸 보면.

"나중에 하나 더 만들어 달라고 할 거야. 그건 언니 입어. 마침 언니가 나랑 체형이 비슷하잖아?"

냉정하게 말하자면 몸매는 마리스텔라 쪽이 더 좋았다. 물론 그 말까지는 하지 않았지만.

"입어보고, 조금 안 맞으면 마담 로부아르의 부티크로 가서 수선을 맡겨. 아직 파티가 열리기까지는 시간이 좀 남았잖아?"

아, 그 말을 들으니 정말로 내가 그 드레스를 입고 파티에 가야 한다는 사실이 실감이 났다.

내가 어쩌다 그런 선택을 했지?

"대낮부터 그런 드레스를 입어도 돼?"

호드페 후작의 탄신 기념 연회는 보통의 파티들과는 다르게 낮에 이뤄질 예정이었다. 낮 뜨거운 시간부터 그런 파격적인 드레스라니. 사실 그런 건 저녁이나 밤에 더 잘 어울리는 건데.

"시간대가 무슨 상관이야? 모든 파티는 전부 섹시하다고."

"그건 도대체 무슨 논리야?"

"우리 언니가 그런 드레스를 입으면 예쁘다는 논리."

씩 웃은 마티나가 곧바로 신난다는 듯 뒤에 한 마디를 더 덧붙였다.

"우리 언니, 늘 정숙한 드레스만 보다가 파격적인 드레스 입은 모습 볼 생각하니 너무 신난다!"

물론 다른 사람들에게는 지금 이 상황이 하나의 유희처럼 느껴지는 모양이었지만. 내가 못 말린다는 듯 고개를 절레절레 저었고, 그때 마티나가 화제를 돌렸다.

"가게 일은 좀 어때?"

"괜찮아. 처음보다는 확실히 낫네. 손님도 더 많이 늘고, 요령이 생겨서 덜 힘들고."

"다행이다. 다 언니가 똑똑해서 그래."

"하여간 우리 마티나는 언니한테 너무 관대해요."

"우리 언니라서 관대한 건 아니야. 나 나름 이성적인 사람이라고."

"으음……. 그래?"

별 신용은 가지 않는 말이었지만, 본인이 그렇다니 뭐……. 내가 알았다는 듯 어깨를 으쓱였다.

"어쨌든 처음보다는 확연히 나아. 물론 집안 도움 없었음 시작 못

할 일이었지만."

"집안에서 특별히 지원해준 것도 아닌데 뭘. 언닌 진짜 너무 겸손하다니까? 우리 언니 능력 있는 거 맞으니까 겸손함 좀 버려."

"하하."

끝까지 나를 치켜세우는 말에 나도 모르게 웃음을 터뜨렸다.

진짜 내가 능력 있는 사람인지는 잘 모르겠지만, 적어도 사랑스러운 여동생을 두고 있다는 것 하나 정도는 확실해 보였다.

나는 웃음기를 갈무리하며 마티나에게 말했다.

"너 같은 동생을 둔 나는 정말 운이 좋은 사람이야."

"알면 평소에 좀 잘하라고."

"알았어, 알았어."

샐쭉한 얼굴로 불평하는 마티나가 귀여워서 결국 나는 참지 못하고 다시 한번 웃음을 터뜨렸고, 마티나는 그게 또 불만이라는 듯 내게 말했다.

"언닌 한 살 어린 내가 그렇게 귀여워? 가끔 보면 날 아주 어린 아기 보듯 본다니까?"

그거야 실제로 나는 너랑 한 살 차이나는 게 아니니까.

……하지만 이 사실을 그대로 말해줄 수는 없어서, 나는 그냥 어깨를 으쓱인 다음 대충 대답해버렸다.

"원래 동생이라면 한 살이든 열 살이든 다 귀여운 거야."

"내가 귀부인이 돼도 아름답다고 하겠어, 아주."

"그때 즈음이면 나도 똑같이 귀부인일 테니 그럴지도 모르지. 너만 나이 먹는 거 아니고, 나도 같이 먹어가니까."

"그렇게 말하니까 뭔가 기분이 묘해지네."

"나도 그래."

피식 웃으며 눈을 감은 내가 잠시 후에 마티나에게 물었다.

"파티가 언제였지?"

"2주 후 목요일."

"좋네."

내가 별생각 없이 중얼거리며 오른쪽 팔을 위로 쭉 뻗었다. 갈라진 손가락 틈 사이로 촛불의 어스름한 빛이 들어왔다.

그때 마티나가 옆에서 말했다.

"호드페 저택이 그렇게 크다네. 말이 후작이지, 실제로는 공작의 재력과 비등하대."

"작위가 높다고 재력까지 거기에 비례하는 건 아니니까. 더구나 호드페 후작은 폐하의 신임과 총애를 잔뜩 받고 있다고 하잖아? 재력뿐 아니라 권력도 그렇겠지."

"그럼 엄청 화려한 파티가 열리겠네."

"엄청 화려한 파티가 열리겠지."

가만히 마티나의 마지막 말을 따라 한 내가 잠시 후에 덧붙였다.

"간만에 재미있을 것 같다."

하지만 그때 내 말은 2주 후, 목요일에 일어날 일을 생각한다면 도무지 할 수 없었던 말이었다.

3. Trappy Party

"영애께서 이 드레스를 입게 되실 줄은 꿈에도 몰랐어요."

마담 로부아르가 약간 흥분한 목소리로 내게 말했고, 나는 어색하게 웃었다.

결국 드레스는 가슴과 허리 부분이 살짝 당기는 바람에 수선을 하러 왔다.

"정말 아름다우실 겁니다, 레이디 마리스텔라. 물론 지금 상태 그대로도 손색이 없겠지만, 제가 특별히 영애의 체형에 맞게 수선을 해드릴게요. 아무래도 레이디 마티나 맞춤으로 제작된 드레스라, 영애가 입으셨을 때 매력이 살짝 반감될 수 있거든요."

"마담의 실력은 믿을 만하지요. 전 마담만 믿고 있을게요."

"어쩜. 말씀도 예쁘게 하셔라."

마담 로부아르가 홍홍 소리를 내며 웃었다.

"자아, 파티까지는 아직 시간이 있어서 다행이네요. 제가 파티 참석에는 지장이 없도록 조치해놓겠습니다."

"감사합니다, 마담. 그럼 저는 이만 가보겠습니다."

내가 우아하게 허리 굽혀 인사한 다음 마담 로부아르의 부티크에서 나오려던 찰나, 나는 누군가와 어깨를 세게 부딪쳤다.

아무래도 옆의 누군가와 이야기하느라 앞에 정신을 쓰지 못한 듯했는데, 나는 당연하게도 어깨를 부딪치자마자 느껴지는 통증에 인상을 찡그렸다. 습관적으로 죄송하다고 말하려는데, 앞의 여자가 먼저 짜증스럽게 외치는 소리가 들렸다.

"아야야야!"

하려던 말도 잊게 만들 만큼 날카로운 목소리에 나는 자연스럽게 입을 다물고 나와 부딪친 여자를 살펴보았다. 척 보아도 화려한 드레스를 입은 여자는 귀족인 듯 보였는데, 느낌상 촉이 별로였다.

나는 속으로 한숨을 쉬며 최대한 빨리 이 상황을 벗어나자고 생각했다.

"죄송합니다, 영애."

딱 그 한 마디만 내뱉고 부티크에서 나오려고 했다.

"이봐, 거기!"

뒤에서 이 말을 듣기 전까지는. 내가 뒤를 돌자 거기에는 인상을 잔뜩 찡그린 초면의 영애 한 명과, 대단히 익숙한, 그래서 더 기분 나쁜 영애 한 명이 나를 바라보고 있었다. 유감스럽게도 후자는, 도로테아였다.

내가 속으로 더 깊게 한숨 쉬었다.

아무래도 오늘 운세에 마가 끼었나 보군.

"무슨 일이시죠, 영애?"

"부딪치고 그냥 가는 법이 어디 있지?"

"사과는 드린 듯합니다."

내가 건조한 목소리로 대꾸했다.

"하지만 분명 그쪽에서 앞을 제대로 보지 못해 일어난 일인데요."

"내가 앞을 볼 상황이 아니었음 그쪽이 제대로 보고 날 피해야지!"

"그만 해요, 영애."

그때 가만히 있던 누군가가 끼어들었다.

나는 그 불청객의 이름을 알고 있었다.

"별것도 아닌 일로 화를 내셔야 되겠어요? 건강에 좋지 않답니다."

도로테아 데미르 밀 코르노헨.

"영애께서 넓으신 아량으로 참으셔요. 이러다 시간이 지체되겠습니다."

"……흥."

도로테아의 차분한 타이름에 나와 부딪친 이는 조금씩 진정하는 듯했다. 물론 그렇다고 해서 내가 이 상황을 가라앉혀준 도로테아에게 감사해 하는 것은 아니었다. 나는 도로테아가 나를 비웃는 듯한 시선으로 바라보는 것을 인지하고선 속으로 코웃음을 쳤다.

이번에는 공주 포지션이 아닌 시녀 포지션을 선택한 듯했다.

"지금 한 번은 실수였을지 몰라도, 앞으로는 좀 조심해 주세요, 영애. 중요한 분께 또 같은 실수를 저지르면 곤란하잖아요?"

"……."

내가 대답하지 않는 사이, 두 사람은 나를 지나쳐 가려 하고 있었다. 하지만 그때, 도로테아가 지나가면서 내 어깨를 세게 밀쳐냈다.

강한 힘에 순간적으로 몸의 균형을 잃은 내가 비틀거렸고, 어이 없는 눈으로 도로테아의 뒷모습을 쳐다보자 그녀가 나를 돌아보며 가소롭다는 듯 비웃는 모습이 눈에 들어왔다.

그 모습을 보자 더 어이가 없어졌다.

'참자, 마리.'

원한다면 지금 당장 달려가서 이게 뭐 하는 짓이냐고, 너무나도 치졸하지 않으냐고 따져 물을 수는 있었다. 하지만 나는 그러지 않기로 했다.

제 살 깎아 먹기다. 괜히 긁어 부스럼을 만들고 싶지도 않았고.

똥이 더러우니 피하지 무서워서 피하는 게 아니라잖아?

"하여튼 태세전환 하나는 빠르다니까."

내가 못마땅한 얼굴로 중얼거렸다.

이런 식으로 근황을 알게 될 줄은 몰랐는데.

어찌 되었던 썩 좋은 일은 아니었다. 그녀에 대한 소식이라면 영원히 소식을 듣고 싶지 않았으니까. 물론 도로테아가 엄연히 이 책의 주인공인 이상은 불가능한 일이었다. 이 세계는 아직까지 원작에서 가장 중요한 것들을 빼놓고 흘러가는 적이 없었으니까.

'그래도 가급적 피하는 게 좋겠어.'

나는 그렇게 생각하며 마담 로부아르의 부티크를 나섰다. 하지만 그게 내 마음대로 되는 일은 아니라는 걸, 얼마 후 호드페 저택의 파티에서 뒤늦게 깨달아버렸다.

파티 당일, 나는 부모님의 눈을 피해 수선을 끝낸 검은색 머메이드 드레스를 입었다.

거기에 화려한 다이아몬드 목걸이와 팔찌, 귀걸이까지 착용하고 머리를 내리자 정말 매혹적인 모습이었다.

치장을 마치기 전까지만 해도 걱정이 태산 같았던 나였지만, 막상 준비를 마친 후의 내 모습을 확인하자 걱정은 눈 녹듯 사라져버렸다. 정말로 아름다웠다. 저급하거나 천박하지 않은 고급스러운 섹시함이 있다는 걸 나는 그때 처음 알게 되었다.

"아가씨, 이제 가시는 게 좋겠어요."

플로린다가 씩 웃으며 내게 말했고, 나는 그녀가 오늘 나의 모습에 대단히 만족하고 있다는 사실을 눈치챘다.

하긴 그전부터 내가 이 드레스를 입는 것을 고대해왔던 플로린다였으니 당연한 일이었지만.

"그럴까요? 부모님은?"

"마티나 아가씨와 함께 출발하신다고 하셨어요. 들키기 전에 어서 가세요."

"맙소사, 이러니까 무슨 나쁜 짓 하는 것 같잖아요."

내가 못 말린다는 듯 고개를 절레절레 저었다. 어차피 호드페 저택에만 가면 금방 발각될 일인데 뭐 하러 이렇게 벌벌 떠는지.

하지만 벨플레어 백작부부의 성품이라면 지금 발각되었을 때 당장 새 드레스로 나를 갈아입힐지도 모르겠다는 생각이 들어서, 나는 잠자코 플로린다의 말에 따르기로 했다.

다행스럽게도 별일 없이 마차에 무사히 올라탈 수 있었다.

'약간 피곤한데.'

마차에 타지 얼마 되지도 않았는데, 나는 졸린 눈으로 쓰러지듯 의자에 몸을 기댔다. 어제 영감이 떠올라서 신상품을 만드느라 좀 무리했더니 많이 피곤했다. 내가 길게 하품을 하며 혼자 중얼거렸다.

"지금 자면, 화장, 망가질지도 모르는데……."

하지만 그 말을 끝맺기가 무섭게 나는 잠에 빠져들고 있었다.

결국 마차가 출발한 지 3분도 안 돼서 내 정신은 수마에 완전히 잠식당했다.

벨플레어 저택에서 호드페 저택까지의 거리는 정말로 멀었다.

그 때문에 마차로만 1시간을 가야 했는데, 그건 정말 먼 거리였기 때문에 호드페 저택에 도착했을 무렵에는 아주 푹 자고 일어난 상태였다.

나는 한결 개운한 표정을 지으며 저택 안으로 입성했다.

초대장을 보여주자 시종들이 정중하게 허리 굽혀 인사하며 나를 안쪽으로 들여보내 주었다.

저택은 그 외관부터가 웅장하고 화려한 느낌을 주었다. 헨리 14세가 호드페 후작을 대단히 총애한다는 소문이 허언이 아닌 듯, 웬만한 공작저 저리 가라 할 정도로 사치스러운 저택이었다.

'후작이 금을 좋아하나 봐.'

저택 안으로 들어가자 벽면이 전부 금칠 되어 있었다. 아무리 얇게 발라도 이 정도의 규모라면 상당한 양의 금이 들어갔을 것이다.

벽부터가 이 정도라면 연회장은 얼마나 더 화려할까?

나는 설레는 마음으로 다른 사람들과 함께 파티가 열리는 연회장으로 들어갔다.

"와……."

연회장 안으로 들어가자마자 내 입속에서는 자연스럽게 작은 탄성이 터져 나왔다. 가히 황궁에 버금가는 화려함과 사치스러움이 내 눈을 사로잡았다. 나는 놀란 얼굴을 애써 숨기려 했지만, 계속해서 입은 벌어지기만 했다. 일반 귀족의 저택이 이렇게 화려한 것은 그날 처음 보는 듯했다.

그 연회장이 이토록 넓고 멋진 경우도.

'이런 곳에 살면 어떤 기분일까.'

나는 얼떨떨한 표정을 지은 채 연회장 안쪽으로 들어갔다.

천장에 가득 매달린 반짝거리는 샹들리에, 아름다운 드레스와 연미복을 입은 멋진 신사숙녀들, 향긋한 칵테일과 기름진 음식들.

아, 나는 파티가 너무 좋았다. 다만 여기에 빼앗기는 기력과 시간이 가끔 아까웠을 뿐이지.

"레이디 마리스텔라!"

그때 누군가가 나를 알아보고 내 이름을 불렀다. 근래에 친분을 쌓고 있는 영애 무리들이었는데, 다행인지 불행인지 거기에 오델레타는 없었다.

나는 빙긋 웃으며 그들에게로 다가갔다.

"다들 안녕하세요."

"어머, 정말 레이디 마리스텔라가 맞아요?"

"전 다른 사람인 줄 알았어요!"

나는 처음에 그들이 이렇게 난리 치는 이유를 알지 못하다가, 이내 내가 지나치게 둔했음을 깨닫고선 속으로 실소를 흘렸다.

'아, 맞다. 드레스가 바뀌었지.'

지금까지 단 한 번도 이런 유의 드레스를 시도한 적 없었던 나였기에 반응은 엄청났다.

"너무 아름다워요! 세상에, 영애께 이런 매력이 있었다니. 전 정말 몰랐어요."

"당연하죠, 영애. 어떻게 알겠어요? 늘 정숙하고 우아한 드레스만

택하시는데. 너무 잘 어울려요, 레이디 마리스텔라. 가끔씩 이런 것도 입고 나와 줘요. 보는 눈이 즐겁네요."

"그보다 어쩐 일로 이런 드레스를 입고 나왔어요? 무슨 심경의 변화라도 있는 건가요?"

"심경의 변화 같은 건 없었고, 사실 오늘도 반강제로 입고 나온 것이랍니다. 마티나가 제게 이걸 부득불 입혀야겠다고 고집을 부렸거든요. 원래는 본인이 입으려 했던 건데, 제 모친께서 많이 좋아하지 않으셔서……. 뭐, 하여튼 그렇게 됐어요."

"하긴 벨플레어 백작부인은 처녀 시절부터 정숙한 드레스를 고집하시는 분이셨죠. 이해해요."

"레이디 마티나가 입었어도 아름다웠을 것 같아요."

"하지만 역시 언니 쪽이 좀 더 잘 어울리는군요."

"과분한 칭찬이라 듣기 민망하네요."

사실관계가 어찌 되었든 그건 사실이었다.

내가 입을 손으로 가리며 어색하게 웃었지만, 칭찬은 계속되었다.

"어머, 아니에요. 과분하긴요. 우리도 나름 평가가 박한 사람들이라고요."

"정말 예뻐요. 들어오면서 다른 영식들이 추파를 보내지는 않았나요? 내가 영식이라면 그랬을 것 같은데."

"하하하……."

그런 걸 느끼면서 들어오기에 나는 지나치게 이 저택의 아름다움에 심취해 있었다. 어쩌면 그랬을 수도 있겠다고 생각했지만, 뭐 지금으로서는 그것도 다 지나버린 일이었다.

"참, 오늘 레이디 오델레타는 불참한다고 하더라고요."

그 말을 듣고 나는 기분이 미묘해졌다.

가장 친구의 소식을 다른 사람의 입에서 먼저 듣는다는 건 분명 기분 좋은 일은 아니었다. 하지만 현재 상황에서는 관계가 관계였는지라 지금 내가 거기에 서운해 한다면 그 또한 웃긴 일이리라.

나는 최대한 담담하게 표정을 유지했다.

"어머, 정말요?"

"왜요? 무슨 일이 있나요?"

"무슨 일이 있는 건 아니고, 몸이 좋지 않다네요. 참석한다는 답신까지 보내놓고 불참한 걸 보면 급하게 몸이 아파버린 모양이에요."

"어머, 그랬군요."

"벨플레어 영애도 이 사실을 알고 계셨죠?"

어느 정도 예상하고는 있었지만, 나로서는 갑작스러운 언급이었다.

나는 표정이 어색해지려는 것을 간신히 막으며 고개를 끄덕였다.

내가 오델레타와 다투었다는 사실을 이상하게 들키고 싶지 않아서였다.

하지만 고개를 위로 들어 올렸다 내리면서, 나는 형용할 수 없는 양심의 가책에 휩싸였다. 뭘 잘못한 건 아니었지만, 아마 거짓말을 하고 있다는 사실이 내 마음을 콕콕 찌른 듯했다.

"어떻게 해요. 영애는 더 자세한 소식을 알고 있죠? 많이 아프대요?"

"그게……."

"어머, 다들 여기 계셨네요?"

그때 익숙한 높은 목소리가 들려왔고, 나는 처음으로 불청객의 등장에 안도의 한숨을 내쉬었다. 도로테아가 이렇게 반가웠던 적은 이번이 처음이었다.

"다들 왜 이렇게 일찍 오셨어요?"

"호드페 저택이 정말 어마어마하게 크다기에 너무 궁금했던 거 있죠? 그래서 평소보다 좀 더 일찍 왔죠."

"그래서 소감은 어떠세요?"

"정말 아름답네요. 가히 기대 이상이에요."

"다 호드페 후작께서 황제 폐하의 총애를 받으시는 까닭이지요. 훌륭한 권신으로서 폐하를 보필하고 계시잖아요?"

도로테아는 마치 그가 자신의 아버지라도 되는 것처럼 으스대는 말투로 말했다.

"각하께서 이번 파티에 신경을 많이 쓰셨답니다. 아마 눈과 입이 전부 즐거우실 거예요."

에스클리프 저택에서의 일이 있었긴 했지만, 그 이후에도 도로테아는 별문제 없는 생활을 영위하고 있었다.

애당초 귀족 사교계에서 그런 일들은 예사로 일어나는 데다가, 그때로부터 시간도 많이 흘렀기 때문이었다. 물론 내가 도로테아와 마주치면 다른 영애들이 은근슬쩍 나나 도로테아 눈치를 보긴 했지만, 우리 모두 전혀 신경 쓰지 않는 것처럼 행동했기 때문에 어느 순간부터는 다른 영애들 역시 특별히 어색하게 행동하지는 않았다.

어쨌든, 나나 도로테아나 여전히 사교계에서 잘 지내고 있는 중이었다.

"그런데 영애께서는 왜 그렇게 호드페 후작님에 대해 잘 아신다는 듯 말하시나요?"

누군가 궁금하다는 목소리로 물었고, 질문을 받은 도로테아는 묘한 표정을 지었다. 어쩐지 금방이라도 잘난 척 시전하기 일보 직전인 것 같은 표정 같았고, 내 예상은 적중했다.

"어머, 제가요?"

"방금도 그러셨고, 지금도요."

"제가 요즘 호드페 영애와 친하게 지내잖아요."

아아.

도로테아의 말에 나는 얼마 전 나와 마담 로부아르의 부티크에서 마주친 여인을 떠올렸다. 제 부주의로 나와 부딪치고도 먼저 성을 냈던, 사과는 당연히 하지 않았던 보라색 머리카락의 여자.

그때 생각에 나도 모르게 인상이 찌푸려졌다.

"정말 좋으신 분이랍니다. 진즉 그런 친구를 만나 사귀었어야 하는 건데……."

그 말과 동시에 도로테아의 시선이 내게로 꽂혔다. 물론 나는 그런 그녀의 시선을 가뿐히 무시했다. 누가 들어봐도 나를 도발하기 위해 내던진 말, 굳이 넘어가 줄 이유가 없었다.

그것도 이렇게 사람 많은 곳에서 그런 망신은 사양이다.

"그런데 호드페 영애는 어디 계세요?"

"아."

도로테아가 그 질문까지도 으스대는 목소리로 받으며 말했다.

"저기 오시네요."

그 말에 모두가 뒤를 돌았고, 분명 언젠가 한 번 본 적 있던 여자가 내 눈에 들어왔다.

'역시.'

그때 부티크에서 부딪쳤던 그 여자가 맞았다.

나는 속으로 한숨을 내쉬었다.

"안녕하세요."

호드페 영애는 부티크에서의 일이 믿기지 않을 정도로 우아한 목소리로 모두에게 인사했다.

"다들 뭐 하고 계셨어요?"

"호드페 영애를 이렇게 만나 뵙는 건 처음이네요."

"그러게요. 늘 저희와는 놀지 않으셔서……."

"이래저래 신기해요."

새로운 얼굴의 등장에 다른 영애들은 꺄꺄거리며 신기해했지만, 나는 이 자리가 영 불편하게만 느껴졌다. 물론 내가 잘못한 건 없었지만, 지난번 안 좋은 일로 부딪쳤던 적이 있었기 때문이었다.

도로테아를 피하고 싶은 것과 비슷한 이유였다.

내 촉이 저 여자가 도로테아와 비슷한 유라고 말해주고 있었다.

"어머, 그런데 익숙한 분이 계시네요?"

하지만 발을 빼 버리기도 전에 이미 늦어버린 듯했다. 나는 당황하지 않고 침착하게 호드페 영애와 눈을 맞추었다.

역시 하는 행동, 짓는 눈빛, 표정 전부 도로테아와 흡사했다.

나는 왜 하필이면 이런 여자들과만 안 좋게 꼬이는 건지. 운도 참 지지리도 없었다.

"벨플레어 영애를 아세요?"

"아, 이분이 벨플레어 영애신가요?"

호드페 영애가 신기하다는 듯 입가에 호선을 그리며 웃었다.

"지난번에 만나 뵌 적이 있답니다. 그렇죠?"

그녀의 질문에 내가 방긋 웃으며 대답했다.

"그랬지요. 접때는 잘 들어가셨는지 모르겠네요."

"덕분에 아주 잘 들어갔답니다. 귀가 후에 어깨가 좀 아프기는 했지만요."

"그것 참 신기한 우연이네요."

"무슨 뜻이죠?"

"저도 그날부터 이상하게 어깨가 아파 와서 주치의까지 불렀거든요. 다행히 큰 문제는 없었지만요."

"……."

"영애께서도 주치의를 부르심이 어떠신지……. 호드페 저택이라면 지금 당장도 한 명쯤은 부를 수 있겠지요. 안 그런가요?"

"물론입니다, 영애."

호드페 영애가 이를 바득 갈며 내게 말했다.

"모쪼록 지금은 어깨가 많이 괜찮아지셨어야 할 텐데요. 먼저 부딪친 쪽이 원래 덜 아프지 않나요?"

"괜찮습니다, 호드페 영애. 걱정해주셔서 감사해요."

나는 미소를 잃지 않으며 그녀에게 말했다.

"다만 영애께서 위험한 습관을 가지고 계셔서, 그 이후에도 곤란한 일을 겪으신 건 아닌지 염려스럽습니다."

"다행스럽게도 그런 일은 없었답니다. 대부분의 사람들은 영애처럼 정신을 놓고 다니지 않거든요."

"하지만 부딪친다는 건 한쪽이라도 정신을 말짱히 차리고 있다면 잘 일어나지 않는 일이랍니다."

팽팽하게 서로만 알아들을 수 있는 대화들이 오갔고, 주변에 있던 영애들은 숨을 죽이고 우리 두 사람이 언쟁과 대화를 넘나드는 것을 지켜보았다.

다소 피곤한 말다툼이었지만, 그렇다고 해서 숙이고 들어갈 이유는 전혀 없었다. 아니, 다른 것보다 이미 지나간 사소한 일을 가지고 뭘 이렇게 꼬투리를 잡아대는 건지. 피곤하게.

"그보다 호드페 저택이 이렇게 큰지 처음 알았어요."

결국 보다 못한 영애 하나가 중재에 들어갔고, 그제야 우리의 유치한 대화는 끝이 났다. 저택 칭찬에 으쓱해진 호드페 영애가 금세 다른 화제로 넘어갔다.

"유서 깊은 저택이니까요. 건국 황제 때부터 내려오던 저택이랍니다. 보수만 했을 뿐, 특별히 손대지 않았어요. 오랜 전통을 유지하고 싶었거든요."

그렇게 말하는 호드페 영애의 목소리에서는 자부심이 뚝뚝 넘쳐흘렀다. 정말로 자신의 가문에 대한 엄청난 사랑이 엿보여서, 나는 대단하다는 생각밖에는 들지 않았다. 그때 그녀가 우리들에게 제안 하나를 해왔다.

"저택을 구경해 보시겠어요?"

정말 뜻밖의 제안이라서 그 자리에 있던 모두가 놀랐다.

"어머, 그래도 되나요?"

잠시 후에 영애 하나가 들뜬 목소리로 물었고, 호드페 영애는 당연하다는 듯 고개를 끄덕였다.

"이렇게 우리 만났는데, 당연히 그래야 하지 않겠어요? 지금이 파티 중이라 조금 번잡스럽기는 하지만……."

"그건 그래요. 자칫 사용인들에게 불편함을 주는 건 아닌지 걱정이네요."

"어머, 아니에요. 괜찮습니다."

호드페 영애가 너스레를 떨며 고개를 저었다.

"여러분들만 좋다면 제 방도 구경시켜드리고 싶어요. 다들 어떠신지……."

"저희야 좋지요. 안 그래요, 영애?"

"저도 괜찮아요."

"저도요."

그래서 결국 남은 사람은 나 하나뿐이었다.

나는 어색하게 웃으며 고개를 저었다.

"전 괜찮습니다, 호드페 영애. 만나야 할 사람이 있어서요."

"어머, 그래요? 누군데요?"

"그게……."

마땅한 변명이 생각나지 않아서 결국 마티나의 이름을 대려는데, 옆에 있던 다른 영애 하나가 내 팔을 잡아끌었다.

"같이 가요, 레이디 마리스텔라. 어차피 오늘은 레이디 오델레타도 불참인걸요."

"맞아요. 우리가 또 언제 호드페 저택을 구경해 보겠어요?"

"가요, 네?"

"……."

상황이 이렇게 되자 도무지 거절하기가 어려웠다.

결국 나는 속으로 한숨을 내쉰 다음 옅게 미소 지은 얼굴로 고개를 끄덕였다. 내 반응까지 긍정적으로 떨어지자, 호드페 영애는 한껏 기쁜 표정을 지은 다음 모두에게 말했다.

"자, 그럼 가보실까요?"

연회장은 호드페 가문 사람들이 사는 저택과는 다소 떨어지게 위치해 있었다. 호드페 영애는 저택의 1층부터 차례대로 구경시켜주었는데, 대부분의 설명에서 엄청난 자부심이 느껴졌다. 하긴 호드폐 저택이 유서 깊은 건 맞으니까.

그리고 그 설명을 들은 영애들은 대개 대단하다는 듯 호드폐 가문을 치켜세우는 말만 해주었다. 물론 나도 웅장한 저택의 아름다움에 대해서는 꽤나 감명받은 상태였기 때문에, 아까의 감정과는 상관없이 진심 어린 칭찬을 이따금씩 건네주었다.

"자, 이제 이곳이 제 방이에요."

마침내 우리의 발걸음은 호드폐 영애의 침실까지 닿게 되었는데, 그 사실을 알게 된 영애 하나가 당황하며 물었다.

"설마 저희에게 방까지 구경시켜 주시려고요?"

호드폐 영애의 '저택 구경'은 사생활 보호를 위해 침실 같은 개인적인 공간은 전부 제외되고 이루어졌다. 그런데 호드폐 영애의 방 역시 그런 '개인적인 공간'에 속했기 때문에, 그녀가 보여주는 저택의 개인적인 공간은 이곳이 처음인 셈이었다.

그리고 그 행보에 모두가 당황했다.

"괜찮으시겠어요?"

"물론 저희야 궁금하긴 하지만……."

하지만 주저 어린 목소리에도 호드폐 영애는 아량 넓은 사람처럼 웃으며 이렇게 대답할 뿐이었다.

"그럼요. 괜찮아요."

참 대단하다는 생각이 들었다. 나라면 절대 못 할 짓이었다. 낯선 사람에게 내 침실을 구경시켜주다니. 대범한 건지, 쿨한 건지 모르겠다고 생각하면서, 나는 다른 영애들과 함께 침실 안으로 들어갔다.

예상했던 것보다 침실이 화려했는데, 아무래도 후작의 금을 좋아하는 취향을 물려받기라도 한 것인지 그녀의 침실 벽면 역시 전부 녹인 금으로 칠해져 있었다.

그 바람에 상당히 화려한 분위기를 자아냈고, 나는 황궁에서도 이런 사치스러운 방은 드물 것이라는 생각을 했다.

"어머, 저기 저 보석 좀 봐요."

그때 방 안을 열심히 구경하던 영애 하나가 새된 목소리로 소리쳤고, 자연스럽게 모두의 시선이 한쪽을 향했다. 그녀가 말하는 보석이 무엇인지 알아차렸는지, 호드페 영애가 낮게 웃었다.

"이런, 역시. 영애의 눈은 다르네요."

호드페 영애는 그렇게 말하며 화장대 옆에 있는 유리 장식장으로 저벅저벅 걸어간 뒤 무언가를 꺼냈다.

타오르는 불꽃을 연상시키는 붉은 보석이 정중앙에 걸려 있는 목걸이였는데, 그 옆으로 줄줄이 걸린 보석들은 전부 다이아몬드인 듯했다. 심지어는 중앙의 붉은 보석마저도 알알의 반짝이는 다이아몬드로 둘러 싸여져 있었다.

모두가 탄성을 내지르며 그 목걸이에 관심을 보였다.

"너무 예쁜걸요?"

"이게 도대체 뭔가요?"

"저희 가문에 대대로 내려져 오는 귀한 목걸이랍니다."

목걸이를 거머쥔 호드페 영애가 으스대는 목소리로 말했다.

"며느리가 들어오면 시어머니가 물려주는 게 전통인데, 제게 남자 형제가 없어서…… 일단은 제 것이에요."

"뭐로 만들어진 목걸인가요?"

"레드 다이아몬드요. 전 세계에 딱 100개가 있는데, 그중에서도 크기가 손꼽히는 것이랍니다."

들어본 적이 있는 이야기에 모두가 '오오' 소리를 내며 고개를 끄덕였다.

"그런 귀한 걸 가지고 계시다니!"

"역시 호드페 가문은 다르네요."

"정말 예뻐요! 반짝반짝거리는 것 좀 봐."

"예쁘네요."

솔직한 감상으로 한 마디를 내뱉는데 문득 호드페 영애와 눈이 마주쳤다. 그 순간 호드페 영애가 입꼬리를 위로 끌어당겨 씩 웃었고, 그 모습을 본 나는 소름이 돋는 것을 느꼈다.

'뭐지……?'

좋지 않은 기분이 들었다.

도대체 왜 그런 표정으로 나를 보며 웃었을까?

'내가 너무 예민한 건가.'

하지만 그 꺼림칙한 느낌은 도무지 사라지지 않을 것만 같았다.

내 촉이 불길하다고 말해주고 있어서, 나는 어쩐지 이 공간을 떠나고 싶어졌다. 그때, 도로테아가 나를 불렀다.

"레이디 마리스텔라."

그녀에게 이런 식으로 불리는 것은 정말로 처음이었다. 내가 아무 말도 하지 않은 채 그녀를 쳐다보자, 도로테아는 빙긋 웃으며 내게 물었다.

"예쁘지 않나요? 이 목걸이 말이에요."

"시간이 지날수록 기품이 더해진 듯합니다."

내가 조용한 목소리로 짧은 감상평을 내렸다.

"단순한 화려함이 아닌 시간의 무게까지 느껴지네요."

"저도 그렇게 생각해요. 어째서 저희 집에는 저런 가보가 없을까요? 하나쯤 있었다면 정말 상징적이었을 텐데."

"……."

거기다 대고 대꾸할 말이 없어서 나는 그대로 입을 다물어버렸지만, 도로테아는 전혀 머쓱한 기색 없이 곧바로 호드페 영애에게 물었다.

"영애, 다른 건 또 없나요?"

"여러분들께 보여줄 것들이요? 많지요."

호드페 영애가 호호 웃으며 이내 다른 것들을 소개하기 시작했다. 대개는 보석이었고, 이따금씩 이국에서 건너왔다는 신기한 조각상 같은 것들도 눈에 보였다.

그것들에 흥미가 가지 않은 것은 절대 아니었으나, 아까 받은 꺼림칙한 느낌이 계속해서 내 안을 헤집고 다닌 탓에 도무지 편안한 마음으로 그것들을 감상하기가 어려웠다.

이런 유의 불편함은 또 처음이어서 불길함과 걱정이 동시에 들었다.

도대체 왜일까?

"자, 그럼 이제 다들 연회장으로 돌아가 보는 게 좋겠어요."

그때 호드페 영애가 그렇게 말했고, 모두가 동의한다는 듯 고개를 끄덕였다.

실제로도 호드페 저택에서 지체한 시간이 너무 길었다. 더구나 호드페 영애는 오늘 파티가 열리는 장소의 관계자였으니 너무 오래 연회장을 비워서도 안 될 터였다. 모두 호드페 영애에게 저택 구경을 시켜주어 고맙다고 한 마디씩을 건넸고, 나 또한 그렇게 했다.

내 마음속에 자리 잡은 꺼림칙함은 내가 파티장에 도착하고 나서야 천천히 희석되기 시작했지만, 끝까지 완전하게 사그라지지는 않고 있었다. 결국 나는 내가 너무 민감한 것이라고 치부해 버리고서는 의도적으로 아까의 기분을 잊기 위해 노력했다.

즐거운 파티를 고작 믿지 못할 육감 하나 때문에 망쳐버릴 수는 없었으니까. 그건 비효율적인 행동이었다.

"레이디 마리스텔라."

그때 익숙한 목소리가 뒤에서 나를 불렀다. 나는 반사적으로 미소 지으며 뒤를 돌았다.

"딜튼 경!"

"레이디 마리스텔라, 이곳에서 뵙게 되는군요."

말쑥한 차림의 딜튼 경이 나를 향해 웃어주고 있었다.

내가 반갑다는 듯 입가에 환한 미소를 띤 채 그에게로 다가갔다.

"이곳에서 뵙게 될 줄은 정말 몰랐어요. 설마 황태자 전하께서도 오셨나요?"

"네. 지금 호드페 후작과 이야기 나누고 계십니다."

그렇게 말한 딜튼 경이 제 말을 증명해 보이기라도 하려는 듯 손을 뻗어 자비에르와 호드페 후작이 있는 곳을 가리켰다.

무슨 이야기를 하고 있는 건지는 모르겠지만 멀리서 보아도 대단히 정중하고, 나쁘지 않은 분위기였다.

나는 고개를 끄덕이며 중얼거렸다.

"황제 폐하의 신임이 호드페 후작에게 머물러 있다는 건 들어 알고 있었지만, 황태자 전하께서 각하의 탄신 연회에까지 참석하시는 것을 보면 정말 그런가 봅니다."

"그 부분은 저도 잘 모르겠습니다. 다만 최근 상황을 보면 다소 그런 것 같기는 하더군요."

"황제 폐하께서도 오늘 파티에 참석하시나요, 혹시?"

"글쎄요. 워낙 변덕스러우신 분이라……. 확실한 건 그분은 본래 파티 자체를 즐기지 않으시는 분이랍니다."

엷게 웃은 딜튼 경이 부드럽게 화제를 돌렸다.

"그보다 오늘 정말 아름다우십니다."

딜튼 경이 아무렇지 않게 정치적인 이슈를 피해갔고, 나 역시 그를 배려해 더는 아까의 주제로 이야기하지 않았다.

"경께 그런 말을 들으니 다소 민망하군요."

"왜요. 설마 이상한 말이라도 들으셨습니까?"

그 말을 들으니 지난번 에스클리프 저택에서 도로테아와 언쟁했던 기억이 떠올랐다. 그리 유쾌하지 않은 기억이어서 나는 빠르게 생각을 털어냈다.

"그런 건 아닙니다. 다만 평소 입던 스타일과 비교하면 좀 파격적이라…… 걱정을 많이 했답니다."

"다른 것도 아니고 파티인걸요. 그 정도는 괜찮습니다."

그렇게 말한 그가 아까 했던 말을 다시 했다.

"아름다우십니다."

"과분한 칭찬에 몸 둘 바를 모르겠네요. 본래 이렇게 사탕발림을 잘하시는 분이셨던가?"

"영애께서 지나치게 겸손하신 듯합니다. 오늘만 해도 여러 영식들의 추파를 받으셨을 법한데요."

"음…… 그럴 시간이 없었어요. 지금까지 계속 호드페 저택을 구경하다 왔거든요."

"아니, 어떻게요? 호드페 영애와도 친분이 있으셨습니까?"

"그런 건 아니에요. 다만 분위기에 휩쓸려 잠시 다녀왔습니다. 황홀경에 빠질 만큼 아름다운 저택이더군요. 조금 과장하자면 황궁과 비견될 만했어요. 유서 깊은 저택이라 규모도 상당했고요."

"호드페 저택이 제도에 있는 고택들 중 손꼽게 화려한 건 익히 알려진 사실이지요. 여러모로 눈이 즐거우셨겠습니다."

"정말 그랬답니다. 하지만 역시 황궁의 웅장함과 유서 깊음에는 따라갈 바가 못 되지요."

내 말에 딜튼 경이 낮게 웃으며 대꾸했다.

"그건 당연한 말씀이고요."

그렇게 화기애애한 분위기 속에서 여러 말이 오가다가, 어느 순간 잊고 있던 화제가 등장했다.

"참, 레이디 오델레타가 안 보이던데."

"……아."

"혹시 오늘 불참인가요?"

"몸이 좋지 않다고 들었습니다. 아마 오늘은 불참할 거예요."

딜튼 경이 내게 오델레타의 소식을 묻는 것은 자연스러운 일이었으나, 나는 그에게 대답하면서 다소 기분이 가라앉는 것을 느꼈다.

복잡한 이유였다. 아직도 해결되지 않은 오델레타와의 관계. 아픈 그녀에게 드는 걱정. 그런 그녀를 위해 찾아가는 것에 대한 머뭇거림.

이 모든 것들이 내 감정을 착잡하게 만들고 있었다.

그리고 그것을 귀신같이 눈치챈 딜튼 경이 물어왔다.

"무슨 일이 있으십니까."

"무슨 일이라뇨?"

"기분이 갑자기 안 좋아 보이셔서요."

"……."

어떻게 알았지.

나는 속으로 한숨을 내쉬었다. 이걸 솔직하게 말하기에도 그렇고, 말하지 않기도 그랬다.

다 말하는 건 서로의 얼굴을 붉히는 행위였고, 다 말하지 않는 건 어쩐지 거리감이 생길 것 같아서 나는 고민스러워졌다.

더구나 딜튼 경은 오텔레타와는 소꿉친구 사이였으니까.

결국 나는 고민 끝에 일부분만 말하기로 마음먹었다.

"작은 갈등이 있었습니다. 실은 아직까지 풀리지 않았어요."

"저런."

그가 약간 놀란 목소리로 대꾸했다.

"그러셨군요."

"네. 그것 때문에 지금 마음이 조금 불편하답니다."

"모쪼록 잘 해결되기를 바라겠습니다."

그리고 그게 끝이었다. 생각했던 것보다 빠른 마무리에 외려 당황한 쪽은 나였다. 내가 두 눈을 뻐끔거리며 그에게 말했다.

"자세하게 물어보시지 않으시네요."

"개인적인 일을 묻는 건 실례되는 행동이라 배웠습니다."

"……"

역시 황태자의 시종은 아무나 되는 게 아니네.

나는 잠깐 멍한 표정을 지었다가 이내 설핏 미소 지었다. 어쩐지 마음이 편안해지는 기분이었다.

"그렇게 말씀해주시니 감사합니다. 실은 이다음 말이 무엇일지 좀 걱정하고 있었거든요."

"그렇게 무례한 남자는 아닙니다, 제가."

"원래 그러신 분이셨는데, 제가 자꾸 깜빡합니다."

"어떻게 사람이 관계를 맺으면서 갈등 하나가 없을 수 있겠습니까."

딜튼 경이 부드러운 목소리로 말을 이었다.

"하물며 두 영애께서는 더없이 가까운 사이이시니, 갈등이 안 생길 수가 없을 겁니다."

"적당한 거리감이 필요하다는 이야기인가요?"

"갈등을 방지하기 위해 일부러 거리를 둔다면, 그 또한 슬픈 말이겠군요. 물론 그걸 지향하시는 분들도 계시기는 합니다만, 개인적으로 그리 좋아하는 해결책은 아닙니다."

"어렵네요."

"인간관계란 본디 어려운 일이지요."

"오델레타는 착해요."

그건 내가 가장 잘 알았다. 딜튼 경이 잠자코 내 말을 들어주었다.

"하지만 그렇다고 해서 이번 일이 전적으로 제 잘못은 아니랍니다."

"믿습니다. 영애께서도 착하신 분이시거든요."

"전 그렇게 착하지 않아요."

"그렇게 부정하시는 분들치고 악독한 분은 안 계셨습니다. 제 짧은 경험상, 그랬어요."

딜튼 경이 밝게 웃으며 나를 위로했다.

"의견 차이는 자연스러운 겁니다. 괜한 자책은 안 하셨으면 좋겠군요. 두 분 모두 현명하시니 아마 금방 해결될 겁니다."

"······그렇겠죠."

차마 거기에다 대고 진짜 이야기를 다 할 수가 없어서, 나는 여전히 가슴의 반쪽 정도에서 답답함을 느꼈다. 이 반쪽의 답답함은 내가 그녀와의 갈등을 완전히 풀고 난 다음에야 사라지겠지.

"위로해 주셔서 감사합니다, 경. 기분이 한결 낫네요."

"제가 도움이 되어 드렸다니 기쁩니다."

"그보다 오늘은 에스클리프 공작님이 안 보이시네요."

내가 주변을 두리번거리며 중얼거렸다.

"오늘은 불참하시나 봐요."

"그것까지는 저도 잘 모르겠습니다. 하지만 요즘 바쁘시다고는 들었어요. 새 사업을 준비 중이시라고 들었거든요."

"예전부터 생각했지만 참 부지런하세요. 저도 본받아야 할 텐데."

"이미 그러고 계신걸요. 참, 그러고 보니 가게는 요즘 어떠신가요?"

"아아."

나는 조금 부끄러워하는 얼굴로 대답했다.

"처음보다는 확실히 낫습니다. 처음에는 정말 몸도 마음도 힘들었는데, 그래도 시간이 지나니 그때 기억마저도 전부 추억이네요. 사람 마음이 이렇게 간사해요."

"대개 그렇지요. 그래도 영애께서 노력하셨으니 그 기억마저 추억이 될 수 있었던 겁니다. 처음과 똑같이 제자리걸음이시라면 그런 말씀 못 하셨겠지요."

"처음에는 소일거리로 시작했지만, 요즘은 꽤 진지하답니다. 혹시 드시고 싶으신 게 있다면 언제든 말씀해 주세요. 딜튼 경께는 무료니까요."

"죄송해서 그럴 수는 없지요."

씩 웃은 그가 곧바로 깜빡 잊었다는 듯 말을 꺼냈다.

"지난번에 서면궁에 주고 가셨던 과일청이 이제 거의 바닥난 상태랍니다."

"오래 드셨네요. 공작 전하는 정말 빠르게 바닥을 내셨거든요."

"아껴 드십니다."

그 말을 듣자마자 순간적으로 가슴 속에서 어떤 것이 화악 퍼져 나가는 느낌이 들었다.

이상한 기분에 나도 모르게 당황했지만, 내색하지는 않았다.

"정말 아껴 드세요. 다 드신 다음 영애께 다시 부탁드리면 될 텐데도 아껴 드신답니다."

"왜 그러실까요? 딜튼 경이 말씀 좀 잘 해주세요. 값비싼 것도 아닌데, 그 정도는 얼마든지 해드릴 수 있어요."

"그래서 저도 답답해서 여쭤봤더니, 영애께서 주신 마음을 함부로 다 써버리고 싶지 않다고 하셨어요."

"……네?"

그 말에 나도 모르게 당황해서 눈이 커졌고, 바로 그때 익숙한 목소리가 내 이름을 불렀다.

"레이디 마리스텔라."

레이디 마리스텔라.

그 익숙한 호칭은 오늘만 해도 숱하게 들었던 것이었지만, 방금 그건 어딘가 이상하게 특별한 구석이 있었다.

"……전하."

뒤를 돌자 잘생긴 얼굴이 눈에 들어왔다. 자주 본 탓에 이제는 익숙하다 말해도 좋을 법한 얼굴이었지만, 결코 익숙해지지는 않을 것 같은 비현실적인 외모.

나도 모르게 마른침을 삼키며 자비에르를 올려다보았다가, 곧 그와 나의 신분 차이를 인지하고서는 서둘러 인사했다.

"제국의 작은 태양, 황태자 전하를 뵙습니다."

"영애는 늘 제게 인사를 잘하시는군요."

"그것이 법도니까요. 감히 전하께 먼저 예를 갖추지 않을 수는 없습니다."

"그렇다면 영애."

그가 부드러운 목소리로 내게 물었다.

"저와 춤 한 곡만 춰주지 않으시겠습니까."

"……."

아까 전의 말과는 전혀 연결되지 않는 흐름이라 나는 살짝 당황할 수밖에 없었다.

"갑자기……요?"

"생각할 시간을 드릴까요?"

그가 짓궂게 웃으며 물었고, 나는 어쩐지 자비에르가 평소와는 좀 다른 것 같다는 느낌을 받았다.

원래 자비에르가 이런 이미지였던가…….

"그런 게 아니라…… 전하께서 제게 춤 신청을 하실 줄은 몰랐습니다."

"어째서요?"

"……그러게요."

막상 이유를 대라면 이유를 댈 수가 없었다. 그냥 그럴 것 같다는 근거 없는 생각뿐.

"저와 춤추고 싶지 않으십니까?"

"그런 건 아니에요. 다만 조금 갑작스러워서……."

"이번이 처음도 아닌걸요."

자비에르가 그렇게 말하면서 설핏 미소 지었고, 나는 문득 그와 처음 춤을 추었던 순간을 떠올렸다. 생각해보면, 그건 우리의 첫 만남이기도 했다.

그때를 회상한 내 입가에 자연스럽게 미소가 걸렸다.

"그러네요. 이번이 고작 두 번째긴 하지만."

"세 번째 즈음이면 영애께서 갑작스럽다고 느끼지 않으실까요."

"글……쎄요."

왜 갑자기 이런 걸 묻는 걸까. 나는 약간 혼란스러워졌다.

그때 자비에르가 자연스럽게 내게 팔짱을 껴왔고, 그 바람에 놀란 나는 살짝 굳었다.

그것을 인지했는지 그가 내 귓가에다 대고 속삭였다.

"긴장하실 것 없습니다, 레이디 마리스텔라."

"……네."

"제가 영애를 잡아먹는 것도 아닌데요."

'아닌가요?'라고 덧붙이며 그는 웃었고, 그건 확실히 내가 알고 있던 평소의 자비에르와는 약간 거리가 있는 모습이었다.

잠시 후, 연회장 중앙에서 조금 빗겨난 곳에 선 우리는 춤출 준비를 모두 마쳤다.

그가 내 등 뒤로 손을 얹었고, 나는 부드럽게 그의 허리를 감았다.

마지막으로 오른쪽 손을 그와 깍지 낀 내가 문득 예전 생각이 나 웃었다.

"그때 기억나세요?"

"어느 때 말씀이십니까."

"처음 제가 전하와 춤출 때요. 그때 전하의 발을 무던히도 밟았 었죠."

"이런."

그가 영 좋지 않은 기억이라는 듯 고개를 절레절레 저었다.

"그리 생각하고 싶지 않은 기억입니다."

"그렇게 아프셨나요?"

"지금이 되어서야 솔직히 말씀드리는 건데, 그때 사실 정말로 고통스러웠답니다."

'고통스러울' 정도였다니. 솔직히 지금도 미안했다. 내가 자연스럽게 대꾸하는 말을 내뱉으려는데 갑자기 음악이 새로 시작되었다.

자비에르가 자연스럽게 나를 리드하기 시작했고, 나는 아까 하려던 말도 잊은 채 춤에, 음악에, 정확히는 상대방의 움직임에 집중했다.

'그때는 정신이 없어서 하나도 몰랐지만……'

확실히 자비에르는 춤추는 데 능숙했다.

그는 춤을 잘 추었다. 그게 내가 어느 정도 춤을 출 줄 알고 난 뒤에야 잘 보였다.

"무슨 생각을 하고 계십니까."

중저음의 목소리가 내 귓전을 울렸다. 높지도, 지나치게 낮지도 않은, 딱 듣기 좋은 목소리에 내가 빙긋 웃으며 솔직하게 답했다.

"저희 처음 춤출 때를 생각하고 있었어요."

"그때 일을 실례라고 생각하지는 마세요. 나름 제게도 재미있는 경험이었습니다."

"그러기에는 얻은 고통이 너무 크셨다면서요."

내가 키득거리면서 말을 이었다.

"새삼스럽지만, 춤을 잘 추시네요, 전하."

"황족으로 태어나 이 정도는 기본이지요."

……그리고 전 귀족으로 태어나 기본도 하지 못했고요. 내가 어색하게 웃으며 대꾸했다.

"겪어보니 춤은 그냥 열심히 연습해서 잘 춰지는 게 아니더라고요."

"그럼요?"

"상대에게, 파트너에게 집중해야 해요."

그렇게 말하면서 나는 그와 깍지 낀 손에 힘을 준 다음 자비에르와 눈을 맞추었다.

금방이라도 삼켜질 것만 같은, 검은색에 가까운 검푸른빛의 눈동자. 아주 깊고 깊은 바닷속에 들어가면 저와 같은 색일까.

"상대의 호흡에 날 맞추고, 상대의 걸음에, 움직임에, 몸짓 하나하나에 나를 맞춰야 합니다."

"……."

"그래야만 춤이 완벽해져요. 이건 혼자서 만들어가는 게 아니니까요. 꼭 둘의 호흡이 맞아야만 합니다."

"전문가가 다 되셨네요."

"비꼬시는 건가요?"

"그럴 리가."

그가 나직하게 미소 짓더니 돌연 내 귓가로 입술을 옮겨 속삭였다.

"배움이 빠르셔서 놀란 것뿐이랍니다."

"……."

속삭임과 함께 전해지는 더운 숨의 감촉이 낯설었다. 나도 모르게 턱 끝에 힘이 들어갔다.

"그보다 오늘 입으신 드레스, 아름답네요."

드레스 이야기는 어딜 가나 빠지지 않았다. 내가 민망한 듯 웃으며 그에게 물었다.

"너무 야한가요?"

"……영애께서 좋으시다면 그것으로 된 겁니다. 더구나 파티용인데요. 남의 시선은 생각지 마십시오."

"아뇨. 전하의 의견을 여쭤봤어요."

"제 의견 말입니까?"

"네."

"……제 앞에서만 입으시면 또 모르겠습니다."

아리송한 대답에 나는 순간 당황했다.

이건 도대체 무슨 소리일까.

내가 이해되지 않는다는 목소리로 물었다.

"그러니까 그 말씀은…… 역시 별로시라는 건가요?"

"아뇨. 그런 게 아니라……."

자비에르가 난감한 표정을 지으며 좀 더 적합한 말을 찾기 위해 애쓰는 게 보였다. 나는 잠자코 그의 입이 다시 열리기까지 기다렸다.

"남자들은 전부 늑대니까요."

그리고 나온 대답은 다소 당황스러웠다. 내가 어벙한 목소리로 물었다.

"네?"

"남자들은 전부 늑대라고요."

아니, 그걸 못 들어서 되물은 게 아니었다. 자비에르는 당황해 있는 내 표정을 보다가 싱긋 웃으며 말을 이었다.

"제가 이런 말을 할 줄은 몰랐다는 얼굴이시군요."

솔직히 그랬다. 클로드가 했다면 또 모를까, 늘 젠틀하고 정중한 자비에르가 이런 말을 할 줄은 몰랐으니까.

내 말을 들은 자비에르는 낮게 웃으며 이렇게 말했다.

"전 오직 영애에게만 친절하답니다."

"……"

분명 듣기 좋은 말이었지만…… 다소 미묘하게 들렸다.

그게 무슨 뜻이냐고 물어보려다가 그만두었다. 자비에르가 내 사람에게만 다정하다는 건 원작에서도 나와 있었다.

그 '내 사람'의 범위가 지나치게 좁아 문제이긴 했지만.

"과일청을 아껴 드시고 계시다고 들었어요."

나는 별생각 없이 아까 딜튼 경에게 들었던 말을 내뱉었다. 그러자 자비에르가 '아' 하고 소리를 내며 대답했다.

"그렇습니다."

"왜 그러셨어요. 제게 말씀 주시면 제가 또……."

"딜튼 경에게 이 이야기도 들으셨는지 모르겠지만."

그가 드물게 내 말을 끊으며 부드럽게 말했다.

"영애의 마음을 함부로 다 써버리고 싶지 않았답니다."

"……제 선물은 전하께서 양껏 써주시기만 한다면, 그것으로 족합니다."

"횟수가 많아질수록 특별함은 퇴색되기 마련이지요. 익숙함에 속아서 소중함을 잃고 싶지 않았습니다. 무엇보다…… 제게 선물하신 것을 맛볼 때마다 함께 느끼는 영애의 마음이 좋았어요."

"……."

"그래서 아끼고, 또 아껴 먹었던 것이랍니다."

"공작 전하와는 대조적이시네요."

이런 면에서도 두 사람은 완전히 대립됐다.

"에스클리프 공작님께서는 양껏 다 드시고 제게 또 선물해 달라며 보채셨어요."

"으음…… 각자만의 생각이 다르고, 또 방법도 다르니까요."

"방법이라니요?"

"아."

자비에르가 잠깐 멈칫했다가, 잠시 후 태연하게 말을 이었다.

"영애의 마음을 대하는 방법 말입니다. 영애께서는 어느 쪽이 더좋으십니까."

"어느 쪽이든 제 마음을 소중히 여겨 주신다면, 그것만으로 저는만족합니다. 더 바랄 게 없는걸요."

참 마음 따뜻해지는 말이라 나는 자연스럽게 미소 지으며 대답했다. 그리고 우연찮게 나를 쏘아보고 있는 누군가와 눈이 마주쳤다.

'아…….'

도로테아였다. 하지만 그녀가 가지고 있던 그 눈빛은, 분명 내가기억하고 있던 도로테아의 것이 아니었다.

그 점이 나를 소름 끼치게 만들었다.

'뭐지……?'

자연스럽게 내 표정이 굳어졌고, 그 모습을 본 자비에르는 심상치 않은 목소리로 물었다.

"갑자기 왜 그러십니까."

"아……."

"어디가 안 좋으신 겁니까."

걱정이 담뿍 담겨 있는 시선이 내게 향하는 것이 느껴졌다.

아까 도로테아의 그것과는 확연히 다른 온도 차. 나는 어깻죽지에 소름이 쫙 돋는 것을 느꼈지만, 아마 착각일 터였다. 내가 떨리는 입술을 천천히 벌렸다.

"아닙니다, 전하. 그냥…… 조금 추워서요."

"이런."

내 말을 들은 그가 천천히 춤을 멈추었다.

나는 괜찮다고 말하려고 했지만, 그보다는 자비에르가 먼저 빨랐다. 그가 자신이 입고 있던 재킷을 벗어 내게 둘러주었다. 그 갑작스러운 행동과 함께, 자비에르의 체취가 가볍게 내게 머물렀다.

"감기 걸리시면 안 됩니다."

"괜찮은데……."

"제가 더워서요. 신경 쓰지 마십시오."

그 말을 하면서 자비에르는 살짝 미소 지었고, 나는 그런 그를 보며 자연스럽게 따라 웃었다.

그리고 다시 도로테아가 있던 자리를 쳐다보자, 그녀는 사라지고 없었다. 하지만 아까 느꼈던 불길함은 여전히 내 안에 남아 나를 괴롭히고 있었다.

그 직후 나는 자비에르와 함께 좀 더 시간을 보냈다. 하지만 황궁에 있던 헨리 14세가 갑자기 그를 찾는 바람에 중도에 자리를 떠야만 했는데, 황명을 받은 그는 영 탐탁지 않은 얼굴이었다.

그게 아버지와의 사이가 나빴기 때문인지 아니면 단순히 여흥이 깨졌기 때문인지는 모를 일이었지만, 나는 굳이 묻지 않고 그를 잘 배웅해주었다.

자비에르가 연회장을 나선 후에도 클로드의 모습은 여전히 보이지 않았고, 나는 그가 아마 오지 않을 것 같다고 결론 내렸다.

하긴 그처럼 바쁜 사람이 매번 시간 내서 파티에 참석하는 것도 어려울 터였다.

나는 다른 영애들과의 대화에 끼는 대신 조용히 구석에 앉아 칵테일을 마시는 것을 선택했다. 상황이 그렇게 고요해지고 나서야 나는 꽤 많은 영식들이 나를 음흉한 눈길로 본다는 것을 눈치챘는데, 생각했던 것보다 노골적이어서 그전까지 시선을 눈치채지 못했다는 게 신기할 정도였다.

내가 완전하게 혼자가 되자 기다렸다는 듯 춤 신청을 하는 영식들도 많아졌지만, 나는 전부 거절하고서는 자리에서 일어났다.

평소보다 오랫동안 활발하게 있어서 피곤한 것도 맞았고, 더는 불편한 시선을 견디고 싶지 않았던 이유도 있었다.

친한 사람들도 없겠다, 어쨌든 모두에게 얼굴도장도 찍었겠다, 이만 귀가하는 것도 나쁘지 않을 듯해서 나는 그러기로 했다.

"레이디 마리스텔라."

옆에서 들려오는 그 소리를 듣기 전까지는.

나는 자연스럽게 고개를 옆으로 돌렸다. 낯설지는 않은 얼굴 하나가 어쩐 일로 나를 사근사근히 부르고 있었다.

"……호드페 영애."

뜻밖의 상황이라 나는 당황했다. 그녀가 나를 부를 이유가 전혀 없었는데. 도대체 뭘까. 하지만 내 고민이 길어지기도 전에, 나는 하마터면 인상을 찌푸릴 뻔했다.

호드페 영애의 바로 옆에 도로테아가 떡하니 버티고 서 있었기 때문이었다. 아까 느꼈던 서늘함을 기억하고 있는 나로서는 그리 기꺼운 상황이 아니었다.

나는 최소한의 예의를 차려 호드페 영애에게 물었다.

"무슨 일이신가요?"

"도움을 청할 일이 있어서요."

그렇게 말하는 호드페 영애의 얼굴은 아까와는 사뭇 달랐다.

약간 겁에 질린 듯 창백한 얼굴. 내가 말해보라는 듯 고개를 끄덕이자, 그녀가 내게로 가까이 다가와 귓가에 대고 속삭였다.

"아까 보여드렸던 목걸이…… 기억하세요?"

"레드 다이아몬드 말인가요?"

"네. 그거요. 다른 영애들에게도 그걸 자랑하려고 가져오다가…… 잃어버렸어요."

"아……."

"큰일이에요. 어쩌죠? 그건 저희 집안의 가보예요."

"하지만 하인들이 있는걸요. 하인들을 풀어 찾으면 분명 금방 나올 겁니다."

"그럴 수는 없어요."

호드페 영애가 바들바들 떨리는 목소리로 내게 말했다.

"이 사실을 하인들이 알게 되면 분명 저희 부모님도 알게 되실 거예요. 저희 부모님은 대단히 엄격한 분들이세요. 크게 혼날 거라고요."

그녀는 거의 울 것 같은 목소리로 말하다가, 조심스럽게 내게 물어왔다.

"영애, 절 도와주실 수 있나요?"

"……제가요?"

"같이 찾아주세요. 제발요……. 이렇게 부탁드릴게요."

"하지만 저는 지금 귀가하려던 참이었어요. 몸이 좋지가 않아서요. 그럼 이만……."

도로테아가 연관되어 있는 일과는 엮이고 싶지 않아서 나는 부드럽게 거절하며 자리를 빠져나오려 했다. 하지만 바로 그 순간 누군가가 내 드레스 자락을 억세게 잡아쥐는 손길이 느껴졌다.

"레이디 마리스텔라……!"

호드페 영애가 정말로 간절해 보이는 얼굴로 나를 붙잡고 있었다.

"영애, 이러지 마세……."

당황한 내가 그녀를 떼어 내기 위해 노력했지만, 힘이 어찌나 센지 그녀를 떼어 놓기 전에 내 드레스가 먼저 찢겨져 나갈 지경이었다. 그리고 그 순간, 호드페 영애가 닭똥 같은 눈물을 떨구며 내게 애원조로 빌었다.

"제발 부탁입니다, 영애. 사람 하나 살리는 셈 치고 도와주세요. 지금 절 구제할 수 있는 분은 영애뿐입니다."

"죄송합니다, 영애. 다른 분을 알아보세요. 저는 무언가를 찾는 데 그리 능력 있는 사람도 아니랍니다. 아마 큰 도움이 되어 드리지 못할 거예요."

"다른 영애에게 말했다가 이 일이 자칫 새어 나가기라도 한다면 전 정말 큰일이에요! 다른 영애들은 입이 너무 가벼워 보여서…… 부득이하게 영애께 부탁드릴 수밖에 없었어요."

"호드페 영애, 저는……."

"제발요……. 이렇게 부탁드릴게요, 영애. 제가 영애께 실수한 부분이 있었던 건 사과드려요. 부디 넓으신 아량으로 절 도와주시면 안 될까요?"

"……."

"네? 영애, 부디……."

"……하아."

이렇게까지 간절하게 부탁하는 사람의 모습을 나는 본 적이 없었다. 결국 마음이 약해진 나는 눈을 질끈 감았다 뜬 다음 호드페 영애에게 말했다.

"앞장서세요."

호드페 영애의 말로는 자신의 방에서부터 연회장까지 오는 길에 목걸이를 잃어버렸다고 했다. 분명 목에 잘 잠근 것 같은데 연회장에 도착해서는 목이 깨끗했다고.

저택 안에서는 이미 다 찾아봤지만 나오지 않아서, 이제 나올 만한 장소는 야외뿐이라고 했다.

비밀 유지가 생명이라는 그녀의 신신당부에 따라, 나는 호드페 영애, 그리고 도로테아와 함께 저택에서 연회장까지의 길을 샅샅이 뒤져보는 것으로 결론을 내렸다.

나는 숨겨진 물건을 잘 찾는 데는 도무지 재주가 없는 사람이었다. 남들은 어질러진 방 안에서도 필요한 물건을 쑥쑥 잘만 찾아낸다던데, 나는 그런 능력이 전혀 없었다.

'덕분에 반강제적으로 정리정돈에 특화된 성격을 가지게 되긴 했지만……'

어쨌든 중요한 건, 내가 이 일에 딱히 도움 될 것 같지 않다는 소리였다. 하지만 사람이 저렇게 간곡하게 부탁해 오는데, 보증 서주는 일도 아니고 매정하게 굴 필요는 없을 것이다.

"레이디 도로테아, 이쪽도 한번 찾아보는 게 좋겠어요."

물론 그 상대가, 호드페 영애는 차치하고서라도 도로테아와 함께라는 점이 썩 마음에 들지는 않았지만.

어쩔 수 없는 일이기는 했다. 무언가를 찾는 데는 고양이 손이라도 있으면 도움이 되니까.

"왠지 이 근처에 있을 것 같아요."

어쩐지 신나는 목소리로 호드페 영애가 다른 쪽으로 걸어갔고, 그 바람에 나는 본의 아니게 도로테아와 단둘이 남겨지게 되었다.

'하아……'

정말 불편한 상황이었기 때문에 나는 다른 곳으로 가기 위해 발걸음을 뗐다. 하지만 바로 그 순간, 도로테아가 나를 불렀다.

"마리."

사이가 그 모양까지 치달았음에도 애칭은 그대로였다.

나의 애칭이 그녀의 입 밖으로 불리기를 원치 않았지만, 나는 굳이 지적하지 않고 도로테아에게로 시선을 돌렸다.

도로테아는 무슨 생각을 하는 건지 모를 얼굴로 나를 빤히 쳐다보고 있었는데, 그 시선이 어쩐지 평소와는 다른 느낌의 그것이라는 생각이 들어서, 나는 기묘한 기분에 사로잡혔다.

"……왜 그러시나요, 레이디 도로테아?"

일부러 존칭을 쓰며 거리감을 두자, 도로테아의 인상이 살짝 구겨지는 것이 보였다.

이제는 그것에 희열도, 그 외의 다른 감정도 느끼지 못하는 나를 보면서, 나 자신이 완전히 그녀에게서 관심을 끊었다는 사실을 깨달았다.

좋아해야 할지, 아니면 다른 감정을 품어야 할지 모를 대목이었지만, 나는 그 순간조차도 무관심과 무표정으로 일관했다.

"요즘 살 만한가 봐?"

"제 신경을 거슬리게 하는 사람이 주변에서 사라졌거든요."

내가 온화한 미소를 잃지 않는 얼굴로 도로테아에게 말했다.

"그래서 요즘 행복하답니다."

"하, 무슨!"

도로테아가 기가 찬다는 얼굴로 딴죽을 걸었다.

"트라코스 영애는 오늘 불참이던걸?"

"……그녀는 몸이 좋지 않았을 뿐이에요. 영애도 알다시피 말이죠."

"둘이 혹시 싸운 건 아니고?"

도로테아가 이죽거리며 내게 물었고, 그 물음에 나는 순간적으로 표정이 흐트러지며 본심을 내보였다.

'이런.'

도로테아의 페이스에 말려들었다. 나는 방금 했던 행동을 후회하며 도로테아를 쳐다보았다.

감 잡았다는 듯한 눈빛, 기꺼워하는 미소. 모든 것이 불쾌했다.

곧이어 그녀가 쾌활한 목소리로 말을 이었다.

"세상에, 마리. 난 그저 떠본 것뿐인데."

마치 기쁜 일이라도 들은 듯한 표정에 나는 어이가 없어졌지만, 곧 이해했다. 그녀에게는 내가 오델레타와 갈등이 생겼다는 사실이 기쁜 소식이 되리라.

"맞았구나, 내가?"

"가까운 사이에서 조금의 갈등도 없을 수는 없습니다. 갈등 없는 관계는 비정상적이라고 생각해요."

나는 최대한 담담한 어조로 도로테아에게 말했다.

"곧 해결될 거라고 생각하고 있습니다."

"그래, 뭐. 그렇게 생각할 수도 있지."

여전히 한쪽으로 치켜 올린 입술을 실룩이면서, 도로테아가 내게 시비를 걸어왔다.

"하지만 난 좀 생각이 달라. 결국 두 사람, 치정 싸움으로까지 번진 거구나. 맞지?"

"……."

반은 맞고 반은 틀린 이야기에, 나는 입을 다물었다 치정이라 함은 남녀 간의 사랑으로 생기는 온갖 어지러운 정.

엄밀히 정의하자면 나와 도로테아는 치정 싸움을 하고 있는 것이다. 하지만 이 말을 도로테아는 왜곡하고 부풀려서 이해할 거라는 게 문제였다.

"좋을 대로 생각해요."

"그럴 줄 알았어, 마리. 그러니까 누가 양다리 걸치래?"

도로테아가 훈수 두는 듯한 어조로 말하며 혀를 쯧쯧 찼다.

무례하고 불쾌한 언행에 내가 그녀에게 주의를 주려던 찰나, 도로테아의 목소리가 다시 들려왔다.

"아마 두 사람, 화해 못 할걸? 원래 우정은 버려도 사랑은 못 버린다잖아."

"무슨 오해를 하고 있는 건지 관심도 없고, 생각하고 싶지도 않지만."

나는 냉랭한 목소리로 말을 이었다.

"그게 도대체 영애와 무슨 상관이죠?"

"무슨 상관이냐니?"

도로테아가 헛웃음을 머금은 얼굴로 내게 되물었다.

"정말 모르겠어, 마리?"

"……."

"네 진정한 친구가 될 수 있는 사람은 오로지 나뿐이라고."

"……하!"

그제야 그녀가 원하는 것이 눈에 빤히 보여서, 나는 황당하다는 듯한 웃음을 터뜨렸다.

"나더러 다시 영애의 친구가 되어달라, 이거군요?"

"어차피 우리 둘밖에는 서로를 이해할 수 없어."

"아뇨. 나는 영애를 이해하지 못해요."

나는 확신에 찬 어조로 못 박듯 말했다.

"나는 영애를 절대 이해할 수 없어요. 영애의 그 자기중심적인 사고도, 제멋대로인 언행도, 전부 다. 그걸 이해할 수 있는 사람은 세상에 존재하지 않을 겁니다."

"……."

"상황이 이렇게까지 되었는데, 아직도 모르겠어요?"

"넌 날 이해할 수 있잖아, 마리."

도로테아가 나를 무섭게 노려보며 말했다.

"넌 날 이해할 수 있어. 왜 아닌 척하는 거야?"

"사람 말 못 알아들어요? 나는 영애를 이해할 수 없어요. 죽었다 깨어나도! 당신 같은 사람은 이해할 수 없다고."

내가 진절머리난다는 얼굴로 도로테아에게 쏘아붙였다.

"제발 이런 식으로 내게 달라붙는 일은 그만둬요, 코르노헨 영애. 우린 이제 아무 관계도 아니고, 우리 사이에 남은 건 아무것도 없으니까."

"어떻게…… 마리 네가 어떻게 내게 그런 말을 할 수 있어?"

그녀는 마치 사랑에 배신당하기라도 한 사람처럼 내게 따졌다.

"다른 사람은 몰라도, 네가 내게 이래서는 안 돼! 내 말이 틀려?"

이어지는 도로테아의 말을 들으면 들을수록, 내 기분은 황당함으로만 가득 찼다.

'누가 들으면 내가 앨 잔뜩 이용하고 버리기라도 한 줄 알겠어.'

하지만 그런 적이 전혀 없었기 때문에, 나는 이 상황이 그냥 황당하게만 느껴졌다.

"레이디 마리스텔라."

그때, 나를 호명하는 호드페 영애의 목소리가 우리 두 사람 사이로 파고들었다.

"이리 좀 와보세요."

갑작스러운 부름에 불쾌했던 상황이 억지로 종결되었다.

나는 호드페 영애가 있는 쪽으로 시선을 한번 주었다가, 이내 도로테아를 홀로 남겨두고 그녀가 있는 연못으로 갔다.

나를 본 호드페 영애는 뜬금없이 연못 자랑부터 했다.

"어때요? 예쁘죠? 저희 저택 집사가 다른 건 몰라도 연못 관리는 정말 철저하게 한답니다."

그 말에 그제야 나는 옆에 있던 연못을 흘긋 쳐다보았다.

그녀의 말마따나 관리를 철저히 하는지 가까이서 살펴보았을 때도 수질이 깨끗했다. 다양한 수상 식물들이 수면 위로 둥둥 떠 있었고, 색색의 물고기들도 헤엄치고 있었다. 멋진 연못이었다. 하지만 중요한 건 그런 게 아니었고, 솔직히 말해 관심도 없었다.

내가 피곤함이 묻어나는 얼굴로 호드페 영애에게 물었다.

"그보다, 목걸이는 찾으셨나요?"

"아뇨."

그럼 도대체 왜 부른 건지.

겹치는 짜증으로 인상이 찡그려지는 것을 애써 참은 채 그녀에게 말했다.

"저쪽까지 다 찾으면 이제 찾을 만한 곳은 다 찾아본 거예요. 정말 오는 길에 목걸이를 잃어버리신 것 맞나요?"

"으음…… 글쎄요."

이 대답은 나를 할 말 잃게 만들었다.

어이가 없어진 내가 그녀에게 불쾌함을 표출하려 입을 열려는데, 그 순간 호드페 영애를 향하고 있던 내 시선이 다른 곳으로 사정없이 쏠리기 시작했다.

"아……!"

누군가 나를 뒤에서 강하게 민 것이다.

내 몸은 헛발질을 하며 기우뚱거리기 시작했다. 나와는 대각선으로 서 있던 호드페 영애가 그 모습을 보고 웃었고, 나는 그제야 지금 이 모든 상황이 그녀가 의도적으로 조작해낸 것임을 깨달았다.

'어리석었어……!'

하지만 이미 늦어 버린 일이었다. 나는 중심을 잃고 계속 비틀거리다가, 결국 연못 아래로 추락했다.

'그래도 다행이다.'

연못 아래로 떨어지면서 나는 그렇게 생각했다.

누가 본다면 미쳤다고 볼 수도 있겠지만, 나는 수영하는 법을 알았다.

그러니 적어도 죽지는 않을 것이다. 물에 뜨는 방법은 알았으니까.

풍덩!

수면을 강하게 때리는 소리가 귓가에 가득 튀었다. 하지만 그것도 잠시, 내 몸은 물보라와 함께 아래로 가라앉기 시작했다.

나는 침착하게 몸에서 힘을 뺀 뒤 연못 위로 올라가기 위해 다리를 움직였다.

"으……!"

하지만 전혀 예상치 못한 상황이 나를 곤란하게 만들었다.

갑자기 가슴이 턱 막혀옴과 동시에 눈앞이 핑 돌기 시작한 것이다. 다리는 저도 모르게 힘이 빠지며 내 몸을 아래로 가라앉혔고, 애써 다리를 휘저었지만 의미 없는 허우적거림일 뿐이었다.

나는 목을 감싸 쥐며 괴로운 표정으로 수면 위를 향해 손을 뻗었다.

책 바깥의 세계에서 경험했던 일까지 고려했을 때, 물에 빠진 적이 이번이 처음이 아니었음에도 불구하고 이런 반응은 맹세코 처음이었다.

마치 물에 트라우마라도 가진 사람처럼 눈앞이 새하얘졌다. 머릿속은 알 수 없는 소용돌이가 치며 핑핑 돌았고, 금방이라도 숨이 끊어질 것 같은 착각에 휩싸였다.

뭘까, 뭐지? 도대체 뭘까.

이해할 수 없고 설명할 수 없는 상황이 답답했지만, 지금 이 순간 그보다 더 답답한 건 미친 듯이 조여 오는 내 가슴이었다.

금방이라도 쥐어짜 사라질 것만 같은 고통스러운 기분.

'안 돼……'

나는 목을 감싼 채 꺽꺽거리며 입을 벌렸다.

뭐라도 하고 싶었는데, 지금 이 몸뚱이는 물에 닿은 것이 불에라도 덴 것처럼 과민하게 굴고 있었다. 금방이라도 죽겠다고 소리치면서 나를 죽음의 세계로 이끌었다. 이대로 가만히 있는다면 자칫 익사할지도 모르겠다고 생각했지만, 그 이성마저 희미해질 정도로 지금 내 몸은 패닉상태에 빠져 있었다. 정신은 그런 몸을 감당해내지 못하고 같이 미쳐버리는 중이었다.

'아무나, 제발 좀⋯⋯.'

구해줘.

내 머릿속을 가득 채운 생각은 오직 그것뿐이었다.

누구라도 좋으니까, 아무라도 상관없으니까, 제발 나를 좀 구해달라고. 이대로 가다간 정말로 죽을지도 모르겠으니까, 살려달라고.

풍덩!

의식이 바람 앞의 촛불처럼 위태로워져 갈 때 즈음에, 금방이라도 이 세상에서 사그라질 것 같다는 생각과 함께 눈을 감기 직전에, 나는 무언가가 나와 똑같이 연못 아래로 추락하는 것을 보았다.

"살려⋯⋯."

그 정체 모를 존재에게조차 나의 구명을 바랐다. 하지만 나는 그 말마저 다 내뱉지 못한 채 정신을 잃었다.

4. Coma

그러니까, 결국 도로테아와 연관된 일이라면 나는 무조건 피해야만 했던 것이다.

그간의 경험을 통해 충분히 결론 내릴 수 있는 명제였는데, 내가 어리석었다. 충분히 피할 수 있는 일이었는데, 피하지 못했으니까. 스스로에 대한 미필적 고의였다.

'이대로 죽는 걸까.'

익사라니.

태어나서 지금까지 단 한 번도 생각해본 적 없었던 결말이었다.

살아남을 수 있을지도 모르겠다는 보기는 생각지 않기로 했다.

'그 두 사람이 나를 구하려는 노력을 했을까'를 장담할 수 없었기 때문이었다. 연못 속에 빠져 죽어가는 나를 보고 낄낄거리며 비웃지나 않으면 다행이지.

'죽기 싫어.'

죽고 싶지 않았다.

아직 하지 못한 게 너무 많았고, 마무리 짓지 못한 것도 너무 많았다.

오델레타와 다시 친해지고 싶었다.

사랑하는 가족들과 벨플레어 저택 사람들, 진실한 친구인 자비에르와 클로드. 그 사람들을 두고 이대로 눈 감고 싶지 않았다.

"……애, 영애!"

누군가가 나를 다급하게 부르는 소리가 들렸다.

목소리에 담긴 감정은 다급함 뿐만은 아니었다.

그 거친 목소리에서는 일종의 애절함까지 느껴졌다.

누군가 나를 이렇게까지 다급하고, 애절하게 불렀던 적이 있었나. 기억을 더듬어 봤는데…… 없었던 것 같다.

"영애!"

파열음과도 같은 호명이 내 귓가를 깨우고 지나갔다.

그리고 그 순간, 나는 내 감각이 아직 살아 있음을 느꼈다.

그러니까 나는…….

"정신 차리십시오!"

살아 있었다. 분명히.

지금 내 귓전에 생생히 울리는 외침이 바로 그 증거였다.

"제발…… 제발 눈을 떠주십시오."

슬픔이 덕지덕지 묻은 목소리에서는 여전히 설명할 수 없는 애절함이 느껴졌다.

누가 내 삶을 이토록 간절히 바라는 걸까. 눈을 뜨고 상대의 얼굴을 보고 싶었는데, 눈꺼풀이 너무 무거웠다. 눈이 잘 떠지지 않아서, 슬퍼졌다.

왜 나는 당신의 얼굴을 볼 수 없는 걸까. 누가 나를 이렇게 애타게 부르고 있는 건지 너무 궁금한데, 눈이 떠지지 않아 답답했다.

'아.'

하지만 잠시 후, 나는 굳이 눈을 뜰 필요가 없다는 사실을 깨달았다. 그것이 바로 내가 알고 있던 목소리였기 때문이었다.

그 사실을 깨닫자 거짓말처럼 몸이 풀리고 눈꺼풀이 가벼워졌다.

천천히 눈꺼풀을 들어 올리자, 낯익은 남자 하나가 나를 붙들고 울고 있었다.

예상했던 것과 한 치의 어긋남도 없었다. 적어도 그 상대가 누구인지에 대해서만큼은 말이다.

"이대로 당신을 보낼 수 없습니다."

새하얀 달빛을 닮은 머리카락. 그 머리카락을 닮은 도화지색 피부. 그보다는 조금 복숭앗빛을 띤 볼을 타고 투명한 눈물방울이 떨어져 내리는 것을 나는 분명히 보았다.

그리고 잔뜩 젖은 듯한, 그 물기 어린 모습까지.

"눈을 떠주십시오, 제발……. 부탁입니다."

그는 다름 아닌, 자비에르였다.

"자……."

나는 멍한 눈으로 그를 바라보며 입술을 열었다.

차마 다 부르지 못한 이름 하나만이 입술 위에서 맴돌았다.

'당신이 나를 구했구나.'

그 사실을 인지하자, 나는 갑자기 힘없는 두 눈에 눈물이 몰리는 것을 느꼈다.

당신이 나를 구해주었구나. 목숨을 걸고.

"아……."

그의 이름을 불러주고 싶었는데, 난 괜찮으니까 울지 말라고 말해주고 싶었는데, 미운 입술은 더 움직일 생각이 없어 보였다.

눈꺼풀이 파르르 떨리며 힘겹게 그 무게를 버텨내는 사이, 나는 안간힘을 쓰며 손끝을 움직였다.

그 순간 나와 자비에르의 눈이 마주쳤고, 나는 그의 눈에서 처음으로 낯선 감정 하나를 발견해냈다.

그건 단순한 안도감이 아니었다고 나는 감히 자부할 수 있었다. 그 한 단어만으로는 그의 눈빛을 온전히 설명할 수 없었다.

그보다는 좀 더 깊고, 다른 차원의 무언가. 구원이라도 얻은 듯한 이채와 필사적으로 찾던 무언가를 얻은 사람의 행복감. 그런 것들.

"전……."

그를 부르기 위해 다시 입술을 움직였지만, 이번에 풀려버린 것은 입술이 아니라 눈이었다. 정체를 알 수 없는 어둠은 순식간에 내 눈을 가리고 의식을 빼앗아갔다.

◇◆◇

"영애……!"

자비에르가 다급하게 마리스텔라를 다시 불렀지만, 이미 늦은 뒤였다. 다시 까무룩 정신을 잃은 것이다.

"아아……!"

축 늘어진 마리스텔라의 차가운 몸을 붙잡으며 자비에르가 통곡하듯 신음을 흘렸다.

"안 돼, 안 돼……."

자비에르가 괴로움에 금방이라도 질식당할 것 같은 얼굴로 마리스텔라를 꼭 끌어안았다. 그런 그의 얼굴에서는 이제껏 볼 수 없었던 간절함과 비통함이 서려 있었다.

"이대로 가면 안 됩니다, 영애. 제발…… 제발 눈을……."

"전하!"

그때 뒤쪽에서 딜튼의 다급한 목소리가 들려왔다.

곧이어 딜튼과 함께 의사 몇 명이 자비에르와 마리스텔라가 있는 곳으로 달려왔다.

"전하, 괜찮으십니까!"

"나는…… 나는 괜찮다."

자비에르가 파리하게 변한 입술 끝을 물며 간절함이 느껴지는 목소리로 딜튼에게 명령했다.

"레이디 마리스텔라를 살려내, 딜튼. 어서……!"

"전하, 진정하십시오."

주군의 이런 모습은 두 번째였다. 딜튼이 최대한 평정심을 잃지 않기 위해 안간힘을 쓰며 그를 진정시켰다.

"영애께서는 괜찮으실 겁니다."

"하지만 눈을, 눈을……."

"잠시 혼절하신 것뿐입니다, 전하."

딜튼이 차분한 목소리를 유지하기 위해 애쓰며 그에게 말했다.

"걱정하시는 일, 일어나지 않습니다."

"하지만 그녀가…… 내 앞에서……."

"영애께서 전하를 두고 가실 일은 없습니다."

확신이 느껴지는 목소리에, 자비에르가 일그러진 얼굴로 딜튼을 쳐다보았다.

그 모습에서 과거의 기억을 읽은 딜튼이 입술을 질끈 깨물며 뒤에 있던 의사들에게 소리쳐 명령했다.

"뭐 하느냐, 어서 영애를 살피지 않고!"

딜튼의 일갈에 의사들이 서둘러 마리스텔라에게 모여들었고, 꼼꼼한 진찰이 이루어졌다.

잠깐의 시간이 흐른 뒤에야 진찰 결과가 나왔다.

"영애께서는 무사하십니다."

"그게, 그게 정말인가."

"그렇습니다. 잠깐 정신을 잃으신 것뿐입니다. 따뜻한 곳에서 안정을 취하신다면 금세 회복할 것입니다."

"당장 영애를 저택 안으로 옮기도록 하게, 딜튼 경."

"네, 전하."

딜튼이 서둘러 다른 시종들에게 마리스텔라를 호드페 저택 안으로 옮길 것을 명령했고, 그사이에 호수 주변에는 갑작스럽게 일어난 이 일로 모여든 사람들로 가득 찼다.

곧 마리스텔라가 시종들의 등에 업혀 저택 안으로 들어갔고, 딜튼은 그제야 자비에르에게로 다시 시선을 주었다.

"전하."

그가 심각한 목소리로 자비에르를 불렀다.

"괜찮으십니까."

"……."

딜튼은 말없이 몸을 떨고 있는 자비에르의 모습을 보고 본능적으로 그가 좋지 않은 상황임을 알아차렸다. 하인들에게 명령해 담요를 구해 온 그가 서둘러 자비에르에게 그것을 둘러 주었다.

마리스텔라를 구하느라 같이 호수에 빠지면서 자비에르 역시 많이 젖은 상태였다.

'자칫하다간 체온이 많이 내려가겠어.'

상황이 좋지 않았다. 육체적으로도, 정신적으로도.

"전하, 일단 저택으로 운신하시지요. 많이 젖으셨습니다."

"하지만, 하지만 레이디 마리스텔라가……."

"영애께서는 무사하십니다. 전하께서도 이미 보지 않으셨습니까. 영애께서도 저택 안으로 몸을 옮기셨으니 전하께서도 서둘러 들어가시지요."

"하아……."

자비에르의 입속에서 의미를 알 수 없는 고통스러운 신음이 새어 나왔다.

그 모습을 바라보고 있던 딜튼이 이대로는 안 되겠다는 듯 그를 서둘러 달래기 시작했다.

"전하."

"……."

"들어가셔야 합니다. 원치 않으신다면, 저는 어쩔 수 없이 전하의 몸에 손을 댈 수밖에 없습니다. 계속 이곳에 계신다면 건강에 무리가 갈 것입니다."

"딜튼 경, 나는……."

"아무 일도."

딜튼이 떨리는 듯하면서도 확고한 어조로 자비에르에게 말했다.

"아무 일도 없을 것입니다, 전하. 지레 걱정하실 필요는 하나도 없습니다."

"……."

"일단 체력을 회복하셔야 벨플레어 영애를 다시 보실 수 있습니다. 그러니 서둘러 들어가시지요."

딜튼의 말에 자비에르는 힘겨운 표정으로 침음성을 흘렸다가, 잠시 후 고통스러운 얼굴로 고개를 끄덕였다.

자비에르가 협조 의사를 보이자, 그제야 딜튼의 얼굴 역시 안도로 조금이나마 밝아졌다.

"들어가시지요, 전하."

예상치 못한 입수 사고에 호드페 후작의 생일 파티는 급하게 제
동이 걸렸다.

갑작스러운 사고에 기분이 나쁠 법도 하건만, 호드페 후작은 빠
른 판단력으로 파티에 참석한 귀빈들을 전부 돌려보냈고, 이번 일
로 가장 큰 피해를 입은 제국의 차기 황제이자, 귀족 영애 하나를 보
살피는 데 총력을 기울였다.

그는 물에 빠진 두 사람을 위해 따뜻한 방과 함께 가문의 주치의
를 제공했으며, 두 사람이 당장 회복하는 데 필요한 모든 금전적 지
원을 아끼지 않겠다고 공언했다.

어쨌든 호드페 후작의 빠른 협조 덕에 - 피해자 중 제국의 황태자
가 있었으니 당연한 일이었다 - 사후 처리는 군더더기 없이 이루어
졌다.

마리스텔라와 자비에르가 사고를 당한 호수는 안전을 위해 즉각
폐쇄 조치되었고, 호드페 후작은 이런 일이 생겨서 매우 유감이라
는 뜻을 딜튼에게 재차 피력했다.

제국의 차기 황제에게 위협을 가했다는 사실만으로도 그는 역모
로 몰려 죽을 수 있었다. 물론 그가 헨리 14세의 총애를 받는 귀족

이었는 데다, 자비에르가 피해를 입은 것은 어찌 보면 자발적이었으니 실질적으로 그렇게 될 확률은 극히 낮았지만, 어쨌든 상대가 황가이니만큼 몸을 사리고 낮추어서 나쁠 게 없다는 판단이었다.

자칫 힘들게 얻은 황제의 총애가 순식간에 물거품이 될 수도 있는 중차대한 문제였으니.

"다행히 평소 건강하셨고, 젖은 상태로 오래 계신 것은 아니라 크게 문제는 없을 것으로 보입니다."

자비에르를 진찰한 호드페 가문의 주치의가 진단을 내렸고, 그는 빠르게 약을 처방해 드리겠다는 말과 함께 병실을 나섰다.

자비에르는 현재 호드페 후작이 제공한, 저택의 손님방 중 가장 좋은 방을 급하게나마 간이 병실로 쓰고 있는 상태였는데, 물에 빠진 그의 상태를 고려해 방의 온도는 따뜻하다 못해 더울 정도로 상향 조정된 상태였다.

때문에 딜튼을 포함하여 그 방에 있던 모든 사람들은 전부 체온을 떨어뜨리기 위해 입고 있던 재킷을 벗어야만 했다.

"무탈하시다니 다행입니다, 전하."

딜튼이 그제야 안도의 한숨을 내쉬며 자비에르를 쳐다보았다.

신체적으로 문제가 없을 것이라는 자비에르는, 그러나 정신적으로는 꽤 문제가 있어 보이는 상태였다.

그는 마치 넋이 나간 사람처럼 텅 빈 눈빛을 지닌 상태였는데, 그 모습은 마치 삶의 의욕을 전부 잃어버린 사람을 연상시켰다.

딜튼이 조심스럽게 그에게로 다가가 침대 맡에 앉았다.

"전하."

"……."

"괜찮으십니까."

자비에르는 침묵을 지켰다.

그러다 잠시 후에, 굳게 닫혀 있던 그의 입술이 조심스럽게 열렸다.

"하마터면 죽을 뻔했다."

"……."

"내 눈앞에서 눈을 감을 뻔했어."

"전하께서 빠른 판단을 내리신 덕에 영애는 무사하십니다."

"그렇다면 경, 내가 없었더라면 영애는 그 자리에서 죽었을까?"

"……."

딜튼은 대답하지 않았다. 그러나 그의 마음속에서는 이미 답이 내려진 상태였다. 그렇다, 가 그의 답이었다.

보아하니 마리스텔라는 수영을 할 줄 모르는 듯한 모양새였다.

만약 그렇다면 살아서 그 깊은 호수 속을 나오는 것은 불가능한 일이리라. 발이 겨우 닿을 만한 깊이도 아니고, 호수는 아주 깊었으니까.

"괴롭다, 많이……. 내가 그녀를 구하지 못해서, 그녀가 무사하지 않았을지도 모른다는 생각이 계속해서 머릿속에 떠올라."

"하지만 전하, 그것은 의미 없는 가정입니다."

딜튼이 안타깝다는 목소리로 자비에르를 달랬다.

"어쨌든 전하께서 영애를 살리셨습니다. 그것이 변하지 않는 진실입니다."

"그렇지만……."

"레이디 마리스텔라는 지금 옆방에서 회복 중이시라고 합니다, 전하. 전하께서도 빨리 몸을 추스르시고 영애를 보러 가셔야지요."

"……."

"영애의 무사한 모습을 보지 않으실 겁니까?"

"……아니."

자비에르가 힘겹게 숨을 토해냈다.

"봐야지. 내 두 눈으로. 직접."

"그렇습니다. 그러니 전하, 일단 약을 드시고 좀 주무시는 것이 좋겠습니다. 곧 의사가 약을 가져올 테니 조금만 기다리시지요."

"옆방에 먼저 다녀오면 안 되겠나."

"제가 말입니까?"

"아니."

자비에르가 갈라진 목소리로 대답했다.

"내가."

"……안 됩니다, 전하."

딜튼이 단호하게 그의 부탁을 막았다.

"전하, 냉정히 말씀드리자면 제 주군은 벨플레어 영애가 아니라 황태자 전하십니다. 저는 다른 누구보다도 전하의 안위를 책임져야 할 의무가 있습니다."

"……."

"그런 점에서 저 역시 죽어 마땅합니다."

"……그건 그대의 잘못이 아니야."

"정말 그렇습니까, 전하?"

딜튼이 자비에르를 빤히 바라보며 물었다.

"정말로 전하가 이리되신 것이, 저의 잘못이 아닙니까?"

"그래."

여전히 탁한 목소리로, 자비에르가 대답했다.

"내가 자의로 뛰어든 것이었다. 그대조차 말릴 시간이 없었어."

"그렇다면 전하, 레이디 마리스텔라의 일도 전하의 잘못이 아닙니다."

딜튼은 목이 메어 오는 것을 느끼며 자비에르를 꼭 안아주었다.

"처음부터 끝까지, 전하는 잘못이 없으십니다. 전하께서 잘못하신 적은 단 한 번도 없었습니다."

"……."

"몸을 추스르신 다음 영애를 만나러 가시지요, 전하. 영애 역시 전하를 건강한 모습으로 만나 뵙고 싶어 하실 겁니다."

"……알았다."

한숨 같은 목소리가 딜튼의 귓전에 울려 퍼졌다.

"황궁에는 지금 상황이 알려진 상태인가?"

"……아까 황궁으로 시종을 보냈습니다, 전하. 염려 마십시오."

"……."

그 말을 들은 후 자비에르는 다시 침묵했고, 그때 의사가 기력 회복에 좋은 약을 들고 병실 안으로 들어왔다.

의사가 가져온 쓰디쓴 약을 복용한 자비에르가 잠시 후 침대 위에 누웠고, 딜튼이 그런 그의 가슴 위로 두꺼운 이불을 덮어 주었다.

"한숨 푹 자고 일어나시면 아마 괜찮아지실 겁니다, 전하."

그 말에, 자비에르가 조용히 딜튼을 불렀다.

"딜튼 경."

"네, 전하."

"내가 잠든 동안 영애를 부탁하네."

"물론입니다, 전하. 염려 마시고 푹 주무십시오."

그 말을 듣고 난 뒤에야 자비에르는 안심한 얼굴로 눈을 감았고, 딜튼은 그의 숙면을 위해 호위 기사들을 제외한 모두를 자비에르의 병실에서 물렸다.

조용히 문을 닫고 바깥으로 나온 딜튼이 문 앞에 몸을 기댄 채 길게 한숨 쉬었다.

"이제부터 꽤나 바빠지겠군."

주군께서 잠에서 깨어나실 때까지, 모든 자질구레한 일들을 끝내야 했다.

"그게 무슨 말이지?"

한편, 뒤늦게 호드페 저택에서의 소식을 접한 클로드가 심각한 표정으로 하인에게 물었다.

"그러니까, 황태자 전하와 레이디 마리스텔라가 호수에 빠지셨다고?"

"네. 호수에 빠지신 벨플레어 영애를 구하기 위해 황태자 전하께서 직접 호수로 뛰어드셨다고 합니다."

"맙소사……! 두 분 모두 무사하신가?"

"다행히 그렇다고 합니다, 전하."

"하아……."

불행 중 다행이군.

클로드가 하얗게 질린 얼굴로 안도의 한숨을 내쉬었다.

어쨌든 두 사람 모두 무사하다니 정말로 다행이었다.

"지금 호드페 저택에서 회복 중이시라고 합니다, 전하."

"마차를 준비해. 지금 당장 호드페 저택으로 간다."

"네, 전하."

하인이 마부를 부르기 위해 빠르게 집무실 밖으로 나갔고, 혼자 남겨진 클로드는 가슴 위에 손을 얹은 채 떨리는 숨결을 토해냈다.

아무리 그래도 그렇지, 직접 뛰어들다니!

'사정이 짐작 가긴 하지만…….'

자비에르의 과거를 알고 있는 클로드로서는 그 상황이 아예 이해 가지 않는 것은 아니었다. 하지만 그래도 그렇지, 제국의 황태자씩이나 되어서 그런 위험천만한 짓을 저지를 줄이야.

'자칫하면 큰일 날 뻔했군.'

그가 가슴이 꽉 막힌 사람처럼 답답한 표정으로 한숨을 내쉬었다.

잠시 후, 하인이 그에게 마차가 준비되었노라고 말을 전해왔고, 그는 급하게 재킷만 걸친 다음 집무실 바깥으로 뛰어나갔다.

그 시각, 오델레타는 뒤늦게 호드페 저택에 도착했다.

몸이 안 좋았다는 말은 핑계가 아니었다. 그녀는 그 전날 가볍게 두통을 앓았고, 그로 인한 늦잠을 자는 바람에 파티에 늦은 것이었다.

'뭐지……?'

하지만 막상 파티가 열리는 호드페 저택에 도착해 보니, 이미 파티는 끝난 지 오래였다.

파장 분위기가 만연한 정원의 한가운데서, 오델레타는 당황스러운 눈으로 홀로 화려한 드레스를 입고 서 있는 자신을 발견했다.

귀족들은 몇 명 보이지 않았고, 그마저도 거의 남자 귀족들이었다. 어수선한 분위기 속에서 하인으로 추정되는 이들만 바쁘게 움직이고 있었다. 그 속에서 오델레타는 자신이 마치 초대받지 못한 불청객이 된 것 같다는 기분에 휩싸였다.

'무슨 일이 있었던 건가?'

오델레타가 심각한 표정으로 주변 상황을 파악하기 위해 애썼지만, 도무지 알아낼 수가 없었다.

결국 그녀는 지나가던 하인 하나에게 묻기 위해 입을 열었다. 그리고 바로 그 순간, 오델레타의 시야로 익숙한 한 사람이 눈에 띄었다.

"딜튼……?"

딜튼 오러스였다. 짝사랑 상대인 자비에르 황태자를 보필하고 있는, 중앙궁의 시종이자 자신의 소꿉친구. 그녀가 잘되었다는 듯 그의 이름을 부르며 서둘러 딜튼이 있는 쪽으로 달려갔다.

"딜튼!"

하지만 마음이 너무 급했던 탓인지, 아니면 하이힐이 너무 높았던 것인지는 몰라도, 그녀는 딜튼의 지척까지 다가왔을 때 하이힐을 신은 발을 접질리고 말았다.

"아……!"

예상치 못한 상황에 당황한 오델레타가 짧게 비명을 지르며 몸의 균형을 잃기 직전, 누군가의 단단한 팔이 그녀의 허리를 감싸 쥐었다.

"조심해."

넘어질 줄 알고 두 눈을 질끈 감은 오델레타의 귓전에 지독하리만치 낮은 목소리가 들렸다.

"이제 눈앞에서 누가 다치는 모습, 더는 못 보겠으니까."

그 말을 들은 오델레타가 꼭 감은 눈을 천천히 떠올렸다.

"……딜튼."

질릴 정도로 오랫동안, 빈번하게 보아왔던 소꿉친구의 얼굴이 거

기 있었다. 한동안 멍한 얼굴로 상황 파악을 못 하고 있던 오델레타
는, 잠시 후 퍼뜩 놀란 표정을 지으며 자세를 바로 했다.

"고마워. 하마터면 크게 넘어질 뻔했네."

"별말씀을."

짤막하게 대꾸한 딜튼이 곧바로 오델레타에게 물었다.

"그보다, 여긴 어쩐 일이야?"

"어쩐 일이냐니. 오늘 이곳에서 호드페 후작의 생일 파티가 열리
잖아."

그랬다. 적어도 아까 전까지는 분명히.

딜튼이 길게 한숨을 내쉬며 대답했다.

"네 말이 맞아."

"그런데 지금 분위기, 도무지 파티 분위기 같지는 않은데…… 무
슨 일이 있었어?"

"응."

대답 직후 딜튼이 다시 한번 한숨을 내쉬었고, 그 모습에 오델레
타는 불길한 예감에 휩싸였다.

"뭐야, 왜 그래."

아름답게 화장한 오델레타의 우아한 얼굴에 점차 검은 그늘이 드
리워졌다.

"도대체 무슨 일이 있었던 거야."

"파티가 취소됐어."

"뭐?"

딜튼의 말에 오델레타가 깜짝 놀란 얼굴을 숨기지 못하고 물었다.

"어, 어째서?"

"황태자 전하와 벨플레어 영애가 호수에 빠져서, 하마터면 익사할 뻔했거든."

"뭐……?"

딜튼의 설명을 들은 오델레타의 얼굴이 순식간에 창백해졌다.

"그게 도대체 무슨 말이야? 호수에 빠졌다니!"

"자세한 건 나중에 말해줄게. 일단은 너도 이만 돌아가는 게 좋겠어."

"그게 무슨 소리야?"

오델레타가 어이없는 얼굴로 따져 물었다.

"지금 나더러 이대로 돌아가라고?"

"그럼 어쩔 생각인데?"

"마리가 무사한지 봐야지! 마리는, 마리는 무사해?"

"벨플레어 영애는 지금 혼수상태야. 하지만 의사들 말로는 걱정할 만한 상황은 아니래."

"아아……."

오델레타가 안도의 한숨을 깊이 내쉬며 가슴 위에서 깍지 낀 두 손을 꼭 모았다.

그것이 그녀가 안심할 때 버릇처럼 하는 행동이라는 사실을 잘 알고 있던 딜튼은 어쩐지 안쓰러운 눈으로 설명을 덧붙였다.

"황태자 전하께서도 무사하셔. 그러니 두 사람 걱정은 안 해도 돼. 지금 병실에서 안정을 취하고 있는 중이니까."

"면회는? 면회도 안 돼?"

"어차피 지금 가봐야 혼수상태라 의미가 없어."

"그래도."

오델레타가 떨리는 목소리로 딜튼에게 부탁했다.

"얼굴이라도 보게 해줘, 딜튼."

"……."

"부탁이야. 응?"

"……좋아. 알았어."

한숨 섞인 목소리로 대답한 딜튼이 이내 주의하듯 덧붙였다.

"하지만 잠깐만이야."

"전하께서는 무사하시지?"

마리스텔라의 병실로 가던 중, 오델레타가 딜튼에게 물어왔다.

딜튼이 고개를 끄덕이며 답했다.

"전하께서는 무사하셔. 벨플레어 영애보다 상태도 더 좋으시고."

"도대체 어쩌다……."

"확실한 건, 벨플레어 영애는 자의로 호수에 빠진 게 아니고, 황태자 전하께서는 자의로 빠지셨다는 거야."

"……뭐?"

딜튼의 설명에 오델레타가 눈썹 사이를 찡그리며 물었다.

"그게 도대체 무슨 소리야? 자의로 빠지셨다니."

"말한 그대로야. 호수 속에 빠진 벨플레어 영애를 구하기 위해 전하께서 직접 뛰어드셨거든."

"……"

그 말을 듣자마자 오델레타는 자신 몸속의 온 힘이 전부 빠져가는 것을 느꼈다. 그녀가 저도 모르게 몸을 휘청거렸고, 딜튼은 그런 그녀를 다시 잡아주었다.

"조심해."

"……"

"정신 차려, 오델레타."

그건 중의적인 의미였다.

딜튼은 일부러 그 말을 덧붙였던 것이다. 자비에르는 호수에 빠진 마리스텔라를 구하기 위해 몸까지 불사를 정도로 마리스텔라를 좋아하고 있다고. 그러니 더 상처받기 전에, 그만 포기하라고.

"……차리고 있는 중이야."

그리고 오델레타가 그 본의를 눈치채지 못할 리 없었다.

그녀가 꿀꺽 마른침을 삼킨 다음 옆에서 저를 잡아 주고 있는 딜튼에게 한 자 한 자 똑바로 말했다.

"전하께서는 마음이 따뜻한 분이시지."

"……"

"누가 빠졌다 해도 뛰어드셨을 거야."

"그게 설령 너라 해도 말이지?"

"난 그렇게 확신해."

"……그래."

딜튼은 의외로 반박하지 않고 오델레타의 말에 수긍하는 빛을 보였다.

"네 생각이 그렇다면 그런 거겠지."

"……."

하지만 진의는 썩 그런 것 같지 않아서, 오델레타는 딜튼을 가볍게 노려보았다. 물론 딜튼은 별로 개의치 않는 모습이었지만.

"이 방이야."

마침내 오델레타와 함께 마리스텔라의 병실 앞으로 도착했을 때, 딜튼은 주의하듯 한 마디를 더 덧붙였다.

"아직도 의식은 돌아오지 않은 상태야. 환자의 안정이 최우선이니까, 빨리 나오도록 해."

"……까다롭기는."

오델레타가 마음에 들지 않는다는 듯 한 마디를 툭 내뱉었고, 딜튼은 아무 대꾸도 하지 않았다.

끼이이익.

오델레타가 조심스럽게 병실의 문을 열고 안으로 들어갔다.

그런 그녀의 시야에 가장 먼저 보이는 것은, 침대 위에 죽은 듯 누워 눈을 감고 있는 마리스텔라였다.

"……."

오델레타는 저도 모르게 입술을 질끈 깨물며 마리스텔라가 누워 있는 침대로 다가갔다. 그녀는 여전히 죽은 듯 누워 있었다.

"어쩌다가……."

그 방에서, 오델레타가 가장 먼저 내뱉은 것은 한숨과도 같은 탄식이었다. 그녀가 복잡 미묘한 눈으로 누워 있는 마리스텔라를 바라보며 말했다.

"어쩌다가 이렇게 된 거야."

아직 그녀와의 앙금이 다 풀리지 않은 채였다.

마리스텔라는 기다려 주겠다고 말했다. 자신이 그녀를 이해할 수 있을 때까지 기다리겠다고 했다.

"그럼 기다려 줘야지."

이런 식은 아니잖아.

오델레타가 입술을 꼭 깨문 다음 중얼거렸다.

"이게 도대체 뭐야……."

솔직히 말해서, 그녀가 미웠었다.

알고 있었다. 그녀가 잘못한 게 아니라는 것쯤은. 그녀를 탓한다고 해서 해결될 문제가 아니라는 것 또한 알고 있었다.

'내가 속 좁았던 탓이겠지.'

하지만 그렇다고 해도, 좋아하는 상대가 자신의 절친한 친구를 좋아하고 있다는 사실을 맨정신으로 견디기란 매우 어려운 일이었다. 더구나 그 상대가, 자신이 몹시도 좋아하는 남자라면 더더욱.

'사실 나는 아직도 네가 미워.'

자신이 추잡스러워지고 있다는 사실쯤은 오델레타도 알 수 있었다. 하지만 이 애욕의 굴레에서 벗어나기란 여간 어려운 일이 아니었다.

가장 친하던, 친하게 지내고 싶었던 친구까지 미워할 만큼.

'그런데 이런 모습으로 누워 있으면……'

내가 너를 더, 미워할 수가 없잖아. 오델레타가 슬픈 눈으로 마리스텔라를 응시했다.

"눈을 떠, 마리."

오델레타의 입속에서 서글픈 한 마디가 흘러나왔다.

그녀는 가만히 침대 맡에 앉아 온기가 미약한 마리스텔라의 손을 꼭 부여잡았다.

지난번에 잡았을 때는 참 따뜻했었는데, 이번에는 그때와 비교하면 너무 차가웠다.

"눈을 떠줘."

아직 네게 다시 잘 지내자고 말하지 못했어.

아직 네게 너를 여전히 미워한다고 말하지 못했어.

"눈을 떠줘."

목소리에서는 복잡한 감정이 느껴졌다.

그 나이대 소녀들이라면 어쩔 수 없이 가지게 되는 원망과, 그럼에도 불구하고 여전한 친구에 대한 사랑.

다시 잘 지내고 싶어 하는 마음과, 차후에 필연적으로 한 번 이상은 발생하게 될 자비에르의 일방향적 사랑에 대한 질투심.

이 모든 것들이 모여 오델레타를 어지럽게 만들었다.

'나보고, 도대체 어떻게 하라는 거야……'

황태자에 대한 마음을 포기할 수는 없었다.

그렇다고 해서 우정을 포기하기도 어려웠다.

그 모두를 동시에 움켜쥐는 것도, 동시에 버리는 것도 전부 불가능한 일이다.

오델레타는 난생처음으로 가장 지독한 딜레마에 부딪혔다. 양자택일만을 해야 하는 상황이었다.

우정이냐, 사랑이냐. 그러나 우정을 버린다고 해서 사랑을 택할수 있을지는 미지수였다.

어쨌든 자비에르의 마음은 지금 마리스텔라에게로 가 있었기 때문이었다. 우정을 버린다는 건 순전히 치기어린 마음이었다. 내 친구가 내가 좋아하는 사람과 이뤄지는 모습까지는 차마 볼 수 없다는 오기.

오델레타도 자신이 평소와 비교했을 때 지나치게 어린아이처럼 생각하고 있다는 걸, 성숙하지 못하게 행동하고 있다는 걸 알고 있었다. 하지만 사랑이라는 건 원래 그런 것이다. 원래 현숙했던 사람조차도 우둔하게 만들어 버리는.

오델레타는 자신의 이런 마음을 정당화할 생각은 없었지만, 부정하고 싶지도 않아졌다. 그래서 더 괴로웠다.

'널 어떻게 봐야 좋을지, 나는 여전히 모르겠어.'

오델레타가 안타까운 눈빛으로 마리스텔라를 쳐다보다가, 결국 고개를 두어 번 가로저었다.

'미안해.'

너와는 다르게, 멋지지 못한 사람이라서, 어리석은 친구라서 미안해. 오델레타의 얼굴에서 흔들리는 기색이 사라졌다.

그녀는 무언가를 결심하기라도 한 사람처럼 비장한 얼굴로 가슴에 달려 있던 화려한 나비 모양 브로치를 뜯어냈다.

"이게, 내가 너를 이해할 수 있는 최대한의 마음이야."

손안에서 화려한 나비 브로치를 만지작거리던 오델레타가, 잠시 후 그것을 마리스텔라의 머리맡에 내려놓았다.

잠깐 동안 애잔한 눈빛으로 브로치와 마리스텔라를 번갈아 바라보던 오델레타가 곧 몸을 돌려 병실을 빠져나왔다.

탁.

문이 닫히는 소리와 함께, 원래도 고요했던 병실 안은 더욱 고요해졌다.

"괜찮아?"

딜튼이 또 제게 물어왔다. 오델레타가 딜튼을 쳐다보았다.

"뭐가?"

"너 말이야."

괜찮으냐고.

딜튼의 물음에 오델레타는 한동안 침묵을 유지했지만, 딜튼은 그녀에게 답을 재촉하지 않았다.

한참 후에야 오델레타의 입이 느릿하게 열렸다.

"그래야지."

긍정도, 부정도 아닌 당위의 답이었다.

예상치 못한 대답이라 딜튼은 내심 당황했으나, 곧 아무렇지 않게 그녀의 대답을 따라 했다.

"그래."

"……"

"괜찮아야지."

제 대답을 똑같이 따라 한 딜튼을 빤히 바라보던 오델레타가, 곧 머뭇거리다 입을 열었다.

"황태자 전하까지 뵙고 가고 싶은데."

"……"

"그건 불가능한가?"

"전하는 안 돼."

딜튼이 고개를 저으며 대답했다.

"숙면을 방해할 수는 없잖아."

"……정말 그 이유뿐이야?"

"뭐?"

"전하를 알현할 수 없는 이유가, 정말로 그 이유뿐이냐고."

"그럼?"

딜튼이 오델레타를 빤히 쳐다보며 물었다.

"또 다른 이유가 있어?"

"……아니다."

오델레타가 고개를 저으며 말을 거둬들였다.

"쓸데없는 소리였어. 의미 없는. 신경 쓰지 마."

"……."

"이만 가볼게."

"……그래."

그게 좋겠다.

딜튼의 덧붙임에 오델레타가 고개를 끄덕였다.

"갑자기 이런 일이 일어날 줄은 몰랐어서. 부모님이 오늘 파티에 불참하셔서 내게 소식을 전해줄 사람이 아무도 없었거든."

"가끔 그런 날이 있지. 예상치 못한 상황이 발생하는 날."

"응."

오델레타가 엷게 웃으며 고개를 끄덕였다.

"피곤하네."

"얼른 가봐."

"넌 계속 여기 있을 거지?"

"아마도."

딜튼이 고개를 끄덕인 다음 덧붙였다.

"해결해야 할 일이 많아."

"이를테면?"

"가장 중요한 건 뭐니 뭐니 해도 사건의 전말을 파헤치는 거고."

"아, 맞아."

오델레타가 잊고 있었다는 듯 고개를 끄덕였다.

"그리고 남은 일도 수습해야지."

"황궁에서는 이 사실을 아나?"

"당연하지. 시종을 보냈어."

"황제 폐하께서도 많이 놀라셨겠네."

"아마 황궁에서도 사람을 보낼 거야. 어쨌든 벨플레어 영애와 전하께서 깨어나실 때까지는 자리를 지켜야지."

"……그래."

"너는."

딜튼이 머뭇거리다가 물었다.

"벨플레어 영애와는…… 괜찮은 거야?"

"……무슨 소리야?"

"영애와 잠깐 갈등을 빚었다고 들었어."

"마리가 네게 그렇게 말했어?"

"오해는 마. 자세한 사정은 나도 모르니까."

"……."

딜튼의 대답에 오델레타는 잠깐 입을 다물었다가, 천천히 입을 열었다.

"미안해, 딜튼. 그 부분에 대해서는 아무리 너라도 별로 말하고 싶지 않아."

"……그래."

딜튼이 한숨 섞인 목소리로 대꾸했다.

"대답을 강요하는 건 아냐. 그냥 궁금해서."

"모쪼록 몸조심해. 너도 피곤하겠다."

"……그래. 고맙다."

"이만 가볼게."

"조심히 들어가."

그 인사를 끝으로 오델레타는 딜튼을 등진 채 저택의 출구를 향해 걸어가기 시작했다.

그리고 멀어져가는 오델레타의 뒷모습을 끝까지 응시하던 딜튼은, 그녀가 완전히 눈앞에서 사라지기 직전 깊게 한숨을 내쉬었다.

"도착했습니다, 전하."

마차가 멈추자마자 클로드는 서둘러 마차에서 내렸다.

그리고 지체할 시간이 없다는 듯 다급하게 딜튼을 찾기 시작했다.

"아……!"

마침내 사고가 일어난 호수에서 딜튼을 발견한 클로드의 얼굴에 잠깐의 화색이 비쳤다. 그는 서둘러 딜튼이 있는 쪽으로 달려갔다.

"딜튼 경!"

익숙한 목소리에 딜튼은 뒤를 돌아 자신을 부른 사람의 모습을 보았다. 아카데미 동기이자, 지금은 제 주군의 연적인 남자.

"……에스클리프 공작 전하?"

클로드의 등장이 의외였다는 듯 딜튼의 미간이 미세한 주름으로 구겨졌다.

'오늘 파티에 불참한 것으로 알고 있는데.'

설마 소식을 듣고 곧바로 달려온 건가?

딜튼이 아리송한 얼굴로 제 앞까지 뛰어온 클로드에게 물었다.

"전하, 여기까지는 어쩐 일이십니까."

"레이디 마리스텔라와 황태자 전하께서 호수에 빠지셨다고 들었습니다."

"그렇습니다, 전하."

"제가 들은 게 사실입니까?"

"그렇습니다, 전하."

"두 분 모두 무사하시고요?"

"그렇습니다, 전하."

앵무새처럼 동일한 대답을 반복하던 딜튼이 이내 제 대답에 민망함을 느끼고 설명을 덧붙였다.

"두 분 모두 지금 호드페 저택에서 안정을 취하고 계십니다."

"하아……."

두 사람의 무사함이 확실해지자, 클로드는 그제야 깊게 안도의 한숨을 내쉬었다.

혹시라도 하인이 전달해준 정보가 틀렸으면 어쩌나, 마차를 타고 오면서도 계속 전전긍긍하던 그였다.

"이게 도대체 어떻게 된 일입니까?"

안심이 채워지자 밀려오는 것은 상황에 대한 분노였다.

그의 목소리에서 분노가 느껴지는 일은 드물었기 때문에, 딜튼은 저도 모르게 흠칫했다가 곧 아무렇지 않게 대답했다.

"경위는 조사 중입니다."

"레이디 마리스텔라는 차치한다 하더라도, 제국의 황태자를 해하려 한 것은 역모죄에 해당되는 일입니다. 절대 그냥 넘어가서는 안 될 것입니다."

"물론입니다. 하지만 역모죄를 적용하기에는 황태자 전하께서 직접 호수로 뛰어드셔서요."

딜튼이 냉정하게 상황을 판단했다.

"때문에 지금 상황에서는 역모죄가 해당되지 않습니다. 적어도 황태자 전하를 뒤에서 누가 밀었다면 또 몰라도요."

"그럼…… 레이디 마리스텔라를 구하기 위해 황태자 전하께서 직접 호수로 뛰어드셨다는 말이 사실이라는 건가요?"

"제 눈으로 똑똑히 보았습니다, 전하."

"……."

이것까지도 사실이었다. 그러지 않았기를 바랐는데.

'그녀를 다치게 했던 나와는 다르구나.'

괜한 쓸쓸함이 몰려와 클로드는 쓰디쓴 표정을 지었다.

"그러나 귀족 살해죄 정도는 적용할 수 있겠지요. 문제는 일을 저지른 사람 역시 귀족일 가능성이 높아서……."

"그 부분은 피해자인 벨플레어 가문에서 소송을 걸면 될 일이겠죠. 어쨌든 중요한 건 누가 그런 극악무도한 일을 저질렀는지입니다."

"알고 있습니다, 전하. 성심을 다해 수색할 예정이니 염려 마시지요."

"하아……."

깊게 한숨을 내쉰 클로드가 딜튼에게 물었다.

"레이디 마리스텔라를 뵐 수 있을까요?"

"죄송합니다, 전하. 지금 안정이 필요하신 상태인지라……."

"잠깐 얼굴만 보고 나오겠습니다. 그래도 안 되겠어요?"

"……."

이미 오델레타를 허락해준 전적이 있었기 때문에, 딜튼 마음속의 양심이 외치고 있었다. 이 남자도 잠깐 정도라면 괜찮을 거라고. 결국 딜튼은 한숨을 내쉬며 고개를 끄덕였다.

"다만 아주 잠시뿐입니다, 전하. 본래 가족 이외에는 면회가 제한되니까요. 그리고 레이디 마리스텔라의 가족분들께 허락을 맡으셔야 합니다. 지금 그분들이 병실에 계시거든요."

"알겠습니다, 딜튼 경. 명심하지요."

"그럼…… 저를 따라오시지요."

딜튼이 클로드를 저택 안으로 안내했다. 마리스텔라가 휴식 중인 병실까지 걸어가면서, 클로드가 딜튼에게 물었다.

"황궁에서는 이 사실을 알고 있습니까?"

"아까 호수에서 보셨던 분들이 전부 황궁에서 나오신 분들입니다. 황제 폐하께서도 당연히 알고 계시고요."

"분노가 크셨겠군요."

"아닌 척해도 황태자 전하를 세상 누구보다 아끼시니까요."

딜튼이 당연하다는 듯 대답했고, 클로드는 묘한 표정이 되어 고개를 끄덕였다.

잠시 후 마리스텔라의 방 앞으로 도착한 클로드에게, 딜튼이 조용히 말했다.

"잠깐만 여기서 기다려 주십시오, 전하."

딜튼은 두어 번의 노크를 한 뒤 마리스텔라가 있는 병실 안으로 들어갔다. 홀로 남겨진 클로드는 다소 멍한 표정으로 굳게 닫힌 문을 쳐다보았다가, 이내 시선을 그 옆방으로 옮겼다.

자비에르도 저곳에 있다고 했다.

'진짜로······.'

좋아하는 걸까, 그녀를.

'허투루 말하는 사람이 아니니 어느 정도 예상은 했지만······.'

그래도 호수에 뛰어들 정도일 줄은 몰랐다.

아무리 과거 일로 눈앞에서 사람이 다치는 꼴을 못 보는 트라우마가 있다고는 해도, 그렇게 물불 안 가리고 뛰어들 줄이야.

'그게 그녀였기 때문에 더 그랬던 거겠지.'

복잡한 표정을 한 클로드가 다시 고개를 옆으로 돌려 마리스텔라가 있을 방을 쳐다보았다.

그리고 바로 그때, 문이 열리며 딜튼이 모습을 드러냈다.

"허락을 받았습니다, 전하. 들어가시지요."

"감사합니다, 딜튼 경."

짤막하게 감사를 표한 클로드가 조심스럽게 방 안으로 들어갔다.

거기에는 마리스텔라의 온 가족들이 다 모여 있었는데, 세 사람 모두 비통함에 찌든 얼굴이었다.

마차 사고를 당한 지 얼마나 되었다고 또 이런 사고라니. 그들의 마음이 이해되어 클로드 역시 마음이 찢어지는 듯했다.

"에스클리프 공작 전하."

클로드를 알아본 벨플레어 백작이 가장 먼저 그에게 인사했다.

"여기까지 오셨습니까."

"친우가 다쳤다는 소식을 들었는데 안 와볼 수가 있겠습니까."

클로드 역시 비통한 음성으로 말을 흘렸다.

"영애의 일은 매우 유감입니다."

"그래도 생명에는 지장이 없다니 다행이지요. 와주셔서 감사합니다."

"딜튼 경의 말로는 곧 깨어날 거라고 하더군요. 너무 걱정하지 마십시오, 각하."

"그렇게 말씀해 주시니 감사합니다, 전하."

"괜찮으시다면…… 제가 영애의 곁을 지켜도 괜찮겠습니까."

갑작스러운 클로드의 말에 벨플레어 가문 사람들은 전부 당황한 듯 보였다. 특히나 당황한 것은 벨플레어 백작이었는데, 그는 말까지 더듬어가면서 클로드에게 물었다.

"저, 전하께서 말씀이십니까?"

"네. 만약 괜찮으시다면 그렇게 하고 싶습니다."

"저희야 괜찮지만 전하께서 워낙 바쁘신 분이시라……."

벨플레어 백작이 마른침을 한 번 삼킨 다음 말을 맺었다.

"귀하신 분의 시간을 빼앗는 건 아닌지 저어가 되는군요."

"아닙니다, 각하. 친우 사이에 이 정도는 당연한 일이지요."

"하지만……."

"그냥…… 그러고 싶어서요. 하지만 내키지 않으시다면 그만두 겠습니다."

"그런 건 아닙니다. 하지만……."

"급한 일은 마무리하고 왔으니 제 걱정은 하지 않으셔도 괜찮습 니다."

"으음……. 그렇다면 감히 부탁드려도 되겠습니까, 전하."

"물론입니다, 각하."

클로드가 엷게 웃으며 고개를 끄덕였다.

"허락해 주셔서 감사합니다."

"감사라니요. 그건 저희 쪽에서 전하께 드려야 마땅하지요."

"하지만 너무 오래 마리를 맡겨 두는 것도 예가 아닌 듯하니, 저녁 때 즈음에 다시 오도록 하겠습니다."

가만히 있던 벨플레어 백작부인이 슬며시 끼어들었고, 클로드는 고개를 끄덕였다.

"네. 감사합니다, 부인."

"별말씀을요. 이렇게 찾아와 주셔서 감사합니다. 마리도 알면 기뻐할 거예요."

벨플레어 백작부인의 말에 클로드가 말없이 웃어 보였다.

곧 세 사람은 마리스텔라의 병실에서 나갔고, 마침내 클로드 혼자 병실에 남겨졌다. 그는 가장 먼저 애잔한 시선으로 죽은 듯 누워 있는 마리스텔라를 향해 다가갔다.

"……영애."

비통한 음성이 클로드의 입술을 타고 흘러나왔다.

"하필…… 하필이면 제가 불참한 날 이런 사고가 나다니요."

그가 서글픈 눈빛을 한 채 마리스텔라의 축 늘어진 손을 꼭 붙잡 았다.

"지켜드리지 못해 죄송합니다. 그래도…… 무사하셔서 정말 다행입니다."

그녀를 구해준 자비에르에게 처음으로 감사함을 느꼈다.

그가 아니었더라면 지금 그녀가 어떻게 되었을지는…… 상상조차 하고 싶지 않았으니까.

"영애를 이렇게 만든 사람들, 제가 꼭 찾아내겠습니다."

그가 싸늘하게 식은 눈빛으로 마리스텔라에게 말했다.

"영애께서는 아무것도 생각지 마시고 그저…… 얼른 일어나 주세요."

"……."

"그것만이 제 바람입니다."

그는 대답 없는 마리스텔라를 슬픈 눈으로 바라보다가, 곧 배꼽 위까지 내려간 이불을 쇄골까지 끌어 올려주었다. 그런 후에도 여전히 애틋한 눈빛으로 마리스텔라를 바라보던 클로드가, 그녀에게 축 가라앉은 목소리로 무언가를 속삭이려던 찰나였다.

"영애는 제가……."

꿈틀.

그 순간, 클로드의 손안에 있던 마리스텔라의 손가락이 미약하게 움직였다. 제 손안에서 그 움직임을 인지한 클로드가 하려던 말도 잊은 채 놀란 눈으로 마리스텔라를 쳐다보았다.

"……영애?"

그가 그녀를 부른지 얼마 되지 않아, 마리스텔라의 손가락은 조금 더 크게 움직이기 시작했다. 그리고 당황한 클로드가 의사를 부르기 위해 그 자리에서 벌떡 일어나기 직전, 마리스텔라의 굳게 닫힌 눈꺼풀이 천천히, 아주 천천히 올라가기 시작했다.

마차 사고를 당했을 때와 똑같은 검은 심연. 이미 한 번 경험한 적 있는 검고, 검은 어둠이었기 때문에 어색하지 않을 거라고 생각했는데, 완벽한 내 착각이었다.

어색했다. 아니, 정확히는 무서웠다. 다시 눈을 뜨지 못할 것 같았다.

마지막으로 눈을 감기 직전 내가 느꼈던 공포를 온전히 기억하고 있었기 때문에, 나는 내가 눈을 감은 순간 그대로 죽을 줄만 알고 있었다.

쌀알만큼이라도 위안을 주는 것이 있다면, 마지막으로 내 눈동자에 비친 자비에르의, 슬피 울고 있는 모습이었다. 좋은 표정이 아니었는데도 그의 존재는 내게 더없는 위안을 주었다.

그나마 그의 존재를 기억하고 있었기 때문에 그 직후 들이닥친 검은색에 덜 무서워할 수 있었으니까.

그와 반대로 정신이 돌아오고 있다는 사실을 알아차린 것은 내 귓가로 들려오는 클로드의 슬픈 목소리 때문이었다.

"지켜드리지 못해 죄송합니다."

"무사하셔서 정말 다행입니다."

"얼른 일어나 주세요."

그 목소리가 들리고 나서야 나는 다시 한번 안심할 수 있었다.

나는 죽지 않았다.

만약 죽었다면 나는 두 번 다시 클로드의 목소리 따위는 듣지 못했으리라. 그 목소리를 듣고 난 다음에야 완전히 안심했는지, 내 의지로는 도무지 떠지지 않을 것만 같았던 눈꺼풀이 떠올려지기 시작했다.

"……영애."

그리고 눈앞에 보이는 사람은, 내 기대를 벗어나지 않았다.

"……전하."

클로드였다.

나도 모르게 입가에 연한 미소가 지어졌다.

"전……하."

탁하고 갈라진 듯한 음성이 내 귓전까지 울렸다. 이게 내 목소리라니 잘 실감이 안 났다. 아니 정확히는 마리스텔라의 목소리라는 게 잘 안 믿겨졌다.

내가 아는 그녀의 목소리는 이렇게 거칠었던 적이 없는데.

'진짜 나…… 죽기 직전까지 갔었구나.'

그게 실감이 나서, 갑자기 안도의 감정이 밀물처럼 밀려왔다.

내가 조금만 더 멀쩡했더라면 금방이라도 깊게 한숨을 내쉬었을 것이다.

"영애, 정신이 드십니까?"

"에스클리프, 전하."

내가 띄엄띄엄 클로드를 불렀다. 차분히 이어 말하고 싶었는데, 마음처럼 입술이 잘 움직여지지 않았다.

"맞으시지요?"

"맞습니다, 영애."

클로드가 안도감에 절은 표정으로 내 손을 꼭 붙잡았다. 그의 손 끝에서 느껴지는 힘이 나를 비로소 살아 있다고 느끼게 했다.

'다행이다.'

죽지 않아서, 정말 다행이었다.

그 순간 내 머릿속으로 떠오르는 생각은 오직 그것 하나뿐이었다.

"깨어나 주셔서 감사합니다, 영애. 정말로……."

잠깐 동안 흐느끼며 내게 속삭이는 클로드를 빤히 쳐다보았다.

내가 잠들어 있던 시간 동안 나를 걱정했다는 사실이 한눈에 보일 정도로, 그의 얼굴에는 수심이 가득한 상태였다.

"아, 이럴 때가 아니지."

가장 중요한 것을 잊고 있었다는 듯, 클로드가 퍼뜩 놀란 목소리를 내며 내게 말했다.

"의사를 불러오겠습니다, 영애. 여기서 잠깐만 기다려 주세요."

클로드는 그 말을 마치고서 곧바로 바깥으로 나갔고, 홀로 남겨진 나는 두어 번 정도 천천히 더 눈을 깜빡였다.

마차 사고 때처럼 온몸이 쑤시는 건 아니었다. 거기에 감사해하면서, 나는 천천히 온몸을 조금씩 움직여 보았다.

'후우……'

다행히 움직이는 데 특별히 무리는 없었다.

나는 그 사실에 안도하면서 조금 더 적극적으로 움직여 보았다. 움직일 때마다 작게 '우두둑' 소리가 나며 뻐근한 것치고는 다행히 문제가 없었다.

'그보다⋯⋯.'

나는 고개를 돌려 주변을 살펴보았다. 한눈에 보아도 고급스러운 내부가 먼저 들어왔다.

'여기는 어디지.'

일신이 편안해지니 그제야 주위가 눈에 들어왔다.

확실한 건 벨플레어 저택은 아니다. 내가 알기로 벨플레어 저택에 이런 느낌의 방은 없었으니까.

'호드페 저택인가.'

그럴 확률이 가장 높았다.

사고가 난 곳이 호드페 저택의 호숫가였고, 당장 정신을 잃은 나를 벨플레어 저택까지 데려가기에는 무리가 따랐을 테니.

'후작이 순순히 내게 방을 내주었나 보네.'

그러다 나는 문득 자비에르를 떠올리고선 인상을 찌푸렸다.

마지막으로 자비에르의 모습을 보았을 때, 그는 잔뜩 젖어 있었다. 앞뒤 상황으로 추측해 봤을 때, 그가 호수에 빠진 나를 구하기 위해 직접 뛰어들었을 공산이 컸다.

"⋯⋯."

그 생각을 하니 갑자기 가슴이 뻐근해졌다. 그렇게까지 해줄 줄은 정말 몰랐는데⋯⋯.

'자비에르는 괜찮을까.'

순식간에 심각한 얼굴로 변한 나는 계속해서 자비에르를 걱정했다. 그 역시 호드페 저택에서 젖은 몸을 추스르고 있을까.

누군가에게 물어보면 좋을 텐데, 유감스럽게도 내 주변에는 지금 아무도 없는 상태였다.

똑똑.

그때, 바깥에서 노크 소리가 들려왔다.

"영애, 의사를 불러왔습니다."

그 말이 끝나고 얼마 지나지 않아 클로드와 딜튼 경, 그리고 의사로 추정되는 사람까지, 총 셋이 내가 있는 곳으로 들어왔다.

참 기가 막힌 타이밍이라고 생각하며 나는 천천히 침대 위에서 몸을 일으켰다. 그 모습을 본 클로드가 걱정하는 얼굴로 내게 말했다.

"누워 계십시오, 영애."

"괜찮습니다, 전하. 뼈가 부러진 것은 아니니까요."

나는 옅게 웃으며 그에게 대답했고, 의사는 조용히 내 곁으로 다가와 나를 진찰하기 시작했다.

의사가 내 상태를 진찰하는 동안 우리 셋은 아무 말도 하지 않았다. 기껏해야 의사가 내 상태에 대해 질문할 때 내가 작은 목소리로 대답한 것이 전부였다.

"다행입니다, 영애. 예후가 좋군요. 안정만 취하시면 금방 체력을 회복하실 겁니다."

"감사합니다."

"당분간은 댁에서 안정을 취하시는 것이 좋을 듯합니다."

"명심하겠습니다."

내 간결한 대답에 의사는 기력 회복에 좋은 약을 처방해드리겠다는 말을 남기고선 병실에서 나갔다.

마침내 나와 딜튼 경, 클로드만 그 방에 남겨졌고, 나는 연한 미소를 띤 얼굴로 두 사람에게 말을 걸었다.

"다들 많이 걱정하셨죠? 본의 아니게 죄송합니다."

"죄송하다니요, 레이디 마리스텔라. 그런 말씀은 안 하셔도 됩니다."

딜튼 경이 다정하게 미소 지으며 내게 말했다.

"이렇게 무사히 깨어나 주셔서 저희 두 사람 모두 기쁩니다. 아마 황태자 전하께서도 이 사실을 알게 되신다면 많이 기뻐하실 겁니다."

"아……."

자비에르 이야기가 나오자, 내가 타이밍을 놓치지 않고 얼른 물었다.

"전하께서는…… 전하께서는 어디 계세요? 무사하신가요?"

"무사하십니다, 영애. 지금 옆방에서 주무시고 계십니다."

"아아……."

나는 그제야 안도의 한숨을 내쉬었다.

"정말 다행이네요."

"네, 영애. 그러니 황태자 전하는 걱정하지 않으셔도 됩니다. 영애의 건강이 가장 우선이니까요."

"그러겠습니다, 딜튼 경. 감사합니다."

나는 엷게 웃으며 고개를 끄덕였고, 옆에 있던 클로드가 곧바로 내게 물어왔다.

"혹 필요하신 것은 없으십니까, 레이디 마리스텔라? 불편하신 점이라던가요."

"하나도 없답니다, 전하. 너무 안락한 병실인걸요."

내가 머쓱하게 웃으며 대답했다.

"자택에서 사고가 났는데 이렇게 신경 써주시니…… 호드페 후작님께 감사드릴 따름입니다."

물론, 나는 이 일의 원흉이 호드페 영애와 도로테아라는 사실을 알고 있었다. 하지만 다른 사람들도 그럴까?

'호수에 빠진 나를 자비에르가 구해주었다면, 적어도 자비에르는 그 상황에서 도로테아와 호드페 영애가 있었다는 사실을 알고 있을 거야.'

그리고 아마 자비에르의 수족처럼 따라다니는 딜튼 경도 알고 있을 가능성이 컸다.

나는 가설을 확인하기 위해 조용히 딜튼 경을 불렀다.

"딜튼 경."

"네, 레이디 마리스텔라."

"제가 왜 이렇게 되었나요?"

"……"

"딜튼 경은 알고 계시지요? 절 호수로 밀어 넣은 사람 말이에요."

"저는 황태자 전하와 함께 있었습니다."

딜튼 경이 조용히 대답했다.

"황태자 전하가 보신 것을 그대로 따라 보았어요."

"알고 계신다는 말씀인가요?"

"그렇습니다."

딜튼 경이 짧게 한숨을 내쉬며 대답했고, 그 말을 들은 클로드는 경악한 얼굴로 딜튼 경을 쳐다보았다.

"알고 있으시다고요?"

"네."

"하지만 제게는 사건의 경위를 조사 중이라고 하지 않으셨습니까."

"그렇습니다."

딜튼 경이 고개를 끄덕이며 덧붙였다.

"공식적으로는요."

"그게 무슨 뜻입니까?"

"에스클리프 공작 전하, 묻겠습니다. 제 발언만 있는 것보다는, 황태자 전하의 증언까지 있는 것이 이 사건의 전말을 밝히는 데 좀 더 효력이 있을 거라 생각지 않으십니까?"

"……"

"사건의 전말은 황태자 전하께서 깨어나시고 난 뒤에 밝혀도 늦지 않습니다. 전하께서 심각하게 부상을 입으신 상태도 아니니까요."

"그래서 그자들이 누구입니까."

클로드가 분노한 게 분명한 목소리로 딜튼 경에게 물었다.

"누가 감히 영애께 이런 짓을 저질렀습니까."

"……직접적으로는 코르노헨 영애입니다."

딜튼 경이 차분하게 대답했다.

"그리고 그 장소에 호드페 후작영애가 있었습니다."

"……뭐라고요?"

클로드가 황당하다는 듯 헛숨을 들이켜며 물었다.

"제가 잘못 들은 게 아니라면, 호드펴 영애와 코르노헨 영애가 이 모든 일의 시발점이라는 말씀입니까?"

"그렇습니다, 전하. 만약 제 눈이 삐지 않았다면요."

딜튼 경이 가만히 고개를 끄덕이며 덧붙였다.

"그러나 제 증언만으로는 효력이 없을 수 있습니다. 레이디 마리 스텔라의 증언과 저의 증언, 그리고 황태자 전하의 증언까지 합해야만 유의미한 결과가 나오지 않겠습니까?"

"황제 폐하께서 호드페 후작을 총애하신다고 알고 있습니다."

내가 가만히 이의를 제기했다.

"고작 이런 일로 그녀에게 벌을 내리실까요?"

"황제의 총애를 받는다고 해서 함부로 사람을 죽여서는 안 되지요. 황제 폐하께서는 정의를 잃은 총애를 내리실 분이 아니십니다."

딜튼 경이 나를 위로하듯 부드러운 목소리로 말했다.

"너무 걱정하지 마십시오, 영애. 이 일은 황태자 전하까지 본의 아니게 연루된 만큼, 저희 쪽에서도 구명을 위해 힘쓸 테니까요."

"괜히 황태자 전하께 누가 되는 것은 아닌지 걱정스럽네요."

"그럴 리가요. 여기서 영애의 잘못은 단 하나도 없는걸요. 영애께서는 그저 건강을 회복하시기만 하면 됩니다."

"……감사합니다."

다정한 말에 가슴이 따뜻해졌다. 차가워졌던 몸이 어느 정도 안정을 찾는 느낌이라, 나도 모르게 살포시 미소가 지어졌다. 그런 내 모습을 빤히 바라보던 클로드가 이내 딜튼 경에게 물었다.

"영애를 언제까지 여기 두실 생각입니까, 딜튼 경."

"그건 영애와 영애의 가족들이 결정할 문제입니다. 영애께서 이곳에 더 있고 싶다 하시면 더 있으시면 되고, 벨플레어 저택으로 돌아가고 싶으시다면 그렇게 하시면 됩니다."

"전 곧바로 저택으로 가고 싶어요."

내가 어색한 미소를 지으며 말했다.

"이곳은 썩…… 있고 싶지 않아서요. 마음도 편치 않고."

"충분히 그러시리라고 생각됩니다. 어쨌든 영애의 상황을 방금 전 벨플레어 저택에 전했으니, 가족분들께서 곧 다시 이곳을 방문하실 겁니다."

"저희 가족들도 제 상태를 알고 있나요?"

"에스클리프 공작 전하께서 오실 때까지 영애의 곁을 지키고 계셨습니다. 공작 전하께서 이곳에 남아 계신다고 하셔서 저택으로 다시 돌아가셨고요."

"아……."

그 말에 나는 낭패라는 표정을 지었다. 물론 내 상태를 모르고 있다는 건 말이 안 됐지만, 차라리 모르기를 바랐던 탓이다.

이미 마차 사고로 한 번 걱정을 산 적이 있는데 또다시 이런 일을 겪다니. 가족들에게 너무 미안해졌다.

"많이 걱정하셨겠네요."

"네. 하지만 이렇게 멀쩡히 깨어나셨으니까요."

딜튼 경이 살짝 미소 지으며 나를 달랬다.

"너무 걱정하지 마십시오. 중요한 건 영애께서 지금 무사히 일어나셨다는 사실이니까요."

"네……."

"가족분들이 오실 때까지 조금 더 휴식을 취하고 계시는 것이 좋겠습니다."

"아, 잠시만요."

내가 서둘러 나가려는 딜튼 경을 불러 세웠고, 그는 의아한 얼굴로 내게 물었다.

"왜 그러십니까?"

"황태자 전하를 뵐 수 있을까요?"

내가 조심스럽게 딜튼 경에게 물었다.

"아무래도 걱정이 되어서……. 무사하신지 눈으로 확인하고 싶어서요."

"불가능한 건 아닌데…… 전하께서 지금 숙면을 취하고 계십니다."

딜튼 경이 난감하다는 듯 뒷머리를 긁적이며 대답했고, 그 대답에 나는 '아' 하고 소리를 내며 고개를 끄덕였다. 내 마음 편하자고 곤히 자는 사람을 깨울 수는 없는 노릇이었다.

나는 고개를 끄덕였다.

"그러면 어쩔 수 없네요. 전하께서 깨어나시면, 저는 괜찮다고 전해주세요. 그리고…… 감사하다고도요."

"물론입니다, 영애. 걱정하지 마세요."

딜튼 경이 싱긋 웃으며 내게 덧붙였다.

"물론 직접 찾아뵙고 말씀 주시면 더 기뻐하실 겁니다."

"아…… 물론 그렇지요."

내가 여부가 있겠냐는 듯 고개를 끄덕이며 말을 이었다.

"추후에 따로 찾아뵙겠지만, 그래도 지금 당장 말씀 전해드리고 싶어서요."

"네, 영애. 이해합니다."

끝까지 싱그러운 미소를 입가에 내건 딜튼 경이 나를 따뜻하게 바라보며 말했다.

"그럼 이제 정말 쉬시는 게 좋겠습니다. 저희 둘은 나가보겠습니다."

"네, 딜튼 경. 감사합니다."

내 시선이 곧이어 클로드에게로 향했다.

그는 여전히 나를 걱정 어린 시선으로 바라보고 있었다.

그 마음이 내게까지 전해져서, 나는 애써 따스하게 미소 지으며 그를 안심시켜 주었다.

"바쁘실 텐데 와 주셔서 감사해요, 전하. 괜히 신경 쓰이게 해드린 것 같아 죄송할 따름입니다."

"딜튼 경도 아까 말씀하셨지만, 그런 말씀 하실 필요 없습니다, 레이디 마리스텔라. 이렇게 무사히 깨어나신 모습을 보니 너무 기뻐요."

클로드가 빙긋 웃으며 마지막으로 내 손등에 키스했다. 익숙한 인사였다.

"모쪼록 몸조리 잘하시길 바랍니다, 영애."

"네, 전하. 조만간 또 뵙겠습니다."

그 인사를 끝으로 딜튼 경과 클로드는 내 방에서 나갔고, 완전히 홀로 남겨진 나는 복잡한 심경을 그대로 얼굴 바깥으로 내보였다.

'어쨌든 증인이 있어서 다행이야.'

나 혼자만 그 사실을 알았더라면, 그러니까 그 순간 나 혼자만 있었더라면 어떤 끔찍한 결과가 일어났을지 안 봐도 뻔했다.

가장 첫 번째로, 나는 익사했을 것이다. 그때의 나는 물에 지극히 공포심을 가지고 있는 사람처럼 굴었으니까.

그때 내가 겪었던, 온 다리에 쥐가 나고 숨이 턱 막혀오는 그 공포스러운 감각이 아직까지도 생생했다.

"아……."

그때를 떠올리자 자연스럽게 몸서리가 쳐졌다. 하지만 곧 가슴 위에 손을 얹으며 마음을 추슬렀다.

'진정해, 마리.'

크게 심호흡을 두어 번 정도 하고 나자 그제야 불규칙적인 흐름으로 뛰던 심장이 원래의 박동을 찾아 뛰었다.

'그래, 착하지.'

나는 마른침을 한 번 더 삼킨 후에야 다시 생각에 집중할 수 있었다.

'어쨌든 두 번째로는……'

이 사건이 완전히 묻혔을 것이다. 내가 살았던, 죽었던 말이다. 어떻게 저떻게 운이 좋아 살아남았다고 해도, 아무도 내 말을 믿어주지 않았을 것이다.

호드페 영애와 도로테아 입장에서는 내 말을 거짓말로 우겨대면서 결백을 주장하면 그만이니까. 물론 알리바이를 찾아내는 방법도 있긴 했지만, 어쨌든 직접적으로 그들이 나를 위험에 빠뜨렸다는 증거는 어디에도 없었다.

'그리고 만약 내가 죽었다면…… 그냥 실족사 했다고 결론이 났겠지.'

그들이 나를 호수에 빠뜨려 죽였다고 순순히 실토할 리는 없을 테니 말이다.

'자비에르에게 두 번 감사해야겠네.'

어쨌든 자비에르가 날 구해준 덕에 나는 무사할 수 있었고, 이 사건도 묻히지 않게 된 셈이다.

'내가 어리석었어.'

애당초 도로테아가 끼어 있는 일 중에 내게 유익한 일이 하나도 없었는데. 고작 간곡하게 부탁 한 번 했다고 홀라당 넘어가서 도와주러 쫄래쫄래 따라가는 꼴이라니. 그 두 사람이 그런 나를 보면서 얼마나 속으로 비웃었을지는 안 봐도 뻔했다.

"후우……."

길게 소리 내어 한숨을 쉰 내가 고개를 옆으로 돌려 창밖을 바라보았다. 하늘 위에 떠오른 태양의 빛이 어느새 약해지고 있었다.

시계를 보니 오후 5시.

'조금만 있으면 해가 지겠네.'

그러고 보니 살짝 배가 고픈 것도 같았다.

우스운 일이었다. 아까까지만 해도 사경을 헤매는 신세였는데 깨어나니 이렇게 또 배가 고프다니.

'그래도…….'

살아 있다는 걸 느끼게 해줘서, 오늘만큼은 이 허기짐도 고마웠다. 나는 가족들이 오기 전까지 좀 더 자야겠다고 생각하면서, 다시 천천히 이불 속으로 기어들어 갔다.

한 시간 뒤에 가족들은 호드페 저택으로 도착했다.

벨플레어 백작부부는 무사히 깨어난 내 모습을 보고 안도하며 기뻐하는 모습을 보였고, 마티나는 내 품에 안겨 엉엉 울기까지 했다.

공연히 걱정을 끼친 것 같아 정말로 죄송한 마음이 들어서, 나는 애써 환하게 웃으며 이제는 괜찮음을 계속해서 피력했다.

그렇게 30분 정도가 지났을 때 누군가가 문을 두드렸다.

똑똑.

낯선 문 두드림에 우리 가족은 모두 입을 다물고 문만 뚫어져라 쳐다보았다.

"누구십니까."

가장 먼저 입을 연 사람은 벨플레어 백작이었다. 백작의 물음에 바깥에서 답하는 목소리가 들려왔다.

"후작 각하께서 오셨습니다."

이 저택에 있는 후작은 단 한 사람뿐이었다.

'호드페 후작.'

가족들이 전부 서로를 쳐다보았고, 벨플레어 백작은 들어오셔도 좋다는 말을 했다.

잠시 후, 문이 열리고 풍채 좋은 남자 하나가 방 안으로 들어왔다.

그는 내가 누워 있는 침대 맡까지 다가온 다음, 가장 먼저 벨플레어 백작에게 인사를 건넸다.

"이렇게 뵙게 되어 유감입니다."

서로에게 유감일 터였다.

어쨌든 내가 생각하기에 호드페 후작은 지금 이 상황과 무관한 사람이었다. 그가 미치지 않고서야 이번 일을 딸에게 사주하지는 않았을 것이기 때문이었다.

그의 성격이 인간적이기 때문에 이런 답을 도출해낸 것은 아니었다. 그에게 득이 될 게 조금도 없었기 때문이었다. 오히려 해가 된다면 되었지.

"그래도 영애께서 무사히 깨어나시게 되어 정말 기쁘군요."

호드페 후작과는 이것이 첫 대면이었다. 나는 벨플레어 백작과 이야기를 나누고 있는 호드페 후작을 그가 눈치채지 않게 흘긋흘긋 쳐다보았다.

첫인상은 그럭저럭 나쁘지 않았으나, 도무지 속에 뭘 감추고 있는 건지 모를 정도로 포커페이스를 유지하고 있었다. 헨리 14세가 총애하는 하는 자가 저런 남자일 거라고 생각하니 살짝 이해가 되지 않았다.

"영애께서 의식을 회복하실 수 있도록 최선의 조치를 다 하였는데 만족하셨는지 모르겠습니다."

말을 마친 호드페 후작이 나를 쳐다보았고, 멍 때리고 있던 나는 서둘러 입을 열었다.

"괘, 괜찮았습니다, 각하. 불미스러운 사고에도 신경 써 주셔서 감사합니다."

"저희 저택에서 일어난 일이니 당연히 제가 책임을 지고 해결해야지요. 어쨌든 무사히 깨어나셔서 정말로 다행입니다, 영애."

"걱정해 주셔서 감사합니다."

말은 이렇게 했지만 호드페 후작이 나를 진심으로 걱정했을 거라고는 특별히 생각되지 않았다.

그저 인사치레일 뿐이겠지.

"신경 써 주신 덕에 빨리 깨어날 수 있었습니다."

"사고가 일어난 호수는 즉각 폐쇄조치 하였습니다. 하마터면 실족사를 하실 뻔했더군요."

"……네?"

'실족사'라는 말에 나는 반사적으로 민감하게 반응했고, 호드페 후작은 자신이 부적절한 단어를 사용했다고 생각했는지 재빨리 말을 바꾸었다.

"하마터면 큰일 날 뻔하셨다고 말씀드리고 있는 겁니다. 다행히 황태자 전하의 기지로 불미스러운 일은 막을 수 있었지요."

"실족사라면 이 일의 책임이 제게 있다고 말씀하시는 것처럼 들리는데요."

"……네?"

"이 상황이, 제가 발을 헛디뎌서 호수에 빠진 것으로 말미암아 일어난 것처럼 말씀하시길래요."

"아닙니까?"

그렇게 묻는 호드페 후작의 얼굴에서는, 이 일의 전말에 대해 조금도 모르는 사람의 기색이 엿보였다.

'하긴, 호드페 영애가 사실대로 후작에게 고했을 리 없지.'

상식적으로 나라도 그럴 것이었다. 아버지가 저렇게 이번 사고에 관심을 기울이며 수습에 애쓰는데, 어느 누가 자신이 이 모든 일의 원흉이라고 사실대로 고백할 수 있겠느냐는 말이다.

나는 이 이야기를 꺼내도 좋을지 고민하다가, 잠시 후에 조심스럽게 입술을 뗐다.

"제가 발을 헛디뎌서 이렇게 된 게 아닙니다."

"그 말씀은, 영애께서 호수에 빠지신 것이 타의에 의해서였다는 말씀이십니까?"

"그렇습니다."

뜻밖의 대답이라고 생각했는지, 가족들은 물론이고 호드페 후작까지 크게 흔들리는 반응을 보였다.

하긴, 지금 이 상황에 제대로 아는 사람은 나와 자비에르, 딜튼과 클로드뿐이었으니까. 그리고 나는 아직 한 번도 내가 왜 빠졌는지에 대해 그 이외의 사람에게 말한 적이 없었다.

본의 아니게 지금 이 자리에서가 처음이 되어버렸지만.

"그게, 그게 누구입니까? 누가 영애를 호수로 밀어 넣었습니까?"

호드페 후작이 당황한 목소리로 내게 물었고, 나는 그런 그의 얼굴을 빤히 바라보며 물었다.

"알고 싶으십니까?"

"그렇습니다, 영애."

"……그런 반응을 보이시는 것을 보니 당사자가 아직 각하께 아무런 말씀을 드리지 않은 모양입니다."

"예……?"

호드페 후작이 의아해진 얼굴로 중얼거렸다.

260

"그게 무슨……."

"절 호수에 빠뜨린 사람."

나는 생각했던 것보다 더 담담한 목소리로 후작에게 말했다.

"호드페 영애와, 코르노헨 영애입니다."

정적.

지독한 정적이 넓은 방 안을 메웠다.

내 말이 끝난 직후, 아무도 입을 열지 않았기 때문이었다. 호드페 후작과 우리 가족은 믿을 수 없다는 눈으로 나를 바라보았다. 하지만 유감스럽게도 이건 전부 사실이었다.

나를 호수로 밀어 넣은 사람은 도로테아고, 거기에 동조한 사람은 호드페 영애.

믿기지 않는다고 해서 진실이 거짓이 될 수는 없는 노릇이다.

"다들 못 믿으시는 눈치시네요."

내가 건조한 목소리로 정적을 깼고, 그제야 호드페 후작도 입을 열었다.

"그, 아니, 그, 어떻게 그런……."

"믿기지 않으시겠지만 사실입니다, 각하."

나는 온기 한 점 서리지 않은 목소리로 후작에게 말했다.

당신의 딸이 나를 사지로 몰아넣었노라고.

"따님께서 이 사고에 일조하셨습니다."

"우리 애가 그럴 리 없습니다."

당연한 반응일지는 모르겠으나, 후작은 처음에는 부정했다.

"절대로 그럴 리가 없습니다, 영애. 무언가 착각하신 듯합니다."

"그렇게 보실 수도 있으시겠지요."

이해 가는 반응이라는 듯, 나는 가만히 고개를 주억거렸다.

"하지만 저 말고도 증인이 두 명이나 더 있는걸요."

"그게…… 누굽니까?"

"이 저택 안에 있습니다."

"설마……."

"예상하시는 그 두 분이 맞을 겁니다. 황태자 전하와, 딜튼 오러스 경입니다."

확실히 그 두 사람이 이 일에 대해 알고 있는 것은 내게 더없이 유리한 일이었다. 나 혼자만의 목소리는 묻힐 수 있었으니까. 헛소리로 치부 받으면서 말이지. 하지만 제국의 황태자와, 그 시종의 증언까지 헛소리로 치부하기는 쉽지 않을 것이다.

"황태자 전하께서는 옆방에서 잠들어 계시고, 딜튼 경 역시 저택에서 전하의 곁을 지키고 계시겠지요. 믿지 못하신다면 지금 딜튼 경께 물어보셔도 좋습니다."

"왜 진즉 밝히지 않으셨습니까?"

"제가 황족도 아닌데 그 두 사람을 즉각 구금할 수는 없는 노릇 아닙니까."

나는 당연한 걸 왜 묻느냐는 표정을 지으며 덧붙였다.

"황태자 전하와 딜튼 경이 저를 위해 증언해줄 겁니다. 그때 가서 사건의 전말을 밝혀도 늦지 않으니까요. 내일 즈음에나 이 모든 사실을 밝혀도 늦은 것은 전혀 아닐 겁니다."

"어떻게 이런 일이……."

호드페 후작은 엄청나게 충격을 받은 듯 순식간에 새하얘진 얼굴이 되었다.

나는 그에게 약간의 연민을 느끼다가, 이내 불필요한 감정이란 것을 깨닫고 고개를 저었다.

"모르고 계실 줄 알았습니다. 그래서 각하를 탓할 생각은 전혀 없고요."

"제 딸이 정말로 그런 극악무도한 짓을 저질렀다는 말입니까?"

"엄밀히 말해 저를 직접적으로 민 건 아니지만, 저는 그녀가 이 일에 깊이 관여되어 있다고 생각합니다. 실제로도 그럴 것이고요."

"……."

"저는 따님을 용서할 수 없습니다, 각하. 이 점에 대해서는 미리 양해를 구하지요."

"이, 일단."

호드페 후작이 혼란스러운 눈빛으로 내게 말했다.

"제 딸아이의 말도 들어봐야겠습니다."

"물론 그러셔야지요."

본인이 사실대로 실토할지는 모르겠지만.

"어쨌든 병실을 제공해 주신 것은 감사합니다, 각하. 저는 이제 멀쩡하니 이만 제 가족들과 함께 벨플레어 저택으로 돌아가 보도록 하겠습니다. 본의 아니게 많이 폐를 끼친 듯해서요."

그렇게 말한 다음, 나는 아무렇지 않게 웃으며 가족들을 향해 말했다.

"이만 가요, 엄마, 아빠."

"미쳤어!"

마차 안에서 마티나가 화를 이기지 못하고 소리쳤고, 나는 침묵했다.

"어떻게 감히 그런 짓을 저질러? 이건 살인이야!"

내가 죽었다면 살인일 것이다.

아직 죽지 않았으니 살인미수였다. 어느 쪽이든 나쁘다는 사실에는 변함이 없었지만.

어쨌든 차마 분통을 터뜨리는 마티나에게 진정하라고 말할 수가 없어서, 나는 가만히 있었다.

내가 마티나였더라도 똑같은 반응을 보였을 테니까.

"그 여자가 제대로 돈 게 틀림없어. 끝까지 우리 언니에게 민폐만 끼치다니!"

"코르노헨 영애가 그런 짓까지 저지를 줄은 나도 몰랐구나."

그때, 심각한 목소리가 끼어들었다. 벨플레어 백작이었다.

"이 문제는 그냥 묵과할 수가 없겠어. 엄중하게 짚고 넘어가야겠구나."

"당연하죠, 아빠! 언니는 하마터면 죽을 뻔했다고요."

마티나가 열불 난 사람처럼 얼굴을 빨갛게 물들이며 성을 냈다.

"정말 정신이 온전치 못한 게 분명해요!"

"정말 무서워요, 여보. 어떻게 코르노헨 영애가 그런 생각까지 했을까요? 지금은 사이가 안 좋지만, 불과 얼마 전까지만 해도 마리와 함께 웃으며 놀았었는데……."

벨플레어 백작부인이 몸서리를 치며 경멸하는 기색을 내비쳤다.

"도무지 이해할 수 없어요. 이해하고 싶지도 않고. 정말 끔찍하고 무서운 족속들이네요."

"그렇다니까요, 엄마. 세상에, 할 일이 있고 안 할 일이 있지! 정말 사람이 어떻게 그런 짓을 한대요?"

"……."

모두가 도로테아와 호드페 영애의 악질적인 행동에 분노하는 사이, 나는 혼자서 동떨어지게 다른 생각을 했다.

'자비에르는 지금쯤 일어났을까.'

그때, 눈을 감기 전 마지막으로 보았던 그의 눈빛이 잊히지 않았다. 나를 바라보던 그 눈빛은, 그가 단 한 번도 내게 보인 적 없던 그것이었다. 물론 내가 그 정도로 그의 눈앞에서 위험에 처했던 일이 없었으니 이상한 일이 아닐 수도 있었다.

그러나 이런저런 점들을 다 고려해 봐도, 그가 내게 보여줬던 눈빛은 분명 특별한 데가 있었다.

'도대체 뭘까.'

왜 내게 그런 표정을 지었을까.

나를 걱정하는 듯하면서, 아끼는 듯하면서, 애처롭게 바라보는 듯했던 그 눈빛. 지나치게 강렬해서, 도무지 쉽사리 잊을 수가 없었던 그 눈빛.

'그런 눈빛은 처음이었어.'

그런 유의 시선을 받아보는 것 역시 처음이었다.

'신경 쓰여.'

나는 괜히 입술을 꾹 깨물며 울 것 같은 표정을 지었다.

그가 마지막으로 나를 바라보았던 그 눈빛은 이상하게 사람의 마음을 뒤흔드는 기질이 있었다.

인상적이라면 인상적인 눈빛이었다.

"⋯⋯언니?"

그때 누군가가 나를 부르는 소리에 나는 상념에서 깨어났다. 마티나가 나를 걱정스러운 눈으로 바라보고 있었다.

"괜찮아?"

"⋯⋯어?"

"언니 표정이 이상해. 금방이라도 울 거 같애."

"어⋯⋯ 아냐. 나 괜찮아."

그렇게 말하면서 나는 억지로 미소 지었다. 하지만 그 모습이 가족들의 걱정을 더 사게 한 모양이었다.

"언니⋯⋯!"

마티나가 돌연 날 꼭 끌어안으며 울먹이는 목소리로 이름 불렀으니까.

"언니, 괜찮아. 이제 우리가 있잖아. 내가 언닐 지켜줄게."

아무래도 아까의 일로 충격이 컸다고 생각한 모양이었다. 나는
어색하게 웃으며 마티나를 안심시켰다.

"괜찮아, 마티나. 언니 이제 괜찮아."

"맞아, 언니. 언닌 이제 괜찮을 거야."

마티나가 분노에 찬 음성으로 중얼거렸다.

"그 인간쓰레기 같은 여자들이 다시는 언니 근처에도 오지 못하
도록 할 거야."

"……."

그 말에 내 생각의 중심은 다시 호드페 영애와 도로테아에게로
이동했다.

이런 상황에서, 그녀들은 지금 어떤 기분일까?

"……으음."

낮게 소리를 내던 자비에르가 조금씩 몸을 뒤척이기 시작하더니,
어느 순간부터 천천히 눈꺼풀을 떠올렸다.

익숙하지 않은 천장이 그를 불청객처럼 맞이하고 있었다.

"……."

하지만 눈을 뜬 이후에도 자비에르는 상황 파악을 제대로 못 하

는 사람처럼, 멍한 얼굴로 무거운 눈꺼풀만 깜빡거리는 것이었다.

'여기가…… 어디지?'

그는 눈 감기 전 마지막까지 일어났던 일을 기억하지 못하는 사람처럼 어리둥절한 표정으로 주위를 살피다가, 이내 예상치 못한 사람이 시야로 들어오자 경악할 수밖에 없었다.

"헉!"

"지금 일어났냐?"

클로드였다.

자비에르가 깜짝 놀란 얼굴을 숨기지 못하고 물었다.

"네, 네가 왜 여기 있지?"

"왜 여기 있긴."

클로드가 퉁명스럽게 답했다.

"일국의 황태자라는 놈이, 앞뒤 안 가리고 호수에 뛰어들어서는 물에 빠진 생쥐마냥 젖어서 잠들었다기에."

"……."

"와봤지, 뭐."

"무슨 속셈이지?"

자비에르가 날카롭게 말했다.

"이만 가."

"허어, 내가 지금까지 계속 딜튼 경을 대신해서 네 곁에 있었는데 말이지. 그런 사람한테 너무 잔혹한 말 아냐?"

"나가."

"눈 감기 전까지는 생쥐처럼 오들오들 떨었을 놈이 이제 와서 강한 척은……."

"나가."

자비에르는 더 말 섞고 싶지 않다는 듯 그 두 음절만을 반복했지만, 클로드는 이 상황을 즐기는 건지 어쩐 건지 그 자리에서 꼼짝도 하지 않았다.

"어허, 참. 매정하기는."

"우리가 이러고 있을 사이는 아니니까."

굳은 표정으로 그렇게 대꾸한 자비에르가, 잠시 후에 물었다.

"……레이디 마리스텔라는 어떻게 되었지?"

"그녀는 무사해."

클로드가 그 질문을 가장 먼저 할 줄 알았다는 듯, 떨떠름한 표정을 지으며 대답했다.

"아주 무사해. 건강히 깨어나서 벨플레어 저택으로 돌아갔어."

"아……."

다행이다.

그의 눈빛이 그렇게 말하고 있는 것 같아서, 클로드의 심기는 더 불쾌해졌다.

"도대체 무슨 생각이었어? 앞뒤 안 재고 호수로 뛰어들다니. 영애가 빠진 곳이 불길이었다고 해도 망설임 없이 들어갔겠다?"

"……."

정답인지 아닌지는 몰라도, 자비에르는 침묵을 지켰다.

클로드의 잔소리는 계속되었다.

"아무리 네가 수영을 할 줄 알아도 그렇지, 황태자가 그러면 어떻게 하냐? 그대로 너까지 함께 죽었으면 어쩌려……!"

"네가 상관할 바는 아니지 않나?"

그 싸늘한 한 마디에, 클로드는 황당함을 이기지 못하고 입만 떡 벌렸다.

세상에, 이 싸가지 없는……!

"와…… 너 뭔가 착각하고 있는 것 같은데, 내가 네놈을 생각해서 이런 말을 하는 게 아니에요. 난 순전히 우리 요나스의 안녕과 미래를 걱정하고 있는 거라고."

"……."

"난 요나스의 황족이고, 앞으로 너와 함께 요나스를 이끌어갈 사람이니까. 알았어?"

"알았으니까 조용히 해. 머리 울린다."

"……."

그 말에 클로드가 '헙' 하고 입을 다물었고, 자비에르는 잠깐 침묵을 지켰다가 물었다.

"내가 잠든 동안 무슨 일이 있었지?"

"별일 없었어."

정말로 별일이 없었기 때문에 클로드는 그렇게 말했다.

그러나 그의 머릿속으로 별안간 떠오르는 한 가지가 있었다.

'봤다고 했지.'

딜튼 경의 말에 따르면, 자비에르 역시 마리스텔라를 민 사람을 알고 있다고 했다.

직접적으로는 코르노헨 영애. 그 장소에 함께 있었던 사람은 호드페 영애.

클로드는 딜튼의 말이 정말인지를 시험해보기 위해 천천히 입을 열어 물었다.

"이봐, 황태자 전하."

자신을 부르는 말에 자비에르가 천천히 고개를 돌려 클로드를 쳐다보았다. 클로드는 잠깐 말을 고르는 사람처럼 머뭇거리다가, 이내 천천히 입술을 뗐다.

"영애를 민 사람, 누군지 알아?"

"……."

클로드의 물음에 자비에르는 침묵했다가, 잠시 후에 입을 열었다.

"알고 있다."

"다행이네."

클로드가 안도의 한숨을 내쉬며 중얼거렸다.

"혹시라도 뭐…… 막장 소설처럼 기억 상실 같은 거면 곤란하니까."

"무슨 뜻이지?"

"영애를 사지로 몰아넣은 자들을 제대로 처벌할 수 없다는 소리야."

클로드가 차분하게 말을 이었다.

"호수로 뛰어든 게 네 자의였으니 황족 살인미수는 아니야. 하지만 그렇다고 해도 귀족을 함부로 죽이려 한 죄를 묻지 않을 수는 없지."

"…… 너도 그들을 알고 있다는 것처럼 들리는군."

"딜튼 경에게 들었어."

클로드가 고개를 끄덕이며 그 두 사람의 이름을 댔다.

"코르노헨 영애와 호드페 영애. 코르노헨 영애가 직접적으로 레이디 마리스텔라를 밀었고, 호드페 영애는 그 자리에 있었다고 하더군."

"호드페 영애가 범인이 아닐 가능성은?"

"난 없다고 보는데."

클로드가 냉소를 머금은 얼굴로 대답했다.

"애당초 레이디 마리스텔라는 코르노헨 영애와 절연한 상태였거든. 그런데 그 세 사람이 함께 있었고, 심지어 코르노헨 영애는 레이디 마리스텔라를 호수 안으로 밀어 넣었다?"

"……"

"네가 봐도 이건 좀 구리잖아, 그치?"

"……그래."

같은 생각이었다.

자비에르가 고개를 끄덕였다.

"그 둘은 지금 어디에 있어?"

"황족 살인미수도 아닌데 잡아 둘 수 있는 명분이 없어. 내일이나 잡아들이는 게 낫지 않을까? 너의 증언과, 레이디 마리스텔라의 증언과, 딜튼 경의 증언까지 합치면 명분은 충분할 것 같은데. 어차피 그들이 도망갈 것도 아니고."

그럴 수가 없을 것이다. 만약 도망갔다가는 그들 부모에게 책임을 물을 생각이었으니까.

"어쨌든 그런 일은 나중에 생각하고…… 몸은 좀 어때?"

"괜찮아."

짤막하게 대꾸한 자비에르가 한쪽 눈썹을 찡그리며 물었다.

"안 갈 건가?"

"가야지, 이제."

'나도 바쁜 사람이야' 하고 클로드가 투덜거렸고, 자비에르는 그런 클로드를 빤히 쳐다보다 한 마디를 내뱉었다.

"평생 안 하던 짓을 하니까 이상하군."

"뭐?"

"너 말이야."

자비에르가 클로드를 삐딱하게 쳐다보며 말했다.

"나 걱정해주는 거잖아, 지금."

"……뭐래."

클로드가 헛웃음을 머금은 얼굴로 대꾸했다.

"요나스를 걱정하는 거야. 네가 요나스의 미래니까."

"……."

"그리고…… 아, 모르겠다. 제발 사람 눈앞에서 다친다고 물불 안 가리고 뛰어드는 짓 좀 그만둬. 너 그러다 언젠가 한 번 큰일 난다. 다른 사람도 아니고, 제국의 황태자가……. 내가 왜 왔는지 모르겠 어? 그것 때문에……."

"어떻게 그래."

자비에르가 담담하게 클로드의 말을 끊었고, 클로드는 흠칫하며 말을 그만두었다.

"어떻게 그래. 다른 사람도 아니고…… 레이디 마리스텔라인데."

"……."

"너라도 그랬을 거잖아. 아니야?"

맞았다, 제길.

갑자기 할 말을 잃은 클로드가 주춤했고, 자비에르는 그것 보라 는 듯 나른하게 미소 지었다.

'내 말이, 맞지?' 하고 웃는 기분이라서, 클로드는 어쩐지 기분이 더러워졌다.

'하여튼 나를 너무 잘 알아.'

쓸데없이. 클로드가 눈살을 구기며 말했다.

"레이디 마리스텔라는 멀쩡해."

"네가 아까 말했……."

"그러니까 괴로워하지 말라고."

"……."

"네 잘못 아니야. 네 잘못이었던 적, 단 한 번도 없어."

"너……."

"그때도, 지금도. 전부 네 잘못 아니야."

딜튼과 똑같은 소리를 하는 클로드를 바라보며, 자비에르는 묘한 기분이 들었다.

모두가 자신에게 잘못이 없다고 말했다. 모두가 하나같이 자신의 잘못이 아니라고 말했다. 자비에르도 알고 있었다. 적어도 레이디 마리스텔라의 사고는 자신의 잘못이 결코 아니었다. 그러니 딜튼과 클로드가 그 문제까지 저를 걱정할 필요는 없었다.

적어도 오늘의 사고가 제 잘못이 아니라는 것쯤은, 자신이 아무리 트라우마에 미쳐 있어도 상식적으로 도출 가능한 결론이었으니까.

오늘 그녀를 구하기 위해 뛰어들었던 건, 순전히 그가 그녀를 사랑했기 때문이었다.

모후처럼 제 눈앞에서 죽지 않기를 바랐기 때문이었다.

단지 그 이유뿐이다. 그 사고에서 죄책감을 느끼지는 않았다.

'조금이라도 그녀를 더 빨리 구하지 않았더라면'이라는 가정이 수반할 끔찍한 감정은 느꼈지만, 죄책감은 아니었다.

'하지만 모후의 자살은?'

정말로 자신의 잘못이 아닐까?

자비에르는 늘 고민했다. 어머니의 죽음에서 자신이 터럭만큼이라도 지분을 차지하고 있는가.

요모조모 따져보면 늘 '그렇다'는 답이 나왔다.

학업에 치중한다는 이유만으로, 아카데미에서 지낸다는 이유만으로 모후를 신경 쓰지 않았다. 편지도 뜸하게 보냈고, 부모님의 생활에 관심이 없었다. 자신이 모후께 좀 더 살갑게 굴었더라면, 모후께서는 돌아가시지 않으셨을까. 자신을 위해서라도, 자신에게 기대어서라도 살아가실 수 있지 않으셨을까.

자신이 조금만 더 모후께 잘 해드렸다면. 자신이 좀 더 모후께 신경을 썼더라면. 모후의 우울증을 알아차렸다면. 그랬다면…….

'아.'

생각이 여기까지 미치자, 자비에르는 일순 밀려오는 괴로움에 눈을 꼭 감았다.

더 생각하지 않는 게 제게도 좋을 텐데, 늘 생각이 여기서 더 미치곤 했다. 그럼 꽤 괴로워지는 것이다. 그리고 그날 밤은 잠을 이루지 못했다. 아마 오늘도 그럴 것 같았다.

마리스텔라의 사고는 그에게 일종의 트리거였다. 잊고 있던, 아니 잊으려 노력했던 과거의 일을 다시금 상기시켜준.

"야."

그때 클로드가 자비에르를 불렀다. 꽤 심각한 얼굴이었다.

"너 괜찮냐?"

"……."

자비에르는 대답하지 않았지만, 클로드는 끊임없이 말을 걸었다.

"표정이 안 좋아."

"……괜찮아."

자비에르의 입속에서 부러 날 선 목소리가 튀어나왔다.

"그러니 이제 그만 가."

"⋯⋯."

"가라고."

"알았어. 알았다고."

'하여간에. 성질 한 번 더럽네' 하고 클로드가 구시렁대는 소리가 들려왔다. 하지만 자비에르는 일절 대꾸하지 않은 채 심각한 얼굴로 이불에 덮여 있는 제 무릎 위만 쳐다보았다.

그런 자비에르를 흘긋 바라본 클로드가 마지막으로 한 마디를 남겼다.

"딜튼 경 불러줄게."

"⋯⋯."

"쉬어라."

그리고 그는 뒤도 돌아보지 않고 자비에르의 병실에서 나갔다.

쿵, 문이 닫히자마자 자비에르가 깊은 한숨을 쏟아냈다.

"하아⋯⋯."

뭔가 그렇게 심각한지, 세상 다 산 노인네가 뿜는 한숨 같았다.

집으로 돌아온 나는 하녀들의 도움을 받아 목욕부터 했다.

호드페 후작의 정원 호수가 수질이 깨끗했기 때문에 찝찝함이 심했던 건 아니었지만, 이대로 잠들기에는 좀 별로인 상태였다.

플로린다를 비롯한 하녀들은 나를 목욕시키면서 전부 한 마디씩을 던졌다. 어쩌다 호수에 빠지셨냐느니, 하마터면 큰일 날 뻔하셨다느니…….

나는 그들에게 호드페 영애와 도로테아가 오늘 사고의 원인이라는 사실을 말해주려다 그만두었다. 어차피 시간이 지나면 자연스럽게 알려질 일, 굳이 벌써부터 말해서 떠들썩하게 굴고 싶지 않았던 탓이다.

어쨌든 따뜻한 물에서 상쾌하게 목욕을 마친 다음에는 머리카락을 바싹 말리자마자 곧바로 침대 위로 기어들어 갔다. 아까 꽤 많이 잤음에도 - 사실 그건 기절이었지만 - 집에 돌아오자마자 급하게 피로감이 몰려왔기 때문이었다.

가족들과 하녀들 역시 오늘 하루는 무조건 숙면이라며 나를 재우기 위해 자기 전 따뜻한 우유 한 잔까지 건네주었다.

"……하아."

모두가 나가고 나 혼자 침실에 남겨졌을 때, 나는 빛 한 점 들어오지 않는 깜깜한 방에서 홀로 한숨 쉬었다.

"정말 다사다난했네."

하루가 원래 이렇게 긴 건가 싶을 정도로 시간이 더디게 흘렀던 하루였다. 심지어 그 시간의 대부분을 기절해 있는 데 보냈는데도 말이다.

'도로테아가 그런 짓까지 꾸몄을 줄이야.'

사고 당시의 불쾌한 감각에 몸서리치며, 나는 도로테아가 어떻게 그런 상식 이하의 일을 벌일 수 있었는지에 대해 끔찍해했다.

아무리 그래도 그렇지, 하마터면 죽을 뻔할 수 있던 일이 아닌가.

'이런 일에 동조한 호드페 영애도 생각이 있기는 한 건지……'

아버지인 호드페 후작이 받는 황제의 총애를 믿고 그렇게 행동할 수 있었나 싶으면서도, 아버지가 그런 위치에 있는 사람이면 더욱 더 몸가짐에 조심해 구설수가 나지 않도록 행동하는 것이 정상적인 사고가 아닌가 하는 생각도 들었다.

하여튼, 이해 못 할 족속들이었다. 그러니 그런 비상식적인 일까지 꾸몄겠지.

'내가 그렇게 미웠을까?'

호드페 영애는 도로테아의 꾐에 넘어가 이 일에 동조했을 가능성이 컸다. 물론 내 생각일 뿐이었지만.

하지만 도로테아는 아니었을 것이다. 내가 호드페 영애와 엄청난 악연이 있는 것도 아니었으니까. 아마 이 일의 주모자는 그녀일 것이다.

'그렇지만……'

내가 그렇게나 미웠을까? 죽이고 싶을 만큼?

'하지만 정말 날 죽이고 싶었다면, 다른 방법이 많은데.'

굳이 그런 방법을 사용하지 않고서라도 말이다.

'하긴 본인 딴에는 그게 가장 깔끔했으리라고 생각했을지도 모르지.'

그리고 아주 일리 없는 생각은 아니었다. 어쨌든 호드페 영애만 알리바이를 제공해주고, 내가 실족사한 것처럼 꾸미면 완전범죄가 되는 것이었으니까.

'으......'

그렇게 생각하자 다시 한번 몸서리가 쳐졌다. 그녀는 이제 빼도 박도 못 하게 범죄자였다. 어떻게 그런 끔찍한 일을 꾸밀 생각을 했다는 말인가.

'절대 용서하지 않아.'

선처는 없었다. 그런 걸 해줄 만큼 나는 착하지 않았다.

아니 어쩐 미친 여자가 자길 죽이려 한 사람을 용서할 수 있겠는가? 더구나 나뿐만 아니라 이번 일로 자비에르까지 피해를 봤으니, 그를 봐서라도 가만히 있지 않을 생각이었다.

'아마 오늘 밤에 좀 괴롭긴 하겠어.'

물론 내가 지금까지 알고 있는 도로테아 성격이라면, 지금쯤 편하게 잠들어 있을지도 모르겠지만 말이다.

5. Put Yourself in My Shoes

다음 날이 되었을 때, 나는 개운한 표정으로 자리에서 일어났다.

하암, 길게 하품을 쏟아내며 눈을 비비자 새하얀 햇살이 닫힌 커튼 사이로 쏟아져 들어오는 것이 보였다.

아마 아침은 아닐 듯싶었다. 고개를 젖히며 시계를 쳐다보자, 상당히 늦은 시각이 눈에 들어왔다.

"……이런."

아무리 그래도, 오후 한 시는 좀 심하잖아.

'내가 어제 10시에 잤으니까…….'

무려 한나절이 넘는 시간 동안을 침대에서 보낸 것이었다. 나는 속으로 감탄과 탄식이 반쯤 섞인 소리를 흘리며 자리에서 일어났다.

"아……."

갑자기 머리가 핑 돌았다. 어제 일 때문이라기보다는 너무 오래 자서 그럴 가능성이 크겠지만.

'왜 아무도 안 깨운 거지……'라고 생각하다가, 나는 이내 수긍해 버렸다. 어제 사고를 당했으니 아마 한나절이 아니라 하루 전체를 잠으로 보냈어도 하녀들은 나를 깨우지 않았을 것이다.

나는 뒷목을 긁적이며 침실 바깥으로 나갔다. 그때 나를 발견한 하녀 하나가 깜짝 놀란 듯 돌고래 소리를 내며 나를 불렀다.

"앗……! 아가씨!"

"왜 그렇게 놀라요. 죽은 사람이라도 본 것처럼."

실실 웃으며 농담을 던지자, 하녀가 어떻게 그런 소리를 할 수 있느냐는 듯한 얼굴로 내게 말했다.

"그런 말씀 하지 마세요, 아가씨. 어제 그런 일을 겪으셔 놓고 선…… 무서워요."

"하하."

머쓱해진 내가 가만히 웃는데, 아래층에서 플로린다가 나를 부르는 소리가 들려왔다.

"세상에, 아가씨!"

플로린다 특유의 높은 목소리가 내 귓전을 울렸다.

확실히 살아 있는 것 같은 느낌에 나도 모르게 미소가 지어졌다.

"더 주무시지 않고요, 아가씨! 들어가 계세요. 무리하시면 안 돼요."

음…… 여기서 더 자는 게 가능하기는 한가?

내가 어색하게 웃으며 플로린다에게 말했다.

"한나절이나 넘게 잤는걸. 그리고 나 이제 안 아파."

엄밀히 말하자면 어제도 아팠던 건 아니었다. 그냥 혼절했을 뿐이지. 누가 들으면 내가 죽을병이라도 앓다 치유된 줄 알겠다고 생각하며 나는 어색하게 웃었다.

"어쨌든…… 이제 더 자는 건 무리야."

"절대 안정을 취하셔야 해요, 아가씨. 무리하시면 결단코, 절대로 안 됩니다."

"알았어요, 알았어."

내가 피식 웃으며 계단 위를 올라가는 플로린다에게 물었다.

"그건 뭐야?"

"아, 이거 아가씨 약이요."

"……약?"

"네. 기력 회복에 좋은 약이요. 어제 호드페 가문의 주치의가 처방해준 약이에요."

"아……."

야, 약까지 먹어야 하나? 나 이제 정말로 멀쩡한데…….

조심스럽게 플로린다에게 물었다.

"쓰겠지?"

"많이요."

단호하게 대답한 플로린다가 곧바로 덧붙였다.

"하지만 드셔야 해요."

"으음……. 나 이제 정말로 괜찮아."

"안 돼요, 아가씨. 호수에 빠지신 게 어디 보통 일인가요? 기력을 회복하셔야 한다고요!"

"……알았어."

어쩐지 절대 뜻을 굽힐 것 같지가 않아서 나는 하는 수 없이 고개를 끄덕였다.

아, 약 써서 싫은데! 어제의 기억이 고스란히 남아 있던 탓에, 자연스럽게 눈살이 찌푸려졌다.

'기력 회복에 좋은 약이면 내 기분에도 좋아야지, 왜 그렇게 쓴 거냐고…….'

나는 속으로 한숨을 내쉰 다음, 플로린다에게 물었다.

"부모님은?"

"백작부인은 저택에 계세요. 지금 서재에서 책을 읽고 계세요. 마티나 아가씨는 차모임이 있으셔서 나가셨고요."

"아버지는?"

"잠깐 외출하셨어요. 친구분 보러 가신다고."

"으음……."

잠시 의미 없는 소리를 흘리던 내가 이내 그녀에게 다시 물었다.

"내가 자는 동안 특별한 일은 없었고?"

"네. 특별히……."

"아가씨!"

그때 누군가가 나를 부르며 2층으로 뛰어 올라왔다.

그러더니 잠옷 바람으로 있는 내게 별안간 이런 말을 하는 것이었다.

"손님이 오셨어요!"

"……손님?"

어제 죽을 뻔했다 살아났는데…… 이 아침 – 솔직히 말해 점심이었다 – 부터 손님?

내가 당황한 목소리로 물었다.

"손님…… 누구?"

"에스클리프 공작님이요."

하녀가 빠르게 대답한 다음 덧붙였다.

"지금 응접실에서 기다리고 계세요. 어떻게 할까요?"

"기별 없이 오셨단 말이야?"

"아가씨를 뵙지 않아도 괜찮다고 하셨어요. 안부만 여쭙기 위해 오신 거라……."

"이런."

그나마 다행이었다. 자고 있을 때 왔으면 꼼짝없이 그냥 돌려보낼 뻔했으니까.

'물론 기별 없이 온 이상 감수해야 하는 부분이긴 했지만…….'

어쨌든 나와 그는 친구 사이였으니까.

내가 소식을 전하러 온 하녀에게 말했다.

"잠시만 기다려 달라고 말씀드려줘. 옷만 갈아입고 바로 내려갈게."

나는 가볍게 아이보리 색이 감도는 장식 없는 실크드레스를 걸친 다음 응접실로 내려갔다.

"공작 전하, 아가씨께서 오셨습니다."

하녀의 그 말과 함께 나는 투명한 유리문을 열고 응접실 안으로 들어갔다. 클로드는 어제와 다름없이 말쑥한 차림으로 앉아 있었는데, 나는 그를 보자마자 갑자기 반가운 기분이 들어서 활짝 웃으며 그를 불렀다.

"전하."

내가 들어서자마자 클로드는 몸을 돌려 환한 미소로 나를 맞아 주었다.

"영애."

"이리 다시 뵈니 기쁘네요."

"무사해 보이셔서 다행입니다."

"어제도 저는 무사했는걸요."

나는 조금 쑥스럽다는 듯 얼굴을 붉히며 덧붙였다.

"어제보다 컨디션은 한결 낫습니다."

"정말 다행입니다."

클로드가 빙긋 웃더니 돌연 내게 꽃다발을 내밀었다. 갑작스럽게 코끝에 훅 끼친 꽃 내음에 당황한 내가 그와 꽃다발을 번갈아 쳐다보며 물었다.

"이게……."

"이것도 나름 병문안이라면 병문안인지라."

클로드가 엷게 미소 짓는 얼굴로 내게 답했다.

"좋아하실지 모르겠습니다."

붉고 붉은 장미였다. 어쩜 이렇게 내 취향에 꼭 들어맞는 걸 사 왔는지.

나도 모르게 입가에 미소가 피어올랐다. 그 모습을 놓치지 않은 클로드가 내게 물어왔다.

"장미를 좋아하시나요?"

"붉은 장미가 가장 좋아하는 꽃이에요."

솔직하게 대답한 나는 해사하게 미소 지으며 클로드에게 감사 인사를 했다.

"감사해요, 전하. 사실 늦게 일어나서 그런지 살짝 우울한 기분이었는데, 좋아졌어요."

"그렇게 말씀해 주시니 정말 기쁘군요."

클로드가 뜻밖의 사실을 알았다는 듯 미소 지으며 덧붙였다.

"앞으로 자주 보내드리겠습니다."

이런. 이러다 앞으로 장미 백 송이가 저택으로 배달 오는 건 아닌지 모르겠다.

돈 쓰는 쪽으로는 둘째가라면 서러워하는 남자였으니까. 나는 미소와 함께 장난스레 대꾸했다.

"무리한 선물은 사양할게요."

"무리라뇨. 꽃이 많아 봐야 얼마나 한다고."

그렇게 말하면서, 클로드가 여유롭게 미소 지었다.

"그로 인해 영애의 기분이 좋아진다면, 충분히 제값을 하는 셈이지요."

"그렇게 말씀해 주시니 기쁘기는 합니다만…… 어쨌든 오늘 오신 건 순전히 병문한 때문인가요?"

"아."

그가 깜빡 잊고 있었다는 듯 내게 말했다.

"일단 지금 황궁의 소식부터 전해드리는 게 좋을 듯해서요. 딜튼 경에게 방금 들은 따끈따끈한 소식입니다."

"그게…… 뭔데요?"

"일단 황제 폐하께서 이번 일로 굉장히 분노하셨습니다. 황태자 전하께서 하마터면 큰일을 당하실 뻔한 사건이었으니까요."

"아……."

나는 당황스러운 기색을 숨기지 못하며 클로드에게 물었다.

"혹시 제게…… 화가 나셨나요?"

"아뇨, 그럴 리가요."

클로드가 낮게 웃음소리를 내며 고개를 저었다.

"영애는 엄연히 피해자인걸요. 어쨌든 영애를 추궁할 수는 없으니 영애를 그렇게 만들 사람들을 반드시 색출해 내라고 하셨습니다. 꼭 황태자 전하의 일이 아니더라도, 이건 귀족 살해 미수니까요."

"아……."

내가 머뭇거리다가 그에게 물었다.

"그래서…… 어떻게 됐나요?"

"황태자 전하와 딜튼 경이 코르노헨 영애와 호드페 영애가 그 자리에 있었다고 진술했습니다."

클로드가 턱을 두어 번 매만진 다음 말을 이었다.

"그래서 현재 레이디 마리스텔라의 진술을 기다리고 있는 상태예요. 아마 머잖아 황궁에서 사람을 보내 영애를 모시러 올 겁니다."

"제가 만약 그 두 사람이 이 일에 관련되어 있는 것 같다고 말하면…… 어떻게 되나요?"

"재판에 회부되겠지요."

클로드가 그 내용만큼이나 건조한 목소리로 답했다.

"황태자 전하의 안위까지 얽혀버린 문제이니만큼 황제 폐하께서도 관심이 많으십니다. 그리고…… 일전에 두 분, 서로 뵌 적이 있으시니까요."

"아……. 그랬죠, 참."

고작 한 번의 만남으로 친밀함을 쌓는 게 가능한지 의구심이 들었지만, 사정이 어찌 되었든 나를 걱정해줬다니 감사한 동시에 죄송한 마음이 들었다. 어쨌든 자비에르는 나를 구하기 위해 물속으로 뛰어들었으니까. 내 잘못이 아니기는 하지만 약간 미안한 마음이 들기도 하고…….

"어쨌든 당분간은 푹 쉬시는 게 좋겠습니다, 영애. 어제 많이 놀라셨을 테니까요."

"감사합니다, 전하. 하지만 저는 정말로 괜찮아요."

그렇게 대답한 직후에, 나는 클로드에게 조심스럽게 물었다.

"전하께서는 괜찮으신가요?"

"아……."

내 질문에 클로드가 살짝 당황하는 기색을 내비쳤다.

그 모습을 보고 괜히 클로드에게 물어봤나 하는 생각이 들었지만, 이내 들려오는 대답은 그 걱정마저 싸그리 씻어 주었다.

"괜찮으십니다. 어제 제가 깨어나실 때까지 곁을 지켰거든요."

"어머, 세상에."

의외의 대답에 나는 깜짝 놀라지 않을 수 없었다.

"전하께서요?"

두 사람, 앙숙 아니었어? 내가 당황한 얼굴로 묻자, 클로드가 약간 쑥스럽다는 듯 어색하게 웃었다.

"그냥 어쩌다 보니 그렇게 되었습니다."

"아, 뭐라 하려던 것은 결코 아니었습니다, 전하. 외려 보기 좋은 걸요. 제국의 두 기둥이신 분께서 친하게 지내시는 것만큼 좋은 일은 없지요."

"으음…… 그런 말씀은 아직은 사양입니다."

강하게 거부감을 드러내는 클로드를 보며 나는 속으로 웃었지만, 바깥으로 내색은 하지 않은 채 화제를 돌렸다.

"어쨌든, 다행입니다. 무사하시다니. 실은 어제 구해주실 줄 정말 꿈에도 생각지 못 했어서요."

"운이 좋았습니다, 영애께서. 천만다행이지요. 신께서 도우셨습니다."

"저도 그렇게 생각하고 있어요."

나는 조심스럽게 뒤에 한 마디를 더 덧붙였다.

"제가 수영을 못하는지 몰랐거든요."

"아."

"그래도 물에 뜰 줄은 알고 있겠거니 생각했는데…… 생각보다 너무 물에 취약해서 당황했습니다. 그 순간에는 더더욱이요."

"이해합니다, 영애. 많이 놀라셨을 것으로 생각해요."

클로드가 심각한 표정으로 말을 이었다.

"어쨌든 이번 일은 묵과하기 어렵습니다. 황태자 전하와 딜튼 경의 진술로 귀족 사회도 지금 충격을 받은 상태예요."

"본의 아니게 화제의 인물이 되어버렸네요."

"뭐, 그렇죠."

내 농담 아닌 농담에 피식 웃은 클로드가 이내 따뜻한 목소리로 말했다.

"어쨌든 당분간은 몸을 추스르는 데만 집중하세요, 영애. 건강이 제일이니까요."

"그러겠습니다, 전하. 걱정해 주셔서 감사해요."

"그러면 저는 이만 가보아야겠군요. 너무 오래 있는 것도 좋지 않을 테니까요."

그 말을 듣고 나는 황당해졌다.

아니, 왜 다들 나를 병자 취급하는 거야?

"저 정말 괜찮습니다, 전하. 누가 들으면 제가 지난번처럼 마차 사고라도 난 줄 알겠어요."

"어쨌든 그 호수가 좀 깊었습니까? 저로서는, 그리고 다른 사람들 역시 걱정할 수밖에 없습니다."

클로드가 나를 아이를 달래듯 달래며 말했다.

"영애께서는 괜찮다고 생각하실지도 모르겠지만, 영애의 몸은 아닐 수 있으니까요. 조심해 나쁠 것은 없을 겁니다."

나 참. 내가 못 말린다는 웃음을 속으로 삼키며 일단은 알겠다는 듯 고개를 끄덕였다.

"알았습니다, 전하. 전하의 말씀에도 일리는 있네요. 그렇게 하도록 하겠습니다."

"그보다 가게를 당분간 못 여셔서 걱정이시겠군요."

"잠시 휴업해야지 어쩌겠어요. 아마 부모님도 허락지 않으실 거예요."

애당초 가게 일은 부업처럼 생각하고 있던 것이었으니까. 무엇보다도 건강이 우선이었다.

"그래도 길지는 않을 거예요. 사실 지금도 멀쩡한걸요."

"영애께서는 참 밝은 기운이 넘쳐나시는 분이시군요."

그 말에 나도 모르게 낮게 웃었다. 길거리를 걸으면서 사이비 종교 교인들에게나 들었던 말이었다.

인상이 좋다, 기운이 밝다, 뭐 이런 말들.

"갑자기 왜 웃으십니까?"

갑자기 웃어버린 내 반응을 이상하다고 여겼는지 클로드가 물어왔다. 어쨌든 그에게는 실례되는 반응이었기 때문에 나는 서둘러 해명했다.

"아아, 기분 나쁘셨다면 죄송합니다. 갑자기 엉뚱한 생각이 나서……. 어쨌든 그렇게 말씀해 주셔서 감사해요, 전하. 듣기 좋은 칭찬이네요."

"보고 있자면 밝은 기운이 흘러나오는 것 같달까요. 그저 바라보기만 해도 기분이 좋아지는 느낌입니다."

"엄청난 칭찬이네요. 사실 제가 그런 사람인지는 잘 모르겠어요."

내가 머쓱하게 웃으며 대답했다.

"다만 그런 사람이 되기 위해 늘 노력하기는 합니다."

"그게 중요한 거죠. 그래서 다른 사람들도 그렇게 느끼는 거고요."

클로드가 빙긋 웃으며 덧붙였다.

"어쨌든…… 새삼스럽지만 다행입니다. 영애께서 이렇게 무사히 제 눈앞에 계셔서요."

"걱정 끼쳐 드려 죄송합니다, 전하. 많이 걱정하셨을 텐데……."

"이렇게 무사하신 모습 보니 되었습니다. 어쨌든…… 이만 가봐야겠네요. 실은 황제 폐하께서 부르셨는데 무시하고 이곳으로 왔거든요."

"네……네?"

그 말에 나는 당황한 목소리로 물었다.

"황제 폐하께서 부르셨다고요?"

"못 들은 척하고 왔습니다."

"맙소사."

내가 입이 떡 벌어진 얼굴로 말했다.

"그럼 여기 이러고 계시면 안 되죠. 혼나시면 어쩌려고……!"

"지금 저 걱정해주시는 겁니까?"

"……그럼 걱정 안 하나요."

내가 황당하다는 목소리로 그에게 말했다.

"다른 사람도 아니고 황제 폐하의 부름인데요."

"그분이 저를 많이 아끼셔서."

클로드는 살포시 미소 지으며 나를 안심시켰다.

"걱정하지 마십시오. 무슨 일을 당하지는 않을 테니까요."

"자신감 넘치시긴."

"그래서 보기 싫으신가요?"

"……뭐, 부족한 것보다는 낫겠죠."

"그렇죠?"

클로드가 예쁘게 눈을 휘어 웃더니 내게 말했다.

"어쨌든 이만 가보겠습니다, 영애. 제가 너무 영애를 무리시킨 것 같아 죄송하네요."

"무리라뇨. 아니에요."

나는 손사래를 치며 답했다.

"저도 일어나자마자 소식 들을 수 있어서 좋았어요. 실은 일어난 지 얼마 되지 않았거든요."

"이런. 제가 딱 시의적절하게 찾아뵈었네요."

그가 만족스러운 미소를 지으며 내게 말했다.

"어쨌든 푹 쉬시고…… 조만간 또 뵙겠습니다, 레이디 마리스텔라."

"네, 전하. 조심히 가세요."

나는 그렇게 말하며 그를 배웅하기 위해 일어섰다.

클로드는 그냥 있으라면서 나를 만류했지만, 그에게 이제 정말 멀쩡하다는 사실을 강조하며 그를 저택 앞까지 배웅했다.

그리고 클로드가 가고 난 뒤에, 나는 클로드에게 들은 내용을 가족들에게 말해주었다.

가족들은 이번 일에 황궁까지 개입됐다는 사실에 지레 걱정하는 듯했지만, 그래도 일이 확실하게 해결될 것이라는 기대에 만족해했다.

그리고 그날 오후에, 벨플레어 저택으로 무언가가 배달되었다.

"아가씨, 소포가 왔어요."

"소포라니?"

누군가 내게 뭘 보낼 일이 있나?

방 안에서 수프를 먹고 있던 나는 의아해 하면서 플로린다가 건네주는, 황갈색 종이 포장지에 쌓인 무언가를 받아 들었다.

내가 정체를 알 수 없는 물건의 배달에 당황해하면서 요리조리 뜯어보고 있는데, 플로린다가 선물의 출처를 말해주었다.

"호드페 저택에서 보내온 것이에요."

"……호드페 저택에서?"

그리 달갑지 않은 발신원에 살짝 눈썹 사이를 좁히자, 플로린다가 고개를 끄덕이며 답했다.

"네. 아가씨가 병실로 쓰셨던 방을 청소하던 중에 발견돼서, 아가씨 것이라고 생각하고 보냈대요."

"나의 것……?"

나는 도무지 모르겠다는 얼굴로 소포에 묶인 갈색 종이끈을 풀어냈다. 잠시 후, 내 눈에 보이는 건 작고 아름다운, 빛나는 보랏빛의 나비 브로치였다. 그것을 본 나의 미간이 다시 한번 좁혀졌다.

'이게 뭐지?'

내 것이 아니었다. 이런 브로치는 본 적이 없다. 다른 것보다 그날 파티에 이런 브로치를 하고 간 적이 없었다.

내가 잘 모르겠다는 목소리로 플로린다에게 물었다.

"이게 정말 내 거라고?"

"그렇답니다, 아가씨. 아가씨가 누워 계셨던 병상 아래에 떨어져 있었대요. 그래서 당연히 아가씨 것이라고 생각한 것 같아요."

"하지만 이건 내 게 아니야, 플로린다. 그건 너도 잘 알고 있지?"

나는 그녀의 눈앞에 내 손에 든 나비 브로치를 들이밀며 말했다.

"봐, 플로린다. 너도 이런 건 본 적이 없잖아. 파티에서 네가 내 몸

치장을 담당했으니 알 것 아냐."

"으음…… 그러게요?"

눈살을 찌푸리며 내가 눈앞에 내민 나비 브로치를 자세히 살펴보던 플로린다가 결론 내렸다.

"이건 아가씨 것이 아니에요. 하지만 그렇다고 해서 마티나 아가씨 것 같지도 않거든요. 마티나 아가씨는 이런 느낌의 브로치를 좋아하지 않으세요."

아니, 애당초 브로치 자체를 즐겨 하시는 분이 아니시죠. 플로린다의 부연에 나는 더더욱 모르겠다는 표정을 지었다.

"그럼 도대체 누구라는 거야?"

그날, 내가 있던 방에 출입한 사람은 한정되어 있었다. 딜튼이 나의 안정을 이유로 외부인의 출입을 엄격히 금하였기 때문이었다.

기껏해야 우리 가족, 딜튼 경, 클로드, 이 사람들뿐이었다.

'그렇다면 남은 사람은 벨플레어 백작부인뿐인데…….'

마지막 남은 후보는 정말로 그녀뿐이었다. 내가 플로린다에게 물었다.

"혹시 어머니 것은 아닐까요?"

"제가 한번 물어보고 올게요."

그리고 플로린다는 내게서 나비 브로치를 건네받아 백작부인이 있는 그녀의 침실까지 다녀왔다. 하지만 약간의 시간이 흐른 뒤에 내 방으로 돌아온 플로린다의 표정은 그리 밝지 않았다.

"아니래요, 아가씨."

"아니라고……?"

"네. 처음 보는 브로치라고 하셨어요."

"하지만…… 그렇다면 정말 주인이 없는걸. 잘못 온 건 아닐까?"

"그럴 리가요."

나는 도무지 모르겠다는 얼굴로 고개를 갸웃거렸다.

'도대체 누가 이런 브로치를…….'

브로치는 한눈에 보아도 고급이었다. 귀족 영애들이나 할 법한 그런…….

'잠깐.'

귀족 영애?

'설마…….'

내 머릿속에 한 사람이 떠올랐다. 지금 이 상황하고는 도무지 어울리지 않는 사람. 완전히 동떨어져 있는 한 사람.

'오델레타.'

오델레타의 브로치였다. 나는 당황한 얼굴로 브로치 구석구석을 찾아보았다. 거기에 트라코스 가문의 인장이나, 오델레타의 이니셜 같은 건 없었다. 하지만 나는 이미 그것이 오델레타의 것이라고 확신하고 있었다.

'오델레타가 다녀간 걸까?'

그 생각을 하자 갑자기 심장이 미친 듯이 쿵쿵 뛰기 시작했다.

그녀는 어째서 내게 다녀갔을까?

아직은 내게서 완전히 마음이 떠난 것이 아닌 걸까?

브로치만 말없이 놓고 간 것을 보면 내게서 완전히 마음이 떠났다고 보기는 어려웠다.

'하지만……'

아직까지 나를 찾지 않은 것을 보면, 역시 아닌 거겠지.

나는 씁쓸하게 웃으며 손에 쥔 브로치를 침대 옆 협탁 가장 첫 번째 서랍에 넣어두었다.

'지금은 아닌가 보다.'

관계를 억지로 이어 붙일 생각은 없었다. 그건 의미 없는 일이었다. 마음 정리가 다 되지 않은 상태에서 다시 만나봐야 피차 불편할 뿐이다. 그런 관계가 무슨 가치가 있겠는가?

'조금 더 기다리는 게 낫겠지.'

나와 오델레타의 결말이 어떻게 될지는 아무도 모른다.

완전히 바뀌어버린 원작 속에서 나도, 원작자도, 그 누구도 이 관계의 해답을 알지 못한다. 그러니 남은 보기는 오직 기다리는 것뿐이다. 운명이라는 게 정말로 있다면, 그대로 흘러가기를 기다리면서.

오델레타는 분명 잃고 싶지 않은 소중한 친구였다. 만약 그녀와 내가 운명의 끈으로 묶여 있다면, 어떤 식으로든 다시 이어지리라.

어쨌든 나는 최선을 다했으니, 앞으로의 결과에 후회는 없을 것이다.

"좀 자야겠어요."

생각은 그렇게 해도 약간 우울해지는 건 어쩔 수가 없어서, 나는 슬프게 미소 지으며 열린 서랍문을 닫았다.

　황궁에서 사람을 보낸 것은 그다음 날이 되어서였다.

　"아가씨."

　침대 위에 누워 가만히 책을 읽고 있던 나를 플로린다가 불렀고, 나는 책에서 시선을 옮겨 플로린다를 쳐다보았다.

　"무슨 일이야?"

　"황궁에서 사람이 오셨어요."

　"……아."

　"지금 주인님과 말씀 나누고 계세요."

　"누가 오셨는데?"

　"딜튼 경이에요."

　플로린다가 조용히 덧붙였다.

　"아무래도 내려가실 준비를 해야 할 것 같아요."

　"……응."

　나는 가만히 고개를 끄덕인 다음 읽던 책을 덮었다.

　"준비하는 것 좀 도와줘."

　나는 단정한 흰색 드레스를 입은 다음 방 밖으로 나갔다. 저택의 분위기가 평소와는 달리 약간 소란스럽게 느껴졌다.

　"……."

　말없이 계단을 따라 1층으로 내려간 나는 거실에서 긴장한 얼굴로 차를 마시고 있는 벨플레어 백작부인을 발견하고 그녀에게로 다가갔다.

"어머니."

조용한 목소리로 벨플레어 백작부인을 부르자, 그녀가 찻잔에 두었던 시선을 내게로 옮겼다.

"마리!"

그녀는 1층에 나타난 나를 보고 깜짝 놀란 듯, 눈이 살짝 커진 상태로 내게 물었다.

"어쩐 일로 여기까지 내려왔니? 몸은 좀 괜찮고?"

"이제 완전히 괜찮은걸요."

내가 머쓱하게 웃으며 덧붙였다.

"너무 걱정하지 않으셔도 돼요. 전 이제 정말 괜찮으니까요."

"그래. 그래야지……. 필요한 게 있니?"

"아뇨. 황궁에서 딜튼 경이 오셨다는 말씀을 듣고 나와봤어요."

"아……."

벨플레어 백작부인이 고개를 끄덕이며 설명했다.

"딜튼 경은 지금 응접실에서 네 아버지와 이야기 나누고 있는 중이란다."

"그것까지는 들었어요. 아마 어제 공작님께서 말씀하신 일 때문에 오신 것 같아요."

"곧 나오실 테니 여기서 나와 같이 기다리자꾸나. 차 한 잔 줄까? 장미차가 아주 향긋하단다."

"아뇨, 괜찮아요. 지금은 별로 생각이 없어서……."

나는 그렇게만 말한 다음 테이블 위에 놓여 있던 과자 하나만 집어 먹었다. 달콤함과 고소함이 느껴지는 과자를 오독오독 씹어 먹으면서, 내가 벨플레어 백작부인에게 물었다.

"분위기는 어떻던가요?"

"어떻긴."

백작부인이 짧게 한숨 쉬었다.

"심각하지. 상황의 좋고 나쁨과는 별개로 말이야."

하긴 그랬다. 좋은 일로 방문한 것은 아니었으니까.

"어쨌든 황제 폐하께서도 관심 가지고 있으시다 하니 나쁘게 끝나지는 않을 것 같구나."

"저도 그래서 다행이라고 생각해요. 물론 황태자 전하께서 피해를 입으신 걸 생각하면 해서는 안 될 말이기는 하지만……."

"그래도 그분이 아니었다면 넌 꼼짝 없이 죽을 뻔했단다."

벨플레어 백작부인이 눈물을 글썽이더니, 이내 상상치도 못했던 말을 꺼냈다.

"넌 물 공포증이 있잖니."

"……뭐라고요?"

한참 후에야 나는 그렇게 물었다.

순간 정신이 띵해왔다. 물 공포증이라니. 생각지도 못한 전개다. 너무 당황한 나머지, 그래서는 안 돼야 한다는 것도 잊고 멍청하게 백작부인에게 질문해 버렸다.

"제가…… 물 공포증이……."

"왜 그러니? 몰랐던 사람처럼."

다행히 백작부인은 별다른 의문을 품지 않은 채 내게 자세한 이야기를 해주었다.

"어렸을 때 말이야. 그게 한 10년 전이던가? 그때도 코르노헨 가족과 함께 여름에 호숫가로 물놀이를 갔다가 빠진 적이 있었잖아."

"⋯⋯."

"그때 너 정말 위험한 상황이었어. 다행히 네 아버지가 수영을 잘하셔서 별문제가 없기는 했지만⋯⋯."

"⋯⋯아."

뒤늦게 정신을 차린 내가 빠르게 말실수를 수습했다.

"그랬었죠, 참⋯⋯."

하지만 차분해 보이는 얼굴과는 다르게 지금 내 속은 혼란의 도가니였다.

'물 공포증이 있었어?'

그래서 그때, 호수에 빠졌을 때 그렇게 죽을 것 같은 기분이었던 거구나.

물 공포증이 있어서.

'하.'

뜻밖의 진실을 알게 되자, 나는 형용할 수 없는 분노에 사로잡혔다.

'그럼 도로테아는, 마리스텔라가 물 공포증을 가지고 있다는 걸 누구보다 잘 알면서도⋯⋯.'

그런 짓을 꾸몄다는 거야?

가늠할 수 없는 분노에 몸이 부들부들 떨렸고, 그런 내 모습에 벨 플레어 백작부인은 깜짝 놀라며 내게 물었다.

"얘, 마리."

그녀가 사색이 된 얼굴로 내게 물어왔다.

"너 괜찮니?"

"네⋯⋯?"

내가 떨리는 목소리로 그녀를 쳐다보자, 벨플레어 백작부인이 걱정스러운 얼굴로 내게 말했다.

"아니, 얼굴이 새하얘⋯⋯. 너 정말 괜찮은 거니?"

"⋯⋯아."

지금 뭐 하고 있는 건지. 나는 화들짝 놀란 얼굴로 서둘러 둘러댔다.

"괘, 괜찮아요. 갑자기 좀 추워서요."

"이런, 드레스를 얇은 걸 입으니 그렇지."

백작부인이 서둘러 입고 있던 숄을 벗은 다음 내게 건네주었다.

나는 굳이 사양하지 않고 그녀가 건네는 숄을 둘렀다. 사실 지금 약간 더운 상태였지만, 그렇다고 해서 덥다고 벗을 수는 없었기 때문에 나는 더위를 참으며 화제를 돌렸다.

"그보다 이야기가 길어지네요. 도대체 무슨 말씀들을 나누고 계신 걸까요?"

"글쎄다⋯⋯. 하지만 사안이 사안이다 보니 어쩔 수 없겠지. 우리 조금만 더 여기서 기다려 보자꾸나."

"네……."

나는 어색하게 미소 지으면서 속으로는 아까 들었던 이야기를 다시금 되새겨보았다.

'그러니까…….'

도로테아는 마리스텔라가 물을 무서워하고 있다는 걸 알고 있었어.

'그럼에도 불구하고 그런 짓을 꾸몄다는 건, 정말로…….'

날 죽이기라도 할 작정이었던 건가?

하지만 내가 생각해 놓고도 믿기지 않았다. 도로테아가 아무리 악독하다고 해도, 틀어진 관계의 친구를 살해할 정도인가? 그녀를 딱히 옹호하고픈 마음은 없었지만, 도로테아가 그 정도로 악랄하다고까지는 생각되지 않았다.

눈치 없고 자기중심적인 데다 성격이 더럽기는 했지만, 그게 인간의 정도(正度)를 넘어서는 수준은 아니라고 생각해왔으니까. 물론 피해자인 내가 이런 생각을 하는 게 꽤나 우습기는 했지만.

'하지만…….'

아무리 좋게 봐줘도, 지금 상황에서는 그런 결론밖에는 낼 수 없었다.

도로테아는 마리스텔라가 물 공포증이 있다는 걸 누구보다도 잘 알고 있는 사람이었으니까. 그런 사람이, 내가 호수에 빠졌을 때 수영해서 무사히 살아남을 수 있다고 생각할 리 없잖은가.

지능이 어느 정도 떨어진다면 또 모를까.

'아무래도 이상하다는 말이지.'

물론 그런 생각과는 별개로 도로테아는 끔찍했다.

끔찍한 여자였다. 이유가 뭐가 됐든 물 공포증이 있는 여자를 아무런 안전 장비도 없이 호수로 밀어 넣다니!

'죽어 보라는 거지.'

나는 다시 한번 몸서리를 치며 입술을 꾹 깨물었다. 도대체 그녀가 무슨 생각을 가지고 있는 건지 짐작조차 어려웠다.

'후우.'

갑자기 일이 이상한 국면으로 접어든 느낌이었다.

"레이디 마리스텔라."

그때 익숙한 목소리가 나를 불렀고, 나는 반사적으로 고개를 돌려 목소리가 나는 쪽을 쳐다보았다.

"아……."

딜튼 경이 벨플레어 백작과 함께 내가 있는 테이블 쪽으로 걸어오고 있었다.

"딜튼 경."

나는 엷은 미소를 띤 얼굴로 자리에서 일어나 그에게 인사했다.

"또 뵙는군요."

"몸은 좀 괜찮으십니까."

"네, 경. 걱정해 주셔서 감사합니다. 이제는 정말로 멀쩡해요."

나는 잠시 후에 덧붙였다.

"황궁에서 사람이 나온다는 이야기는 이미 에스클리프 공작 전하를 통해 들어 알고 있었습니다만, 그 상대가 딜튼 경이실 줄은 몰랐네요. 모두가 알다시피 딜튼 경은 중앙궁이 아니라 서면궁의 시종이시니까요."

"저도 제가 이 일을 맡게 될 줄은 몰랐습니다. 아무래도 황제 폐하께서 절 좋게 봐주신 모양입니다."

농담 같은 한 마디를 던진 딜튼 경이 이내 활짝 웃으며 내게 말했다.

"확실히 제가 보기에도 마지막으로 뵈었을 때보다 더 혈색 넘치는 모습이시군요. 다행입니다."

"애당초 심한 부상은 아니었으니까요. 하루 몸을 추슬렀더니 금세 괜찮아졌습니다."

"다행입니다. 실은 오늘…… 조금 중요한 문제로 찾아뵌 것이거든요."

"증언 문제이지요?"

나는 빠르게 답을 뱉어냈다.

"그런 것이라면 지금 당장도 황궁으로 갈 수 있습니다."

"열정적으로 임해 주실 줄은 알고 있었습니다. 하지만 지금 당장 영애를 모시러 온 것은 아닙니다."

딜튼 경이 온화한 미소를 지으며 말을 이었다.

"백작 각하께도 말씀드렸지만, 코르노헨 영애와 호드페 영애를 재판에 회부하기 위해서는 레이디 마리스텔라의 의지가 중요합니다. 아무리 황가라고 해도 함부로 권력을 남용할 수는 없다는 것이 제국법의 기본 조항이니까요."

"그러니까 명분이 필요하다는 말씀이시군요."

"그들이 황태자 전하를 직접적으로 해한 것이 아니기 때문에 더욱 그렇습니다."

"두 사람이 처벌받는 데 적극적으로 협조할 생각입니다, 경. 제가 필요한 일이 있다면 무슨 일이든 성실히 임하겠습니다."

"감사합니다, 영애."

딜튼이 반짝거리는 미소를 지은 채로 내게 물었다.

"그렇다면 영애께서는 그 두 사람을 재판에 회부하기를 원하십니까?"

"네. 그리고 저희 부모님께서도 그렇게 생각하실 거예요."

"각하께서는 영애의 의사를 가장 중시한다 하셨습니다."

딜튼 경이 고개를 끄덕이며 벨플레어 백작에게 말했다.

"그렇다면 각하, 제가 말씀드린 양식을 준수해서 법무부에 제출해 주시겠습니까? 그 이후의 일들은 전부 저희 쪽에서 처리하겠습니다."

"그렇게 하겠습니다."

"네, 그럼…… 레이디 마리스텔라, 모쪼록 몸조리에 힘쓰시길 바랍니다. 저는 일이 바빠서 이만 가보겠습니다."

"네. 감사합니다, 딜튼 경. 안녕히……."

'안녕히 가세요'라고 인사하려던 내 머릿속으로 순간 잊고 있

308

던 누군가가 생각났다. 나는 자연스럽게 말을 멈추고 딜튼 경을 불렀다.

"딜튼 경."

"네, 영애. 다른 궁금한 게 있으십니까?"

"황태자 전하께서는 어떠신가요?"

내가 조심스럽게 질문했다.

"괜찮……으신가요?"

그 말에 딜튼 경이 갑자기 나를 빤히 바라보았다. 대답 대신 받게 된 시선에 나는 살짝 당황했지만, 내색하지 않고 그의 대답이 나오기를 기다렸다.

잠시 후에 딜튼 경의 입술이 다시 열렸다.

"전하께서는 괜찮으십니다, 영애. 어제 완전히 체력을 회복하셨습니다."

"아……. 다행이네요."

내가 엷게 미소 지으며 한 마디를 흘리자, 딜튼 경 역시 고개를 작게 끄덕이며 답했다.

"네. 그러니 너무 걱정하지 않으셔도 됩니다."

"조만간 감사 인사를 드리러 서면궁을 방문하고 싶어요."

내가 조심스럽게 딜튼 경에게 질문했다.

"괜찮을까요?"

"물론입니다, 영애. 전하께서 방금 그 말씀을 들으셨다면 기뻐하셨을 겁니다."

미소를 잃지 않는 얼굴로 딜튼 경이 덧붙였다.

"조만간 꼭 들러 주십시오, 레이디 마리스텔라. 잊고 있었는데, 영애께 드릴 것도 있고 해서 말입니다."

"제게 주실 것이라니요?"

"선물입니다."

딜튼 경이 빙긋 웃으며 한 마디를 더 덧붙였다.

"그러니 비밀이지요."

"네. 알겠습니다."

내가 낮게 웃으며 고개를 끄덕이자, 딜튼 경 역시 화답하듯 고개를 끄덕여 주었다.

잠시 후 그는 저택을 나선 다음 황궁으로 가는 마차를 탔고, 나는 창밖으로 그가 멀어지는 모습을 빤히 쳐다보다가 뒤를 돌아 벨플레어 백작에게 물었다.

"재판, 하실 건가요?"

"네가 원한다면 할 생각이란다, 마리."

벨플레어 백작이 내게 물어왔다.

"어떻게 생각하느냐, 마리. 굳이 이 재판, 하지 않더라도 이미 그 두 영애의 평판은 사교계에서 추락한 지 오래다. 딜튼 경의 말로는 이번 일로 호드페 후작이 황제 폐하의 총애를 잃을 위기에까지 처했다는구나."

딸자식 관리를 못 했다는 죄로 말이지.

그 말에 나는 썩 좋지 않은 표정으로 입술을 오물거리다가 잠시 후에 입을 열었다.

"저는 하고 싶어요, 아버지."

그 두 사람을 사교계에서 절대 재기하지 못하도록 철저히 짓밟아 버리겠다…… 따위의 독한 마음이 있는 것은 아니었다.

'하지만 적어도 본보기는 보여야겠다는 말이지.'

그리고 또 이번에는 나도 정말…… 죽을 뻔했으니까.

다른 것보다 그게 가장 괘씸했다. 마리스텔라가 물 공포증을 가지고 있다는 사실을 알고 있으면서도 발칙하게 그런 일을 꾸민 도로테아를, 도무지 이해할 수 없었고 이해하고 싶지도 않았다.

이 사정을 다 알고 난 뒤에 누가 그녀를 이해할 수 있을 거라는 말인가.

나는 단호한 목소리로 백작에게 말했다.

"재판, 하겠습니다."

재판을 하고 싶다는 내 뜻에 가족 모두는 이해하는 모습을 보였다. 아버지는 딜튼 경이 말해주었던 절차에 따라 재판에 필요한 서류를 준비했고, 그러는 동안 나는 어머니를 설득해 다시 가게에 나가는 것을 허락받았다.

나는 다시 일상으로 돌아오기 위해 노력했다. 과일청을 만들었고, 시간이 남으면 가게에 나갔다. 그러고도 시간이 남으면 저택의 서재에 꽂힌 책들을 읽었다.

그렇게 하루하루를 보내고 있는데, 어느 날 갑자기 잊고 있던 한

가지가 떠올랐다.

'아, 그러고 보니 자비에르를 봐야 하는데.'

서면궁에 한번 찾아뵙겠다 말만 하고 까맣게 잊고 있었다. 불현듯 떠오른 기억에 내가 못 산다는 듯 머리를 가볍게 한번 '콩' 하고 때렸다.

'제일 중요한 걸 잊고 있었네.'

말로만 안부를 물었을 뿐, 그 일이 있고 직접적으로 감사 인사를 하러 자비에르를 만난 적이 없었다. 대단히 실례되는 행동이었다. 그는 물불 가리지 않고 나를 구하기 위해 뛰어들었는데.

'내가 너무 무심했어.'

그래서는 안 됐던 건데. 다른 건 다 차치하고서라도 예의가 아니지 않은가. 입장 바꿔 생각해보면 충분히 기분이 나쁠 일이었다.

나는 최대한 빨리 서면궁을 방문해야겠다는 생각에 서둘러 플로린다에게 편지지와 펜을 부탁했다. 시간 괜찮으실 때 서면궁을 방문하고 싶다는 편지를 정성스럽게 쓴 다음, 하인에게 부쳐달라고 말한 뒤에야 마음이 조금 편해질 수 있었다.

'너무 늦어서 불쾌해하는 건 아니겠지.'

자비에르의 성격상 그럴 일은 없을 것이라는 생각이 들면서도, 혹시 모를 일이었기 때문에 괜히 불안해졌다.

"아가씨, 황궁에서 편지가 왔어요."

그리고 그 말을 듣게 된 것은, 편지를 보내고 하루 뒤의 일이었다.

"그래?"

내가 반색하며 플로린다에게 물었다.

"답신을 정말 빨리 보내주셨네."

하지만 내 말을 들은 플로린다의 표정은 예상했던 것과는 달랐다. 조금 난감해 보이는 얼굴로 나를 바라보고 있었던 것이다.

그 모습에 무언가 또 다른 일이 생겼음을 직감한 내가 조심스럽게 물었다.

"무슨 일이야?"

"편지가 왔는데……."

플로린다가 머뭇거리다 내게 답했다.

"두 통이에요."

"두 통? 한 통이 아니라?"

내가 당황한 목소리로 물었다.

"왜 두 통이나……. 전하께서 두 통이나 보내신 거야?"

"아뇨."

플로린다가 고개를 저으며 대답했다.

"한 통은 황태자 전하께서 보내신 것이 맞아요. 아마 어제 받으신 편지에 대한 답신이겠지요."

"그럼 나머지 한 통은?"

하지만 이 질문을 한 직후, 나는 이것이 대단히 어리석은 질문이었음을 깨달았다. 애당초 자비에르를 제외하고 황궁에서 내게 편지를 보낼 수 있는 사람은 단 한 명뿐이지 않은가.

"설마."

"아가씨의 예상이 맞아요."

플로린다가 나를 향해 화려한 금빛의 편지 한 통을 내밀며 말을 이었다.

"황제 폐하께서 보내신 편지입니다."

"하지만 왜 내게 이런 걸 보내셨을까?"

내가 도무지 이해할 수 없다는 얼굴로 물었다.

"설마 황태자 전하의 일로 날 꾸짖으시려는 건 아니겠지?"

"설마요."

플로린다가 그럴 리 없다는 듯 고개를 저었다.

"만약 그럴 생각이셨음 재판을 도와주겠다는 의사도 안 보이셨을걸요. 그리고 그건 아가씨 잘못도 아니잖아요. 황태자 전하께서 아가씨를 구하러 직접 뛰어드신 것뿐인데."

"그건…… 그렇지."

하지만 상대가 워낙에 거물 – 무려 제국의 황제였다 – 이었기 때문에 나는 지레 겁먹지 않을 수 없었다.

내가 심각한 표정으로 건네받은 금빛 편지를 바라보고 있는데, 그런 내 앞으로 플로린다가 불쑥 다른 편지를 내밀었다.

은빛으로 은은하게 빛나는 우아한 느낌의 편지였다.

"그리고 이게 황태자 전하께서 보내신 답신이고요."

"아…… 그래."

나는 조심스럽게 그것까지 받아든 다음, 무엇부터 읽어볼지를 고민했다. 그런 내 모습에, 플로린다가 이해하지 못하겠다는 얼굴로 내게 물었다.

"어차피 다 읽으실 거면서 왜 순서를 고민하세요? 아가씨 이렇게 우유부단하신 분 아니잖아요."

"상대적으로 마음이 덜 불편한 쪽과 더 불편한 쪽을 고르고 있는 것뿐이야. 나름 중요하다고."

"그럼 더 불편한 쪽부터 읽으세요. 그래서 덜 불편한 쪽을 읽으셨을 때 기분이 더 좋아지실 거예요."

"으음…… 그런가?"

매도 먼저 맞는 게 낫다, 뭐 이런 논리였다.

이걸 그런 말에 비유하는 게 온당한 일인지는 모르겠지만…….

"그럼 황제 폐하께서 보내신 편지부터 읽는다?"

그 말과 함께 나는 페이퍼 나이프로 조심스럽게 편지 봉투의 입구를 개봉했다. 화려한 편지 봉투와는 다르게 안의 종이는 의외로 수수하게 흰색이었다.

나는 조심스럽게 그것을 봉투 안에서 꺼낸 다음 펼쳐 읽기 시작했다.

"으음……."

편지의 내용을 요약하자면, 이번 일로 걱정을 많이 했으며…….

"한번 황궁에 방문해 달라고 적혀 있네."

"에엥? 정말요?"

"응."

"그때 황제 폐하와 한번 뵈셨지요? 그때 일로 아가씨를 기억하고 계시는가 봐요."

……그리고 그 아가씨를 구하기 위해 금쪽같은 아들내미가 물속으로 뛰어들었으니 당연히 기억하고 있기야 하겠지.

"좋은 쪽인지는 모르겠지만…… 그런 것 같네."

"가실 거죠?"

"황명을 거역할 정도로 내가 담이 크지 않아."

"누구나 그럴걸요. 그리고 다른 것보다 영광스러운 자리잖아요."

"부정하지는 않겠지만…… 어쨌든 나는 조금 무서워. 대단하신 분이니까. 이 제국에서 그 누구도 범접할 수 없는 권력을 가진 분이시잖아."

"하긴. 그건 그래요."

이해한다는 듯 고개를 주억거리던 플로린다가 잠시 후 사고를 전환해서 물었다.

"하지만 그렇게 치면 황태자 전하도 비슷하잖아요."

"응?"

"황태자 전하도 황제 폐하를 제하고 나면 이 제국에서 가장 권력자신걸요."

"그건…… 그렇지."

플로린다의 말은 구구절절 맞았다. 하지만 이상하게 자비에르에게서는 아직까지 헨리 14세에게서 받았던 그런 위압적인 느낌까지는 들지 않았달까.

단순히 나이의 문제라기보다는, 음…….

'인상의 문제인가?'

어쨌든 헨리 14세는 어려운 존재였다.

그 아들인 자비에르가 내게 클로드와 비슷한 인상을 주는 데 반해서 말이다.

"어쨌든 조만간 찾아뵙기는 해야겠네."

"황태자 전하와 같은 날 방문하시면 되죠. 그럼 두 번 걸음 안 하셔도 되고, 얼마나 좋아요."

"으음……."

하지만 자비에르가 이 사실을 알게 되면 어쩐지 달가워하지는 않을 것 같다는 생각이 들었다.

지난번에도 중앙궁에서 헨리 14세를 만났다고 하니 대놓고 안 좋은 표정으로 바뀌었기 때문이었다.

'하지만 황명인데 거역할 수도 없다고.'

내가 어쩔 수 없다는 듯 남은 자비에르의 편지도 함께 열었다.

편지 봉투의 색을 똑 닮은 은빛 편지지가 그 안에 들어 있었다.

편지지를 펼쳐 들고 차분히 읽어 내려가던 내게, 어느 순간 플로린다가 물어왔다.

"그건 무슨 내용이에요?"

"아까 것과 똑같은 내용."

내가 담담하게 대답했다.

"시간 날 때면 언제든 서면궁을 방문해달라는 내용이야."

"으음, 언제쯤 가보실 생각이신데요?"

"빠를수록 좋겠지. 폐하께서 인내심이 많은 편이라고는 생각되지 않아."

나는 잠시 생각하는 표정을 짓다가, 잠시 후에 플로린다에게 부탁했다.

"편지지 두 장만 가져다줘."

"네, 아가씨."

플로린다가 고개를 끄덕인 다음 방 바깥으로 나갔고, 나는 그녀를 기다리면서 또다시 생각에 잠겼다.

'도대체 왜 보자는 거지?'

이제는 원작과 완전히 어긋나버려서 뭐가 뭔지 예측조차도 어려웠다. 책 속에서 마리스텔라는 단 한 번도 헨리 14세를 만난 적이 없었기 때문이었다. 단 한 번도.

'괜히 밉보인 건 아니겠지……?'

플로린다는 아니라고 했지만 영 불길한 예감을 떨쳐 내기가 어려웠다. 누가 뭐래도 그는 황제였으니까.

'으음. 내가 너무 복잡하게 생각하나?'

상대가 상대이다 보니 지레 겁먹는 게 이상한 일은 아니었지만, '너무 벌벌 떨 필요는 없지 않을까'라는 생각도 들었다.

내가 정말 마음에 들지 않았다면 부르지 않고 그냥 뒤에서…… 음…… 죽여버리는 게 더 빨랐을 테니까.

똑똑.

그때, 노크 소리가 들려왔고, 당연히 플로린다라고 생각한 나는 문밖의 상대를 향해 들어오라고 말했다.

"언니!"

하지만 문을 열고 들어온 사람은 플로린다가 아니라 마티나였다.

예상치 못한 등장에, 나는 입가에 반가운 미소를 띠면서도 입 밖으로는 의아한 목소리를 쏟아냈다.

"마티나, 무슨 일이야?"

"짠!"

그녀는 대답 대신 손을 높이 흔들며 내게 무언가를 보여주었다.

게슴츠레 눈을 뜨고 그녀가 들고 있는 것의 정체를 유추하던 내가, 이내 조심스럽게 마티나에게 물었다.

"……초대장이야?"

"빙고!"

마티나가 싱그럽게 웃으며 내게 종종걸음으로 마저 걸어왔다.

"이게 뭐냐면, 아이베스 영애에게서 온 차 모임 초대장."

"아…… 같이 가자고?"

"당연하지!"

마티나가 신난 게 분명한 목소리로 내게 말했다.

"지금 언니처럼 유명인사도 없어. 물론 좋은 의미도 나쁜 의미도 아니지만……. 어쨌든 이럴 때 한번 얼굴 비춰주는 게 낫지 않겠어?"

"호드페 영애나 코르노헨 영애는……."

"그 둘은 요즘 거의 칩거 중일걸? 내가 듣기로 그 일이 있고 나서

두 사람, 단 한 번도 공식적으로든 비공식적으로든 모습을 드러낸 적이 없대."

"그날 이후 얼굴을 본 사람이 단 한 번도 없다는 뜻이야?"

"응."

"설마 도주한 건 아니겠지?"

"그거야말로 '설마'다. 황제 폐하께서 눈 시퍼렇게 뜨고 살아계시는데, 어느 간 큰 귀족이 그런 짓을 해? 아무리 딸내미가 소중하대도 말이야."

일리 있는 말이었다. 나는 가만히 고개를 끄덕였다가, 슬며시 걱정 하나를 내밀었다.

"나가도 괜찮겠지?"

"안 괜찮을 건 또 뭐야? 언니가 죄지었어? 언닌 피해자라고."

마티나가 황당하다는 목소리로 내게 말했다. 틀린 말이 아니어서 나는 말없이 고개만 끄덕였다.

하긴, 지금까지의 상황에서 내가 잘못한 건 하나도 없었으니까.

"아가씨."

그때 편지지를 가지러 갔던 플로린다가 방 안으로 들어왔다.

그러더니 옅은 아이보리색의 편지지 두 장과 펜을 테이블 위에 내려놓았다. 그 모습을 본 마티나는 의아한 목소리로 물었다.

"웬 편지지? 편지 써?"

"답신."

짤막하게 답한 내가 곧 부연했다.

"황태자 전하와 황제 폐하께."

"황태자 전하는 이해가 가는데 황제 폐하는 또 뭐야?"

"보자고 하시더라. 시간 날 때."

"헉."

마티나가 눈이 동그래져서는 내게 물었다.

"정말? 진짜로?"

"거짓말을 하겠어, 그럼?"

"와…… 하지만 왜? 폐하가 언니를 알기라도 하시는 거야? 하긴 이번 일 때문에 모르시려야 모르실 수는……."

"그전에도 한 번 만나 뵌 적이 있어. 서면궁에 가던 중에 만났었거든."

"와……. 당황스럽다."

그건 나도 마찬가지였다. 나는 피식 웃으며 농담처럼 한 마디를 툭 던졌다.

"심장 떨려."

"그러겠지. 황태자 전하야 그렇다 치더라도, 황제 폐하는 그보다 더 높이 계신 분인걸."

마티나가 얼떨떨한 목소리로 내게 당부하듯 말했다.

"실수하지 말고."

"내가 어린애니."

피식 웃은 나는 이내 펜을 집어 들어 두 사람에게 보낼 답신을 쓰기 시작했다. 그 모습을 마티나가 숨죽이고 빤히 지켜보았는데, 누가 보면 내가 처음으로 편지 쓰는 걸 지켜보는 사람인 줄 알 정도로 관심 있게 쳐다보았다. 결국 참다못한 내가 한 마디를 했다.

"부담스러워. 왜 그렇게 쳐다봐?"

"아니, 그냥 신기해서……. 황제 폐하와 접점이 있다니 뭔가 안 믿겨. 귀족이라고 해도 황제 폐하를 알현할 수 있는 사람이 몇이나 되겠어?"

그건 그랬다. 중앙 정계에서 활동하는 귀족들이나, 황제와 촌수가 가까운 황족을 제외하면 황제를 알현할 수 있는 기회는 극히 제한적이었다.

'그리고 그 극히 제한적인 기회를 내가 어쩌다 거머쥐었고.'

행운인지 불운인지는 모르겠지만.

"그보다 차 모임이랑 겹치면 안 되겠네. 언제 황궁에 갈 예정이야, 언니?"

"다음 주 정도로 생각하고 있는데……."

"다음 주면 빨라야 닷새 후잖아?"

"네가 말하는 차 모임은 언제인데?"

"실은 언니가 거절할까 봐 미리 말 안 했는데……."

큼큼 헛기침을 하던 마티나가 곧 깜짝 발표(?) 아닌 깜짝 발표를 했다.

"이틀 후 점심!"

"……너무 빠른데?"

눈이 휘둥그레진 나를 보고, 마티나가 뭐가 빠르냐는 듯 핀잔을 주었다.

"빠르긴! 내일 얘기한 것도 아닌데. 가게는 하녀들에게 맡기면 되잖아. 평소에도 그랬으면서."

"아아……. 그날 하루 종일 청포도청 만들려고 했단 말이야."

"내일 하면 되지. 청포도 다 시들해지겠다."

"끄응…… 알았어."

"좋아, 그럼 약속한 거다?"

내 대답이 떨어지자마자 마티나가 신나는 목소리로 플로린다에게 당부하듯 말했다.

"플로린다, 언닐 아주 예쁘게 꾸며 줘야 해, 알았지? 우리 언니, 저번 일 있고 이번에 처음으로 다른 사람들 앞에 서는 거란 말이야."

"걱정하지 마세요, 아가씨. 제가 혼신의 힘을 다해볼게요."

"좋았어!"

마티나가 쾌활한 표정으로 주먹을 가볍게 쥐며 내게 말했다.

"분명 그 두 여자들 귀에도 어떤 식으로든 언니 소식이 들어갈 텐데, 최대한 예쁘고 화려하고 멋지게 하고 나가야지."

"그건 그래요, 아가씨. 저도 아가씨께서 당하신 일만 생각하면 밤에도 속에서 천불이 끓는다구요."

플로린다가 분노한 목소리로 내게 말했다.

"걱정하지 마세요. 그날 제가 정말 예쁘게 꾸며 드릴 테니까."

"하하."

나는 어색하게 웃으며 비장한 눈빛으로 나를 바라보고 있는 두 여자들에게 시선을 옮겼다. 차마 그들의 기대를 저버릴 수가 없어서, 하는 수 없이 고개를 끄덕였다.

뭐, 완전히 틀린 말도 아니었으니까.

나도 내가 멀쩡하다는 걸 모두에게 보여주고 싶기도 하고.

'그보다……'

오텔레타가 그 차 모임에 오려나?

사실 그게 가장 궁금했는데, 차마 물어볼 수가 없었다. 혹시라도 눈치 빠른 마티나가 우리 두 사람 사이의 관계가 어긋났다는 사실을 알아차릴까 봐 걱정했기 때문이었다.

"그런데 언니, 요즘 트라코스 저택에 잘 안 가는 것 같아."

그리고 그 생각을 하기가 무섭게, 마티나가 내게 질문해왔다.

갑작스러운 질문이라고 생각했기 때문에, 나는 자연스럽게 당황할 수밖에 없었다.

"어……?"

내가 얼빠진 듯한 표정으로 되묻자, 내 모습을 본 마티나가 고개를 갸웃거리며 말을 이었다.

"아니, 예전에는 트라코스 저택 꽤 자주 드나들었잖아. 그런데 요즘은 되게 뜸한 것 같아서. 언니도 오텔레타 언니 이야길 잘 안 하고."

"……"

"오텔 언니 요즘 바쁘대?"

"어……? 음……"

"아니면 둘이 혹시 싸운 거야?"

"……"

정곡을 찔린 내가 아무 말도 못 하고 있는데, 마티나가 빠르게 결론 내렸다.

"싸웠구나."

"아, 아냐."

그리고 나는 무슨 생각인 건지, 마티나가 말한 사실을 부인했다.

"안 싸웠어. 싸우긴."

"근데 요즘 관계가 너무 소원하잖아. 싸웠다고밖에는 생각이 안 드는데? 예전 같았으면 오델레타 언니가 언니 병문안도 왔을 텐데, 그렇지도 않고……"

"……"

너무 정곡을 찌르는 발언이라 나는 할 말을 잃었다. 하지만 엄밀히 따져본다면 마티나의 말은 반만 진실이었다.

오델레타는 내 병문안을 왔으니까. 다만 내가 모를 때 왔다는 게 좀 슬픈 일이긴 했지만……

"솔직하게 말해봐, 언니. 싸운 거야?"

"……으음."

결국 나는 고민 끝에 플로린다에게 자리를 좀 비켜달라고 말했고, 플로린다는 그렇게 해주었다.

그리고 마침내 내가 마티나와 단둘이 남게 되는 상황이 되었을 때, 나는 솔직하게 그녀와의 사이에서 있었던 일을 말했다.

자비에르에게 이미 좋아하는 사람이 있다는 사실을 알게 된 직후, 내가 자비에르와 가깝게 지내는 일로 눈이라도 맞을까 걱정한 오델레타가 내게 자비에르와의 우정을 정리하라고 말했다는 이야기.

"맙소사."

물론, 이야기를 다 듣고 난 다음 마티나의 표정은 황당함 그 자체였다.

"내가 아는 오델레타 언니가 맞아? 정말 그런 이야기를 했다고?"

"응."

"하지만…… 황태자 전하가 좋아하는 사람이 언니는 아닐 거 아냐."

"그러니까."

"그런데도 그렇게 말했단 말이야? 뭔가 이상한데."

"뭐가?"

"다른 건, 그래 뭐…… 짝사랑이 실패할지도 모른다고 생각하는 사람들이 대개 그렇듯이 사소한 일에도 예민하게 반응할 수 있어. 옹호하고 싶지는 않지만, 나는 오델레타 언니의 마음도 어느 정도 공감은 할 수 있을 것 같아. 그런데……."

"그런데?"

"이미 황태자 전하께서 좋아하시는 분이 따로 계시다며. 그게 언니가 아닌데도 언니에게 그렇게 군다는 건……."

"군다는 건……?"

"혹시……."

마티나가 마른침을 꿀꺽 삼킨 다음 심각한 표정으로 내게 물었다.

"황태자 전하께서 좋아하시는 분이, 언니인 것 아냐?"

"……그럴 리가."

내 입 밖으로 빠르게 부정의 답이 튀어나왔다. 하지만 마티나는 강경했다.

"'그럴 리가?' 언니, 왜 그렇게 확신해?"

"……뭐?"

"언니가 황태자 전하께 여쭤봤어? 좋아하시는 사람이 나는 아닌지, 확실히 다른 사람인지 물어봤느냐고."

"물어보지는 않았지만, 나는 아닐 거야."

"그러니까."

마티나가 답답하다는 듯 가슴을 꿍꿍 치며 말했다.

"왜 그거를 언니가 판단하느냐고. 본인 입으로 직접 말한 것도 아닌데."

내 판단의 근거는 늘 원작이었다.

원작에서 남자 주인공이었던 자비에르가 사랑한 사람은 도로테아였다. 물론 원작과 점점 흐름이 어긋나고 있는 지금, 그 상대가 도로테아일 리는 없었다.

본인이 직접 아니라고 공언까지 했다고 하니까. 하지만 그렇다고 해도…….

'그 사람이, 나일 가능성이 있나?'

나는 순간적으로 모든 사고가 끊긴 채로 마른침을 삼켰다.

원작과의 연계성이 거의 소실된 지금 상황에서, 내가 자비에르가 좋아하는 사람이 아닐 가능성이 100%가 맞는가?

'설마, 설마……'

확신이 깨졌다. 의심이 그 틈으로 밀고 들어왔다. 내 눈이 파르르 흔들렸고, 입술은 초조함으로 자꾸 물어뜯겼다.

"내 말이, 틀려?"

"……."

틀리지 않았다. 그래서 더 살 떨리는 일이었다.

"애당초 언닐 구하기 위해 무작정 호수로 뛰어들어갔다는 것도……. 그래, 친구니까, 우정이니까, 아끼니까 그럴 수도 있겠지."

"……."

"하지만 나는 어쩐지 마음에서 뭐가 걸린다는 말이야. 물론 언니가 괜한 신경을 쓸까 봐 말하지는 않았지만……."

"……물어볼게."

그게, 한참 후에 내가 꺼낸 말이었다.

"물어볼게. 날 좋아하시는지. 전하께서 좋아한다고 말씀하신 분이, 정말로 내가 맞는지 여쭤볼게."

"언니……."

"그럼 됐지? 깔끔하잖아."

나는 어색하게 웃으며 마티나에게 말했다.

"아니라고 밝혀지면 조금 부끄럽긴 하겠지만, 그게 낫겠다. 확실하니까. 네 말을 듣고 계속 '설마, 설마' 하는 것보다는 이게 낫겠지."

안 그래?

내 말을 들은 마티나의 표정이 드물게 심각해졌다. 그러더니 한참 후에 고개를 끄덕였다.

"그래, 언니. 그게 제일 확실하네. 한번 여쭤봐. 정말로 전하께서 좋아하시는 분이, 언니는 아닌지."

"……."

"언니도 내 말을 듣고 난 이상, 계속 찜찜해 할 것 아냐."

"맞아. 그런 건 딱 질색이야."

나는 고개를 저으며 말을 이었다.

"이번에 만나게 되면 여쭤볼게. 나를 좋아하시느냐고."

"……그래, 언니."

마티나는 조용히 대답한 후, 곧바로 내게 다시 물어왔다.

"언니, 있잖아."

"응."

"만약에, 만약에 언니가 정말로…… 언니가 정말로 황태자 전하께서 좋아하는 사람이면."

"……."

"그때는, 어떻게 할 거야?"

"……몰라."

그걸 왜 내게 묻느냐고, 내가 무슨 대답을 해야 하느냐고 역으로 묻고 싶은 질문이었다.

'자비에르가 날…… 좋아한다면?'

이곳에 와서, 그와 관계를 맺으면서 단 한 번도 생각해본 적 없는 문제였다.

그가 나를 좋아하지 않을 것이라고 확신하고 있었으니까. 그의 짝은 이번에야말로 오델레타가 되게 만들겠다고 굳게 다짐하던 나였으니까. 그런 내게 갑자기, '자비에르가 좋아하는 사람이 나라면' 이라는 질문을 던지는 건 너무나도 잔인한 일이었다.

나는 혼란스러운 얼굴로 말했다.

"생각 안 해봤어."

"정말로?"

"……."

"단 한 번도?"

"단 한 번도, 그런 생각해본 적 없어. 나와 전하 사이에 있는 건 늘 우정이라고 생각했으니까."

나는 떨리는 목소리로 말을 보탰다.

"그리고 전하께서도 그러시리라 생각해."

"……언니가 그걸 원한다면, 나도 그렇게 되기를 빌게."

마티나가 조용히 덧붙였다.

"하지만 언니, 언니가 원하는 것이든, 원치 않는 것이든."

"……."

"진실은 진실이야. 그것만 기억해줘."

마티나는 그 말만 남기고선 내 방을 나섰고, 홀로 남겨진 나는 혼란스러운 기분으로 비틀거리며 침대까지 걸어갔다. 풀썩, 침대 위에 주저앉은 내가 착잡한 눈동자로 허공을 응시했다.

'자비에르가 나를……'

좋아할 수 있다고? 정말로?

'정말, 단 한 번도 생각해본 적이 없는데.'

차라리 클로드라면 모를까, 자비에르로는 그런 쪽으로 생각해본 적이 단 한 번도 없었다. 단 한 번도.

확신이 있었기 때문이었는데, 문제는 지금 상황에서 그 빌어먹을 확신에 완전히 금이 갔다는 사실이었다.

지금껏 굳게 믿고 있었던 무언가가 완전히 산산이 조각나버리는 느낌. 설령 그가 나를 좋아하지 않는다는 게 확실시된다고 해도, 그가 나를 좋아할 수 있다는 사실을 인지하게 된 것은 분명 당황스러운 일이었다.

'혼란스러워.'

나는 입술을 꾹 깨문 채로 무릎 사이에 얼굴을 묻었다.

지금껏 나를 단단히 지탱하고 있던 무언가가 송두리째 흔들리는 느낌이랄까.

'그가 정말로 나를 좋아한다면……'

하지만 여기까지 생각이 미치자, 나는 의식적으로 사고의 흐름을 차단시켜버렸다.

'아직은.'

아직은 아무것도 결정 난 게 없었다. 그가 나를 좋아한다고 말한 것도, 좋아하지 않는다고 말한 것도 아니었다. 괜히 일어나지도 않은 미래의 일을 걱정하거나 생각하는 건 부질없는 일이다.

더구나 지난번 겪은 큰일로 앞으로 겪게 될 큰일까지 앞두고 있는 상황이라면 더더욱.

'나중에, 나중에 생각하자.'

생각이든 결정이든 나중으로 충분히 미룰 수 있다.

이런 일 앞이라면, 충분히 더.

'좀 자야겠어.'

머릿속이 너무 복잡해서, 생각들이 뇌 안을 헤집고 다니는 기분이다.

나는 눈을 꼭 감은 채 그대로 옆으로 쓰러져 누웠다.

아이베스 영애의 티파티가 열리는 이틀 후 점심.

나는 분주하게 차 모임에 참석할 준비를 했다.

"아가씨, 목걸이는 이걸로 할까요?"

플로린다가 내게 애머시스트가 달린 목걸이 하나와 스피넬이 달린 목걸이 하나를 보여주며 물었고, 그 둘을 빤히 바라보던 나는 잠시 후에 입을 열었다.

"스피넬이 좀 더 깔끔한 것 같아요. 반지는 다이아몬드로 할게요."

"네, 아가씨."

플로린다가 밝게 웃으며 내 목에 붉은 스피넬 목걸이를 걸어주었고, 그러는 사이 다른 하녀가 내게 각양각색의 다이아몬드 반지를 보여주었다.

그중 모양이 가장 마음에 드는 것으로 고르자, 하녀가 손가락 위에 조심스럽게 반지를 끼워주었다.

"자, 이제 준비는 다 되신 것 같아요."

잠시 후에 들려오는 플로린다의 쾌활한 목소리에 나는 조심스럽게 자리에서 일어났다.

그런 다음 곧바로 거울 앞으로 걸어가 내 모습을 확인했다.

"와……."

예쁘네, 오늘도.

'진짜 미모 하나는 타고난 것 같아.'

본의 아닌 자화자찬에 민망하긴 했지만 솔직히 사실이었다.

마리스텔라는 아름다웠으니까. 원래 내 얼굴이 아니라 더 객관적으로 판단하는 걸지도 모르겠다.

"너무 아름다우세요, 아가씨. 제가 다 뿌듯하네요."

정말 그런 것 같은 목소리로 플로린다가 나를 칭찬했다.

"아마 다들 아가씨가 나타나시면 깜짝 놀랄 거예요. 오늘은 원하시든 원치 않으시든 자연스럽게 화제의 중심에 서게 되실 테니, 평소보다 훨씬 더 신경 썼답니다."

"확실히 그런 것 같네."

나는 머쓱하게 웃으며 덧붙였다.

"고마워, 플로린다."

"무슨 그런 말씀을! 아가씨 일이 곧 제 일인데요."

플로린다가 환하게 웃으며 내게 말했다.

"자, 그럼 이제 슬슬 나가보시는 게 좋겠어요. 아마 마티나 아가씨
도 지금쯤이면 준비가 다 끝마쳐졌을……."

똑똑.

그때 노크 소리가 플로린다의 말을 끊었고, 나는 조용히 물었다.

"누구세요?"

"나야, 언니."

마티나였다.

"들어가도 돼?"

"물론이지. 준비 다 끝났어."

대답이 끝나기가 무섭게 마티나가 문을 열고 방 안으로 들어
왔다.

그녀는 자신의 금발을 닮은 화사한 금색 드레스를 입고 있었는
데, 그 모습이 마치 황금새를 연상시켜서 나도 모르게 입가에 살포
시 미소가 지어졌다. 하지만 그 모습을 본 건지 못 본 건지, 마티나
는 나를 보자마자 호들갑부터 떨었다.

"세상에. 우리 언니 너무 예쁘다."

마티나가 까르르 웃으며 나를 요리조리 뜯어보았다.

"우리 언니, 마젠타 드레스가 이렇게 잘 어울리는 줄은 몰랐네?

진짜 예쁘다."

"네가 예쁘다고 해줘서 다행이다. 아니라고 하면 어쩌나 걱정했는데."

"기우였네. 언니 지금 엄청나게 예뻐. 오늘 가면 언니 한 소리 좀 듣겠다. 예쁘다고."

홍홍 콧소리를 내며 웃던 마티나가 이내 내 팔에 팔짱을 껴오며 나를 재촉했다.

"자, 이제 슬슬 가봐야 할 시간이야, 언니. 물론 주인공은 늦게 나타나는 법이라지만, 그래도 너무 늦으면 곤란하거든."

아이베스 저택은 벨플레어 저택에서 마차로 40분 정도 거리에 있었다.

수도의 크기를 고려해봤을 때 그렇게 멀지도 가깝지도 않은 거리였다.

"그래서 내가 저번에 오를레스 영애를 만나면서……."

그 40분 동안 나는 쉴 새 없이 이어지는 마티나의 이야기를 들어주어야만 했는데, 대개가 그녀가 친구들과 만나며 이야기했던 내용이었다.

사교계에서 흔히 나올 법한 젊은 영애와 영식들의 가십과 소문, 어디서 들었던 어른들의 이야기…… 뭐 그런 것들이 주를 이루었다.

그리고 대략 40분을 조금 못 넘겨서 마차는 아이베스 저택 앞에 도착했다. 티파티가 아닌 간단한 차 모임이었기 때문에, 입구에서 느껴질 법한 떠들썩하거나 분주하거나 하는 분위기는 없었다.

많은 사람을 초대하여 화려한 분위기를 내는 티파티와는 다르게, 차 모임은 지인, 혹은 지인의 지인을 초대하여 단출하게 열었기 때문이었다.

저택 안쪽으로 들어서자 잘 가꾸어진 정원이 가장 먼저 눈을 사로잡았다. 짧은 시간 동안 사교 활동을 하면서 귀족들의 저택을 구경한 소감은, 이 세계의 귀족들은 정원의 규모와 화려한 정도를 신분을 드러내는 과시로 삼는다는 것이었다. 그렇지 않고서야 이렇게 다들 정원을 웅장하고 예쁘게 꾸밀 수는 없을 테니까.

나는 속으로 감탄하며 마티나와 함께 정원 쪽으로 걸음을 옮겼다.

"여기 정원 되게 예쁘다."

"원래 아이베스 백작부인이 조경에 관심이 많대. 그래서 그런 거야."

마티나의 친절한 설명에 나는 고개를 끄덕였고, 마침내 우리는 저택 안으로 들어섰다. 우리를 발견한 하녀들은 가장 먼저 소속 가문에 대해 물은 다음, 초대장을 받았다는 것이 확인되자 응접실까지 안내해 주었다.

어느 순간 하녀들의 발걸음이 두꺼운 마호가니 문 앞에서 멈추었다.

"조금 늦으셨어요. 지금 들어가시면 됩니다."

그 말을 마친 뒤 다음 하녀들은 우리 두 사람이 왔음을 안의 사람들에게 알렸다. 곧이어 그들이 굳게 닫힌 마호가니 문을 양옆으로 열어주었다.

열린 문 사이로 걸음걸음을 옮기자, 모임의 목적을 말해주듯 다양한 차와 산처럼 쌓인 디저트가 넓은 직사각형 테이블이 먼저 눈에 들어왔다. 하지만 그보다 더 먼저 눈에 들어오는 건 역시…….

'동물원 원숭이가 된 기분이야.'

놀랍다는 듯 나를 쳐다보는 영애들이었다. 예상하고 있던 반응이었지만, 생각했던 것보다 더 묘한 기분이었다.

"어머, 레이디 마티나."

"레이디 마리스텔라도 함께 모시고 오셨군요."

영애들의 호들갑에 마티나가 환하게 웃으며 대답했다.

"다들 제 언니는 아시지요?"

"당연하죠. 요즘 사교계에서 영애의 언니분을 모르는 사람도 있나요?"

"직접 뵌 적은 없지만, 멀리서 뵌 적은 있답니다."

"함께 모시고 와주셔서 감사해요, 레이디 마티나. 마침 그런데 영애가 두통으로 불참하는 바람에, 자리가 생각보다 더 텅텅 비었거든요."

"같이 오시겠다고 편지를 보내셨을 때 설마설마했는데 정말 오실 줄은 몰랐네요. 자, 여기 앉으세요."

모임의 주최자인 아이베스 영애가 환하게 웃으며 나와 마티나를 빈자리 중 그녀와 가까이 있는 자리로 이끌었고, 나는 말없이 웃으며 그녀가 지정한 자리로 가 앉았다.

곧 하녀들이 내게 다가와 차를 따라주었고, 나는 내 앞에 놓인 다쿠아즈 하나를 먼저 입안에 집어넣었다. 달콤했다.

"몸은 좀 괜찮으신가요, 레이디 마리스텔라?"

요즘은 가는 곳마다 - 사실 많이 나돌아다니지도 않았지만 - 이 소리를 들었다. 익숙해질 만큼 익숙해진 질문인지라, 나는 그에 상응하는 식상한 대답을 해주었다.

"네, 그럼요. 전 멀쩡합니다, 아이베스 영애. 초대해 주셔서 감사해요."

"뭘요. 큰일을 겪으셔서, 오신다고 했을 때 영 믿기지 않았답니다."

"황태자 전하의 은혜 덕에 무사하셨다지요. 본래도 친한 관계라고 들었는데, 황태자 전하께서 앞뒤 가리지 않고 구하러 호수에 뛰어드실 정도로 막역한 사이실 줄은 몰랐습니다."

어떤 영애의 그 한 마디에, 나는 순간적으로 이틀 전 마티나와 했던 대화가 떠올라 버렸다.

'황태자 전하가 언니를 좋아하는 건 아닐까?'

그 바람에 나도 모르게 입매가 살짝 굳어졌지만, 곧 빠르게 갈무리한 다음 무난하게 질문을 맞받아쳤다.

"황태자 전하께서 심성이 워낙 착하신 분이라서요. 제가 아니라 영애들 중 그 누가 빠졌다 해도 사정은 비슷했을 겁니다. 자신해요."

"그런가요? 전 전하께서 너무 차가운 이미지라…… 사실 영애와 친하게 지내신다는 것도 좀 안 믿겼거든요."

"냉미남의 표본이시지요, 황태자 전하께서는."

"그래서 솔직히 레이디 마리스텔라가 좀 부러워요. 아니, '좀 많이'요. 어떻게 그렇게 차가우신 전하의 마음을 사로잡으실 수 있었나요?"

"어머, 영애. 방금 그 말은 조금…… 오해의 소지가 있어요."

"하지만 사실인걸요. 황태자 전하께서 친하게 지내시는 영애가 레이디 마리스텔라 이외에 거의 없다는 건, 아니 한 명도 없다는 건 이미 사교계에 유명한 소문 아닌가요? 더구나 에스클리프 공작 전하와도 막역하게 지내신다고 들었는데……."

"공작님과는 예전에 있었던 불미스러운 일로 관계를 맺게 되었답니다."

내가 서둘러 대화에 끼어들어 앞으로 더 범위를 넓히게 될, 좋지 않은 이야기를 막았다.

"황태자 전하께서는 배려심이 깊으신 분이시지요. 하지만 말이 많으신 분은 아니라 대부분 황태자 전하를 차갑다고 여기시더라고요."

나는 애써 웃으며 자비에르의 이미지를 끌어 올렸다.

"실제로는 마음이 아주 따뜻한 분이시랍니다."

"어머, 그래요? 저희가 잘 몰랐네요."

"하긴, 영애를 구하기 위해 곧바로 뛰어드신 걸 보면 확실히 그러신 것 같기도 해요."

"그런데 정말로 호드페 영애와 코르노헨 영애가 레이디 마리스텔라를 밀었나요?"

순간, 화제가 완전히 다른 것으로 전환되었고, 나는 당황했다. 물론 이 이야기가 나올 것이라고는 당연히 예상하고 있었다.

지금의 나와 떼려야 뗄 수 없는 관계에 있는 주제였으니까. 하지만 내 속마음은 그것을 완전히 갑작스러운 것이었다고 느껴 버린 듯했다. 나는 최대한 표정에서 차분함을 유지하며 입을 열었다. 입가에서 미소를 지운 채, 나는 지극히 사실만을 대답했다.

"사실이에요."

나는 곧바로 한 마디를 더 덧붙였다.

"정확히는 코르노헨 영애가 절 밀었고, 호드페 영애가 거기에 동조했죠."

"도대체 어떻게 된 일이에요?"

"저흰 기껏해야 소문만 들었어요. 다들 자세한 이야기를 모르더라고요."

그도 그럴 것이 이 사건의 전말을 알고 있는 사람은 기껏해야 나와 우리 가족을 비롯한 황궁 사람들, 호드페 영애와 도로테아 같은 가해자들뿐이었다.

그런데 가해자들은 마티나의 말에 의하면 칩거 중이고, 우리 부모님은 이 사건에 대해 최대한 말을 아끼시는 중. 황궁에 소속된 사람들이 함부로 입을 놀릴 일도 없으니 사건에 대한 정확한 정보는 없이 소문만 나돌고 있는 상황이었다.

마티나가 마차 안에서 들려준 이야기에 따르면 내가 도로테아와 치정 싸움을 하느라 일이 이 지경까지 왔다고 말하는 사람도 있다고 했다.

환장할 지경이지.

"호드페 영애가 그날 파티를 즐기고 있는 제게 와서 간절히 부탁하더군요. 잃어버린 가문의 목걸이를 찾아 달라고요."

나는 침착하게 이야기를 시작했다.

"그 목걸이는 호드페 영애가 저를 포함한 일부 영애들에게 비밀리에 보여준 것이었는데, 그녀는 그걸 잃어버리면 부모님께 크게 꾸지람을 당할 거라고 많이 무서워했어요. 눈물로 호소하는 사람의 부탁을 무시하기도 어려워서 결국 같이 목걸이를 찾기로 했죠. 저와 코르노헨 영애, 호드페 영애, 이렇게 셋이서요. 그 이외에는 다른 누구에게도 알리지 않고 말이에요."

"어머, 그랬군요."

"저희는 그런 목걸이가 있는지도 몰랐어요."

"그래서 어떻게 되었나요? 목걸이는 찾았어요?"

"아뇨. 목걸이를 잃어버렸다는 말은 거짓말 같아요. 그 목걸이를 찾기 위해 저택에서 연회장까지 오늘 길목을 전부 다 뒤졌지만 찾지 못했거든요. 그러다 갑자기 호숫가에서 호드페 영애와 이야기하고 있는 저를 코르노헨 영애가 밀었어요."

거기까지 말한 뒤에, 나는 잠깐 숨을 고른 다음 말을 끝맺었다.

"여기까지가 제가 겪은 모든 것이에요. 거짓 하나 없는 완벽한 진실이지요."

"어머, 세상에."

"아무런 이유 없이 그렇게 사람을 밀었다는 말이에요?"

"무서워라……. 레이디 도로테아도 무섭네요. 정신이 어떻게 된 것 아니에요?"

"호드페 영애도 마찬가지예요. 호드페 후작님이 요즘 황제 폐하의 총애를 받는다고 기고만장하게 구는 건지 뭔지……."

"그럼 뭐해요? 이번 일로 황태자 전하까지 본의 아니게 휘말리시면서 황제 폐하께서 그렇게 화를 내셨다면서요."

"그래서 호드페 후작이 총애를 급속도로 잃었다는 후문이 있어요."

"어머, 세상에 어쩜. 철없는 딸 하나 때문에 호드페 후작님은 날벼락을 맞은 기분이겠어요. 폐하의 총애를 잃다니!"

"그런데 정말 왜 그랬을까요? 전 도무지 이해가……."

"아가씨."

그때 바깥에서 하녀 하나가 응접실 안으로 들어왔고, 우리는 하던 이야기를 멈추고 그 하녀 아이를 쳐다보았다.

그녀는 예상치 못한 일을 겪기라도 한 사람처럼 얼굴에 약간의 당황스러움이 서린 채로 아이베스 영애에게 다가와 무언가를 속닥거렸는데, 워낙 작은 목소리라 잘 들리지 않았다. 그리고 잠깐의 시간이 흘러서, 하녀가 전한 말을 전부 들은 아이베스 영애의 얼굴에는 약간의 곤란한 빛이 떠올랐다. 그 모습을 의아하게 여긴 영애 하나가 그녀에게 물었다.

"왜 그러시나요, 아이베스 영애? 안 좋은 소식이라도 들은 건가요?"

"오, 아뇨. 그런 건 아니랍니다. 다만……."

아이베스 영애가 난감하다는 듯 내 얼굴을 한 번 흘긋거렸다가 곧 입을 열었다.

"다만…… 새로운 손님께서 오셔서요."

"새로운 손님이요?"

"그게 누구……."

"늦어서 죄송합니다."

그때, 불쾌할 정도로 익숙한 목소리가 옆쪽에서 들려왔다.

'설마' 하는 표정조차도 이제는 식상할 정도가 되어서, 나는 경악한 얼굴로 테이블까지 걸어오는 붉은 머리카락의 한 소녀를 응시했다.

"제가 좀 늦었죠?"

도로테아였다.

"마부가 조금 게을러서요. 그 바람에 늦었네요."

전혀 예상치 못한 인물의 갑작스러운 등장에 주변에 있던 영애들이 전부 당황해하는 표정을 지었다.

그중에서도 가장 당황한 것 같은 사람은 이 차 모임의 주최자인 아이베스 영애였는데, 그녀의 반응으로 미루어봤을 때 아이베스 영애가 도로테아에게 초대장을 보낸 것은 아닌 듯했다.

하긴 상식적으로 생각했을 때 보냈을 리가 없긴 하지만.

'그렇다면 도대체 어떻게 여길 온 거지?'

나는 속으로는 매우 당황했지만, 겉으로는 놀라우리만치 그 속내가 드러나지 않고 있는 상태였다. 외려 모인 사람들 중 가장 담담한 얼굴로 응접실에 난입하다시피 한 도로테아를 쳐다볼 뿐이었다.

"저 여자 미친 거 아냐? 어떻게 여기까지 찾아와?"

옆에서 마티나가 분통을 터뜨렸고, 나는 조용히 그녀에게 입을 열었다.

"칩거 중이라며."

"분명히 어제, 아니 몇 분 전까지만 해도 그랬어. 난 그렇게 들었다구."

그렇게 대답하고 나서도, 마티나는 '도대체 무슨 생각으로 여기까지 온 거야?' 하고 분통을 터뜨렸다.

"……."

나는 가만히 이쪽으로 걸어오는 도로테아를 쳐다보았다.

그 일이 있고 마음고생을 조금이라도 한 건지 안 한 건지 구분하기 위해 뚫어져라 그녀의 얼굴을 쳐다보았지만, 짙은 화장으로 가린 탓에 잘 분간이 가지는 않았다.

"여기까지 어쩐…… 일이신가요, 코르노헨 영애?"

"차 모임이 있다고 해서 와봤어요. 근래 저택에서만 있었거든요. 그래서 좀 지루해서요."

도로테아는 아이베스 영애가 한 질문의 요지를 조금도 이해하지 못하는 사람처럼 굴었고, 지켜보고 있던 영애들은 모두 그녀의 뻔뻔함에 혀를 내둘렀다. 그리고 나는 도로테아가 어떻게 나오는지를 계속 지켜보았다.

"네. 그런데 초대장을 드린 적은 없는 것으로 기억하고 있거든요. 그런데 어떻게 아시고……."

"어머, 꼭 초대장을 받지 않아도 차 모임이 열린다는 사실쯤은 어렵잖게 알 수 있어요."

능청스럽게 대답한 도로테아가 잠시 후에 물었다.

"제가 혹시 못 올 자리에 오기라도 한 건가요?"

"아…… 아뇨. 그런 건 아니지만."

"솔직히 좀 뻔뻔하신 건 맞죠."

그때 누군가가 톡 쏘는 목소리로 한 마디를 했다.

"레이디 마리스텔라가 여기 있는 거, 안 보이세요?"

그 말에 도로테아가 나를 향해 시선을 돌렸고, 원래부터 그녀를 보고 있던 나는 굳이 시선을 피하지 않은 채 그녀를 똑바로 쳐다보았다.

"왜 그렇게 쳐다보시죠, 레이디 마리스텔라?"

"……."

그 한 마디에 말문이 턱 막힌 내가 저도 모르게 입을 떡 벌리고 그녀를 쳐다보았다.

"……쳐다보면 안 되나요?"

"뭐, 그건 아니지만."

도로테아가 어깨를 으쓱거리며 답했다.

"오해를 하게 되잖아요."

"무슨 오해요?"

"영애께서 날 반기시는 건 아닐까 하는 생각."

"허."

황당함에 나도 모르게 헛웃음을 터뜨렸다.

참 로맨틱한 대사인데, 지금 도로테아의 입속에서 나올 법한 대사는 아니었다.

듣고 싶지 않았다. 나는 얼굴을 굳힌 채로 대꾸했다.

"영애를 쳐다본 건 신기해서예요."

"제가요? 신기해요?"

"네."

"왜요?"

"모르겠어요, 정말로?"

나는 삐딱한 시선으로 그녀를 쳐다보며 말을 이었다.

"지금 우리가 무슨 상황인 건지, 영애의 처지가 어떠한지, 모르는 건 아니겠죠, 설마."

"제 처지가 어떤데요?"

"모르고 계신다면 알려 드리죠. 영애께서는 절 죽이려다 실패하셨고, 저희 가문은 소송을 준비하고 있어요. 절 직접적으로 죽이려 하셨던 영애는 물론이고, 거기에 가담한 호드페 영애까지 같이요. 그 사실을 모른다고 말씀하시지는 않겠죠. 그간 칩거까지 하셨다고 들었으니까요."

"제 일거수일투족을 참 잘 알고 계시네요."

"관심이 있었으니까요. 피고인이 도망이라도 가면 곤란하잖아요?"

"그럼 저희 가문에 죄를 물을지도 모르는데 제가 그럴 리가요."

도로테아가 빙긋 웃으며 내게 말했다.

"어쨌든, 그런 이유 때문이라도 뭐 어때요. 이 차 모임에 영애만 있는 건 아니잖아요?"

"그건 아니지만."

다른 영애가 또 한소리를 했다.

"저희도 그리 달갑지만은 않습니다, 레이디 도로테아. 어쨌든 영애는 귀족 살인미수로 곧 재판정에 서게 되실 텐데, 그런 분과 함께 같은 공간에 있는 게 썩 기꺼운 일은 아니거든요."

"……."

그 말에 처음으로 도로테아의 인상이 구겨지더니, 그 말을 한 영애를 사정없이 노려보기 시작했다.

그 흉흉한 눈빛에 말을 꺼낸 영애는 잠깐 흠칫하는 듯 보였으나, 곧 아무렇지 않게 할 말을 다 마쳤다.

"왜, 왜요. 내가 틀린 말이라도 했나요?"

"아뇨. 그건 아니지만 말을 참 기분 더럽게 하는 재주가 있으신 것 같아가지고⋯⋯요."

"뭐, 뭐라고요? 영애야말로 그런 말씀은 삼가시죠."

"⋯⋯그래서 지금 내게 축객령이라도 내리겠다는 건가요, 아이베스 영애? 이렇게 자리도 많은데요."

"하아⋯⋯."

빈자리들을 손가락으로 지목하는 도로테아의 모습을 보고 있던 아이베스 영애가, 대놓고 한숨을 쉰 다음 천천히 입을 열었다.

"말씀하신 것처럼 마침 오늘 불참하신 분이 계셔서 자리가 남네요. 편한 좌석에 앉으시지요."

결국 우여곡절 끝에 도로테아는 차 모임에 참석할 수 있었다. 하지만 이미 그녀의 출현으로 모임의 분위기는 와장창 깨진 지 오래였다.

마티나는 지척에 앉은 도로테아를 드레스에 구멍 날 만큼 쏘아보고 있었고, 다른 영애들 역시 직접적으로 그러지는 않더라도 간접적으로 은근히 불편하다는 티를 냈다.

"음."

하지만 도로테아는 별로 그런 것들에 신경 쓰지 않는 태도를 보여주었다.

"맛있네요, 차가."

"⋯⋯."

"아주 고급이에요. 어디서 수입한 차인가요?"

참 대단한 정신력이었다. 이런 상황에서.

저런 것은 칭찬해줘야 마땅하겠다고 생각하고 있는데, 아이베스 영애가 조용히 대답했다.

"국내산입니다. 로스칼 지역에서 들여온 녹차 찻잎이지요."

"차는 원래 수입산인데."

도로테아가 소소하다면 소소한 불평을 한 마디 툭 던졌고, 그 말에 다른 영애들은 황당함 그 자체의 표정을 지어 보이며 어이없어 했다. 좋은 건지 나쁜 건지는 모르겠지만, 이미 그녀의 엽기적인 행각과 언행에 충분히 단련되어 있었던 나는 그녀가 그런 말들을 아무리 주절거려도 썩 놀랍지 않았다. 적어도 이제는 그녀가 무슨 행동을 해도 놀랍지 않을 것만 같았다.

사람을 죽이려고까지 했는데, 뭐.

"그럼 다른 차 모임을 찾아보시는 게 좋겠군요."

아이베스 영애가 빙긋 웃으며 슬며시 축객령을 내렸고, 도로테아는 그런 아이베스 영애를 빤히 바라보다가, 이내 피식 웃으며 대꾸했다.

"뭐, 이것도 나쁘지 않지요."

그리고 그 이후의 대화는 도로테아가 오기 전과는 극명하게 제한적으로 전개되었다. 당연한 일이었는데, 애당초 그녀가 오기 전 테이블 위에서 주고받던 대화가 그녀를 화제로 하였기 때문이었다.

아무리 잘못한 사람의 이야기를 한다고 하더라도, 눈앞에 그 사람이 있는데 대담하게 관련 이야기를 꺼낼 수 있는 사람은 많지 않았다.

"……."

그리고 나는 가만히 앉아 차를 홀짝이면서, 이따금씩 이야기에 끼어들어 맞장구를 쳐주면서 도로테아의 동향을 살펴보았다.

그녀는 아무렇지 않아 보였다. 평소와 특별히 달라 보이는 점이 없었다. 당당했고, 자기중심적으로 행동하고 말했으며, 자신이 무얼 잘못했는지 모르는 그 순진무구한 표정을 그대로 유지했다.

그러니까, 겉으로는 그녀에게 아무런 문제도 없고, 아무런 일도 일어나지 않았으며, 앞으로도 아무 일 일어나지 않을 것처럼 보였다.

'속도 그럴까.'

이번 일로 요나스의 제국법에 대해 공부하면서 느낀 것은, 이곳 요나스가 생각했던 것보다 법체계가 잘 갖춰져 있다는 점이었다. 물론 현대의 법체계에 비교하면 조잡하긴 했지만, 그 기본 틀 정도는 나름 훌륭하다 말할 수 있었던 것이다.

우리 가문에서 고소할 도로테아의 죄목은 귀족 살해 미수였다.

요나스에서 상대가 평민이든 귀족이든 황족이든, 귀족을 타당한 명분 없이 살해하는 것, 살해하려 하는 것은 명백한 중범죄였는데, 만일 법정에서 귀족 살해 미수를 인정받게 되면 피고인은 베일탑에 갇히게 된다.

베일탑은 황실 관할의 감옥이었는데, 잡범들은 도시의 감옥에 가두는 데 반해 중범죄를 저지른 자들은 특별 관리 차원에서 베일탑에 갇히게 됐다. 여기서 중요한 건, 귀족으로서 베일탑에 드나드는 것이 결코 영예로운 일이 아니라는 것이다.

그것처럼 모욕적인 처우도 없었다. 상대가 양심수나 정치범이 아니라면 말이다. 그리고 도로테아가 그런 유의 죄목으로 베일탑에 갇히게 될 가능성은 없었다. 적어도 지금은.

어쨌든 만약 그녀가 베일탑에 가게 된다면, 도로테아의 앞으로의 인생에는 엄청난 그늘이 드리워진다고 해도 과언이 아니었다. 일단 얼마 동안을 복역하게 될지도 모르고.

누가 베일탑에 갇힌 여자를 아내로 맞아들이고 싶어 하겠는가. 혼담이 뚝 끊길 것은 물론이고, 지금처럼 사교계에서 환대받지 못할 것도 자명한 일이었다.

'도로테아가 그걸 모를 리가 없을 텐데.'

설령 그녀가 정말로 멍청한 여자라고 해도 그런 상식적인 이야기를 모를 리 없었다. 주변에서도 이야기가 나왔을 것이다.

뭐, 코르노헨 백작부부가 가솔들의 입단속을 단단히 시켰다면 또 모를 일이지만…….

'그런데도 저렇게 태연할 수 있다고?'

그건 상식적으로 이해가 가지 않는 일이었다. 인생에 빨간 줄이 그어진다는데 저렇게 태연할 수 있다는 건.

"아, 레이디 마리스텔라."

그때, 누군가가 나를 부르며 내 상념을 깼다.

나는 깜짝 놀랄 수밖에 없었는데, 그것이 지금까지 계속 내 머릿속을 채우고 있었던 사람의 목소리였기 때문이었다.

나는 당황한 얼굴로 도로테아를 쳐다보았다. 그녀는 한 점 티 없는 말간 미소를 지으며 내게 물어왔다.

"몸은 좀 어떠세요?"

"……."

그 질문을 듣고 나는 순간 숨이 턱 막혀오는 것을 느꼈다.

'제정신인가?'

수많은 상황을 겪어봤지만, 이것처럼 당황스러운 순간도 없을 터였다.

몸은 좀 괜찮으냐고? 그게 과연 그녀가 할 수 있던 질문이던가? 다른 사람도 아닌 그녀가?

"하."

결국 나는 참지 못하고 실소를 내뱉었다. 세상에, 뻔뻔스럽기도 하지.

'아니, 저 정도면 사이코패스 아니냐고.'

어떻게 자신이 죽일 뻔한 사람 앞에서 저렇게 뻔뻔스러운 질문을 할 수 있느냐는 말이다. 도무지 보통 사람의 사고로는 이해하기 어려운 행동이었다.

"세상에."

"방금 들었어요?"

"들었죠. 내 귀를 의심했어요."

당황스러운 건 나만은 아닌 듯했다.

그 자리에 있던 영애들도 황당하다는 목소리로 한두 마디씩을 내뱉었으니까.

"미쳤네."

그중에서 가장 으뜸은 역시 마티나였지만.

"지금 그 질문의 저의가 뭐죠, 코르노헨 영애?"

나는 이제 모멸감까지 느끼며 도로테아를 빤히 쏘아보았다.

미치지 않고서야 어떻게……!

"여쭌 그대로인걸요. 호수에 빠지셨는데, 몸은 좀 괜찮으시냐고요."

"그걸 지금…… 다른 사람도 아니고 영애가 묻는 건가요? 나에게?"

"그럼 누구에게 묻나요? 호수에 빠진 건 영애인데."

"그 호수에 날 빠뜨린 사람이 영애 아니던가요?"

이 말에 어떻게 대응할지가 가장 궁금했다.

그런데 그 뒤에 들려오는 대답은, 차라리 안 듣느니만 못한 답변이었다.

"그건 실수였어요."

"……뭐라고요?"

"실수였다고요."

도로테아가 천연덕스럽게 대답해다.

"실수였다니까요? 살면서 다들 한 번쯤은 실수하잖아요."

"……사람을 죽일 만큼 치명적인 실수를 '누구나 살면서 한 번쯤'

하지는 않아요. 영애, 지금 대단히 착각하고 있군요. 혹시 지금 압박 감 때문에 원활한 사고 활동에 지장이라도 생긴 건가요?"

"무슨 소리예요. 내가 압박감을 느꼈다니."

도로테아는 끝까지 이 일에 개입되지 않은 사람마냥 대수롭지 않 게 대꾸했다.

"내가 압박감을 느낄 일이 뭐가 있나요?"

"곧 재판이 열릴 거고, 거기서 유죄를 선고받으면 영애는 베일탑 에 갇히게 될 테니까요. 그게 누구라도 좋지 않은 죄명으로 베일탑 에 갇히게 될 상황이면 당연히 압박감을 느끼겠죠. 영애도 마찬가 지일 테고요."

나는 찬찬히 숨을 고르며 물었다.

"아닌가요?"

"아닌데요."

도로테아가 고개를 갸웃거리며 내게 말했다.

"내가 왜 그러겠어요."

"지금 죄가 없다고 말하고 싶은 건 아니겠죠, 설마?"

"영애의 일은 실수였다니까요. 실수."

도로테아가 더는 말하고 싶지 않다는 사람처럼 손까지 휘휘 저으 며 말을 이었다.

"그냥 장난이었어요. 그리고 난 영애가 수영해서 자연스럽게 물 위로 떠오를 줄 알았죠."

"……뭐라고요?"

아아, 아까 일로 여기서 겪을 수 있는 황당한 일들은 다 겪었다고 생각했는데 아직도 뭐가 남아 있었던 거다. 내가 혈압이 오르는 것을 느끼며 도로테아에게 물었다.

"내가…… 수영을 할 줄 알았다고요."

"그래요."

"진심이에요? 진짜로?"

"영애, 수영할 줄 알잖아요."

천연덕스럽게 어깨까지 으쓱이며 나를 빤히 쳐다보는 도로테아를 보며, 나는 순간적으로 악마라는 게 있다면 저 여자의 형상을 하고 있지 않을까 하고 생각했다.

어떻게 사람이 저렇게까지 뻔뻔하고 극악무도할 수 있지?

저 여자는 내가 그때 물에 빠져 죽었어도 '어? 죽어버렸네?'라고 중얼거리면서 해맑게 웃을 여자였다. 그러고도 남았다.

"그리고 호수가 깊어 봐야 얼마나 깊다고."

"너 정말 미쳤……!"

짝!

분노를 이기지 못해 나도 모르게 자리에서 벌떡 일어나려는데, 갑자기 어디선가 날카롭게 살과 살이 마찰하는 소리가 났다.

그 소리에 나는 화를 내려던 것도 잊고 멍하니 소리가 난 쪽을 쳐다보았다.

"이게 지금……."

도로테아가 빨갛게 부어오른 뺨을 한쪽 손으로 감싸 쥔 채 이글

거리는 눈으로 옆쪽을 바라보았다.

"뭐 하는 짓이죠, 레이디 마티나?"

"아."

도로테아의 질문에 마티나는 천연덕스럽게 웃었다.

마치 아까의 도로테아를 연상시키는 모습에 나도 모르게 마른침을 꿀꺽 삼켰다.

"실수."

"뭐라고요?"

"살면서 이런 실수 하나쯤은 할 수 있잖아요. 안 그런가요, 코르노헨 영애?"

그렇게 말하면서 마티나는 또 해맑게 웃어 보였고, 이제 상황은 완전히 막장으로 접어들었다. 나는 이제 두통까지 느끼면서 뒷목을 잡았다. 아, 진짜 스트레스 받아.

"그러니까 그 실수, 한 번 더 하려고요."

그 말이 끝나기가 무섭게 누군가의 비명이 응접실 가득 울려 퍼졌다.

"아아아악!"

"네가 미쳤지, 아주? 감히 우리 언니에게 그딴 망발을 지껄여?"

마티나가 도로테아의 머리채를 잡고 뽑아 버릴 듯 뒤흔들고 있는 것이었다. 전혀 예상치 못한 상황에 나는 어안이 벙벙한 표정으로 눈을 크게 뜬 채 마티나가 도로테아와 난투극을 벌이는 것을 지켜보기만 했다.

그때 도로테아 역시 방어를 하기 위해 마티나의 머리채를 잡았고, 결국 응접실은 순식간에 아수라장이 되었다.

"뭐? 실수로 그래서 죽을 줄 몰랐다고? 내가 실수로 오늘 너 죽이고 천국 간다, 이 나쁜 X아!"

"아아악! 여러분, 미친 여자가 사람 잡아요! 꺄악!"

"지, 지금 뭐 하시는 겁니까, 다들!"

가장 먼저 정신을 차린 사람은 아이베스 영애였는데, 그녀는 난생처음 이런 난투극을 보기라도 한 사람처럼 새하얗게 질려서는 발을 동동 구르며 두 사람을 말렸다.

"당장 멈춰요!"

……물론 입으로만. 딱히 그 난장판에 끼어들 생각은 없어 보였다. 그게 잘못됐다는 건 아니었지만, 어쨌든 상황을 해결하기에는 역부족이었다.

나는 한발 늦게 정신을 차렸고, 마티나에게로 달려가 그녀에게서 도로테아를 떼어 내기 위해 안간힘을 썼다.

이러다 내 동생 머리칼 다 뽑히겠네!

"이거 놓으세요, 코르노헨 영애, 지금 뭐 하는 짓입니까!"

"아악! 이 X이 먼저 내 머리챌 잡았다고!"

이곳에 와서 단 한 번도 들어본 적 없는 상스러운 단어들이 내 귓전을 웽웽 울렸다.

아, 오랜만에 들어서 반갑다고 해야 할지 뭐라고 해야 할지.

어쨌든 지금 상황은 우리가 귀족이라는 걸 도무지 믿을 수 없을 정도로 아수라장이었다.

"저리 안 가? 아악! 사람 죽는다!"

"뭐 하고 있어요, 다들? 두 사람을 떼어 놓지 않고!"

그제야 아이베스 영애도 무력의 필요성을 느꼈는지 뒤에서 당황한 얼굴로 싸움 구경을 하고 있던 영애들에게 소리쳤고, 이런 난투극을 난생처음 보는 건 다른 영애들도 마찬가지였는지 다들 쭈뼛쭈뼛거렸다. 결국 상황은 아이베스 영애가 저택의 하인들을 동원하고 난 뒤에야 어느 정도 정리될 수 있었다.

"레이디 마티나, 머리가……."

"머리만 문제가 아니에요. 드레스도……!"

"팔찌도 뜯어지셨어요!"

영애들의 수군거림처럼 마티나와 도로테아의 몰골은 정말로 말이 아니었다.

누가 봐도 '나 싸웠소' 하고 온몸으로 증명하는 상태였는데, 양 볼은 립스틱이라도 칠한 것처럼 잔뜩 빨개져 있었고, 드레스는 흐트러지다 못해 군데군데 찢어진 상태였다.

착용하고 있던 액세서리 중 약한 몇몇 개는 거의 뜯어지기 일보 직전이었고, 가장 눈에 띄는 머리는 산발에 잔뜩 뽑혀 바닥에 누구의 것인지가 극명히 드러날 정도로 흩뿌려져 있었다.

한 마디로 아수라장이었다.

"미쳤군요!"

그때 도로테아가 분노를 이기지 못한 듯한 눈빛으로 마티나를 쏘아보며 소리쳤다.

"어떻게 이런 상스러운 짓거리를 저지를 수 있죠? 레이디 마티나, 귀족으로서의 체면은 다 잊어버린 건가…… 악!"

하지만 도로테아는 말을 다 잊지 못하고 다시 한번 바닥에 나동그라져야만 했다. 누군가가 그녀의 뺨을 강하게 때렸기 때문이었다.

"레이디 마리스텔라!"

그 사람은 바로 나였다.

"이게 뭐 하는 짓……!"

다시 일어나려는 도로테아를 싸늘한 눈으로 내려다보며 나는 혼신의 힘을 다해 도로테아의 뺨을 다시 때렸다.

짝!

누가 들어도 아플 법한 소리가 커다랗게 응접실에 울려 퍼졌고, 그때까지 가만히 있던 내가 적극적으로 손을 올리자 주변에 있던 사람들 – 하인들까지 전부 – 은 모두 어안이 벙벙해진 표정으로 그저 내 모습을 빤히 쳐다보기만 했다.

"미쳤어?"

"입 다물어."

내가 들었을 때 내 목소리는 그리 높지 않았다.

낮았다. 아주 많이. 그게 더 문제라면 문제였다. 낮음에도 으르렁거리는 목소리는 내가 얼마나 화났는지 모두가 짐작케 해주었으니까.

"미친 건 내가 아니라 당신입니다, 코르노헨 영애. 지금 영애가 감히 이런 식으로 소란 떨 수 있는 처지던가요?"

아까의 불 끓는 듯한 분노가, 마티나가 대신 그녀에게 따귀를 날렸다고 해서 사라진 건 아니었다. 절대로.

그저 분노가 농축되고 농축되어 목소리로 표출된 것뿐이었다.

그걸 보여주듯 지금 내 목소리는 평소와는 완전히 다른 색을 띠고 있었다.

"내게 한 짓을 본인이 모르지 않을 텐데, 실수? 장난? 지금 그따위 말장난 따위를 감히 내 앞에서 하는 건가요?"

말하다 보니 분노가 가라앉기는커녕 더욱 치솟기만 했다.

나는 도로테아의 뻔뻔함을 원래도 이해하지 못했지만, 이건 도무지 이해의 수준이 아니라고 생각했다. 다른 것도 아니고 사람의 생명이 달렸던 문제였다.

그런데 고작 그런 말이나 지껄이다니!

"영애에게 더 이상 실망할 건더기도 없지만, 지금 보니 영애는 인간이기를 포기한 것 같군요. 지금 내가 영애와 마주 보고 있다는 사실 자체가 구역질 나고 불쾌할 뿐입니다."

"이봐요, 레이디 마리스텔라. 그런 말은 내게 지나치게 모욕적인……!"

"모욕적?"

하, 내가 실소를 터드린 다음 싸늘한 시선으로 그녀를 노려보았다.

"지금 이 상황에서 내게 '모욕적'이라고 말하는 건가요? 정말로?"

나는 진정을 위해 입술을 꾹 깨물었다가, 곧 날이 선 독한 목소리로 그녀에게 일갈했다.

"정신 차려요, 영애. 지금 이 상황이 더없이 모욕적인 건 납니다. 당신 같은 인간 때문에 내 소중한 인생이 끝장날 뻔했으니까!"

"그건 장난이었다고 몇 번을 말해요. 영애, 원래 그렇게 딱딱한 사람이었나요?"

"……."

도로테아의 태도에는 변함이 없었고, 나는 곧 도로테아와 말을 섞으면 섞을수록 내게만 불리하다는 사실을 깨달았다.

그녀는 정말로 답이 없었다. 정말로.

내가 분노어린 눈빛으로 도로테아를 쏘아보다가, 이내 고개를 휙 돌려 아이베스 영애에게로 시선을 옮겼다. 그러자 아이베스 영애가 움찔거리는 모습이 보였다.

"아이베스 영애."

내가 조용히 그녀를 부르자, 아이베스 영애가 조심스럽게 대답했다.

"네, 레이디 마리스텔라."

"아까 보니 정원에 연못이 있던데."

내가 차가운 목소리로 그녀에게 물었다.

"좀, 빌려도 될까요?"

내 질문에 아이베스 영애는 크게 당황했다.

"연못이요?"

"네, 영애."

"연못은 갑자기 왜……."

"우리."

내가 빙긋 웃으며 뒤쪽에 서 있던 다른 영애들을 빙 둘러보았다.

한참을 그러다가, 나는 조용히 다시 입을 열었다.

"가장 마지막으로 도착한 코르노헨 영애에게 장난삼아 벌칙을 내리는 건…… 어떨까 해서요."

"……."

그제야 내 말의 의미를 이해한 아이베스 영애가 당황한 표정을 지었지만, 나는 표정 하나 흔들림 없이 다른 영애들에게도 물었다.

"어떠세요, 다들?"

"……."

"재밌을 것 같지 않나요?"

내 질문에 다른 영애들은 한참 동안 아무 말도 하지 않고 서로의 눈치만 보며 머뭇거렸다. 그들도 이쯤 되면 내 머리꼭지가 완전히 돌았다는 걸 눈치챘을 것이다.

아무도 말하지 않고 침묵을 지키는 시간이 길어지고 있는데, 갑자기 누군가가 어색하게 웃으며 입을 열었다.

"조, 좋네요. 재미있을 것 같아요."

그제야 다른 영애들도 한 마디씩 용기 내어 말을 내뱉기 시작했다.

"그래요. 벌칙이면 뭐……."

"그런데 무슨 벌칙이요?"

그때 누군가의 입속에서 튀어나온 질문에 나는 가만히 웃었다.

"연못에 빠뜨리는 건 어떨까요?"

그리고 정적. 그 고요함의 이유를 모르는 건 아니었기 때문에, 나는 여전히 미소 짓는 얼굴로 도로테아를 바라보았다.

도로테아는 인상을 잔뜩 찌푸린 채로 나를 노려보고 있었다. 하지만 아무리 봐도 내 상황에 비교했을 때 그녀는 양반이었다.

나는 예고했으니까. 그리고 심지어 장소가 호수도 아니고 얕디얕은 연못이었다. 빠져도, 죽을 염려는 없는. 그녀가 난쟁이라면 또 모를까.

"어떠신가요, 다들?"

"……."

이번에도 잠깐의 침묵이 이어졌고, 나는 기다렸다. 바로 대답이 나오지 않으리라는 것은 예상한 전개였다.

"연못이면 뭐……."

그때 누군가가 입을 열었고, 또다시 동조하듯 한 마디씩 툭툭 내던지기 시작했다.

"기껏해야 감기에 걸리겠죠, 뭐."

"하지만 귀족으로서의 품위가……."

"뭐 어때요? 우리만 다들 조용히 하면 되는 건데."

"맞아요. 우리가 대로변에서 그러는 것도 아니고요."

"재미있을 것 같아요."

여론이 긍정적인 방향으로 쏠렸고, 아이베스 영애는 살짝 당황한 모습이었다. 그녀가 나를 쳐다보는 시선이 느껴짐에 따라, 나는 가만히 고개를 옆으로 돌려 그녀의 시선과 정면으로 마주했다.

아이베스 영애는 다소 난감해 보이는 눈치였으나, 다른 영애들의 긍정적인 반응과 지금 내가 처한 상황을 고려했는지, 잠시 후 고개를 끄덕였다. 그러더니 입가에 엷은 미소를 띤 채로 말했다.

"재미있겠네요."

"뭐라고요?"

하지만 당연히, 한 사람은 재미있을 리 없었다.

"미쳤군요! 난 안 해요. 왜 당사자의 허락도 구하지 않고 그런 걸 제멋대로 결정하는 거죠?"

"……그렇다면 레이디 도로테아."

나는 조용한 음성으로 입을 열었다.

"나는 왜 허락도 구하지 않고 호수 속으로 밀었나요?"

"……."

도로테아의 입이 순식간에 다물려졌다.

"정말로 내게 한 게 당신의 장난이었다면 그래서는 안 됐어요. 그리고 장난칠 장소로 호수는 부적격했고요. 애당초 당신이 내게 저지른 건 살인미수예요."

"말했잖아요. 영애가 수영할 줄 알았다니까요?"

"연못은 수영조차 필요 없을 정도로 수심이 깊지 않아요. 걱정하지 마세요. 적어도 죽지는 않을 테니까."

나는 비소를 지으며 덧붙였다.

"지금 이 상황조차 장난이 아니라고 생각한다면, 영애가 내게 한 행동 역시 당연히 장난이 아니었겠군요."

"……."

"언행에 신중하세요, 레이디 도로테아. 자꾸 말이 바뀌면 당신 말에 신빙성이 없어지잖아."

"내가 언제 말이 바뀌었다고……!"

"자, 여러분. 그럼 벌칙을 한번 수행해 볼까요?"

나는 뒤에 들려오는 도로테아의 목소리를 깔끔히 무시한 채 뒤에 서 있던 하인들에게 말했다.

"이 여성분 좀 호수로 옮겨줘요."

"뭐라고요? 누구 맘대로!"

누구 마음이긴. 내 마음이지.

내가 속으로 코웃음을 치며 하인들에게 재촉하는 신호를 보냈고, 하인들은 당황하며 아이베스 영애를 쳐다보았다. 아이베스 영애는 머뭇거리다가 고개를 끄덕거렸고, 주인의 허락이 떨어지자마자 하인들은 도로테아에게로 달려들었다.

"아악! 지금 뭣들 하는 거야? 더러운 손 치우지 못해?!"

경악한 도로테아가 소리를 내지르며 거부했다. 하지만 그 자리에 있던 영애들 중 그 누구도 하인들을 제지하지 않았다. 당연한 일이었지만.

"감히 내가 누군지 알고…… 이거 안 놔? 이거 안 놓느냐고!"

"문제 생길 일은 없을 겁니다, 아이베스 영애."

걱정스럽게 그런 도로테아의 모습을 쳐다보고 있는 아이베스 영애에게, 내가 조용한 목소리로 한 마디를 했다.

"이 모든 건 다 '장난'이니까요. 그렇죠?"

"네에……. 그럼요."

아이베스 영애가 천천히 고개를 끄덕이며 내 말에 동조했다.

"이건 장난이죠. 그러니 아무도 처벌받지 않아요."

나는 가만히 웃으며 도로테아가 하인들에게 끌려 정원의 연못까지 가는 모습을 그대로 지켜보았다.

그러다 도로테아의 모습이 우리에게서 좀 멀어졌을 때가 되어서야 뒤를 돌아 해맑은 목소리로 영애들에게 말했다.

"자, 그럼 우리도 구경하러 가볼까요?"

내 말에 영애들은 기다렸다는 듯 멀어지는 도로테아와 하인들을 좇아가기 시작했다. 아이베스 영애 역시 언제 뒷일을 걱정했느냐는 듯 호기심 어린 표정으로 그들과 움직임을 같이했다.

"와……."

시린 미소를 지으며 그 모습을 바라보고 있는데, 어디선가 얼떨떨한 목소리가 들려왔다.

"언니가 이럴 줄은 몰랐어."

"응?"

마티나의 물음에 내가 의아한 얼굴로 물었다.

"무슨 소리야?"

"아니, 언니 이미지가 원래 이런 이미지였나…… 좀 놀라는 중이야. 이런 방법을 쓸 줄은 꿈에도 몰랐거든."

"뭘 이 정도 가지고."

내가 낮게 웃으며 대꾸했다.

"이건 장난이잖아. 그렇지?"

"맞아. 장난이지."

마티나가 피식 웃으며 별안간 내 손을 덥석 잡았다.

"우리도 얼른 가자, 언니. 좋은 구경거리 놓칠라."

"좋아."

나 역시 빙긋 웃으며 도로테아의 손에 깍지를 끼웠다.

이제 그녀가 내 앞에서 물에 젖은 생쥐마냥 벌벌 떠는 모습을 지켜보러 가야 할 시간이었다.

"아아악! 이거 놓으라고!"

저택 바깥의 정원으로 나오자, 누가 들어도 도로테아의 목소리인 것이 분명한 비명이 울려 퍼졌다.

"이거 안 놔? 아악!"

"조용히 좀 하세요, 레이디 도로테아. 어차피 장난인걸요."

내가 낮게 웃으며 그녀가 있는 쪽으로 달려가자, 하인들에게 양

팔목이 전부 붙잡힌 도로테아가 날 죽일 듯 노려보았다.

사람을 눈빛으로 죽일 수 있다면 아마 저런 게 아닐까 하는 생각이 들 정도로 사나운 눈빛이었다.

"당장…… 이거 안 놔?!"

"장난이라니까요."

나는 연하게 웃으며 하인들에게 눈짓했고, 그들은 곧 도로테아를 연못 가까이로 끌고 갔다.

한 발걸음씩 앞으로 가까워질 때마다 도로테아는 돼지 멱따는 것처럼 비명을 질렀다. 하지만 그 모습을 지켜보고 있던 영애들은 고귀한 척 귀를 막으면서도, 결코 눈을 돌리지는 않았다.

"아아아악!"

풍덩!

마지막 비명을 끝으로 시원하게 무언가가 물속으로 빠지는 소리가 났다. 모두가 그 모습을 빠짐없이 지켜보았고, 그건 나도 마찬가지였다. 나는 도로테아가 언제 수면 위로 다시 떠오를까 계산하다가, 정확히 2초 만에 물 위로 떠오르는 것을 보고 비소를 지었다.

물 바깥으로 나온 그녀는 금방이라도 죽겠다는 얼굴로 눈살을 잔뜩 찡그린 채, 코로 들어간 물을 입 밖으로 뱉어내며 입수의 충격을 다스리고 있었다.

'고작 연못에 빠졌으면서 저런 표정이라니.'

마음 같아서는 호수에 빠뜨리고 싶었다.

그녀가 내게 했었던 것처럼.

도로테아는 아이베스 영애의 저택에 호수가 없는 것을 다행으로 여겨야 할 터였다. 나는 정말로 그럴 생각까지 하고 있었으니까.

그녀를 호수에 빠뜨린 다음 기절하기 직전 다시 위로 빼 올리는 것이다. 그리고 괴로워하는 그녀에게 '장난이었어요, 레이디 도로테아' 하고 속삭이는 거지.

누군가는 유치하다고 말할 수도 있겠지만, 나는 정말로 진심이었다. 이번 일로 도로테아에 대한 증오가 극에 달했으니까.

상식적으로 자신을 죽이려고까지 한 상대에게 좋은 마음을 품을 수 있는 사람이 몇이나 되겠는가?

성인군자라면 그럴지도 모르겠지만, 유감스럽게도 나는 날 죽이려 한 사람에게까지 자비를 베풀 수 있을 정도로 너그러운 사람은 아니었다.

"몸은 좀 괜찮아요?"

나는 빙긋 웃으며 콜록콜록 기침하고 있는 도로테아에게 물었다.

그녀가 내게 처음에 했던 것과 똑같은 질문이었다.

당연히 도로테아는 나를 무섭게 노려보았는데, 물에 빠진 뒤라 그런지 더 약이 오르고 독기가 서린 모습이었다.

'추해.'

나는 그런 그녀를 노려보며 싸늘하게 내뱉었다.

"장난이 그리 기껍지 않으셨나 보네요. 그렇게 인상을 쓰고 계신 걸 보면."

"날 죽이려고 작정하기라도 한 거야? 어떻게 내게 감히……!"

"장난이었다니까요. 나만 좋다고 한 건 아니잖아요."

다른 영애들도 다, 동의했는걸.

내 말에 뒤쪽에 서 있던 '다른 영애들'이 움찔하는 것이 느껴졌지만, 그 또한 찰나였다. 어쨌든 도덕심이란 원래 집단에서 더 미약하게 발현되는 법이다.

나는 입가의 미소를 지우지 않은 채로 도로테아에게 물었다.

"그렇다면 영애도 나를 죽이려고 작정했나요?"

"……."

"내게 그런 질문을 하는 걸 보면, 그렇게 생각하고 있는 것 같아서요."

내가 그녀의 볼에 달라붙어 있는 머리카락을 떼 주려 손을 가까이하는데, 돌연 무언가가 내 손을 세게 쳐냈다.

"손대지 마!"

도로테아였다. 나는 싸늘한 표정으로 나를 으르렁거리며 바라보는 도로테아를 쳐다보다가, 이내 그녀에게 경고하듯 한 마디 했다.

"주제 파악 좀 하세요, 영애."

"뭐라고?"

"주제 파악 좀 하라고요. 곧 재판이 열릴 거고, 영애는 실형을 선고받을 거예요. 그리고 베일탑에 갇혀 외롭게 수감 생활을 하겠죠."

나는 차분한 목소리로 앞으로 그녀의 앞에 펼쳐질 일들에 대해 읊어 나갔다.

"언젠가는 베일탑 바깥으로 나올 거예요. 운이 좋다면 5년만 살지도 모르죠. 어쨌든 내가 황족은 아니니까, 재판관이 그리 긴 기간을 선고 내리지는 않을 거예요."

하지만 어느 쪽이든 그녀에게는 불행일 것이다. 어쨌든 그것으로 그녀의 인생은 완전히 막힐 테니까.

"그럼에도 영애와 결혼하려는 귀족은 없을 거예요. 영애는 같은 귀족을 살해하려 한 살인미수범이니까요. 그런 여자와 살고 싶은 사람이 과연 얼마나 되겠어요?"

"살인미수가 아니라고 몇 번을 말해!"

"그건 재판관이 판단하겠죠."

나는 싱긋 웃으며 말을 매듭지었다.

"어쨌든, 지금 본인의 상황을 좀 성찰해보라 이 말이에요. 머리가 있다면 말이에요. 범죄자 주제에 함부로 나다니지 말고요."

나는 그 말을 끝으로 차갑게 뒤를 돌았다. 뒤에서 도로테아가 뭐라고 소리치는 게 들려왔지만, 나는 완전히 무시하는 것을 택했다.

그런 다음 나를 걱정스러운 눈으로 바라보는 아이베스 영애에게 다가가 싱긋 웃으며 입을 열었다.

"이만 가봐야 할 것 같아요. 기분이 조금…… 상해서요."

"네. 그러시는 게 좋을 것 같네요."

아이베스 영애가 가만히 고개를 끄덕이며 내게 작별 인사를 했다.

"모쪼록 조심히 들어가세요, 레이디 마리스텔라. 오늘 뵙게 되어 반가웠습니다."

"저도요."

내가 생긋 웃으며 덧붙였다.

"부디 자비를 내리셔서, 저 영애가 감기에 걸리는 꼴만은 막게 해주세요. 괜히 감기를 핑계로 재판에 참석하지 않으면 곤란하니까요."

6. Realize

아이베스 저택에서 있었던 일은 누구에게도 말하지 않았다.

특별히 보안을 지켜야 하는 이야기라서가 아니라, 그냥 그녀의 이야기를 입에 담음으로써 스트레스받는 상황을 원치 않았기 때문이었다. 하지만 사교계란 원래 남의 집 포크가 몇 개인지 까지 금방 퍼지는 곳인지라, 도로테아가 아이베스 저택에서 열리는 차 모임에 갔다가 연못에 빠지는 수모를 당했다는 이야기는 결국 입소문을 타고 퍼지고 말았다.

나는 이 사실이 혹시 재판에 악영향을 줄까 걱정했지만, 곧 그만두었다. 피해자가 추가로 이런 걱정을 해야 한다는 사실이 불쾌하고 덧없게 느껴졌기 때문이었다.

어쨌든 나는 정말로 '장난'이었고, 내 행동이 도로테아가 저지른 죄의 무게를 경감시켜주지는 않을 테니까.

"레이디 마리스텔라 되십니까?"

그리고 며칠 후에, 나는 예정되어 있던 황궁 방문을 했다.

늘 황궁을 찾으면 나를 마중 나온 사람은 딜튼 경이었다.

그러나 이번만큼은 딜튼 경이 아니었다.

"그렇습니다."

나는 살짝 긴장한 얼굴로 나의 신원을 묻는 남자를 쳐다보았다.

대단히 근엄해 보이는 얼굴은 이미 일전에 본 적이 있었다.

'지난번에 나를 중앙궁에서 서면궁까지 데려다줬었지.'

나는 살짝 긴장한 얼굴로 마차에서 내린 다음 그에게 물었다.

"황제 폐하께서는 중앙궁에 계시나요?"

"그렇습니다, 영애. 제 뒤를 따라오시지요."

시종은 상당히 균형 잡힌 걸음걸이로 나를 데리고 어딘가로 갔는데, 흡사 모델을 연상시킬 정도의 워킹이라 나는 '황궁 시종들은 전부 다 저렇게 걷나?' 하는 궁금증에 휩싸였다. 생각해 보니 딜튼 경도 비슷한 수준으로 절도 있게 걸었던 것 같기는 하다.

하여튼 이런저런 딴생각을 하며 계속 걷다 보니, 어느새 중앙궁 앞이었다. 나는 그제야 내가 곧 헨리 14세를 만난다는 사실이 실감이 났다.

맙소사, 두 번이나 그를 만날 줄이야.

'사실 이 세계에서 가장 볼 일 없을 것 같았던 사람들 중 한 명이었는데……..'

역시 사람 일은 알다가도 모를 일이었다.

'그래도 자비에르를 보기 전에 먼저 뵙게 돼서 다행이야.'

매도 먼저 맞는 게 낫다고, 만약 자비에르를 보고 헨리 14세를 만나야 했다면 너무 부담감이 심해서 자비에르와의 시간에 제대로 집중할 수 없을지도 몰랐다.

어쨌든 헨리 14세를 먼저 알현하기로 한 것은 탁월한 선택이었다. 그리고 서열상, 예의상으로도 그게 맞았고.

중앙궁은 황제가 머무르는 궁답게 상당히 웅장했다. 물론 자비에르의 서면궁 역시 웅장함으로 따지면 둘째가라면 서러울 정도였지만, 어쨌든 황제가 머무르는 공간이었기 때문에 웅장함에 특유의 장엄함과 기품, 위엄까지 더해져 훨씬 더 숨 막힐 듯한 압박감을 주었다. 황제의 권위를 과시하기 위한 용도라는 것이 물씬 느껴지는 궁전이었다.

"황제 폐하, 벨플레어 영애께서 오셨습니다."

그 절도 있는 시종이 나를 데리고 간 곳은 중앙궁의 응접실이었다. 나는 잔뜩 긴장한 얼굴을 풀기 위해 노력하면서 안에서 들려오는 목소리에 귀를 기울였다.

"음. 안으로 들이도록 해라."

"네, 폐하."

나를 데리고 온 시종이 표정 없는 얼굴로 내게 말했다.

"들어가시지요, 영애."

"네."

나는 고개를 끄덕인 다음 시종들이 양옆으로 열어주는 문들 사이로 걸어 들어갔다. 한 발걸음씩 내디딜 때마다 또각거리는 소리가 들렸고, 그와 함께 내 심장도 두근두근 뛰기 시작했다.

머릿속으로는 결코 실수해서는 안 된다는 생각만이 가득했다.

"제국의 빛나는 태양, 황제 폐하를 뵙습니다. 요나스에 영광을."

조심스럽게 그의 앞으로 가 인사를 올리자, 헨리 14세가 나를 빤히 바라보는 게 느껴졌다.

그 시선이 부담스럽지 않을 리 없었다. 나는 긴장한 기색이 역력한 얼굴로 고개를 들어 그를 쳐다보았다. 그러나 헨리 14세는 끝까지 내 시선을 거두지 않은 채로 가만히 앉아 있다가, 잠시 후에 입을 열었다.

"앉거라."

짧은 세 음절의 한 마디에서조차 위엄이 넘쳐흘렀다. 나는 천천히 고개를 끄덕인 다음 그의 맞은편 좌석으로 가 앉았다.

그런 다음 시선 처리를 어떻게 해야 할지 고민했다. 너무 아래를 보는 것은 예의가 아닌 듯했고, 너무 위를 보는 것 역시 건방졌다.

결국 나는 그의 목에서 턱 사이를 보는 것으로 타협점을 보았다.

"장미차가 아주 향이 좋더군."

그게 헨리 14세가 내뱉은 첫 마디였다.

꽤 뜻밖의 이야기라, 나는 살짝 어리둥절한 얼굴로 좀 더 위를 쳐다볼 뻔했다가, 간신히 멈추었다.

"한번 마셔보지."

"네, 폐하. 감사합니다."

그 말이 끝나기가 무섭게 안에 있던 시녀가 내 쪽으로 걸어와 찻잔으로 찻물을 부어주었다. 나는 잠깐 머뭇거리다가 천천히 찻잔을 들어 올렸다.

"큰일을 겪었다고 들었다."

장미차 한 모금을 마시기 전에 들리는 헨리 14세의 목소리에 나는 잠깐 멈칫했다. 나는 대답을 하기 위해 찻잔을 테이블 아래로 내려놓은 다음 입을 열었다.

"이제는 괜찮습니다."

"황태자가 너를 구했으니 당연히 괜찮겠지."

"……."

어째 뼈가 있는 말 같아서 나는 순간 경직됐다.

'가, 감히 황태자를 호수 속으로 뛰어들게 해서 살아났다 이 건가?'

나는 꽤나 당황했지만, 겉으로는 최대한 침착하게 대답했다.

"그렇지 않아도 황태자 전하의 은혜에 대단히 감사하고 있습니다, 폐하. 이 은혜는 죽을 때까지 잊지 못할 겁니다."

내 대답에 헨리 14세가 별안간 나를 빤히 쳐다보더니 이렇게 말했다.

"그 일로 영애를 나무랄 마음은 조금도 없으니 염려 말게."

"네, 네?"

그 말에 당황한 내가 얼빠진 얼굴로 물었고, 그런 나를 빤히 바라보던 헨리 14세가 또 한 마디를 했다.

"얼굴이 사자 앞에 선 토끼 얼굴을 하고 있어서 말이야."

실제로도 '토끼 얼굴을 닮았고'라고 그는 덧붙였다. 나는 당황한 얼굴로 두 눈을 깜빡였다.

"너무 겁먹지 말라고 말하는 걸세."

"아…… 네, 폐하. 알겠습니다."

하지만 그 누가 제국의 절대자 앞에서 겁을 안 먹겠느냐는 말이다. 나는 속으로 깊게 한숨 쉬었다.

"그래서, 이제 몸은 좀 괜찮은가?"

"걱정해주신 덕에 그렇습니다, 폐하."

애당초 호전될 몸 상태였던 것도 아니었지만, 곧이곧대로 말하기도 머쓱해져서 나는 그냥 그렇게 대답했다.

"이래저래 신경 써주심에 감사드립니다."

"재판도 준비하고 있다고 들었는데."

"그 부분도 딜튼 경의 도움을 많이 받았습니다, 폐하. 그것 역시 감사드립니다."

"어쨌든 그 일로 우리 황태자 역시 피해를 입었으니까. 또 귀족 살해 미수는 같은 귀족이라고 해도 엄격히 처벌해야 하는 부분이고 말이다."

그가 건조하게 말을 보탰다.

"나는 황제로서 내가 해야 할 일을 했을 뿐이다. 거기에 고마워할 필요는 없어."

"그래도요. 어쨌든 신경 써주셔서 감사드리고…… 또 죄송하게 되었습니다. 제국의 기둥이신 황태자 전하께서 저를 구하시다 변고를 당하실 뻔하셨으니까요."

"황태자는 수영을 잘하지."

그가 심드렁하게 대꾸했다.

"그래서 그 이야기를 들었을 때도 딱히 걱정스러웠던 것은 아니었다."

"하하⋯⋯."

뭐야, 왜 이렇게 오늘따라 시크하시지? 나는 약간의 당황스러움을 느끼면서, 서둘러 말을 돌렸다.

"황제 폐하께서도 수영을 잘하시나요?"

"나는 못 한다."

그가 간단하게 대답한 다음, 뒤에 부연했다.

"황후가 잘했지. 의외라고 생각할지도 모르겠지만 말이다."

"⋯⋯."

갑작스럽게 튀어나온 죽은 황후의 이야기에 나는 또 당황할 수밖에 없었다.

아, 어쩐지 오늘 이곳에서 계속 당황만 하는 것 같은 느낌이다.

'뭐, 뭐라고 대화를 이어야 하지.'

죽은 아내 이야기를 계속해도 되는 건지 고민에 빠졌다가, 나는 결국 큰 결심을 한 사람처럼 입을 열었다.

"황후 폐하를 닮아서 황태자 전하께서도 수영을 잘하시나 봐요. 보면 황태자 전하께서 외모도 돌아가신 황후 폐하를 많이 닮으신 것 같던데……."

"……황태자가?"

헨리 14세가 한쪽 눈썹을 치켜뜨며 물었고, 나는 속으로 말실수
한 것은 아닌지 걱정하면서도 꿋꿋하게 대답을 이어나갔다.

"네, 폐하. 폐하를 안 닮으셨다는 이야기는 아닌데…… 왠지 그럴
것 같아서요."

사실 그게 그 이야기이긴 했지만, 자기 아들이 자기를 안 닮았다
고 말하면 왠지 삐질 것 같아서 나는 최대한 돌려 돌려서 이야기
했다.

"으음……."

내 말을 들은 헨리 14세는 무언가를 생각하는 표정을 짓다가 잠
시 후에 다시 입을 열었다.

"황태자는 자기 어미보다는 외조모를 닮았지."

"아……."

"죽은 황후의 얼굴을 본 적이 있나?"

"아뇨, 폐하. 없습니다."

설령 마리스텔라가 어릴 적 죽은 황후를 본 적이 있다고 해도 기
억이 나지 않을 확률이 높았다.

원래 어릴 적의 기억은 머릿속에서 많이들 사라지곤 하니까.

'그리고 나는 진짜로 자비에르의 어머니를 만나 뵌 적이 없는걸.'

소설 속에서는 몇 줄 나온 적은 있었다. 하지만 그게 얼굴에 대한
단서는 아니었으니까.

"하지만 미인이셨을 것 같아요."

"미인이었지. 어릴 적부터 미모로는 파네타를 따라올 사람이 없었으니까."

죽은 황후의 이름은 '파네타'인 듯했다.

새로 알게 된 정보에 나도 모르게 고개를 주억거렸다가, 곧바로 들려오는 헨리 14세의 목소리에 다시 그를 쳐다보았다.

"황후의 얼굴을 본 적이 없다고 했지?"

"네, 폐하."

"그럼 혹시 지금 볼 생각은 없느냐?"

"······네?"

갑작스러운 제안에 나는 당황할 수밖에 없었다. 대화의 흐름이 이런 쪽으로 전개될 줄이야.

"황후 폐하의 얼굴을 말씀하시는 건가요?"

"그래. 초상화가 있거든."

무슨 생각을 하는 건지 모를 얼굴로, 헨리 14세가 내게 말했다.

"솔레궁에는 늘 역대 황제와 황후의 초상화를 걸어두지. 황후의 초상화도 그곳에 있다."

'가보겠느냐?' 하고 헨리 14세는 내게 물었고, 거기서 내가 '아니오'라고 대답하기란 불가능한 분위기였다.

"네, 폐하. 저도 보고 싶어요."

결국 나는 그렇게 대답할 수밖에 없었다.

◇◆◇

솔레궁은 중앙궁에서 10분 정도 걷다 보면 나오는 궁전이었는데, 사람이 거주한다기보다는 역대 황제와 황후들의 초상화와 유품 등, 선조들의 자취를 느낄 수 있는 물건들을 보관하는 것을 용도로 하는 듯했다.

파네타 황후는 가장 최근 유명을 달리한 사람이었기 때문에, 그녀의 초상화와 유품들은 궁전의 입구에서 가장 먼 복도 앞에 보관되어 있었다.

"이 사람이 바로 파네타란다."

헨리 14세의 말에 나는 가만히 고개를 들어 올려 거대한 초상화 한 점과 마주했다. 가지런히 정리된 눈썹과 크기를 의심할 정도로 커다란 눈, 그 위를 덮고 있는 풍성한 속눈썹들과 얼굴 중앙에 위치한 오뚝한 코, 굳게 다물린 붉은 입술과 갸름한 달걀형의 얼굴.

파네타 황후는 정석적인 미인이었다. 누가 보아도 그녀를 아름답다고 평할 만큼.

"미인이세요."

나는 짧게 그녀의 외모를 칭찬했다. 그런 내 말을 들은 헨리 14세가 나를 빤히 쳐다보더니 물었다.

"황태자를 닮았느냐?"

"많이 닮으셨네요."

나는 보고 느낀 그대로 말했다.

"전체적인 분위기는 황제 폐하를 닮으셨지만, 자세한 이목구비 하나하나는 외탁을 하셨어요."

"다들 그렇게 말하더구나."

"사람 보는 눈은 다 거기서 거기니까요."

"내가 어떻게 황후와 결혼했는지 아느냐?"

"음……."

몰랐다.

나는 솔직하게 대답했다.

"아뇨, 폐하. 모릅니다."

정략혼으로 두 사람이 결혼했으리라고 나는 막연하게 추측했다. 하지만 의외로 연애결혼일지도 몰랐기 때문에, 나는 그냥 가만히 그의 대답을 듣기로 했다.

"황후와 나는 막역한 소꿉친구 사이였는데, 내가 황제가 될 나이 즈음이 되었을 때 그녀에게 청혼했다. 사랑하지도 않는 사람과 평생을 사느니 차라리 우정을 나누던 사람과 한평생 사는 게 더 행복할 것 같아서."

"로맨틱한 이야기네요."

"로맨틱?"

내 말을 들은 헨리 14세가 웃었다. 그러나 결코 기뻐서 웃는 미소가 아니라는 것을 나는 금방 깨달을 수 있었다.

그건 실소였다. 어처구니없을 때 사람들이 흔히 짓는 미소.

"그 이후의 이야기는 딱히 로맨틱하지 않단다. 내가 파네타와 결혼하고 황태자를 낳은 이후에…….”

그 이후에 듣게 된 이야기는 꽤 충격적이었다.

“사랑하는 사람이 생겨 버렸거든.”

“……네?”

잠깐, 그러니까 이거는 불륜인데……?

당황한 내가 아무 말도 못 하고 어버버 하고 있는 사이, 헨리 14세는 태연하게 말을 이었다. 마치 자신이 방금 입 밖으로 낸 것이 그리 충격적인 내용은 아니라는 듯이.

“하필이면 그 상대가 친구의 부인이었지.”

“…….”

막장이었다. 나는 할 말을 잃고 멍하니 헨리 14세를 쳐다보았다. 그러나 그는 여전히 태연한 모습이었다.

마치 자신이 말하고 있는 내용이 사회통념에 조금도 어긋나지 않는다고 생각하는 사람처럼.

“이런 내 마음을 알아버린 순간, 황후도 내가 그녀를 사랑하고 있다는 걸 알아버렸다. 하지만 그녀는 처음의 우정이 사랑으로 변화한 지 오래라, 그런 내 행동에 대단히 충격을 받았지.”

당연했다. 시작이 어찌 되었든, 두 사람은 부부였으니까.

그 누가 남편에게 뒤늦게 새로운 사랑이 찾아왔다는데 충격받지 않을 수 있으랴.

“내가 결혼했다는 사실과 별개로, 사랑해버린 사람이 이미 친한 친구의 부인이었기 때문에 나는 그녀와 이루어질 수 없는 운명이었다."

지극히 당연한 소리를 당연하지 않게 하는 헨리 14세를 보며 나는 정신이 혼미해졌다.

원래 이 사람의 결혼에 이런 비화가 있었던가? 아니, 애당초 이 남자가 이런 캐릭터였던가? 사정이 어찌 되었든, 소설 상으로는 나와 있는 내용이 없으니 나로서는 모를 일이었다.

"나는 뒤늦게나마 마음을 접고 황후와 황태자에게 충실하기 위해 노력했다. 하지만 황후는 점점 우울감에 빠져들었어. 그녀에게 사랑한다고 속삭였지만, 믿지 않는 눈치였지. 아무리 잘해줘도 소용없었다."

이미 신뢰는 깨져버린 뒤였으니까.

그의 말은 거기에서 끝났지만, 나는 이 말이 뒤에 생략되어 있음을 알았다. 나도 모르게 마른침을 삼킨 다음 헨리 14세에게 물었다.

"그래서 황후 폐하와의 관계 회복에는 성공하셨나요?"

그 말에 헨리 14세가 나를 빤히 바라보며 물었다.

"어떻게, 네 눈에는 성공했을 것 같으냐?"

"잘 모르겠습니다."

나는 솔직하게 대답했다.

"그 부분에 대해 함부로 답할 수 없을 것 같아요."

"어째서?"

"저라면 폐하를 용서할 수 없을 것 같아서요."

이 말을 내뱉고서 나는 속으로 조금 놀랄 수밖에 없었다.

평소의 나라면 절대 그의 앞에서 이런 대답을 하지 않았을 것이기 때문이었다. 내가 그를 이 제국의 절대자이자, 이 세계관의 최강자로 여기고 무서워하고 있었으므로.

"제가 서거하신 황후 폐하였다면, 저는 황제 폐하를 끝까지 용서하지 못했을 것 같아요."

하지만 이런 말을 할 수 있는 건, 술이라도 한 사람처럼 방금 헨리 14세의 고백에 대단한 충격을 받아 버렸기 때문이었다.

여타 로맨스 소설 남자 주인공답게 가정환경이 비범하리라는 것은 어느 정도 예상하고 있었다. 하지만 예상하는 것과 직접 듣는 것은 역시나 천지 차이였다.

"물론 황제 폐하께서도 나름의 억울한 사정은 있으셨으리라 생각합니다. 폐하의 말씀처럼 결혼 후 정말로 좋아하는 사람이 생기셨을 수도 있죠."

"……."

"하지만 적어도…… 옆에 계신 황후 폐하께 그 마음을 들키지는 마셨어야 했어요."

마음을 가지고 있는 것까지는 알 수 있는 방법이 없다.

말을 하지 않으니까. 그러면 상대 배우자에게는 조금 잔인한 이야기지만, 차라리 다행이었다.

어쨌든 그 사실에 대해 모르고 있으니 상처를 받을 일도 없으니까. 하지만 그 사람이 진실을 알아버린다면 사정이 달라진다.

어찌 되었든 그는 마음 관리 하나를 제대로 하지 못해 지금 자신의 곁을 지키고 있는 여자에게 씻을 수 없는 모욕감과 상처를 주게 된 것이다. 그건 정말로 용서할 수 없는 일이었다.

적어도 내 생각은 그랬다.

"황후 폐하께서 얼마나 큰 상처를 받으셨을지, 폐하께서는 알지 못하실 거예요."

"……마치 그런 경험이 있는 사람처럼 이야기하는군."

"그런 경험이 없어도 충분히 알 수 있는 사실이에요."

"영애."

그때 헨리 14세가 조용한 목소리로 나를 불렀다.

"내가 그걸 몰랐을 것 같나?"

"……."

"나도 알고 있다. 내가 그녀에게 영원히 씻지 못할 죄를 저질렀다는 것쯤은……. 그리고 그녀가 나를 죽을 때까지 용서하지 않았을 거라는 것도."

그렇게 말하는 헨리 14세의 얼굴은 지독하리만치 씁쓸해 보였다.

"그녀는 내게 벌을 주고 떠났어. 장장 5년 동안 나는 그 벌을 받고 있고, 앞으로도 계속 겪게 될 예정이지."

"……그 일로 마음의 병을 얻게 되셨고, 마음의 병이 몸의 병으로 이어진 건가요?"

소설 속에서 파네타 황후는 병에 걸려 죽었다고만 나와 있었다.

정확히 무슨 병인지는 모르겠지만, 나는 아마 그것이 화병이리라고 추측했다. 그런데 이어지는 헨리 14세의 말은 예상과는 달랐다.

"황후는 병사하지 않았다."

"네? 하지만 세간에는 분명……."

"일국의 황후가 자살했다고 말할 수는 없지 않겠느냐."

"……네?"

내가 어안이 벙벙해진 얼굴로 헨리 14세를 쳐다보았다.

그러나 그는 내가 들은 내용이 거짓이 아니라는 듯, 조금의 머뭇거림도 없이 아까 했던 말을 반복했다.

"황후는 자살했다."

"……."

"그게 진실이야."

그리고 나는, 지금껏 단 한 번도 그가 그처럼 쓰디쓴 얼굴로 말하는 것을 본 적이 없었다. 뜻밖의 사실에 나는 당황하면서, 가장 먼저 궁금해진 것을 물었다.

"황태자 전하……께서는 알고 계시나요?"

"그래."

"……."

그 말을 듣고 난 후, 나는 한동안 아무 말도 하지 못하다가 아주 오랜 시간이 지나서야 천천히 입을 열었다.

"……충격이 크셨겠네요."

하지만 말을 한 이후에 살짝 쓸데없는 말이라는 생각이 들었다.

당연한 일이지 않은가. 어머니가 다른 일도 아니고 자살로 생을 마감했다는데 그 소식을 듣고 충격받지 않을 자식이 어디 있을까.

"그랬지."

하지만 이어지는 말은 더…… 충격적이었다.

"아카데미 졸업식에 그 사실을 들었으니까."

"……네?"

"내가 잘못한 건 맞았지만, 파네타가 잔인한 것도 맞아. 정확히 황태자의 아카데미 졸업식 날 목을 매 죽었으니 말이다."

"……."

내 눈빛이 당황으로 흔들렸다. 내가 충격에 말을 잇지 못하고 있자, 헨리 14세가 빤히 쳐다보다가 입을 열었다.

"황태자가 이런 이야기까지는 하지 않은 모양이구나."

"……네."

"특이한 일이군."

헨리 14세가 도통 이해 가지 않는다는 목소리로 중얼거렸다.

"내가 황태자라면 좋아하는 사람에게 그런 이야기 정도는 털어놓을 텐데."

"……네?"

"왜 모르는 것처럼 굴지?"

"무슨…… 말씀이신지."

"이미 알고 있는 것 아니었나?"

헨리 14세가 나를 빤히 쳐다보며 물었고, 나는 갑작스럽게 변화한 분위기에 당황스러워졌다. 내가 가만히 입술을 깨물고 있자, 그 모습을 바라보던 헨리 14세가 묘한 목소리로 중얼거렸다.

"……이런 것까지 닮았군."

"네?"

"영애, 정말로 황태자가 영애를 친구로 여기고 있다고 생각하나?"

"……."

그게, 내가 오늘 자비에르에게 물어보고자 했던 내용이었다.

나는 당황스러운 얼굴로 헨리 14세를 쳐다보았다. 아까 그의 얼굴을 쳐다보지 말자고 다짐했던 과거의 나는 온데간데없는 모습이었다.

"황태자가 영애를 정말로 '진실한 친구'로 여겨서 계속 만나려 했다고 생각하느냐고."

"폐하, 그게 무슨……."

"정말 모르고 있는 건가? 조금의 의심도 하지 않았어?"

헨리 14세의 눈동자가 나를 꿰뚫듯 쳐다보았다.

"황태자가 어째서 호수에 빠진 영애를 보고 망설임 없이 뛰어들었을까, 단 한 번도 생각해 본 적이 없나? 정말로?"

"……."

"황태자가 좋아한다는 사람이 영애일 거라고, 단 한 번도 의심하지 않았어?"

"……그걸 어떻게."

"지금 중요한 건 그게 아니잖나."

헨리 14세가 나를 묘한 눈빛으로 쳐다보며 말을 이었다.

"그리고 영애의 반응을 보니, 아마 가까운 미래에 황태자의 반응을 띠보려고 했던 것 같군."

"……."

"아닌가?"

맞았다. 소름 돋을 정도로.

뜻밖의 상황 전개에 당황한 내가 아무 말도 못 하고 헨리 14세의 얼굴만 빤히 바라보고 있는데, 그가 이내 천천히 입을 열었다.

"그렇다면 하나 묻지. 영애, 황태자에게 조금이라도 관심이 있나?"

"……왜 그런 질문을 하십니까."

"지금 나는 아들 가진 애비 입장이 아니라, 황태자의 부황으로서 질문하는 거다."

그걸 증명하듯, 그의 눈빛은 어느새 날카로워져 있었다.

"난 오래 살지 못할 거야."

이것 역시 이전의 이야기와 비교할 수 없을 만큼 충격적인 이야기였지만, 그 말을 하는 헨리 14세는 이전과 다름없이 담담했다.

내가 경악한 얼굴로 그를 쳐다보았지만, 그는 변함없이 평온한 목소리로 말을 이었다.

"그렇게 볼 필요 없다."

"그런 말씀을 어떻게 그렇게 아무렇지 않게 하십니까, 폐하."

내가 떨리는 목소리로 물었다.

"얼마 살지 못하신다니요. 그게 무슨……."

"어릴 적부터 가지고 있던 지병이다. 이 정도 살았으면 오래 산 거지."

그렇게 말하는 헨리 14세의 목소리는 삶의 미련이 조금도 남아 있지 않은 듯한 뉘앙스를 풍겼다.

"영애, 나는 내 삶이 그리 행복했다고 생각하지 않아. 영애가 나를 어떻게 생각할지는 몰라도, 나는 그렇다. 사랑하는 여자를 결혼한 다음에야 만났고, 그 바람에 내 아들의 어머니를 허무하게 잃었으니까."

"……폐하."

"나는 내 아내에게 죄를 지었고, 그건 아들에게도 마찬가지야. 아니, 어찌 보면 아들에게 더 큰 죄를 지었지. 내 아내는 남편을 잃었지만, 내 아들은 아버지와 어머니 둘 다를 잃게 되었으니."

"……."

"그래서 영애, 나는 내 아들이 행복하기를 바라."

"무슨 뜻이신가요."

"황태자가 영애를 좋아하고 있네."

"……."

헨리 14세의 말에 나는 일순 숨을 멈추었다.

그런 말을 다른 사람도 아닌, 자비에르의 아버지에게서 듣게 될 줄은 정말 꿈에도 생각지 못했던 것이다. 자비에르에게 로맨틱하게 나를 좋아하느냐고 물어보는 로망 따위는 없었다.

나는 마차를 타고 황궁에 오는 그 순간까지도 자비에르를 만나는 순간을 생각하며 계속 긴장해 했으니까.

내 친구인 오델레타가 자비에르를 좋아하지 않았더라면 나는 그 상황을 그저 로맨틱한 상황의 일부로 치부했을지도 모른다. 그러나 유감스럽게도 현재 상황은 그리 녹록지 않았고, 만일 정말로 자비에르가 나를 좋아한다면 상황은 완전히 꼬여버린다. 그래서 나는 자비에르를 좋아하고, 좋아하지 않고와는 상관없이 그의 입에서 나올 말에 대단히 긴장했던 것이다.

그랬는데…….

'이런 식으로 마음을 확인하게 되다니.'

나는 예상치 못한 상황이 주는 당혹감에 완전히 젖어 들었다.

그런 내 마음을 눈치채기라도 했는지, 헨리 14세가 묘한 표정을 지으며 내게 확인조로 물었다.

"보아하니 오늘 황태자에게 물어보기라도 하려던 모양이었나 보군."

"……."

"안 그런가?"

"폐하."

나는 건조한 목소리로 그를 불렀다.

"죄송하지만…… 제게 그런 말씀을 하시는 이유를 잘 모르겠습니다."

"이유를 모르겠다니?"

"말씀하신 것처럼 전 오늘 황태자 전하를 뵙고 여쭤볼 생각이었습니다."

내가 담담하게 말을 이어나갔다.

"동생과 대화 중에 우연히, 아주 우연히 실낱같은 의심이 생겨버렸거든요. 제 친구의 사랑이 깨져버린 데 일조한 것들 중 가장 큰 원인 하나가, 혹시 나는 아닐까 하고 말입니다."

"그런데?"

"제가 직접 전하께 여쭤볼 생각이었고, 폐하께서는 그걸 알고 계셨죠. 하지만 어쨌든 이건 저희 두 사람 사이의 문제라고 생각합니다. 그럼에도 불구하고 굳이 관여하신 까닭이 무엇인지 여쭙고 싶습니다, 폐하."

"정말 이것이 두 사람만의 일이라고 생각하나?"

아까보다 차가워진 헨리 14세의 목소리가 나의 귓전을 울렸고, 서늘함이 느껴짐에 나는 살짝 움츠러들었다. 하지만 그의 서늘한 목소리는 멈추지 않고 계속해서 들려왔다.

"황태자는 차기 황제가 될 몸이다. 곧 내가 죽게 된다면 그때는 이 제국에서 가장 고귀한 사람이 돼."

"……."

"이것은 그런 사람의 황후를 선택하는 일과도 맞물린 문제다. 그러니 이건 절대로 두 사람만의 문제가 될 수 없어."

"그렇다면 폐하, 제게 굳이 그런 말씀을 먼저 해주신 까닭은."

내가 헨리 14세를 똑바로 쳐다보며 물었다.

"바라는 것이 있으셨기 때문이겠군요, 제게."

"없다고는 볼 수 없지."

그가 덤덤한 목소리로 대꾸했다.

"영애가 만일 황태자에게 마음이 없다면, 가급적 빨리 그를 포기하라고 말하고 싶군."

"……."

"나는 내가 겪은 상황이 내 자식 대에서까지 그대로 재현되기를 원치 않아. 영애 역시 그런 비극적인 상황을 원하는 것은 아니라고 생각하는데, 아닌가?"

"……네, 폐하."

"내가 죽기 전에 황태자의 결혼을 성사시킬 생각이다. 그런데 황태자가 마음을 받아주지도 않는 여인에게 목매다는 상황이 계속되면 곤란하니까. 만일 그런 상황이 온다면 황태자에게 다른 여인을 마음에 품어야 할 시간도 줘야 하지 않겠나."

"……."

"내 말, 무슨 뜻인지 알겠지?"

"……네, 폐하."

"영애가 멍청한 사람은 아닐 거라고 생각해. 나는 영애가 황태자비가 되는 걸 찬성도 반대도 하지 않아. 그저 황태자의 인생이 최대한 행복해지는 방향으로 흘러가기를 바랄 뿐이다."

"……네, 폐하."

나는 염불을 외듯 '네, 폐하'만 반복했다. 그 상황에서는 정말로 그것밖에는 할 말이 없었다.

자비에르가 정말로 나를 좋아한다. 자비에르가 좋아하는 사람이,

도로테아도 오델레타도 아닌 나다. 자비에르가 나를 친구가 아닌 여자로 보고 있다.

그 충격적인 사실을 알아버렸는데, 그 상황에서 내가 무슨 정신이 있어서 이러쿵저러쿵 다른 말을 할 수 있을까.

"이 이후의 황태자와의 약속이 잡혀 있는 것으로 알고 있는데."

그건 또 어떻게 아시는 건지. 나도 모르게 입술을 꾹 깨물며 물었다.

"그런 건 어떻게 아셨습니까, 폐하."

"아비가 되어 자식의 일에 무관심해서야 되겠느냐."

"그런 개인적인 일까지 아신다는 것은 그리 바람직한 일은 아닌 것 같습니다만."

"……당돌하구나."

헨리 14세가 한쪽 눈썹을 치켜뜨며 내게 말했다.

"내게 그렇게 말할 수 있는 여인은 아마 네가 세 번째일 것이다."

"……"

나는 앞의 두 명의 여인이 누구인지 묻지 않았다. 그리고 그걸 흥미롭게 여겼는지, 대신 헨리 14세가 내게 물어왔다.

"앞의 두 사람을 묻지 않는구나."

"답이 이미 정해져 있으니까요."

"답이 이미 정해져 있다니?"

"한 분은 서거하신 황후 폐하이실 것이 분명하고, 다른 한 분은……"

내가 주저하다가 말을 맺었다.

"뒤늦게 사랑에 빠지셨다는, 그분이 아닙니까."

"……아주 멍청하지는 않군."

"머리가 있다면 아마 그 정도는 누구나 유추할 수 있을 것입니다, 폐하."

조용히 대답한 뒤에, 나는 그에게 물었다.

"제 이후 일정도 알고 계시다니 저는 이만 가보아도 될까요?"

"그러도록 하지. 어차피 내가 영애에게 하고 싶은 말은 이미 다 했으니까."

"……."

그 말에 나는 아무 말도 하지 않았고, 대신 잠깐 생각하는 표정을 짓다가 헨리 14세를 향해 허리 굽혀 인사했다.

그가 자신에게 인사하는 나를 바라보는 시선이 느껴졌고, 나는 굽힌 허리를 펴 올린 다음 그대로 뒤를 돌아 솔레궁을 나섰다.

뒤에서 헨리 14세가 그런 나를 지켜보는 눈길이 느껴졌지만, 나는 다시 뒤돌아보지는 않았다.

"오랜만에 뵙습니다, 레이디 마리스텔라."

"딜튼 경."

나는 살짝 놀란 목소리로 그에게 물었다.

"제가 올 줄 어떻게 아셨습니까."

원래 방문하기로 했던 시간보다 조금 일찍 서먼궁에 도착했던 탓에, 나는 예상치 못했던 딜튼 경의 등장에 당황할 수밖에 없었다.

내 질문에 딜튼 경은 반짝거리는 미소를 지으며 내게 말했다.

"중앙궁에서 기별을 받았습니다, 레이디 마리스텔라."

"……"

내가 중앙궁에 들렀다 서먼궁으로 가는 것은 아무에게도 말하지 않은 일이었다. 하지만 헨리 14세는 스파이를 이 궁전 안에 심어 두기라도 했는지 모르는 게 없었고, 방금 딜튼 경의 그 발언으로 결국 내가 지키려고 했던 비밀은 더 이상 비밀이 아니게 되었다.

'자비에르가 헨리 14세를 만나는 걸 별로 좋아하지 않는 것 같아서 숨기려고 했던 건데……'

어쨌든 이제 다 부질없는 일이었다. 내가 어색한 표정으로 말했다.

"다 알고 계셨군요."

"네, 레이디 마리스텔라."

"일부러 말씀드리지 않은 건 아니었어요. 그냥…… 황태자 전하와 황제 폐하 사이가 그리 좋지 않은 것 같아서요. 괜한 신경 쓰시게 하고 싶지 않았죠."

"그래서 황태자 전하께 아직 말씀은 안 드렸습니다."

딜튼 경이 한쪽 눈을 찡긋거리며 내게 물었다.

"무슨 말씀을 나누셨습니까."

"……."

그 질문에 나는 잠깐 침묵할 수밖에 없었다. 오늘 나와 헨리 14세가 나누었던 대화 중 그나마 멀쩡한 것이라고는 그가 나의 몸 상태를 걱정했다는 것뿐이었으니까.

'황제에게 뒤늦게 사랑하는 사람이 나타났고, 황후는 그 사실에 괴로워하다 황태자의 아카데미 졸업식 날 목매달아 죽었다.'

이 내용을 딜튼 경에게 사실대로 말해도 될지 감이 잡히지 않았다. 어쩐지 딜튼 경은 내가 알고 있던 것들을 꽤 오래전부터 알고 있었을 것 같은 느낌이었지만, 어쨌든 불확실한 도전을 할 필요는 없었으니까.

'거기다가, 자비에르가 날 좋아한다는 사실을 황제를 통해 알아 버렸다는 걸 알면…….'

확실히 좋은 결과가 나오기는 어려울 것 같았다.

"그냥…… 일상적인 대화를 나누었어요. 소소하게."

결국 나는 완벽하게 거짓말하는 것을 택했다. 절대로 '일상적인 대화를 소소하게' 나눈 게 아니라 양심이 좀 찔려오긴 했지만 어쩔 수 없다고 자위하면서.

"그러셨군요."

딜튼 경이 빙긋 웃으며 내게 물어왔다.

"폐하와의 만남은 즐거우셨나요?"

……딱히.

"나쁘지 않았습니다."

이번에도 거짓말이었다. 이걸 딜튼 경은 눈치챘으려나.

"폐하께서는 아는 게 참 많으시더군요."

"아카데미 재학 시절 1등을 놓치지 않으셨습니다."

그런 뜻은 아니었지만 나는 놀랍다는 듯 고개를 끄덕였다. 그런 다음 별생각 없이 덧붙였다.

"그래서 황태자 전하께서도 그렇게 명석하신가 봅니다."

"그렇게 말씀해주시니 기쁘군요. 그보다 재판 준비는 잘 되어 가시나요?"

"제가 할 일이 뭐가 있겠어요. 아버지께서 준비하고 계십니다. 듣기로는 늦어도 한 달 후에 재판이 열릴 거라고 하시더군요."

"모쪼록 좋은 결과 있기를 바라겠습니다, 레이디 마리스텔라. 영애께 일어난 일을 생각하면 아직도 놀라서 가슴이 뛰거든요."

"황태자 전하 덕에 살았지요, 저는."

툭 그 말을 내뱉고 난 뒤에, 나는 잠깐 생각하는 표정을 짓다 딜튼 경을 불렀다.

"딜튼 경."

"네, 레이디 마리스텔라."

"딜튼 경은 알고 계셨지요?"

내가 그를 빤히 쳐다보며 물었다.

"황태자 전하께서 좋아하시는 분 말이에요."

"……네?"

당황한 게 분명한 목소리로 딜튼 경은 내게 물었다.

"갑자기 그런 건 왜……."

"갑자기 그런 게 궁금해져서요."

내가 담담한 목소리로 말을 이었다.

"오델레타가 그날 제 병실에 다녀갔더군요."

"아……."

"딜튼 경은 알고 계셨지요?"

모를 리가 없을 것이다. 그날 사고가 있고 수습이 딜튼 경을 주축으로 이루어졌으니까.

"……네."

내 질문에 딜튼 경이 고개를 끄덕이며 답했다. 나는 그런 그의 모습을 빤히 쳐다보다가 입을 열었다.

"경께서 오델레타를 제 병실로 들이셨을 거라고 짐작했어요."

"어떻게 아셨습니까?"

그가 물어왔다.

"그녀가 말했나요?"

"아닙니다, 경. 저는 그날 이후 오델레타를 보지 못했어요."

정확히는 그날 이전에도 꽤 오랫동안 그녀를 보지 못했다.

내가 살짝 슬픔에 잠긴 목소리로 말을 이었다.

"제가 사용했던 병실에 나비 브로치를 두고 갔더군요. 그런 걸 제 병실에 두고 갈 사람은 오델레타뿐이라고 생각했어요."

"……그러셨군요."

"오델레타와 화해하려고 많은 시도를 했어요. 저 나름대로는요.

하지만 오넬레타는 이 문제가 해결되지 않는 이상 저와 다시 관계를 유지할 생각이 없어 보여요."

"……."

"사실 여기까지는 푸념이었어요. 이건 저희 두 사람의 문제죠."

나는 씁쓸하게 웃으며 딜튼 경에게 말했다.

"어쨌든 상황이 이렇게 되니 궁금해지더라고요. 지금 저와 오넬레타의 상황을 이렇게 만든 사람이 과연 누구일까…… 하고요. 물론 그분에게 잘못이 있다는 건 결코 아니지만요."

"……."

"어쨌든 딜튼 경은 알고 계시리라 생각해요. 그분에 대해서요. 그렇죠?"

"영애, 그건……."

"그 사람이……."

내가 딜튼 경의 말을 끊은 다음 그를 빤히 쳐다보았다. 동시에 나와 그의 발걸음 역시 서먼궁의 응접실에 다다랐다.

나는 눈썹을 살짝 내린 다음, 이미 다 알고 있다는 사람의 눈빛으로 그에게 물었다.

"저인가요, 경?"

"……영애."

"전하께서 좋아하시는 분이 저냐고 여쭈었어요."

이 목소리에서, 딜튼 경은 이미 눈치챘을 것이다.

황제가 모든 사실을 내게 말해주었다는 걸.

"······황제 폐하의 짓입니까?"

예상대로였다. 내가 물었다.

"그게 중요한가요?"

"······지금 상황에서 의미가 없기는 하겠군요."

딜튼 경이 착잡한 표정으로 다른 방향을 향해 시선을 돌렸다가 내게 말했다.

"······맞습니다, 영애."

"······."

"전하께서 영애를 좋아하십니다."

"언제부터······."

"그건 제가 답변해드릴 내용은 아닌 것 같군요."

아까의 그 산뜻한 표정은 어디로 가고, 딜튼 경의 얼굴은 살짝 굳어 있는 채였다. 그리고 그건, 나도 마찬가지였다.

"황태자 전하."

딜튼 경의 낮은 목소리가 주변을 윙윙 울렸다.

"레이디 마리스텔라 오셨습니다."

"안으로 모시도록 해."

"네."

딜튼 경이 나를 보며 말했다.

"들어가시지요, 영애."

"······."

"그리고······ 폐하 때문에 그 사실을 알게 되었다는 말씀은 안 해주셨으면 좋겠습니다. 부탁드립니다."

"……안 그래도 그럴 생각이었어요."

나는 조용히 고개를 끄덕인 다음 문을 열고 응접실 안으로 들어갔다.

가장 먼저 보이는 건 테이블 앞에 앉아 우아한 분위기를 풍기며 차를 마시는 자비에르였다.

그리고 그 모습에서, 나는 설명할 수 없는 슬픔을 느꼈다.

그건 그가 나를 좋아한다는 사실을 알게 되었기 때문이기도 했고, 본인이 말하지 않은 본인의 슬픈 가정사를 알아버렸기 때문이기도 했다.

"황태자 전하."

자비에르를 조용히 부르자 그가 엷게 미소 지었다.

당신이 내게 지어주는 아름다운 미소가 친구를 위한 것이 아닌, 좋아하는 사람이라는 걸 알아버린 나로서는, 평소 같으면 아무렇지 않게 받아들였을 그 미소조차도 묘한 의미로 다가왔다.

"요나스에 광영을. 제국의 작은 태양을 뵙습니다."

"어서 오십시오, 레이디 마리스텔라. 오랜만에 뵙는군요."

"네……."

순간 목구멍이 뜨거워져서 나는 빠르게 마른침을 삼켰다. 이런 기분은 처음이었다. 나는 그의 맞은편으로 다가가 앉았고, 그런 내게 시녀들이 다가와 차를 따라주었다.

"……."

장미차였다.

'피는 못 속인다, 이건가.'

내가 착잡한 기분으로 자비에르를 쳐다보았고, 그는 연하게 미소 짓는 얼굴로 내게 말해주었다.

"영애께서 장미차를 좋아하시는 것 같아서 준비하도록 지시했습니다."

"······."

"입에 맞으십니까?"

"······너무나요."

내가 애써 웃으며 대답했다.

"몸은 좀 어떠세요?"

내 질문에 자비에르가 건강하다는 듯 활짝 미소를 지어 보였다.

"보시다시피 건강합니다, 전. 외려 영애가 걱정이군요."

"저도 건강해요. 보시다시피요."

나는 주저하다 말을 이었다.

"전하가 아니었더라면 저는 지금 이 자리에 있지 못했겠죠."

그 말에 자비에르의 표정이 살짝 굳어졌으나, 순식간이었다.

"왜 그런 말씀을 하십니까."

그가 경직된 목소리로 말했다.

"이미 제가 영애를 구했는데요."

"부질없는 가정을 한 것뿐이에요. 어쨌든 전하 덕분에 저는 살았으니까요. 전하께서는 제 생명의 은인이십니다. 그 은혜······ 평생 잊지 못할 거예요."

"저는 다행이라고 생각했습니다."

그가 읊조리는 듯한 목소리로 내게 말했다.

"제가 영애의 모습을 발견할 수 있어서요. 이래 봬도 수영은 좀 잘했거든요."

"……그건 서거하신 황후 폐하를 닮아서인가요?"

아차.

나도 모르게 튀어나온 말실수에 말을 하고 나서도 곧바로 놀랐다. 수습 불가의 실수에 어떻게 해야 하나 속으로 전전긍긍하며 자비에르를 쳐다보았다. 그는 잠깐 표정이 어두워지는 듯하다가, 곧 아무렇지 않게 웃으며 대꾸했다.

"……네. 모후께서 수영을 잘하셨거든요."

피는 역시 못 속이나 봅니다, 하고 농담하듯 말을 던지는 자비에르를 차마 똑바로 마주 볼 수가 없어서, 나는 어색하게 입꼬리를 끌어당겨 웃으며 그의 인중 부분만 쳐다보았다.

"그보다 영애께서 제 모후를 알고 계셨다니 신기하군요."

그래, 이 이야기가 나와 줘야지.

내가 입술을 질끈 깨문 다음 대답했다.

"우연히 듣게 되었습니다. 어른들께서 이야기하시는 내용을 들었거든요."

"아, 그러셨군요."

"네. 어쨌든…… 정말 감사드려요, 전하."

나는 진심을 담아 이야기했다. 지금 나를 둘러싼 상황이 무엇이든, 그 마음 하나는 진실이었으니까.

"저를 위해 단번에 호수로 뛰어들어주셔서, 정말 감사해요."

"당연한 일이었습니다."

"전하께서는 정말 좋으신 분이세요."

내가 엷게 웃으며 덧붙였다.

"타인의 고통을 바라만 보는 사람도 있거든요."

거기서 끝나면 양반이었다. 개중에는 타인의 고통을 바라보는 것을 즐기는 사이코패스들도 있었으니까.

대표적인 예시가 도로테아.

"그런 자들과는 상종할 가치가 없다고 생각합니다."

자비에르가 비소를 지으며 대꾸했고, 나는 그런 그의 모습을 빤히 쳐다보다 이야기를 꺼냈다.

"실은 레이디 오델레타와 다투었어요."

그 말에 자비에르의 표정이 미세하게 일그러지는 것을, 나는 놓치지 않았다.

"……어째서요?"

"제가 황태자 전하와 어울리다가 눈이라도 맞을까 봐 걱정했나 봐요."

"……그런."

"그런데 제가 알기로 전하께서는 좋아하시는 여성분이 따로 계시다는 말이지요."

내가 자비에르의 눈을 똑바로 쳐다보며 말했고, 자비에르 역시 나를 쳐다보았다.

나는 어느새 떨리기 시작한 목소리로 말을 이었다.

"그런데 저와 눈이 맞으실 리 없잖아요. 그렇죠?"

"……."

"그래서 그 이야기를 했더니, 아무 말도 못 하고 저를 묘한 눈빛으로 쳐다보더군요."

말을 맺은 나는 잠깐 멈칫했다가, 잠시 후에 다시 입을 열었다.

"이건 꽤 시간이 지난 이야기예요. 그때 이후로 저는 계속 레이디 오델레타와 소원한 관계를 유지하고 있거든요."

"……."

"그런데 이번 일을 겪고 이런 생각이 들었어요. 어째서 그때…… 오델레타가 저를 묘한 눈빛으로 쳐다보았는지."

"영애."

"제가 생각해도 이상한 일이었어요. 저는 그때 레이디 오델레타의 그 눈빛에서 아무런 의구심도 가지지 않았지만, 이번 일을 겪고 무언가 이상함을 감지했죠. 그래서……."

나는 자비에르와 마주한 시선을 다른 곳으로 돌리고 싶었다.

지금 이 순간을 피하고 싶었다. 잠시 후에 그의 입에서 나올 대답을 알았으니까. 그 이후 나와 그가 겪게 될 어색한 순간과 감당할 수 없는 사실을 알았으니까.

"그래서 오늘 여쭤보려 합니다, 전하."

"……."

"저를 좋아하시나요?"

나는 자비에르에게서 눈을 떼지 않겠다고 다짐했다.

그의 진심을 알고 싶었다. 그가 나를 어떻게 생각하는지, 정말로 나를 좋아하는 게 맞는지. 그간 우정으로 포장했던 감정들이 실은 전부 사랑이었던 건지.

"대답해 주세요, 전하. 저는 전하의 진심을 듣기를 원합니다."

"……이미 정답을 알고 오신 듯한데요."

자비에르가 생각했던 것보다 더 담담한 목소리로 물었다.

"딜튼 경에게 들었나요?"

"……딜튼 경은 그런 것을 제게 함부로 말할 만큼 경솔한 사람이 아니에요. 그건 전하께서 더 잘 알고 계시잖아요."

"그렇다면 에스클리프 공작인가요?"

"……그 역시 아닙니다."

"그렇다면 남은 분은 한 분뿐이로군요."

그 말에 내 가슴이 두근두근 뛰기 시작했고, 나는 무표정한 자비에르의 입에서 별로 듣고 싶지 않았던 한 사람의 이름이 호명되는 것을 들어야만 했다.

"황제 폐하의 짓이로군요."

"……."

"그렇지요?"

"……폐하께서 의외로 신뢰 없으신 분이신가 봅니다. 다들 쉽게 추측하시네요."

"……."

자비에르는 어떠한 반응도 보이지 않았다. 한숨을 쉬는 것도 아니었고, 눈꺼풀을 파르르 떨며 입술을 깨무는 것도 아니었다. 그는 그저 나를 지그시 바라보기만 할 뿐이었다.

처음의 다짐은 어디로 갔는지, 나는 점점 그의 시선이 부담스러워지기 시작했다.

그의 시선을 온전히 받는 것이 싫었다는 이야기가 아니다. 그저 이 순간 그와, 그가 할 이야기와, 그의 진심을 한꺼번에 받아들이기가 버겁다는 뜻이었다.

"하지만 저는 전하의 진심을 듣고 싶어요. 전하의 입 바깥으로 전하께서 직접 대답해 주시기를 원해요."

"……영애."

"대답해 주세요, 전하. 저를…… 저를 좋아하시나요?"

나는 거의 울 것 같은 목소리로 자비에르에게 물었다.

취조하는 듯한 어투였지만, 자비에르는 그것보다는 질문의 내용 자체에 더 집중하는 듯했다.

그가 잠시 고민하는 듯한 표정을 짓다가 입을 열었다.

"그렇습니다, 레이디 마리스텔라."

내 가슴에 균열이 일기 시작했다.

"영애를 좋아하고 있습니다."

지금까지 나의 세상이 전부 거짓이었다고 누군가가 고함치는 느낌이었다.

"아니."

그건 예고였다. 지금까지 내가 자비에르와 맺어왔던 모든 관계의 대격변을 알리는 신호탄.

"사랑합니다, 레이디 마리스텔라."

그 말을 듣고 순간 머릿속이 멍해지는 것을 느꼈다.

좋아하는 것도 아니고 사랑한단다. 나를, 마리스텔라를.

나는 어안이 벙벙해진 얼굴로 자비에르를 쳐다보았다.

그리고 곧바로 그의 진심을 읽었다. 그는 거짓말하지 않았다.

자비에르는 정말로 나를, 마리스텔라를 좋아하고 있었던 것이다.

"아……."

이미 들었던 내용이었다. 그러나 헨리 14세에게 자비에르의 마음을 대신 들었을 때보다, 나는 지금 상황에서 더 어마어마한 충격을 느꼈다.

'자비에르가 나를 좋아해.'

믿을 수가 없었다. 아니, 믿기지 않았다.

'그가 정말로 나를 좋아한다고?'

나는 빠르게 눈꺼풀을 열었다가 닫았다. 마치 지금 이 모든 상황이 영화 속의 한 장면처럼 느껴졌다.

"그리고 오늘, 영애께 그 사실을 고백할 생각이었습니다."

이어지는 그의 고백에, 나는 멍한 목소리로 자비에르에게 물었다.

"……어째서 오늘이었나요?"

"영애를 사랑하고 있다는 걸 알게 되어버렸으니까요."

자비에르가 담담하게 대답했고, 나는 이전부터 궁금했던 것을 물었다.

"언제부터…… 언제부터 절 좋아하셨어요?"

"처음 만났던 순간부터."

감미로운 목소리가 내 눈앞을 훑고 지나갔다.

"좋아하고 있었습니다, 레이디 마리스텔라."

"……첫눈에 반하셨다고요?"

"소설 같은 이야기지만, 네."

그가 고개를 끄덕인 다음 진지한 목소리로 답했다.

"첫눈에 반했습니다. 제 앞에서 액세서리를 떨어뜨리셨던, 바로 그때요."

"……"

그 말이 더 믿기지 않았다. 처음부터 나를 좋아하고 있었다니. 그때 그 파티에서 도로테아에게 사랑에 빠지는 게 아니라 내게 사랑에 빠져버렸다니.

'그래서……'

그래서 도로테아를 보고도 사랑에 빠지지 않을 수 있었던 걸까.

이미 나라는 존재가 그의 마음속으로 들어가 버려서. 이미 그는 나를 좋아하게 되었기 때문에.

'아주 오래전부터 원작은 파괴되어 버렸구나.'

그 사실을 상기하자, 어쩐지 허탈한 기분이 들었다.

"믿기지 않는다는 듯한 표정이군요."

그때 들려오는 자비에르의 목소리에 나는 다시 그와 눈을 마주쳤다. 늘 그의 얼굴 표정을 읽기 어렵다고 생각했는데, 오늘따라 더 어려웠다.

"아니에요, 전하."

나는 차분하게 대답했다.

"전하의 진심을 믿지 못하는 것은 아닙니다."

"그럼요?"

"당황스러워서요."

내가 솔직하게 답했다.

"말씀하신 것처럼, 이미 황제 폐하를 통해 전하의 마음을 알고 있던 상태였습니다. 하지만 그때는 그 사실이 놀랐지 않았고, 정작 지금이 더 놀랍네요."

"……부황 폐하께 들으셨을 때는 그 말의 진위를 의심하셨을 테니까요."

미약하게나마 그런 마음이 있었던 것도 사실이었다. 내가 머뭇거리다 입을 열었다.

"폐하께서는 저더러 빨리 선택하라고 하셨어요."

"무슨 뜻입니까."

"전하께서 괴로워하시는 모습을 원치 않는다고 하셨어요. 전하께서 행복해지기를 원하신다고 하셨어요."

"……그분의 존재가 저를 괴롭게 만듭니다, 영애."

"폐하께서는 전하께서 저와 결혼하든지, 아니면 저를 잊고 서둘러 다른 영애를 마음에 담아 결혼하기를 바라신다고 하셨어요."

"……확실히 말씀드리겠습니다, 레이디 마리스텔라."

자비에르는 차가운 표정을 짓고 있었다. 그리고 새삼스럽게도, 나는 내가 그의 그런 모습을 꽤 오랜만에, 아니 어쩌면 처음 보고 있다는 사실을 알아차렸다.

'단 한 번도 내게 차가운 모습을 보인 적은 없었으니까.'

늘 다정했으니까, 그는. 늘 내게 좋은 모습만, 따뜻한 모습만 보여주었으니까.

"저는 영애가 아니면 결혼하지 않을 생각입니다."

"전하, 그런 말씀은……."

"무책임하다고요?"

"……알고 계시네요."

내가 당황한 얼굴로 말을 이었다.

"다른 분도 아니고 한 제국의 황태자 되시는 분이십니다. 차기 황제가 되실 분이시고요. 그런데 고작 사랑을 좇아 결혼하신다는 건……."

"저도 저의 불행을 원치 않습니다, 레이디 마리스텔라."

말을 끊고 들어오는 자비에르의 목소리에 나도 모르게 흠칫하고 그를 쳐다보았다. 심연을 담은 듯한 자비에르의 청색 눈동자가 나를 꿰뚫었다.

"영애께서도 제가 불행해지는 것을 원치 않으시리라 생각합니다."

"……"

"물론 그걸 빌미로 제 마음을 받아 달라 강요하는 것은 결단코 아닙니다. 저는 다만, 제 마음에 없는 결혼은 할 생각이 없다 말씀드리고 싶은 것입니다."

"어째서요?"

나는 이해할 수 없다는 목소리로 물었다.

"황족들은 대개 정략혼을 하잖아요. 재산과 지위와 혈통을 지키기 위해서요. 하물며 귀족도 그러할진대 황족이 어째서……."

"잔인하십니다."

그 한 마디에 나는 모든 말을 멈추었다. 상처받은 아이의 얼굴이 내게 말했다.

"그렇게 되면 제 인생이 얼마나 비참해질지는…… 조금도 생각해주지 않으십니까."

"……전하, 그건."

내가 머뭇거리다 결국 그에게 사과했다.

"죄송합니다, 전하. 제가 실언했습니다. 제 생각이 짧았네요."

"영애를 탓하고자 하는 게 아닙니다. 저는 그저…… 더 이상 불행해지고 싶지 않을 뿐입니다."

그가 슬픔이 깃든 목소리로 말을 이었다.

"지금까지의 저는 불행했으니까요."

"······."

나는 그 까닭이 무엇인지 어렵잖게 유추할 수 있었다. 하지만 그
것이 무엇인지는 맨정신으로 도무지 물어볼 수가 없어서, 나는 질
문하는 대신 마른침을 삼키고 다른 쪽으로 말을 돌렸다.

"전하, 지금 당장 제 마음을…… 말씀드릴 수는 없습니다."

"압니다. 부황께 들으셨든 안 들으셨든, 지금 상황이 당황스러우
시겠지요."

"······."

"저 또한 영애께 지금 당장 대답을 바란 것이 아닙니다. 영애가 대
답해주실 때까지 언제고 기다릴 수 있습니다."

"제가 언제 대답해드릴 줄 알고요. 제가…… 무슨 대답을 할 줄
알고요."

"어쩌겠습니까."

자비에르가 빙긋 웃으며 내게 말했다.

"제가 이미 영애를 사랑해버렸는데요."

"······."

"영애가 물에 빠지는 걸 본 순간, 다른 걸 걱정하지 않고 몸부터
움직였습니다. 머릿속에는 오로지 영애를 구해야 한다, 살려야만
한다, 이 생각뿐이었어요."

"전하……."

"영애가 혹시라도 죽으면, 견딜 수 없을 것 같았거든요."

"······."

"그리고 영애를 구하고 나서 깨달았습니다. 제가 영애를…… 깊이 좋아하고 있다는 걸요. 제가 생각했던 것보다 훨씬 더 많이 영애를 사랑한다는 걸요."

자비에르가 수줍은 듯 웃었고, 나는 그런 그의 모습에서 당황스러움을 느꼈다. 부정적인 의미가 아니었다. 누군가가 누군가를 좋아하면서 저렇게 수줍게 좋아하는 모습을 처음 보았기 때문이었다.

그 대상이 나라는 건 분명히 기분 좋고, 고마우며, 천국을 걷는 듯한 기분이었다. 그걸 부정할 수는 없었다.

'하지만……'

그렇다고 하더라도 지금 당장 대답하는 건 너무나도 이른 일이었다. 왜냐하면 지금의 나는 이 상황에 많이 당황했기 때문이었다.

내게는 시간이 필요했다. 내 마음을 정리하고 그에 대한 내 생각을 정리하고, 앞으로의 관계와 오델레타와 얽힌 문제까지 전부 다, 정리할 수 있는 시간.

그래서 나는 지금 당장 그에게 아무 말도 하지 못하는 것이다.

"감사해요, 전하. 진심으로요. 누군가에게 사랑받는 것처럼 기분 좋고 행복한 일도 없잖아요."

나는 엷게 웃으며 말을 이었다.

"하지만 시간이 필요해요. 지금 당장은…… 어떠한 답도 드릴 수가 없어요."

"아까도 말씀드렸지만, 전 기다릴 겁니다."

자비에르가 빙긋 웃으며 내게 말했다.

"그리고 영애께서 좀 더 결정을 서두르실 수 있도록 최선을 다할 거고요."

"……."

"최선을 다해 영애를 유혹할 거라, 이 말씀입니다."

저 입에서 저런 말이 나올 줄이야.

"그러니…… 피하시려면 기회는 지금뿐입니다."

이곳에 와 처음으로 느껴보는 생경한 기분. 자비에르를 통해 이런 말을 듣게 될 줄은 정말…… 꿈에도 몰랐던 일이었다.

그 이후에 어떻게 자리를 지켰는지 모르겠다.

식사는 입으로 했는데 코로 넘어간 것 같았고, 무슨 생각을 했는지 무슨 대화를 나누었는지 전부 기억이 안 났다.

'지금 내가 꿈을 꾸고 있는 건가?'

저택으로 돌아오는 마차 안에서는 그런 생각까지 들었다.

이 모든 게 다 꿈인 거다. 일어나면 사라져 버릴 꿈.

"악!"

하지만 볼을 세게 꼬집고 나서야, 정확히는 아픔이 느껴지고 나서야 나는 깨달을 수 있었다.

'꿈이 아니야.'

자비에르가 나를 좋아해.

"말도 안 돼."

어떻게 날 좋아할 수가 있지?

'그것도 그렇게 오래전부터?'

아니, 오래전부터라기보다는, 처음부터 날 좋아해 왔다니.

믿을 수가 없었다.

'도대체 왜?'

도로테아와 늘 붙어 다니던 마리스텔라였는데. 그때는 마리스텔라에게 눈길 한번조차 주지 않았잖아.

'뭐지? 뭘까?'

하지만 이내 나는 이런 고민들이 전부 부질없다는 것을 깨닫고 그만두었다.

'어쨌든 이미 나를 좋아한다는데.'

어째서, 무엇 때문에, 언제부터가 뭐가 그렇게 중요하다고.

'하지만 그렇다고 해도……'

갑작스러운 건 어쩔 수 없었다. 나로서는 정말로 상상조차 하지 못했던 일이었기 때문에.

'난 이제…… 어떻게 해야 하지?'

나와 자비에르 두 사람만의 문제로 치부하기에는…… 걸리는 사람이 한 명 있었다.

'오델레타.'

그래서 그때 걱정했던 거였나. 내가 진지한 표정으로 중얼거렸다.

"설마 그때……"

이미 알고 있었던 거야?

내가 짚이는 게 있다는 얼굴로 한 마디를 내뱉었다.

"미팅."

오델레타와 자비에르의 미팅이 있었던 날, 오델레타가 어두운 표정으로 나를 찾았던 날이 생각났다.

'그때 들은 거야.'

자비에르가 좋아하는 사람이 있는데, 그게 나라고. 그래서 그 이후에 내가 자비에르와 만나는 걸 꺼려했던 거고.

"맙소사."

이렇게 눈치 없을 데가! 오델레타 입장에서는 내가 얼마나 밉게 보였을까?

물론 내가 몰랐다고는 하지만, 어쨌든 짝사랑하는 상대가 좋아하는 사람이 자신의 친한 친구인데 말이다. 내게 직접적으로 말하지는 않았지만, 마음고생이 장난 아니었을 것이라고 나는 짐작했다.

'그리고 자비에르도⋯⋯.'

어쩐지 오델레타를 소개해준다고 했을 때 표정이 썩 좋지 못하더라니.

'그게 다른 이유가 있어서가 아니라⋯⋯.'

순전히 나를 좋아해서였다니. 참, 다시 생각해봐도 도대체 무슨 짓이었나 싶다.

'내가 원래 이렇게 눈치 없는 사람이었나?'

그래도 소설 바깥에서는 나름 기민하다는 소리까지 들었는데⋯⋯.

소설 속으로 들어오면서 눈치도 함께 사라진 게 틀림없었다.

'분명 신호가 있었을 텐데……'

뭐, 하나하나 꼼꼼히 따져 본다면 아예 신호조차 없었던 것은 아니었다. 내가 오델레타와 자비에르를 이어주는 데 워낙 심취해버리는 바람에 그 신호를 전부 무시했다는 게 문제라면 문제였지만.

'그보다……'

이제 어쩌면 좋아.

나는 난감한 얼굴로 한숨을 내쉬었다. 어쨌든 지금 상황에서 가장 걸리는 사람은 누가 뭐래도 오델레타였다.

자비에르가 나를 좋아한다는 걸 내가 알아버렸다는 사실을 알게 된다면, 자비에르를 완전히 잘라내지 않는 이상은 오델레타와 원래의 관계로 돌아가기란 거의 불가능하리라고 나는 생각하고 있었다.

하지만 그런 이유로 자비에르와의 관계를 포기하고 싶지는 않았다. 그건 내가 이 사실을 모르고 있었을 때조차 내가 확고하게 지켜왔던 생각이었다. 설령 그게, 오델레타와의 관계에 악영향을 미친다고 하더라도.

다른 걸 다 떠나서 친구로서의 자비에르에 대한 예의가 아니었다. 오델레타는 분명 내 소중한 친구였고, 지금도 그 생각은 변하지 않지만 그건 자비에르도 마찬가지였으니까.

더구나 그는 내 생명의 은인이었다. 어떻게 그런 이유로 그와의 관계를 포기할 수 있겠는가?

'결국 중요한 건 내 마음이라는 건데……'

문제는 지금 상황이 내게 너무 갑작스러웠던 탓에 내 마음을 나 스스로도 잘 모르겠다는 거다. 친구로서 자비에르가 어떤지는 내 마음이 명확했지만, 연인으로서, 이성으로서는 생각해본 적이 없으니까.

단 한 번도. 내 것이 되리라고 생각을 처음부터 하지 않았으니 어쩌면 당연한 일이기는 했지만.

"아, 어렵네."

내가 곤란한 얼굴로 마차 등받이에 기대 푹 한숨 쉬었다.

이 소설 속으로 들어와 고민하게 되는 것들 중 이런 문제가 있으리라고는 정말 생각지도 못했다.

'늘 도로테아 문제로만 고민하다가 말이지.'

이래저래 생경한 기분이었다.

그렇다고 해서 지금 이 고민을 하는 것 자체가 기분 나쁜 건 절대 아니었지만. 어쨌든 누군가가 나를 좋아해 준다는 건 정말로 특별한 기분이었으니까.

'그게 작중 손꼽는 미남에, 성격까지 좋은 내 친구라면 더더욱 그렇지.'

하지만 그 좋은 기분과는 별개로 지금 상황이 복잡하다는 건 분명한 일이었다. 만약 내 마음이 그에게로 닿아 고백을 받아들인다면 오델레타와의 관계가 문제였고, 받아들이지 않는다면 자비에르와의 관계가 문제일 테니까. 물론 후자의 경우 자비에르의 성격상 나를 다시 안 본다거나 미워하게 될 가능성은 낮았지만, 분명 예전과 같은 관계는 쉽지 않을 것이다.

한 마디로 양자택일의 상황이었는데, 맙소사, 정리하고 나니 생각보다 더 심각했다.

"아가씨, 도착했습니다."

그때 마차가 벨플레어 저택 앞까지 도착했고, 나는 복잡한 기분을 그대로 끌어안은 채 마차 안에서 내렸다.

저택 안으로 들어간 내가 피곤한 표정으로 바로 위층으로 올라가려는데, 거실에서 마티나와 딱 마주쳤다. 드라마 같은 순간이었다.

"아, 언니!"

마티나가 화사한 목소리로 나를 불렀고, 나는 조금 피곤한 얼굴로 그녀를 맞았다.

"마티나."

"황궁에는 잘 다녀왔어?"

"응."

자연스럽게 다시 자비에르 생각이 나서, 나는 어색하게 웃어버렸다. 하지만 마티나는 평소와 다르게 그 사실을 집어내지 못한 채 내게 말을 이었다.

"피곤하겠다. 그런데 아버지가 부르셔?"

"아버지가? 어쩐 일로?"

"그건 모르겠는데, 황궁에서 사람이 다녀갔어. 그 일과 관련된 게 아닐까?"

"……."

자연스럽게 일 하나가 떠올랐다. 나는 알았다고 고개를 끄덕인 다음 곧바로 벨플레어 백작의 서재로 갔다.

똑똑. 문을 두드리자 안에서 백작의 목소리가 들려왔다.

"마리냐?"

"네, 아버지."

내가 조용히 답했다.

"저예요."

"들어오너라."

중후한 목소리를 듣자마자 나는 문을 열고 안으로 들어갔다. 인자한 인상의 벨플레어 백작이 나를 맞아 주었다.

"아, 왔느냐, 마리."

"부르셨다고 들었어요."

"그래."

백작은 다소 진지한 표정을 지었고, 나는 직감적으로 그가 내가 생각하고 있는 일로 나를 불렀음을 눈치챘다.

"재판 일정이 잡혔나 봐요."

"그래."

벨플레어 백작이 고개를 끄덕이며 답했다.

"한 달 후란다."

"이런. 너무 빨라요."

예상치 못한 일정에 내가 당황하는 표정을 지었고, 백작은 차분하게 부연했다.

"폐하께서 손을 써두신 모양이다. 아마 우리에게 유리한 결과가 나올 공산이 크겠어."

"굳이 폐하의 도움을 받지 않더라도 우리가 유리해요. 우리에게는 황태자 전하의 증언까지 있는걸요."

"그래. 나도 그렇게 생각한다."

백작이 고개를 끄덕인 다음 말을 이었다.

"어쨌든 넌 특별히 신경 쓸 것 없단다, 얘야. 그저 그날 재판에서 네가 겪었던 일들만을 솔직하게 말해주면 돼. 나머지 잡다한 일들은 전부 이 아비가 처리할 테니 말이다."

"감사해요, 아버지."

"감사하기는. 내 딸이 그런 일을 당했는데 아비로서 나서는 게 당연한 일 아니냐."

벨플레어 백작이 나를 안쓰럽게 쳐다보며 말했다.

"가서 푹 쉬려무나. 오늘 황궁에 다녀왔다지?"

"네."

내가 어색하게 웃으며 대답했다.

"폐하와 전하를 만나 뵈었어요."

"그분들이 너를 아껴주시는 것 같아 이 아비는 뿌듯하구나."

"과분한 총애지요, 뭐……."

나는 머쓱하게 웃은 다음 그에게 말했다.

"혹시라도 아버지께 누가 될까 봐 최대한 조심스럽게 처신하고 있어요."

"넌 원래부터 신중하고 차분한 성격이었으니까. 특별히 걱정하지 않는단다. 그러니 너무 몸 사릴 필요도 없어."

"네. 그럴게요."

내가 엷게 웃으며 대답하자, 그 모습을 흐뭇하게 바라보던 벨플레어 백작이 내 어깨를 툭툭 두드렸다.

"자, 그럼 이제 올라가서 쉬려무나. 피곤할 텐데 말이다."

"그럴게요, 아버지. 아버지도 쉬세요."

나는 씩 웃으며 인사를 남긴 다음에야 벨플레어 백작의 서재에서 나올 수 있었다.

그리고 바깥으로 나오자마자 마티나와 마주했다.

"언니!"

"뭐야, 날 기다리고 있었어?"

내가 낮게 웃으며 그녀에게 묻자 마티나가 해맑은 얼굴로 고개를 끄덕였다.

"응! 아버지랑 무슨 이야기 했어?"

"별거 없어. 도로테아의 재판이 한 달 후로 결정되었다네. 그 이야기."

"와…… 엄청 빠른데?"

"나도 놀랐어. 아무래도 황제 폐하께서 신경을 좀 써주신 것 같아."

"아, 맞다. 오늘 황궁에 간 건 어땠어?"

"으음……."

내가 어색하게 웃으며 대답을 피하자, 마티나가 목소리를 낮춘 다음 내게 조심스럽게 물어왔다.

"황태자 전하께 여쭤봤어?"

"……여기서 할 이야기는 아닌 거 같다."

나는 엷게 웃으며 대답을 미루었다.

"1시간 후에 다시 내 방으로 와. 그때 이야기하자. 일단 좀 씻어야 겠어."

"그래, 뭐. 급한 일도 아닌걸. 일단 씻어, 언니. 내가 이따가 언니 방으로 갈게."

"그래."

만약 마티나에게 지금 상황을 이야기하고 조언을 구한다면 내 마음이 조금은 편해질까?

확실한 건 지금 이 상황에서 나를 도와줘야 할 믿음직한 사람 하나쯤은 있어야 한다는 사실이었다.

미치지 않은 이상 오델레타에게 말할 수는 없었고, 클로드에게 말하기에는 아무래도 자비에르와의 관계가 걸렸다.

'마티나가 없었으면 어쩔 뻔했어.'

나는 속으로 짧게 한숨을 내쉬며 내 방으로 올라갔다.

목욕을 마치고 얼마 지나지 않아 마티나는 내 방을 찾았고, 나는 그녀와 함께 침대 위에 앉아 낮에 황궁에서 있었던 일들에 대해 전부 털어 놓았다.

마티나는 시종일관 심각한 얼굴로 내 이야기를 끝까지 듣다가, 내가 말을 끝맺었을 때가 되어서야 입을 열어 한 마디를 내뱉었다.

"복잡하네."

총평이었다.

그리고 지금 내 마음을 가장 잘 대변하는 말이기도 했다.

"아니, 도대체 왜 황태자 전하께서 언닐 좋아할 일이 없을 거라고 그렇게 확신한 거야? 난 솔직히 처음부터 이해가 안 갔어. 사람 마음 어떻게 될지 누가 안다고."

네가 내가 돼 봐라, 마티나. 결말까지 다 읽은 소설에 빙의한 사람으로서 그런 말을 안 할 수가 있나.

'도로테아랑 그렇게 지지고 볶는 모습을 봤는데 어떻게 날 좋아한다고 생각할 수 있겠어.'

더구나 내가 그의 눈에 한 번도 띈 적 없던 엑스트라면 또 몰라.

여주 친구로서 그렇게나 빈번하게 자비에르의 눈에 띄었는데!

'왜 그때는 가만히 있다가 지금에 와서……'

어쨌든 나도 나름 억울하다, 이 말이었다. 내가 대놓고 한숨을 푹 쉬며 말했다.

"몰라. 어쨌든 나도 나름의 이유가 있었다고."

"에휴, 이미 상황이 이렇게 됐는데 과거 따져봐야 뭐하겠어."

마티나가 고개를 절레절레 저은 다음 물었다.

"그래서, 지금 기분이 어떤데?"

"아까 네가 말했잖아."

내가 푸념하듯 답했다.

"복잡하다니까."

"음…… 그래. 충분히 이해할 수 있어. 그런데 내 말은, 언닌 황태자 전하께 조금의 마음도 없어?"

"……무슨 소리야?"

"우리 이 상황 자체만 놓고 보자고. 오델레타 언니와의 관계 같은 건 좀 멀리 치워두고 말이야."

마티나가 앵두 같은 입술을 오물거리며 내게 말했다.

"어쨌든 지금 언닌 황태자 전하께 고백받은 상황이잖아. 그렇지?"

"그렇지."

"그럼 한번 언니 마음에게 물어봐. 언니는 황태자 전하에 대해 어떻게 생각해?"

"……좋은 분이시지."

"그런 거 말고!"

마티나가 답답하다는 듯 소리쳤다.

"이성으로서 말이야. 친구로서, 주군으로서 말고. 언닌 황태자 전하와 키스할 수 있어?"

"야, 야……! 뭐 갑자기 그런 이야기를……."

예상치 못한 질문에 내 얼굴이 홍당무처럼 빨개졌고, 그 모습을 본 마티나는 대놓고 어이없어했다.

"아니, 무슨 열 살 소녀세요? 남들은 결혼까지 하는 나이에 왜 그렇게 얼굴을 붉혀?"

"아니…… 나는 다른 걸 다 떠나서 황태자 전하와 그런 걸 상상해 본 적이 없어."

"잘됐네, 그럼. 지금이라도 생각해봐. 아직 안 늦었잖아."

"안 늦은 게 아니라 지금부터 해야 하는 거겠지."

"어찌 되었든. 언닌 황태자 전하 좋아해?"

"……그게 복잡하다니까."

내가 미간을 좁히며 대답했다.

"지금까지 계속 친우로만 생각해 왔던 분이야. 다른 쪽으로 관계가 발전할 가능성은 조금도 생각해 두지 않았는데, 그런 분이 갑자기 날 좋아한다고 고백을 해오시네?"

상식적으로 내가 당황스럽겠어, 안 당황스럽겠어. 내 말을 들은 마티나가 이해한다는 듯 고개를 끄덕였다.

"무슨 말인지 알아. 하지만 어쨌든 고백을 받았으니까 이제부터라도 생각을 해봐야지. 그전까지는 안 했더라도 말이야."

"……."

"언니가 너무 어려워하는 것 같으니까 좀 쉽게 가보자. 일단, 황태자 전하와 있으면 좋아?"

"싫진 않지."

"같이 있으면 막 마음이 편해?"

"응."

그건 헨리 14세와 비교했을 때도 확 와 닿는 차이였다.

예상치 못하게 확답이 나왔는지 마티나는 조금 놀란 듯하다가 곧 고개를 두어 번 주억거리며 다음 질문으로 넘어갔다.

"전하께 한 번이라도 설렌 적 있어?"

나는 조금 머뭇거리다가 답했다.

"……있지."

"언제?"

"솔직히 뵐 때마다. 그 미모를 보고 어떻게 아무 감정도 안 들 수 있겠어."

사랑이라는 건 너무 갔다고 쳐도, 어쨌든 자비에르의 얼굴은 보는 사람으로 하여금 가슴을 두근두근 뛰게 하는 매력이 있었다. 내 대답에 마티나가 이해한다는 듯 고개를 끄덕였다.

"전하께서 대단한 미남이긴 하시지. 나도 어쩌다 한번 발견하면 가슴이 두근두근 뛴다니까? 어쨌든…… 그렇게 말한다는 건 아예 가능성이 없는 건 아니네."

"무슨 가능성?"

"당연히 연인이 될 가능성이지."

마티나가 그럼 도대체 뭐겠냐는 듯한 얼굴로 나를 쳐다보았고, 나는 살짝 당황한 얼굴로 입을 다물었다.

"언니, 전하의 마음을 받아들일 생각이 조금이라도 있는 거야?"

"없다고는 할 수 없을 거야. 전하께서는 좋은 분이시니까."

나는 침착하게 내 생각을 이야기했다.

"하지만 그걸 고민하기에 앞서서, 난 오델레타와의 관계를 생각하지 않을 수 없어, 마티나."

"전하께서 언닐 좋아하시는 건 언니의 잘못이 아니야. 아니, 애당초 누가 누굴 좋아하는 건 그 누구의 잘못도 아니야."

"알고 있어, 마티나. 논리적으로는 그렇지. 하지만 인간관계를 그렇게 논리로만 판가름할 수 있는 건 아니니까."

내가 한숨 섞인 목소리로 말을 이었다.

"내가 좋아하는 사람이 내 친구를 좋아한대. 솔직히 이걸 마음 넓게 받아들일 수 있는 사람이 몇이나 되겠어? 나는 오델레타가 나에 대한 태도를 바꾸었던 것도 이제 이해할 것 같아."

"나도 오델레타 언닐 이해 못 하는 건 아니야. 하지만 어쩔 수 없잖아. 상황이 그렇게 되어버렸는데."

"……"

나는 잠깐 말을 멈추고 마티나를 빤히 쳐다보았다. 마티나도 그렇게 했다. 한참 무언가를 생각하던 내가 입을 열었다.

"그 문제가 해결되기 전까지는 전하와의 관계에 오롯이 집중할 수 없을 것 같아."

"그 반대로 전하와의 문제가 해결되지 않는다면 그 문제를 해결하는 것도 어려울걸."

마티나가 내 말 속의 허점을 날카롭게 짚어냈다.

"어느 한 가지를 완벽하게 해결한 뒤에야 남은 문제를 해결하겠다는 생각은 버려, 언니. 언니도 알고 있잖아. 결국 하날 택하면 하나를 버려야 한다는 거."

"……"

"황태자 전하야, 오렐레타 언니야?"

"……몰라, 모르겠어. 둘 중 하나를 택하라는 거, 내게 너무 잔인한 문제라고 생각하지는 않아, 마티나?"

"맞아. 잔인한 문제야. 하지만 현실을 회피한다고 해서 상황이 해결돼?"

마티나가 이제껏 본 적 없는 냉정한 태도로 나를 대했다.

그녀에게 어리광을 피울 심산은 아니었지만, 생각했던 것보다 더 냉철하게 현실을 일깨워주는 그녀에게 나는 약간의 야속함을 느꼈다. 내가 아직도 너무 미성숙한 것일까.

마티나가 한숨을 폭 내쉬며 중얼거렸다.

"언니도 참 복잡하다. 어쩌다 이런 일이……."

"내 말이 그 말이야."

"이런 상황이 아주 드물게 일어나는 건 아니지만, 그게 언니일 줄은 또 몰랐지."

소설 속에서나 일어나는 이야기인 줄 알았다, 나는.

내가 다시 한번 한숨을 폭 쉰 다음 한 마디 했다.

"어느 쪽을 선택하든 내게 소중한 사람 하나를 꼭 잃어야 한다는 사실이 너무 가슴 아파."

"두 사람 모두 좋은 사람들이야. 지금 당장은 언니와 예전 같은 관계를 유지 못 하겠지만, 시간이 지나면 또 모르지."

마티나가 다소 무심한 목소리로 나를 위로했다.

"중요한 건 언니의 감정이야. 언니의 마음이야. 황태자 전하와의 관계도, 오델레타 언니와의 관계도 생각하지 말고, 오직 그것만 고려해."

"……."

"그게 아니면 이 문제 절대 해결 안 될걸."

마티나의 말이 맞았다. 어쨌든 내 마음에 집중하는 게 최우선이었다. 문제는 '내 마음'이 뭔지 나도 잘 모르겠다는 거지만…….

'일단은 지금 상황을 유지하자.'

자비에르에 대한 마음을 섣불리 정의 내리기엔, 그를 '친구'가 아닌 '이성'으로 인식한 시기가 너무 최근이었다.

"전하께서 다른 말은 없으셨어?"

"최선을 다해 날 유혹해 볼 생각이시래."

나는 무덤덤하게 들었던 말을 재생했다.

"내 고민 빨리 끝내주시겠다고."

"와우."

마티나가 놀랍다는 듯 눈을 동그랗게 떴다.

"전하께 그런 면모가 있었다니. 영 상상이 안 되는걸."

"마찬가지야."

"일단 언니, 너무 급하게 생각하지 마. 솔직히 언니가 전하를 친구로 여겨온 시간이 있는데, 그렇게 빨리 마음을 정하는 게 쉬운 일이겠어? 전하께서 언제까지 확답을 달라 말씀하신 것도 아닌데, 전하와의 관계를 숙제처럼 여기지 않았으면 좋겠어."

"그게 맞는 것 같아."

나는 고개를 끄덕이며 덧붙였다.

"지금은 솔직히…… 아무것도 모르겠어."

"그럴 만하지."

마티나가 이해한다는 듯 고개를 끄덕이며 내 어깨를 툭툭 두드려 주었다.

"평소처럼 지내, 언니. 황태자 전하와 아무렇지 않게 만나고, 오델 레타 언니와는…… 어쩔 수 없겠지만 지금처럼 지내. 그러다 보면 답이 나올 거야."

"그러리라고 어떻게 확신해."

"난 확신해. 결국 모든 문제는 시간이 해결해 주거든. 언니 감정, 지금 문제에 대한 해답, 전부 시간이 지나면 자연스럽게 결론이 나 올 거야."

마티나는 인생을 한두 번은 산 것 같은 사람처럼 성숙하게 내게 조언해주었고, 나는 그 사실에 약간 놀라면서도 충분히 일리 있는 말이라고 생각했다. 지금은 이렇게 골머리 싸매고 있는 문제도 분 명 시간이 지나고 보면 좀 더 객관적으로 보일 테니까.

"어쨌든…… 잘 될 거야, 언니. 너무 걱정하지 마."

"그래야지."

그리고 모쪼록 그렇게 되기를 바라는 나였다.

그 이후로 나는 다짐한 대로 평소처럼, 별 고민 없이 지내기 위해 노력했다. 어차피 이게 고민한다고 해서 해결될 문제는 아니었으니까.

도로테아의 재판이 한 달에서 보름 앞으로, 그리고 다시 열흘 앞으로 다가온 것은 그리 먼 훗날의 이야기가 아니었다.

나는 곧 그녀의 처분이 결정된다는 사실에 적잖이 흥분하면서도, 최대한 평소처럼 행동하기 위해 애썼다. 어쨌든 그녀의 존재로 인해 내 감정이 널뛰기를 탄다는 것은 그리 좋은 일이 아니었다.

나는 그녀에게 초연해져야만 했다. 그녀가 앞으로 어떻게 되든 간에 상관없이, 완전히 없는 사람처럼 내 머릿속에서, 그리고 내 마음속에서 지우는 게 진정 나를 위한 길이리라고 나는 생각하고 있었다.

나는 그날 이후 자비에르를 만나러 서면궁을 다시 방문하지는 않았다. 그가 불편해서 그런 것은 아니었고, 가게 일에 집중하면서 단순히 바빠졌기 때문이었다.

다만 시기가 하필이면 자비에르의 고백이 있고 난 후와 맞물려버리는 바람에 상대는 내가 불편해서 그러는 것이리라고 착각할지도 모르겠다는 생각은 들었다.

그러나 그 오해를 풀기 위해 굳이 까닭 없이 방문하는 것도 우스운 일이라는 생각이 들어서, 결국 자비에르와의 접점은 그날 이후 이루어지지 않고 있었다.

지난번의 적극적인 선언이 있었음에도 불구하고, 그는 내가 우려

했던 것처럼 예상치 못하게 들이대는 행동을 하지는 않았다.

나는 그것이 자비에르가 갑작스러운 고백에 놀랐을 나를 배려해서임을 눈치챘다.

그로 인해 고마운 마음이 든 것이 사실이었다. 만약 자비에르가 그 행동으로 내 점수를 따려고 했던 건지는 모르겠지만.

만약 그런 의도가 있었다면 그건 꽤나 참신한 전략이었다. 사실 어느 정도 먹혀들어 갔기 때문에.

어쨌든 나는 둘러싼 상황과는 대조적으로 꽤나 평화로운 일상을 보내고 있었다. 아이러니한 이야기였지만.

"아가씨, 손님이 찾아오셨어요."

그러던 어느 날, 가게에서 일하던 벨플레어 저택의 하녀가 내게 이렇게 말했다. 가게의 제조실에서 새로운 청 개발에 몰두하고 있던 나는 그 말을 듣고 의아한 얼굴로 물었다.

"손님?"

"네. 나가보셔요."

나는 별생각 없이 입고 있던 앞치마에 습관적으로 손을 닦은 다음 제조실 바깥으로 나갔다. 그러자 익숙한 얼굴이 나를 반기고 있었다.

"레이디 마리스텔라."

······아주 화려한 장미 꽃다발을 든 채로. 나는 당황한 얼굴로 손님을 불렀다.

"공작 전하."

"오랜만입니다, 영애."

다정한 미소를 입가에 머금은 채 클로드가 웃었다. 아름다운 미소였다.

"여기, 꽃이요."

"웬 장미를 이렇게 많이……."

대략 오십 송이 정도 되어 보이는 그 꽃다발은 너무 무거워서, 클로드가 한 손으로 들었을 때는 그렇게 무겁지 않아 보였지만, 내가 들었을 때는 두 손으로 겨우 무게를 감당해 내야만 했다.

그 모습을 본 클로드가 빙긋 웃으며 꽃다발을 내게서 가져가 테이블 한쪽에 놓아 주었다.

"이런. 너무 무겁게 가져왔나 보군요."

"갑자기 웬 꽃을 다 사 오셨어요?"

"그때 장미를 좋아하신다고 하셔서."

클로드의 입가에 걸린 미소가 더 짙어졌다.

"그래서 가져와 봤습니다."

"가게가 더 화사해지겠네요."

나는 피식 웃으며 그에게 감사 인사를 건넸다.

"고맙습니다, 전하. 안 그래도 조금 황량한 기분이었는데."

"고민이라도 있으시다는 말씀으로 들리네요."

"뭐……."

없지는 않지.

내가 말없이 다시 한번 피식 웃자, 그가 잡아냈다는 듯 내게 물었다.

"뭔데요, 그게?"

"일단 좀 앉으세요. 손님을 너무 세워뒀네요."

내가 그를 한쪽 테이블로 안내했고, 하녀가 따뜻한 레몬청차를 내왔다. 달콤한 표정으로 한 모금을 마신 클로드가 곧 말해보라는 듯한 표정으로 나를 재촉했다.

"그래서, 영애를 괴롭게 만드는 문제가 뭔가요?"

"친구와 연인, 둘 중 하날 택하라면 전하께서는 무얼 고르시겠어요?"

나는 단도직입적으로 물었다. 물론 자비에르는 아직 나의 연인이 아니었지만, 이 상황에서 그를 표현할 수 있는 단어가 마땅히 없었다. 내 질문에 클로드는 잠깐 당황하는 듯하다가, 무언가를 생각하는 표정을 지으며 침묵을 지켰다.

나는 그 모습에서 내 질문이 그가 가진 과거의 기억을 건드린 게 분명하다고 추측했는데, 클로드의 눈동자가 회상하는 빛을 띠고 있었기 때문이었다.

'비슷한 경험이라도 있는 걸까.'

내가 묘한 표정으로 클로드의 얼굴을 쳐다보았고, 그 순간 클로드가 시선을 내게로 바로 했다. 나는 그런 그의 시선을 피하지 않은 채로 물었다.

"비슷한 경험이 있으신가 봐요?"

"왜 그렇게 생각하셨습니까?"

"과거를 회상하는 듯한 눈빛을 하시기에. 아닌가요?"

"맞습니다."

그가 빙긋 웃으며 덧붙였다.

"비슷한 경험을 했지요."

"여쭤봐도 되려나. 뭘 택하셨어요?"

"사랑이요."

클로드가 곧바로 대답했다.

"우정과 사랑 중에 사랑을 택했습니다."

"어려운 결정을 내리셨네요."

"그렇게 어렵지 않았습니다. 사랑의 크기가 원체 컸거든요."

"어느 한쪽 감정이 커야 해결될 문제라는 말씀이시군요."

"그게 아니라면 해결되기 어렵지요. 어쨌든 둘 다 소중한 가치 아니겠습니까."

동의했다. 내가 씁쓸하게 웃었고, 그 모습을 캐치해낸 클로드는 다시 물어왔다.

"그래서, 고민이 사랑과 우정 중 하나를 택하시는 겁니까?"

"비슷해요."

"우정은 레이디 오델레타일 거고……."

잠깐 생각하는 표정을 짓던 클로드가 물어왔다.

"사랑은 설마, 황태자 전합니까?"

"공작 전할 속이지는 못하겠네요."

내가 너털웃음을 지으며 고개를 끄덕였다.

"맞아요."

"……."

그런데 내 답을 들은 클로드의 표정이 일순 어두워졌다. 그 모습을 본 내가 당황해서는 물었다.

"전하?"

"……아."

마치 어디 한 군데에 정신이라도 팔렸던 것처럼, 그가 퍼뜩 놀란 표정으로 말했다.

"네, 레이디 마리스텔라."

"괜찮으세요? 갑자기 표정이 굳어지셔서……."

"아, 네. 괜찮습니다."

그가 어색하게 웃으며 화제를 돌렸다.

"황태자 전하께 고백이라도 받으셨습니까?"

"와…… 어떻게 아셨어요?"

"……그러셨군요."

그가 의미 모를 고개 끄덕임을 했고, 나는 조심스럽게 그에게 속내를 털어놓았다.

"저는 황태자 전하께서 절 좋아하실 줄은 정말 꿈에도 몰랐거든요. 저도 전하를 이성으로 생각해본 적이…… 진지하게 한 번도 없어서."

물론 미남인 그를 이성으로 단 한 번도 생각하지 않은 건 아니었지만, 그건 어디까지나 연예인 보는 듯한 기분으로 그랬던 것이고,

'현실적으로 진지하게' 그랬던 적은 단 한 번도 없었던 것이다. 늘 그가 오델레타와 이어지리라고 생각하고 있었으니까. 혹은 그 상대가 다른 여자일지라도. 어쨌든 나는 아닐 거라고 생각하고 있었다.

"그래서 지금 조금 혼란스러워요. 오델레타와의 관계도 그렇고⋯⋯."

"뭘 망설이십니까, 레이디 마리스텔라."

클로드가 어렵지 않다는 목소리로 내게 해결책을 제시했다.

"우정을 택하셔야죠."

"하지만 전하께서는 사랑을⋯⋯."

"저야 그분을 열렬히 사랑하고 있었으니까요. 하지만 영애는 아니잖아요? 레이디 마리스텔라, 황태자 전하를 '열렬히' 사랑하십니까?"

"⋯⋯."

그⋯⋯ 정도는 아니었다. 애당초 지금 상황에서 내가 누군가를 '열렬히' 사랑하지도 않았고.

"것 보십시오, 레이디 마리스텔라. 그렇다면 답은 정해져 있지 않습니까."

"⋯⋯역시 그래야 할까요?"

"지금 이 상황에서 가장 중요한 건 영애의 마음인데, 영애께서는 전하를 사랑하고 계시지 않으니까요. 전하와는 달리 말입니다. 아닌가요?"

"⋯⋯."

클로드가 줄줄이 맞는 말만 해대는 통에 나는 아무 말도 할 수 없었다.

"공작 전하의 말씀이 맞는 것 같아요. 지금 제가 황태자 전하를 사랑하지 않는데 고백을 받아들이는 것은 아무래도 어폐가 있는 일이죠."

"잘 생각하셨습니다."

"하지만 오델레타가 제게 요구한 건 황태자 전하와의 교류를 아예 끊으라는 것이었는데…… 전하, 저는 그것까지는 자신이 없습니다."

"그렇다면 양쪽의 관계 모두 보류해 두시면 될 일이요. 어차피 지금 당장 트라코스 영애와 화해하시기란 쉬운 일은 아닐 겁니다. 다툼 중에는…… 서로 떨어져서 생각하는 시간이 필요한 경우도 있더라고요. 왕왕 말이지요."

"그럴까요?"

"어느 쪽이든 영애께서 편하신 쪽으로 행동하시면 됩니다."

그가 나른히 웃으며 덧붙였다.

"전 늘 영애 편이거든요."

"감사해요."

살짝 미소 지은 채 대답한 나를 클로드가 빤히 쳐다보다가 말했다.

"그보다 전하께서 고백이라니, 의외시네요."

"아카데미 재학 시절에는 그런 기미가 전혀 보이지 않으셨나

보죠?"

"여자에 아예 관심이 없었어요."

그렇게 말한 클로드가 황급히 뒤에 덧붙였다.

"그렇다고 해서 남자에 관심을 두었던 것도 아닙니다."

"아, 네."

나는 속으로 키득 웃으며 대답했다.

"학업에만 매진하셨다니 성실한 학생이셨겠어요."

"확실히 그랬죠. 그래서 재수 없었지만."

클로드가 묘한 미소를 지은 채 말을 이었다.

"아…… 그러고 보니 코르노헨 영애의 재판 날짜가 조만간이라고 들었습니다."

나는 고개를 끄덕인 다음 답했다.

"일주일 조금 남았어요."

"시간이 빠르군요. 아무래도 황제 폐하께서 손을 써두신 것 같네요."

"배려에 감사드릴 따름입니다. 하긴 황태자 전하까지 연루되었던 일이니 신경 쓰시는 게 당연하다 싶으면서도……."

"황제 폐하께서는 '아무나'에게 관심 두시는 분은 아니시지요. 아무래도 영애를 특별히 여기시는 듯합니다."

그렇게 말하면서 클로드의 표정이 조금 미묘해졌는데, 그건 안 좋은 쪽으로의 변화에 더 가까워서 나는 얼른 물었다.

"왜 그러세요?"

"네?"

"표정이 조금 안 좋아지셔서요."

내 말에 클로드가 조금 놀랍다는 얼굴로 답했다.

"아, 그걸 눈치채셨군요."

"눈치가 좀 빨라서요."

"이 점을 폐하께서 좋아하시는 것일 수도 있겠네요. 그보다, 요즘 은 뭘 하고 지내십니까?"

클로드는 내 질문에 대답하는 대신 자연스럽게 화제를 돌렸다. 나는 그 사실을 눈치챘지만, 본인이 썩 대답하고 싶어 하지 않는 눈 치였기 때문에 그냥 넘어가기로 마음먹었다.

"별거 없답니다. 그저 평소처럼 똑같이 가게로 출근하고, 과일 청을……."

"아가씨."

그때 가게의 하녀 하나가 내 쪽으로 조심스럽게 다가왔고, 나는 의아한 얼굴로 그녀에게 물었다.

"무슨 일이야?"

"대화 나누시는 도중 죄송합니다. 하지만 에이드민 저택에서 열 리는 차 모임에 나가시려면 지금 댁으로 돌아가셔야 해서요."

"아."

까맣게 잊고 있던 일정에 내가 탄성을 지르는 사이, 앞에 앉아 있 던 클로드가 내게 물었다.

"일정이 있으셨습니까?"

"네……. 아침에도 하녀를 통해 들었는데 그새 까먹고 있었네요. 제가 요즘 기억력이 이렇답니다."

"이런. 제가 딱 알맞은 시간대에 방문했군요. 한 시간만 더 늦었어도 헛걸음을 할 뻔했네요."

"그러게, 연락을 주시지 않고요."

"깜짝 방문의 묘미가 있으니까요. 혹시 제가 실례한 건가요?"

"그건 아니었어요."

내 대답에 클로드가 말갛게 웃었다.

"그렇다면 다행이네요. 이만 일어나 보시는 게 좋겠습니다. 괜히 저 때문에 일정에 늦으실 수는 없으니까요."

"이 정도는 괜찮은걸요. 전하의 안부도 여쭙고 싶었는데 아쉽네요."

"전 잘 지내고 있습니다, 레이디 마리스텔라. 늘 그렇듯이요."

그 말이 어쩐지 '나는 걱정할 필요가 없다'는 것처럼 들려서 괜히 마음이 편안해졌다. 나는 엷게 미소 지었다.

"그래서 늘 영애께서도 잘 지내시기를 바란답니다."

"저도 잘 지내고 있습니다, 전하. 물론 일전에 불미스러운 일들이 조금 있기는 했습니다만……."

그 말을 하자 자연스럽게 저번에 있었던 일들이 주마등처럼 스쳐 지나갔다.

도로테아가 나를 호수 속으로 빠뜨렸던 과거는 물론이고, 아이베스 저택에서 열렸던 차 모임에서 말도 안 되는 궤변을 늘어놓으며 자신의 죄를 회피하려던 모습까지…….

'하여튼 답이 없어.'

나는 고개를 절레절레 저으며 말을 맺었다.

"여하튼 저는 잘 지내고 있습니다. 지금은요."

"앞으로도 계속 그러하시기를 소망합니다, 레이디 마리스텔라."

그렇게 말하면서 클로드는 자연스럽게 내 손등 위로 작별의 키스를 남겼고, 나는 정중하게 웃으며 그에게 인사했다.

"안녕히 가세요, 전하."

"또 뵙겠습니다."

클로드는 끝까지 매너를 잃지 않은 미소를 남긴 채 가게를 떠났고, 나는 그가 가게에서 몸을 비우자마자 짤막한 한숨을 내쉬며 중얼거렸다.

"자, 그럼 나도 한번 가볼까?"

7. Trial

에이드민 저택에서 열리는 차 모임은 내가 근래 가깝게 지내는 이들과의 자리였다.

지난번과 마찬가지로 나는 마티나와 함께 자리에 참석했는데, 차이가 있다면 이번에는 내가 초대받은 자리에 마티나를 데리고 가는 것 정도일 것이었다.

어쨌든 사교계는 넓은 듯하면서도 은근히 좁은 바닥이었기 때문에 크게 문제 될 것은 없었다.

"오늘은 그 여자 안 오겠지?"

불안한 목소리로 마티나가 물었고, 나는 대답하지 않았다.

정확히는 대답하지 못했다. 그건 모를 일이었기 때문이었다. 도로테아는 늘 예측불허의 행동을 하곤 했기 때문에. 물론 좋은 뜻은 아니었다.

"안 오기를 바랄 뿐이야."

그리고 이번에는 그렇게 호락호락하게 들이지도 않을 것이다. 두 번이나 도로테아의 면상을 이런 자리에서 보고 싶지 않았으니까.

"레이디 마리스텔라, 오셨군요!"

마티나와 함께 에이드민 저택의 응접실로 들어서자 모두가 화사한 미소로 우리를 반겨주었다. 나도 그에 상응하는 다정한 미소를 입가에 걸며 그들에게로 다가갔다.

"오랜만에 뵙네요."

"우리끼리 이렇게 차 모임을 갖는 건 정말 오랜만이죠. 하지만 그 사이에 꽤 큰 일이 있었으니까요."

호드페 저택에서의 일을 말하는 것이었다.

마티나와 함께 자리에 앉은 내가 어색하게 웃으며 대꾸했다.

"다들 걱정해 주셔서 감사할 따름이랍니다."

"당연하죠, 영애. 하마터면 호수 속에서 그대로 눈을 감으실 뻔하셨는데요."

"황태자 전하께서 멋지게 구해주셨죠?"

"맞아요. 너무 멋지시다니까요?"

……그 황태자 전하께 고백까지 받은 걸 알면 이 사람들, 어떤 반응을 보일까. 물론 그 사실을 대놓고 말할 수는 없어서, 나는 어색하게 웃어 보이기만 했다.

지난번의 모임에서와 크게 차이 없는 화제가 오갔지만, 달라진 점이 있다면 내가 그때와는 다르게 '황태자 전하께서 영애를 좋아하시는 건 아닐까 하는 생각까지 들었답니다'라는 말에 적극적으로 온 열과 성을 다해 해명하지 못했다는 것 정도? 물론 아니라고 말하기는 했지만, 양심이 조금, 아니 많이 찔려왔다.

"그보다 이야기 들었어요, 레이디 마리스텔라."

"맞아요. 지난번 아이베스 영애의 차 모임에 가셨다면서요?"

"그런데 거기에 레이디 도로테아가 나타났…… 아니, 난입을 했다고요."

난입이었다. 그녀는 초대받지 못한 손님이었으니까.

나는 고개를 끄덕였고, 그때의 일이 떠올랐는지 옆에 있던 마티나는 열이 오르는 듯한 목소리로 말했다.

"말도 마세요. 그때 정말 어이가 없어서……. 호숫가에서의 일이 순전히 장난이라고 하더라니까요?"

"장난이요? 맙소사."

"그 영애는 정말 뻔뻔하네요. 장난으로 사람이 죽나요? 그걸 그대로 되돌려줘야 그런 말을 못 하는 건데."

"안 그래도 언니가 똑같이 되돌려줬답니다. 장난이라는 명목으로 하인들을 시켜서, 아이베스 저택의 연못에 그대로 레이디 도로테아를 빠뜨렸어요."

"어머, 맞아요. 그 이야기도 들었어요!"

"그 소식을 듣고 얼마나 속이 후련하던지! 직접 보지도 않았는데 탄산수를 마신 기분이었어요."

"물에 빠진 생쥐처럼 오들오들 떨었을 모습이라니! 직접 보지 못한 게 아쉽네요."

"이제 다시는 장난이라는 망언은 못 하겠죠. 그런 수모를 겪었으니까요."

"그런데 레이디 도로테아도 참 생각이 이상해요. 어떻게 하면 그걸 장난이라고 여길 수 있는 거죠?"

"자기 죄를 회피하려고 그랬겠죠. 잘못이 없다고 말하려고요."

그 말을 들은 내가 별생각 없이 대꾸했다.

"그러게 말이에요. 자기 죄를 인정하고 싶지 않았던 거겠죠. 그럼 자기 죄를 조금이라도 용서받을 줄 알았……."

그리고 그 순간, 내 머릿속에서 어떤 생각 하나가 전구처럼 번뜩였다. 동시에 내 얼굴이 새파랗게 물들었다.

'설마…… 의도적으로 그랬던 건가?'

문득 이런 생각이 들었다.

혹시라도 도로테아가 일부러 저러는 거라면? 그러니까, 내 말은 그녀가 자신이 한 행동에 대해 똑바로 인지하고 있음에도 불구하고 저렇게 말하고 있다는 거다. 왜 굳이 '의도적으로' 그런 짓을 했느냐고 물으신다면, 이유는 단 하나였다.

'재판.'

재판에서 유리한 고지를 차지하기 위해 그런 말을 했던 것일 수도 있다.

'그럴 의도가 없었다는 걸 피력한다면 형량이 줄어들 테니까.'

무지는 죄가 아니다. 미필적 고의든 인식 있는 과실이든 도로테아는 처벌받겠지만, 처벌의 경중이 달라지니까.

'그래서 내가 물을 무서워하는지 몰랐다고 계속 잡아뗀 걸 거야.'

몰랐다고 하면 조금이라도 죄가 줄어들 테니 말이다.

나를 노리고, 고의로 죽이려고 한 것과 실수로 죽이려고 한 것은 형량이 완전히 달라질 테니까.

'몰랐다고, 장난이라고 계속 둘러댄다면 형량이 좀 줄어들겠지.'

내 생각에 그녀는 그걸 노리고 있는 것이다.

상당히 소름 돋는 생각이기는 했지만.

'내가 도로테아를 너무 만만하게 봤어.'

지금 생각해보면, 그녀의 백치 같은 행동들이 전부 다 연기고 가식이었다는 느낌을 지워낼 수가 없었다. 어떻게든 자신에게 조금이라도 해악이 되는 행동을 한 적은 없었으니까.

돌이켜보면, 늘 한 발짝 떨어져서 자신에게 유리하게만 행동했던 것이다. 그 사실을 깨닫고 나니 더욱 소름이 돋아왔다. 그러니까 그녀는 나를 의도적으로 죽이려 했던 것도 모자라, 이제는 처벌까지 피하려 내게 했던 그 모든 악랄한 짓거리들을 장난으로 포장하려 하는 것이었다. '장난이라 죽을 줄 몰랐다'는 뻔뻔한 변명을 대고서 말이지.

'하……'

도로테아에 대한 생각을 수정해야겠다고 나는 결론 내렸다.

도로테아는 결코 '멍청한' 악녀가 아니었다.

'영악해. 교활하고. 상황을 어떻게 자기에게 유리하게 이용할지

452

알아.'

안 좋은 쪽이기는 했지만, 어쨌든 도로테아는 멍청하지 않았다.

그녀를 멍청하다고 판단한 건 순전히 내 오만이고 실책이었다.

애당초 친구를 순순히 죽게 만든 여자가 멍청할 리 없는데.

"레이디 마리스텔라."

내 표정이 굳어지는 걸 알았는지 영애 하나가 걱정스러운 얼굴로 내게 물어왔다.

"괜찮으세요? 안색이 갑자기 안 좋아지셔서……."

"네, 영애. 저는 괜찮아요."

나는 차분하게 대답했다.

"안 좋은 생각이 떠올라서요."

"저런."

영애들은 내가 호숫가에서의 경험을 떠올렸다고 생각했는지 곧바로 안타까운 안색으로 변했다.

"이해합니다, 영애. 충격이 크셨겠죠."

"맞아요. 하마터면 정말 죽을 뻔하셨으니까요."

"새삼스럽지만, 무사하셔서 정말 다행이에요."

"……감사합니다."

내가 힘없이 웃으며 대답했다. 하지만 속으로는 계속 딴생각을 했다. 만약 내가 생각하는 게 맞다면 도로테아는 내가 '수영을 잘하는 줄 알았다'고 변명할 것이다. 물론 우리 가족이 마리스텔라의 물 공포증에 대해 잘 알고 있으니 아무리 몰랐다고 거짓말해도 그녀의 계획대로 일이 진행되지 않을 가능성이 높았다. 마리스텔라의 물 공포증에 대해 알았느냐 몰랐느냐를 배제하더라도 사람을 호수에 빠뜨리면 죽을 가능성이 높다는 건 상식 중의 상식이었기 때문에, 아마 도로테아는 중형을 피하기는 어려울 터였다. 하지만 그 사실과는 별개로 나는 도로테아가 그렇게 가증스럽게 느껴질 수 없었다.

세상에, 감형을 목적으로 내게 그따위 망발을 지껄이다니.

"가해자가 자신의 죄를 뉘우치지 않는 것 같아서 더 괴롭네요."

그리고 아마 그녀는 끝까지 자신의 잘못을 모를 것이다.

이쯤 되면 그녀가 소시오패스는 아닌지 의심해야 했다.

"아마 그녀는 끝까지 제게 용서를 구하지 않을 거예요."

"제 생각도 그렇습니다, 레이디 마리스텔라. 애당초 그 정도의 양심을 가지고 있었다면 그런 행동을 저지르지도 않았을 거예요."

"동의합니다."

나는 짧게 한숨 내쉬며 덧붙였다.

"그녀는 처음부터 끝까지 반성했던 적이 없었으니까요."

그리고 벨플레어 저택으로 돌아오는 마차 안에서, 나는 내가 생각한 내용을 전부 마티나에게 말했다.

"미쳤어."

마티나는 당연히 어이없어했다.

"그런 쪽으로 머리 하나는 정말 잘 돌아가는 거 같네."

동의했다.

"그러면 우리는 어떻게 해? 그 여자 속셈에 그대로 놀아날 수밖에 없는 거야?"

"설령 그런 식으로 법정에서 우겨댄다고 하더라도, 호수에 빠지면 죽을 수 있다는 건 어린아이조차 다 아는 사실이야. 의도대로 일이 굴러가지는 않을걸."

"그거랑 별개로 정말 소름 돋는다. 아까 언니 얼굴이 굳어진 게 이유가 있었네."

마티나가 소름 돋는다는 듯 몸서리를 치며 말했다.

"제발 베일탑에 갇혀서 한 십 년 푹 썩었으면 좋겠다."

"십 년까지는 안 바라고."

나는 피식 웃으며 말을 보탰다.

"오 년만 받아도 좋겠다."

"귀족 살인미수는 최소 삼 년인걸?"

"그러니까 오 년이면 긴 거지. 그리고 어차피 그녀가 오 년 후에 출소한다고 해도 스물여섯이야. 결혼하기는 글렀어."

"그거야 당연한 일이지. 누가 그런 여자를 아내로 맞아들이고 싶겠어?"

"또 모르지. 코르노헨 가문에는 후계자가 없으니까. 그걸 노리고 사위를 지원하는 하급 귀족이 있을지도."

"차라리 방계를 후계자로 내세우지 않을까?"

"글쎄. 하나뿐인 딸에게 범죄자 꼬리표가 붙었는데 그걸 떼고 싶어서라도 사위를 후계자로 내세우지 않을까? 그 부분은 잘 모르겠네. 코르노헨 백작부부의 선택일 테니."

"어느 쪽이든 사교계에 멀쩡히 복귀하기는 힘들걸."

"그렇겠지. 다른 것도 아니고 살인미수니까."

그러다 마티나가 깜빡했다는 듯 다른 이야기를 꺼냈다.

"그러고 보니 도로테아, 그 여자에게만 집중하느라 호드페 영애는 완전히 까맣게 잊고 있었네."

"어쨌든 직접적으로 나를 민 사람은 호드페 영애가 아니라 도로테아니까. 호드페 영애야 도로테아의 돌발 행동이라고만 주장하면 충분히 형을 피할 수 있겠지. 나라고 그녀가 미운 건 아니지만, 주도적으로 이 일을 꾸몄다기보다는 그냥 도로테아의 꾐에 넘어간 것 같다는 생각이 들기도 하고."

물론 그게 죄가 없다는 뜻은 결코 아니었지만 말이다.

"도로테아가 과연 그 꼴을 두고 보겠어? 그 여잔 절대 혼자 안 죽어."

"그러니까."

나는 잠깐 생각하는 표정을 짓다 입을 열었다.

"아무래도 호드페 영애를 만나봐야겠어."

그날 오후 늦게, 나는 호드페 영애에게 조만간 방문하고 싶다는 뜻을 전했다.

사건 이후 한 번이라도 모습을 보인 도로테아와는 다르게 호드페 영애는 죽었는지 살았는지 모를 정도로 칩거 중이었는데, 이번 일로 호드페 후작이 헨리 14세의 신임을 일정 부분 잃었기 때문일 가능성이 높았다. 쥐 죽은 듯한 자숙이 필요하다고 판단한 것이다. 훌륭한 결정이었다.

그다음 날 오전에 답신은 도착했다. 내일 오후에 방문해 달라는 내용이었다. 나는 편지에 적힌 대로 그다음 날의 이른 오후에 호드페 저택을 방문했다.

"레이디 마리스텔라, 이쪽입니다."

대단히 정중한 모양새로 호드페 후작저의 집사는 나를 맞아들였다. 사실 당연한 일이었는데, 손님인 건 차치하더라도 현재 내가 그녀를 고소한 상태였는 데다, 그녀의 처벌 여하가 피해자인 나의 의사에 따라 충분히 갈릴 소지가 있었기 때문이었다.

"후작 각하께서 저희 아가씨와의 만남이 끝나면 영애를 뵙고자 하십니다."

집사의 말에 나는 고개를 저으며 사양했다.

"오늘은 호드페 영애만 보러온 겁니다. 괜히 각하까지 뵈었다가 이상한 뒷말이 나오면 곤란해서요."

"……."

"배려는 감사하나 마음만 받겠다고 전해주세요."

"알겠습니다, 영애."

본인이 싫다는데 만남을 강제할 수는 없는 노릇이었다. 관계의 우위를 내가 점하고 있다면 더더욱. 집사는 조용히 호드페 영애의 방으로 나를 안내했고, 우리는 마침내 그녀의 방까지 다다랐다. 집사가 문을 두드려 나의 방문을 알렸고, 나는 조용히 그녀가 문을 열어 주기를 기다렸다.

"……."

잠시 후, 굳게 닫힌 마호가니 문이 열리며 호드페 영애가 빼꼼 모습을 드러냈다.

마치 독방에 수감이라도 되어 있었던 사람처럼 수척하고 마른 모습이었는데, 나는 그 모습을 보고 나서야 비로소 그녀의 칩거가 자의라기보다는 타의에 의한 것임을 확신했다.

"오랜만이네요."

내가 상냥하지도, 차갑지도 않은 목소리로 그녀에게 말했고, 호드페 영애는 그런 나를 빤히 바라보다가 입을 열었다.

"……안으로 들어오세요."

마지막으로 들었을 때보다 훨씬 누그러진 목소리에, 나는 내가 방문하기 전 호드페 후작이 내게 잘 대해주라고 호드페 영애에게 말했을 것이라고 짐작했다. 이름 아래 빨간 줄이 그어져서는 안 되지 않겠느냐고 말하면서. 게다가 이건 후작 본인의 영달도 걸린 문제였으니.

쿵 소리와 함께 두꺼운 마호가니 문이 닫혔고, 호드페 영애는 힘이 실리지 않은 발걸음으로 응접용 테이블까지 걸어가 앉았다. 나

또한 그녀의 맞은편에 가 앉았고, 그제야 우리 둘은 서로를 마주 볼 수 있었다.

"……"

"……"

우리 모두 잠시간 말이 없었고, 나는 분위기가 어색해지기 전에 먼저 입을 열려 했다.

"무슨 일로 오셨나요."

하지만 상대편이 좀 더 빨랐다. 나는 가만히 입을 다물었다가 잠시 후에 다시 열어 물었다.

"잘 지내셨나요?"

"……영애께서 보시기에도 썩 그래 보이지는 않죠?"

그건 그랬다.

나는 민망한 표정으로 대꾸했다.

"오랫동안 보이지 않으셔서 뭐 하시나 궁금했네요."

"영애도 짐작하셨으리라 생각하는데요. 그 일이 있고 계속 저택 안에만 틀어박혀 있었어요."

하지만 그녀의 모습을 보면 '저택 안'이라기보다는 '방 안'이라는 표현이 더 적합해 보였다. 그 이야기까지는 하지 않은 채, 나는 자연스럽게 이야기를 이었다.

"'그 일'이라."

"……"

"사람을 죽일 뻔하셨던 일을 영애는 그렇게 표현하나 보죠?"

"난……!"

마치 억울함이라도 있는 사람처럼 호드페 영애가 발끈했다.

"난……! 정말 몰랐어요. 영애께서 수영을 못하시는지 정말 몰랐다고요."

"그게 말이 된다고 생각해요? 상식적으로 그 깊은 호수에 사람을 빠뜨렸는데, 아무리 가장자리 부근이라고 해도 그렇지 어떻게 위험하지 않을 수 있겠나요?"

"……"

"제도에서 가장 잘 나가는 변호사를 고용하셨다고 들었어요. 하지만 영애. 영애의 말을 들어보면 영애가 한 행동은 미필적 고의가 아니던가요? 내가 호수에 빠져 죽어도 상관없다고 생각하고 행동했으니 말입니다."

"맹세코 아니었어요. 레이디 마리스텔라!"

억울하다는 듯, 호드페 영애는 눈시울까지 붉히며 내게 말했다.

"레이디 도로테아가 분명히 제게 그랬어요. 레이디 마리스텔라가 수영을 아주 잘한다고 말했다고요."

"……하."

호드페 영애의 말에 나도 모르게 실소가 흘러나왔다.

'수영을 잘해?'

물 공포증이 있다는 걸 말하지 않았을 거라고는 생각했다. 하지만 수영을 잘한다니. 어떻게 그런 위험한 거짓말을 할 수가 있다는 말인가. 나는 무섭도록 얼굴이 굳어져서는 호드페 영애에게 쏘아붙

460

였다.

"도로테아가 완전히 거짓말을 했네요. 전 수영을 잘하지도 못할 뿐더러, 물 공포증이 있어서 함부로 물속에 들어가면 아주 위험한 사람이거든요."

"모, 몰랐어요, 레이디 마리스텔라."

호드페 영애가 거의 울 지경이 된 얼굴로 내게 하소연했다.

"정말이에요. 영애가 그런 줄 알았다면 전 절대로 그런 끔찍한 일을……."

"본인이 저지른 짓이 끔찍하다는 건 알고 있나 보네요."

그런 점에서는 적어도 도로테아보다는 나았다. 도로테아는 자신의 행동을 끔찍하기는커녕 짓궂었다고도 생각하지 않을 테니까. 내가 속으로 한숨 쉬었다.

"레이디 도로테아와 원래부터 친했나요? 그건 아닌 것으로 알고 있는데."

"친해진 지는 얼마 되지 않았어요."

주눅 든 목소리로 그녀가 말했다.

"어느 순간부터 제게 친한 척을 하더니 시녀처럼 굴어서…… 저도 특별히 손해 볼 건 없었으니 그냥 계속 곁에 뒀죠."

그게 화근이 될 줄은 몰랐는데 말이에요, 하고 그녀는 덧붙였다.

"정말 죄송해요, 레이디 마리스텔라. 지난번 일에 대해서는 입이 열 개라도 드릴 말씀이 없습니다."

"제가 죽고 난 뒤에도 그렇게 사과하셨을 건가요? 그리고 뒤돌아서서는 마음 편안해 하시겠죠. 난 사과했으니 된 거다. 난 몰랐으니까, 속았으니까, 이 일이 온전히 내 잘못만은 아니다. 내가 벨플레어 영애를 직접 민 것도 아니니 난 살인자가 아니다. 이렇게 자위하면서요?"

"영애, 전⋯⋯."

"변명 듣고 싶지 않아요. 장난이라고 하기에 영애는 너무 큰 잘못을 저질렀어요."

나는 부들부들 몸을 떨며 그녀에게 쏘아붙였다.

"그 자리에 황태자 전하께서 계시지 않았다면, 그분이 절 구하지 않으셨더라면."

순간 목이 메어 와서, 나는 서둘러 마른 침을 삼켰다. 잠시 후에 나는 서늘한 목소리로 말을 매듭지었다.

"영애는 절 구하기 위해 뛰어드셨을 건가요? 호수 속으로?"

"⋯⋯."

"아니잖아요. 아니었을 거라고 난 생각하는데, 아니에요?"

대답은 없었다. 맞는 모양이었다.

"영애는 황태자 전하께 감사해야 해요. 그분이 아니었더라면 영애는 꼼짝없이 살인범이 될 뻔했거든요."

"⋯⋯알고 있어요."

거의 흐느끼는 듯한 목소리로 호드페 영애가 내게 애원했다.

"정말 죄송해요, 레이디 마리스텔라. 전 정말 제 행동을 반성해요. 어리석었던 과거의 행동을 후회하고 있다고요."

"당연히 그래야죠. 그렇지 않는다면 당신은 사람도 아닐 테니까."

나는 날카로운 목소리로 그녀에게 물었다.

"애당초 도로테아의 뭘 믿고 그 말을 신뢰한 거죠? 전 도무지 이해할 수 없어요."

"영애와 친하다고 그랬어요, 레이디 도로테아. 장난을 치고 싶다고 해서 거기 맞춰준 것뿐인데……."

"정말 그뿐인가요?"

나는 호드페 영애의 눈을 똑바로 바라보며 물었다.

"정말로 장난이 이유였어요?"

"……무슨 뜻인가요?"

"날 아니꼽게 생각했잖아요."

나는 여전히 호드페 영애에게서 시선을 떼지 않은 채로 말했다.

"알고 있어요. 우리 첫 만남이 그리 좋지 않았다는 거. 부티끄에서 만났을 때부터 영애는 내게 좋지 않은 감정을 가지고 있었고, 그래서 솔직히 이번 일을 당했을 때도 납득이 갔어요."

"……."

"영애는 날 싫어하니까."

"……오해예요, 레이디 마리스텔라 저는……."

"지금에야 와서 변명은 그만두세요, 영애. 상식적으로 그런 일을 장난이라는 미명 하에 실행할 사람은 아무도 없어요."

"전 정말 일이 이렇게 될 줄 몰랐어요! 영애가 수영을 잘하신다기에, 잘못되어봤자 그저 물에 빠진 생쥐 꼴만 될 줄 알았다고요."

"그런 결과를 기대했다면 정말로 내가 수영을 잘하는지 알아보셨어야죠. 적어도 말이에요."

"……"

"영애는 내가 그 일로 위험에 빠질 걸 알고 있었어요. 하지만 그냥 모른 척한 것뿐이에요. 왜냐하면 영애는 직접적으로 날 밀지 않았으니까. 죄책감이 덜했겠죠."

"……아니에요."

호드페 영애가 눈물을 글썽이며 고개를 저었다.

"맹세코 영애가 죽기를 바란 건 아니었어요. 믿어주세요."

"……"

"영애에게 좋지 않은 감정을 가졌던 건 사실이에요. 말씀하신 것처럼 첫 만남이 좋지 않았으니까……. 레이디 도로테아도 그걸 알고 제게 접근해 그런 제안을 했겠죠. 하지만 전 정말 영애가 죽기까지 바란 건 아니었어요. 그저 영애를 골려주고 싶었을 뿐이라고요."

"……이번 일, 황제 폐하께서도 관심 있게 지켜보고 계신 건 아시죠?"

헨리 14세 이야기를 하자 호드페 영애의 안색이 급격하게 굳어졌다. 이제 그녀는 완전히 아연실색한 얼굴로 내게 빌었다.

"제발 저희 아버지에게는 피해가 가지 않도록 해주세요, 영애."

"제가 무슨 힘이 있다고요."

"폐하께서 영애를 총애하신다고 들었어요. 황태자 전하께서도 그렇고……."

"그 사실을 미리 알았더라면 절 건드리지 않았을 거라는 소리처럼 들리네요."

"……."

사실인지 대답이 들려오지 않았다. 나는 입매를 비틀며 한 마디를 내뱉었다.

"정말 별로네요. 생각했던 것보다 더요."

"……아버지께는 죄가 없어요."

"저도 그렇게 생각해요. 하지만 폐하께서도 그렇게 생각하실지가 관건이겠죠."

"영애……!"

"그 부분은 제가 어떻게 할 수 있는 부분이 아닙니다. 영애가 말씀하신 것처럼 제가 황제 폐하의 총애를 받고 있는지조차 전 모르겠거든요."

"하지만……."

"하지만 영애의 구명 정도는 가능하겠죠."

그 말에 눈을 반짝이는 호드페 영애를 바라보면서, 나는 차분히 본론으로 들어갔다.

"특별한 일이 없는 이상 영애는 실형을 선고받을 거예요. 그건 각오하고 계시죠?"

"여, 영애. 전 감옥에 들어가고 싶지 않아요. 제발…… 부탁이에요. 베일탑이라니. 그런 끔찍한 곳에서는 1초도 있고 싶지 않다고요!"

"하지만 죄를 지었으면 응당 벌을 받아야지요."

"영애, 영애…… 제가 무슨 짓이든 다 할게요."

호드페 영애가 눈시울을 붉히며 내게 애원했다.

"제발 저 좀 살려주세요, 영애……. 제가 베일탑에 하루라도 있는다면 가문은 절 내칠 게 분명해요. 아버지는 지금도 절 벌레 보듯 하시는데, 그렇게 되면 전 분명 부모님께조차 버림받게 될 거라고요. 그게 얼마나 비참한 일인지는 영애도 짐작하실 수 있으실 거잖아요……."

"……."

"제발요, 영애. 하라는 건 다 할게요. 제발 저 좀 살려주세요."

"사실대로 말할 수 있겠어요?"

"……네?"

"말씀드린 그대로예요. 사실대로 말할 수 있겠느냐고요."

나는 덤덤하게 말을 이어나갔다.

"이 모든 일은 레이디 도로테아만의 소행이고, 그녀는 제가 물 공포증을 가지고 있다는 사실을 알고 있었음에도 영애를 속였죠. 제가 수영을 아주 잘한다고요."

"……."

"모든 일을 도로테아가 꾸민 거예요. 영애도 분명 이 일에 책임이 없다 할 수는 없겠지만, 확실한 건 레이디 도로테아보다는 죄의 경중이 무겁지 않다는 거죠."

"마, 맞아요. 레이디 마리스텔라…… 그게 사실이에요."

"그걸 법정에서 증언할 수 있겠어요?"

내가 한쪽 눈썹을 치켜뜨며 물었다.

"모두 도로테아가 주도적으로 꾸민 일이고, 영애는 속았다고요."

"무, 물론이죠. 안 그래도 그럴 생각이었어요. 벼, 변호사가 그렇게 하라고 시켰거든요."

그 말을 내뱉고 호드페 영애는 갑자기 입을 '헙' 하고 막았다. 아무래도 그 이야기는 비밀이었던 듯했다.

"걱정하지 마세요, 레이디 마리스텔라. 제가 법정에서 잘 이야기할게요. 그럼 레이디 도로테아는 아마 중형을 피하지 못할걸요?"

"사실대로만 말한다면 영애의 죄는 좀 더 가벼워질지도 모르죠."

내가 연하게 웃으며 호드페 영애에게 말했다.

"그날 영애의 대답 여하에 따라 형량이 결정될 거라는 이야기랍니다. 집행유예로 끝날지, 아니면 직접적으로 형이 집행될지는……."

"무, 물론이에요. 당연하죠. 잘 이야기할 테니 너무 걱정하지 마세요."

호드페 영애는 언제 눈시울을 붉혔냐는 듯 처음의 그 당당한 표정으로 돌아와 내게 약속했다.

"법정에서 사실대로 증언할게요. 꼭이요."

그 말에 나는 빙긋 웃으며 대꾸했다.

"……네. 부디 영애를 위해서라도요."

◇◆◇

그리고 마침내 시간은 흘러 재판 날짜가 다가왔다.

"엄숙한 검은색 드레스가 좋겠어요."

나는 드레스룸에 걸린 드레스들을 죽 훑어보며 말했다.

"레이스는 가급적 없는 걸로. 아니, 아예 가장 장식이 없는 것으로 하는 게 좋겠어."

"하지만 아가씨, 너무 상복 같은걸요."

"엄숙한 자리니까. 예의를 갖추어 나쁠 것은 없겠지."

그날은 액세서리도 최소한으로 착용했다. 단아한 진주 목걸이와 다이아몬드 반지 하나만 착용한 나는 머리를 단정히 하나로 묶어달라고 요청했고, 플로린다는 검은색 리본끈으로 내 머리를 높게 묶어주었다.

"이렇게 입으셔도 미모는 가려지지 않으시네요."

준비가 다 끝났을 때 플로린다가 나를 보며 한 줄 평을 내렸고, 나는 낮게 웃어 버렸다.

"늘 칭찬이 과해, 플로린다는."

"하지만 사실인걸요."

씩 웃어 보인 플로린다가 말을 이었다.

"그보다 오늘이 정말 끝이네요."

도로테아와의 관계를 이름이었다. 내가 고개를 끄덕였다.

"끝이지."

끝이어야만 했다. 오늘의 시나리오 중에서 가장 마음에 드는 것은, 누가 뭐래도 재판이 끝나고 베일탑으로 수감되는 도로테아의 모습을 실시간으로 지켜보는 것이었다.

'엄청나게 후련하겠지.'

만약 호드페 영애가 약속한 대로만 증언해 준다면 그 시나리오대로 일이 진행될 가능성이 높았다.

똑똑.

그때 문을 두드리는 소리가 들려왔고, 잠시 후에 누군가가 방 안으로 들어왔다.

"언니."

마티나였다.

"준비는 다 됐어?"

"응."

"아버지가 내려오라고 하셨어. 지금 우리 가족 모두 제르비스 법원으로 갈 거야."

"그래."

나는 알았다는 듯 고개를 끄덕인 다음 마티나와 함께 방 밖으로 나갔다. 계단을 타고 일층으로 내려가자 벨플레어 백작부부가 우리를 기다리고 있는 모습이 눈에 들어왔다.

나를 본 벨플레어 백작부인의 얼굴이 환하게 변했다.

"왔니?"

"네."

"긴장되겠구나."

"별로요. 제가 잘못해서 가는 자리도 아닌걸요."

내가 낮게 웃으며 대꾸한 다음 벨플레어 백작부인의 손을 꼭 잡으며 그녀를 쳐다보았다.

"그럼, 가볼까요?"

제르비스 법원은 장소의 특성답게 상당히 엄숙한 분위기를 자랑하고 있었다.

"재판장님께서 드십니다."

그 준엄한 목소리에 모두가 자리에서 일제히 일어났다. 황태자인 자비에르 역시 예외는 아니었다.

나는 절제된 움직임으로 자리에서 일어나는 자비에르를 흘긋 바라보았다가, 그가 알아차리기 직전 눈을 돌렸다.

'진짜 와주었구나.'

그는 중요한 증인이었다. 이 재판에서 그의 증언이 꼭 필요했다.

피해자인 나와 피고인인 호드페 영애를 제외하고 도로테아가 나를 밀었다는 사실을 목격한 사람이 딜튼 경과 자비에르뿐이었기 때문이었다.

정의롭고 다정한 그의 성격 상 와주리라고 생각은 했지만, 막상 법정에서 자비에르의 모습을 발견하자 묘하게 안심이 되었다.

"모두 자리에 앉아 주십시오."

서기의 말에 모두가 자리에 착석했다. 잠시 후 목소리가 이어졌다.

"지금부터 재판을 시작하도록 하겠습니다. 검사 측은 본 사건의 공소장을 낭독하여 주십시오."

"피고인 도로테아 데미르 밀 코르노헨과 파트리샤 네르파 진 호드페는 제국력 546년 8월 2일 15시경, 호드페 후작의 저택에서 열린 생일파티 도중 피해자인 마리스텔라 제니즈 라 벨플레어를 저택 호수에 빠뜨렸습니다. 다행히 벨플레어 영애는 황태자 전하의 기지로 곧바로 구조되어 현재 무탈하게 법정에 출석한 상태입니다. 이에 본 검사는 피고인인 코르노헨 영애와 호드페 영애가 벨플레어 영애를 고의적으로 살해하려 하였고 이를 행동으로 옮겼으나 목적 달성에는 실패하였다고 판단, 제국법 제 125조 3항과 126조에 의거하여 귀족 간 살인미수죄로 기소하는 바입니다."

"피고인인 코르노헨 영애와 호드페 영애에게 묻겠습니다. 본 기소 사실을 인정하십니까?"

"인정하지 않습니다, 재판장님. 저는 억울합니다."

가장 먼저 터져 나온 것은 호드페 영애의 외침이었다.

"검사 측의 진술에는 오류가 있습니다. 전 벨플레어 영애를 밀지 않았습니다. 순전히 제 옆에 있는 코르노헨 영애가 독단적으로 벌인 일입니다."

"코르노헨 영애, 대답해 주십시오."

"인정하지 않겠습니다, 판사님. 전 억울합니다."

"그렇다면 호드페 영애의 변호사 먼저 변론해 주시기 바랍니다."

"제 의뢰인은 피해자를 살해할 의도가 전혀 없었음을 알려드립니다, 재판장님. 제 의뢰인은 단지 코르노헨 영애에게 속아 넘어갔을 뿐입니다. 코르노헨 영애가 제 의뢰인에게 가장 먼저 이 일을 제안했고, 제 의뢰인은 이것을 순전히 장난인 줄 알고 받아들였습니다."

"하지만 장난이라고 해도 사람이 호수에 빠지면 죽을 가능성이 크다는 건 자명한 사실인데요."

"코르노헨 영애가 피해자인 벨플레어 영애의 수영 실력이 상당하다면서 걱정하지 말라고 제 의뢰인에게 말했습니다. 순진했던 제 의뢰인은 그 사실을 의심 없이 믿었고, 그래서 장난치는 마음으로 이번 사건에 발을 들인 것입니다."

"사실입니까, 호드페 영애?"

"그렇습니다, 재판장님. 저는 억울합니다."

호드페 영애는 정말 누명이라도 쓴 사람처럼 잔뜩 억울하다는 표정을 지으며 말을 이었다.

"코르노헨 영애가 제게 거짓말을 했다는 사실을 알았더라면 절대로 이 일에 가담하지 않았을 것입니다, 재판장님. 저는 순수하게 장난치는 마음이었을 뿐 피해자를 살해하려는 마음은 조금도 없었습니다."

"거짓말이라니요?"

"벨플레어 영애는 수영을 잘하지 않습니다. 아니, 못합니다. 심지어 그녀는 물 공포증까지 가지고 있었다고…… 뒤늦게 들었습니다."

그 말에 법정이 잠깐 웅성거렸다. 하지만 재판장은 익숙한 일이라는 듯 손을 한 번 휘휘 젓고는 다시 재판을 진행했다.

"알겠습니다. 코르노헨 영애의 변호사는 변론하세요."

"제 의뢰인은 결코 피해자를 살해할 의도가 없었습니다, 재판장님. 이번 일은 단순한 사고이고, 또한 친구들 간의 장난임을 말씀드립니다."

"장난이 죽음으로 이어질 수 있다면 그건 더 이상 장난이 아니지 않나요?"

"그 사실을 인지하고 있었다면 그렇지요. 하지만 제 의뢰인은 그 사실을 몰랐습니다."

"상식적으로 이해가 되지 않는 발언입니다. 더구나 방금 호드페 영애의 변호사 측 진술에 따르면 코르노헨 영애는 벨플레어 영애가 수영을 잘한다고 거짓말까지 했다던데요."

"거짓말이 아닙니다, 재판장님. 오해가 있었던 것뿐입니다. 제 의뢰인은 피해자가 수영을 잘하는 줄 알고 있었을뿐더러, 물 공포증이 있다는 사실에 대해서는 전혀 알지 못했습니다. 부디 이 점을 참작하여 판결 내려주시기를 바랍니다."

이건 또 무슨 개소리야. 나는 속으로 헛웃음을 내뱉었다.

"검사 측과 변호사 측은 제출할 증거나 신청할 증인이 있습니까?"

"네, 재판장님. 증인이 현재 이 자리에 와 계십니다."

"그게 누굽니까?"

"당시 사건 현장에 계셨던 황태자 전하와, 서면궁의 시종인 딜튼 로셀린 라 오러스 경입니다. 그분들을 증인으로 신청하겠습니다."

"증인 신문 시작하세요."

"가장 먼저 황태자 전하께 당시 상황에 대한 진술을 요청드리겠습니다."

"그날 파티 중간에 황궁으로 복귀한 후, 사정이 생겨 다시 호드페 저택으로 돌아왔습니다. 그런데 파티가 열리는 장소까지 가던 중 우연히 호숫가를 지나가게 되었고, 그 순간 코르노헨 영애가 벨플레어 영애를 호수 속으로 직접 밀어 넣는 모습을 보게 되었습니다."

그 말을 하면서 자비에르는 내게로 천천히 시선을 옮겼는데, 자연스럽게 그와 눈이 마주쳤음에도 불구하고 순간적으로 너무 놀라 나도 모르게 그의 시선을 회피했다. 그리고 그런 나의 행동과는 상관없이, 검사는 신문을 계속했다.

"그렇다면 범행을 직접적으로 저지른 사람은 코르노헨 영애뿐이라는 말씀이시군요."

"호드페 영애가 사건 발생 당시 코르노헨 영애와 함께 있는 것을 목격하긴 했습니다만, 범행을 직접적으로 저지른 모습은 보지 못했습니다."

"알겠습니다. 딜튼 경께서도 진술하시겠습니까?"

"황태자 전하께서 말씀하신 내용과 제가 진술할 내용이 같습니다."

"이상입니다."

"변호사 측, 증인에 대한 반대신문하시겠습니까?"

"하겠습니다."

대답한 사람은 호드페 영애의 변호사였다. 재판장이 고개를 끄덕였다.

"황태자 전하께 여쭙겠습니다. 그렇다면 전하, 당시 상황을 목격하셨을 때 제 의뢰인이 이번 사건에 가담했다고 생각하셨습니까?"

"주변 정황으로 봤을 때 충분히 그럴 만하다고 판단했습니다. 어쨌든 코르노헨 영애가 벨플레어 영애를 밀치는 걸 가만히 보고만 있었으니까요. 하지만 그 순간이 너무나도 찰나의 시간이었고, 또한 벨플레어 영애가 호수 속으로 빠지는 데 일조했다는 확실한 증거는 없었습니다."

"이상입니다, 재판장님."

호드페 영애의 변호사가 뿌듯한 얼굴로 자리에 앉았고, 도로테아의 변호사는 얼굴이 붉으락푸르락해진 상태로 그 자리에 앉아만 있었다. 재판장이 그에게 증인 신문을 할 것이냐고 물었지만, 그는 하지 않겠다고 대답했다.

당연한 일이었다. 이미 그녀의 범행을 직접적으로 목격한 사람이 둘이나 있는데 거기에다 대고 뭘 물을 것인가.

혹시 환청을 본 것은 아니냐, 잘못 본 것은 아니냐 따져 물을 수도 없는 노릇이었다. 어쨌든 나를 직접적으로 구한 사람이 저기 있는 자비에르였으니까.

"증인 수고하셨습니다. 다음으로, 피해자 진술과 신문 시작하겠습니다."

아, 내 차례였다.

나는 긴장한 얼굴로 방청석에 있던 벨플레어 백작을 쳐다보았다.

백작은 인자한 얼굴로 내게 엷은 미소를 지어 보여주었는데, 그 모습이 내게 더없는 안정감을 안겨다 주었다.

아까는 긴장이 하나도 되지 않았는데, 막상 이런 자리에서 말을 하려니 긴장이 되는 건 어쩔 수 없었다.

"피해자는 당시 상황에 대해 자세히, 거짓 없이 진술해 주십시오."

"사건 당일 14시경, 호드페 영애가 제게 잃어버린 가문의 목걸이를 찾아달라고 애원해왔습니다. 거절하려고 했지만, 호드페 영애가 너무 간절하게 부탁해 오는 통에 거절할 수 없었고요. 그래서 호드페 저택의 주변에서 저와 피고인 둘이 같이 목걸이를 찾았습니다."

나는 피고인으로 출석한 두 사람을 쳐다보았다. 호드페 영애는 주눅이 든 얼굴로 내 시선을 피했지만, 도로테아는 당당하게 내 얼굴을 똑바로 쳐다보았다. 그게 두 사람의 인성 차이인 것 같아서 나는 속으로 쓴웃음이 지어졌다.

"그런데 아무리 찾아도 목걸이는 없었습니다. 그러다 호드페 영애가 절 불러서 가봤더니 갑자기 호수 자랑을 하더군요. 그런데 갑자기 뒤에서 누가 저를 밀쳤습니다."

"그 사람이 누구인지 확인했나요?"

"네."

내가 차분한 음성으로 답했다.

"피고인 중 한 명인 코르노헨 영애입니다."

"이상입니다."

"변호인 측 반대신문하시겠습니까?"

"하겠습니다."

이번에도 손을 든 사람은 호드페 영애의 변호사였다.

어지간히 하고 싶은 게 많은가 보다 하고 생각하면서, 나는 무표정한 얼굴로 호드페 영애의 변호사와 마주했다.

"벨플레어 영애, 제 의뢰인과 영애는 사건 발생 전에는 어떤 관계였습니까?"

"접점은 크게 없었습니다. 그전에 한 번 마주친 게 다고, 호드페 저택에서의 만남이 두 번째였습니다."

"그렇다면 혹시 원한이 있는 관계였습니까?"

나는 거짓말을 했다. 저쪽에서 진실하게 말해줬으니 이쪽에서도 보답 하나쯤은 해줘야 했다.

"아니요. 그래서 저는 호드페 영애가 절 정말 죽일 의도로 그랬으리라고는 생각지 않습니다. 그녀의 말대로 장난하는 마음으로 기소 사건에 임했을 가능성이 높다고 생각합니다. 또 제가 물을 두려워한다는 사실도 몰랐을 공산이 큽니다. 물론 고의든 과실이든 그녀의 행동은 결코 용서받을 수 없는 중죄임이 분명하나, 코르노헨 영애와는 달리 저를 살해할 목적으로 행동하지는 않았을 것이라 생각합니다."

내 진술에 호드페 영애와 그녀의 변호사의 표정이 동시에 밝아졌다.

"이상입니다. 코르노헨 영애 쪽 변호사는 반대신문 할 의향이 없습니까?"

"있습니다."

도로테아의 변호사로 선임된 이가 이를 부득 갈며 자리에서 일어섰고, 곧 내 앞에 다가왔다.

"영애께서 보신 분이 정말 코르노헨 영애였다고 확신합니까?"

"……."

이건 또 무슨 개소리야. 내가 속으로 헛웃음을 터뜨리며 답했다.

"확신합니다."

"호드페 영애가 아니라고 어떻게 장담하시죠?"

"왜냐하면 제가 호수 속으로 떨어지는 순간 옆쪽에서 호드페 영애의 얼굴이 보였으니까요. 상식적으로 절 민 사람을 제가 호수로 떨어지면서 볼 수 있으리라고는 생각지 않습니다. 불가능한 구도이니까요."

"코르노헨 영애가 아닐 가능성은요?"

"그 자리에 있던 사람은 저와 호드페 영애, 코르노헨 영애가 전부였습니다. 주변에 지나다니는 사람이 아무도 없어서…… 만일 황태자 전하께서 절 발견하시고 구해주지 않으셨더라면 전 그대로 '실족사'라는 이름으로 죽었겠죠"

"……"

내 말에 도로테아의 변호사가 얼굴에 약간 당황한 빛을 띠었지만, 잠시였다. 그가 곧 차분하게 재질문했다.

"코르노헨 영애와는 오래전부터 막역한 친구 사이라고 들었습니다만."

"관계가 끊어진 지 오래입니다. 피고인의 무례한 행동에 질려 절교했습니다. 그 일로 원한을 품고 제게 그런 범행을 저질렀으리라 추측하고 있습니다."

"하지만 그렇다고 해서 제 의뢰인이 굳이 수감될 위험까지 안고 범죄를 저질렀을까요?"

"그걸 제게 물어보시면 곤란하지요. 피고는 제가 아니라 변호사님의 의뢰인인데요."

내가 차가운 얼굴로 일갈하자, 도로테아의 변호사는 머쓱한 표정을 지었다.

"이상입니다."

결국 도로테아에게는 얻을 게 없는 신문이었다. 나는 속으로 코웃음을 쳤다.

"그다음은 피고인 신문이 있겠습니다. 검사는 피고인 신문 진행해 주십시오."

"먼저 호드페 영애에게 묻겠습니다. 영애는 정말로 코르노헨 영애가 벨플레어 영애를 죽일 생각이 없었다고 생각했습니까?"

"네, 검사님. 그렇습니다. 왜냐하면 코르노헨 영애가 거듭 장난이라고 말했고, 무엇보다도, 아까도 말씀드렸듯 벨플레어 영애가 수영을 잘할 거라고 생각했기 때문입니다. 그리고 혹시라도 문제가 생긴다면 가까이에 있는 저택의 하인들을 불러올 생각까지 하고 있었습니다."

"기소 사건에 장난으로 임했다고 쳐도, 애당초 왜 그런 일에 가담했습니까?"

"그냥…… 재밌을 거라고 생각했기 때문입니다."

그 말이 거짓말이라는 건 나도, 호드페 영애도 알고 있었다.

호드페 영애가 이 범행에 가담한 건 날 엿 먹이고 싶어서였다. 하지만 그녀가 날 죽일 의도까지는 없었다는 건 나 역시도 잘 알고 있었다.

지금까지의 정황으로 봐서, 날 죽일 목적으로 도로테아와 이 일을 꾸민 건 아니었다. 애당초 그럴 배짱도 없는 사람이었고, 이건 그냥 못 된 마음과 불운이 낳은, 그녀로서는 꽤 '재수 없는' 일이었다.

물론 그렇다고 해서 내가 그녀를 용서했다거나 하는 건 결코 아니었지만. 사실 적시만 하면 그렇다는 말이었다.

"장난이긴 했지만 이번 사건에 가담한 것에 매우 후회하고 있습니다, 재판장님. 그렇다고 해도 벨플레어 영애의 목숨을 해할 의도는 전혀 없었습니다. 가문의 이름을 걸고 맹세 드립니다."

"이상입니다."

호드페 영애의 진실성 있는 호소에, 재판장은 고개를 두어 번 정도 끄덕이다 입을 열었다.

"신문 계속하세요."

"이번에는 코르노헨 영애에게 묻겠습니다. 지금까지의 진술로 봤을 때 코르노헨 영애는 벨플레어 영애가 물 공포증이 있고 수영을 못한다는 사실을 알았음에도 호드페 영애를 꼬드겨 범행을 저질렀는데, 이건 누가 봐도 명백한 고의입니다. 어째서 이런 짓을 저질렀습니까?"

"친구끼리 이 정도 장난은 칠 수 있는 것 아닌가요?"

도로테아가 코웃음을 치며 답했다.

"그리고 물 공포증이 있다는 건 오늘 처음 안 사실이에요."

"그렇다고 해도 수영을 잘할지도, 못할지도 모르는 사람을 호수 속으로 빠뜨렸다는 건 미필적 고의로밖에는 볼 수 없습니다."

"미필적 고의라니요? 저는 그냥 장난이었다니까요? 저와 마리는 아주 친한 친구예요. 이 정도는 친한 친구들끼리 많이 하는 장난이 아닌가요?"

"피해자와 친한 친구였다고요? 몇 년 동안이나 친구 관계를 유지해 오셨습니까?"

"가문과 가문이 서로 아는 사이였어요. 그래서 아주 어릴 적부터, 기억하는 순간부터 친구였어요. 그러니 못해도 15년 이상이지요."

"그렇다면 피해자의 물 공포증을 알지 못했다는 것은 어폐가 있는 일인데요. 어떻게 그 정도로 친한 소꿉친구가 물 공포증이 있는 걸 모를 수 있죠?"

"제가 어떻게 알겠어요? 본인이 말해주지 않았는걸요."

"그렇다면 지금 코르노헨 영애는 벨플레어 영애의 물 공포증에 대해 전혀 몰랐다고 말하고 싶은 겁니까?"

"네."

도로테아가 똑바로 대답했다.

"몰랐어요. 정말로요."

"지금 거짓말을 하면 위증의 죄로 처벌이 가중됩니다."

"제가 왜 거짓말을 하겠어요?"

"……재판장님, 다른 증인을 신청합니다."

"그게 누구입니까?"

"피해자의 부모인 벨플레어 백작부부입니다."

"허락합니다."

잠시 후 벨플레어 백작부부가 증인석으로 나왔고, 나는 그 두 사람이 증인 신문을 받는 것을 지켜보아야만 했다.

"피고인인 코르노헨 영애와는 어떤 관계입니까?"

"코르노헨 가문과 오랫동안 친분 관계를 유지해왔고, 그래서 코르노헨 영애와도 막역한 사이였습니다. 딸처럼 여겼습니다."

"지금은 영애와 어떤 관계를 유지 중이신가요?"

"코르노헨 가문과 채무 관계로만 엮여 있을 뿐, 그 이상의 감정적인 교류는 진행하지 않고 있습니다."

"어째서지요?"

"코르노헨 영애가 제 딸인 피해자를 존중하지 못하는 모습을 여러 번 보여주었기 때문입니다. 거기에 지친 제 딸아이가 관계를 끊은 것으로 알고 있습니다."

"코르노헨 영애가 따님께서 물 공포증을 가지고 있다는 사실을 알고 계십니까?"

"모를 수가 없습니다. 십 년 전에 코르노헨 영애의 가족과 우리 가족이 바닷가로 피서를 떠난 적이 있었는데, 그때 제 딸아이가 물에 빠져서 죽을 뻔했던 적이 있었습니다. 그때 이후로 물 공포증이 생겼고, 그래서 그 이후로 코르노헨 영애의 가족들과는 물이 있는 곳을 피해서 함께 여행을 떠났습니다."

"그렇다면 코르노헨 영애가 벨플레어 영애에게 물 공포증이 있다는 사실을 모를 리 없다는 말씀이시네요."

"그렇습니다. 다른 사람도 아니고 코르노헨 영애라면 모를 리 없습니다. 어릴 때의 일이라고 해도 그 이후에도 꾸준히 물을 피해 여행을 다녔으니까요."

"이상입니다."

검사의 말이 끝나자마자 도로테아의 얼굴이 와락 구겨지는 것을 나는 실시간으로 목격할 수 있었다.

돌연 그녀가 내 쪽으로 시선을 돌렸고, 나는 그녀가 나를 아주 무섭게, 죽일 듯이 노려보는 것을 발견했다.

'무섭네.'

그리고 그 모습에서 소름이 돋았다.

그건 결코 일반 사람의 눈빛이 아니었다. 살인자의 눈빛이었다.

나는 처음으로 그녀를 바라보면서 지독한 살기를 느꼈고, 그 바람에 나도 모르게 몸을 떨었다.

'어째서 그전까지는 알지 못했을까.'

늘 그녀를 철부지에 자기밖에 모르는, 멍청하고 이기적인 아이라고만 생각했었다. 하지만 실상은 그걸 훨씬 뛰어넘는 것이었다. 도로테아는 내 생각보다 훨씬 악했고 지독했으며, 상상을 초월할 정도로 이기적이고 뻔뻔했다.

그런 그녀의 본성을 제대로 알아보지 못한 것은 분명히 내 실책이었다.

나는 조금 더 조심했어야만 했다. 이제 와서 그런 후회가 다 무슨 소용이긴 했느냐만.

"검사는 마지막으로 구형해 주십시오."

마침내 증인 신문까지 끝났고, 이제 남은 건 구형뿐이었다. 나는 긴장된 표정으로 검사의 입이 열리기를 기다렸다.

"존경하는 재판장님, 피고인 도로테아 데미르 밀 코르노헨은 한때 친구였던 피해자를 자신의 실책으로 관계가 소원해졌음에도 불구하고 피해자에게 앙심을 품고 살해하려 하였습니다. 이에 피해자는 하마터면 생명을 잃을 뻔하였고, 마음에 씻을 수 없는 상처를 가지게 되었습니다.

이는 명백한 살인 미수임에도 불구하고 피고는 범행의 고의성을 회피하며 법정과 피해자를 기만하고 반성의 여지를 보이지 않고 있습니다. 따라서 본 검사는 피고인의 죄질이 아주 나쁘다 판단, 도로테아 데미르 밀 코르노헨에게 8년의 징역을 구형하는 바입니다."

비슷한 이유로 호드페 영애에게는 징역 3년 4개월과 집행유예 2년이 구형되었다. 어쨌든 호드페 영애는 집행유예로 끝날지도 모른다는 사실에 안심하는 듯했다.

이후 변호사의 최후 변론과 피고인인 도로테아, 호드페 영애의 최후 진술까지 진행된 다음에야 모든 절차가 막을 내렸다.

호드페 영애는 정말 절절한 목소리로 자신의 과오를 후회하고 있으며 내게 아주 미안해하고 있다, 꼭 재판이 끝난 이후 진심으로 사과하고 싶다고 말하며 눈물까지 글썽거렸다.

그와 반대로 도로테아는 꽤나 담담한 태도를 보였는데, 자신이 저지른 건 장난에 불과한 행동이었으며, 일이 이렇게 되어 유감이기는 하지만 자신은 정말로 죄가 없다고만 계속해서 주장했다.

이건 솔직히 그리 현명한 태도는 아니었다. 자칫 법정을 기만하는 것으로 비쳐질 수 있었으니까.

어쨌든 이제는 정말로 재판장의 판결만을 앞두고 있었다.

"판결하겠습니다."

재판장의 입이 열렸고 모두가 거기에 집중했다. 나는 긴장된 얼굴로 그의 입속에서 나올 말에 주목했다.

"오랫동안 사귄 친구와 사이가 멀어졌다는 이유로 앙심을 품고 친구를 살해하려 하였으니 이는 요니스의 미풍양속을 해치고 귀족 사회에 큰 파란을 불러일으켰다 할 수 있겠습니다.

도로테아 데미르 밀 코르노헨은 친구를 살해하려 한 의도가 명백함에도 이를 과실로 포장하려 거짓말을 일삼았고 반성의 기미를 보이지 않으며 신성한 법정에서 위증의 죄까지 저질렀으니 그 죄질이 무겁다 할 수 있겠습니다.

파트리샤 네르파 진 호드페는 도로테아 데미르 밀 코르노헨과 동조하여 역시 피해자인 마리스텔라 제니즈 라 벨플레어를 살해하려 하는 데 가담하였으나, 과실의 여지가 있고 반성의 기미를 보이고 있어 개선의 여지가 있습니다.

이에 본 법정은 도로테아 데미르 밀 코르노헨에게 5년의 징역형을, 파트리샤 네르파 진 호드페에게 징역 2년과 집행유예 1년 7개월을 선고합니다."

탕. 탕. 탕.

둔탁한 나무 망치소리가 법정 안을 가득 울려 퍼졌고, 동시에 피고인석에서 비명이 들려왔다.

"아악! 이럴 수는 없어!"

"조용히 하십시오!"

"누구 마음대로 징역이야? 내가 뭘 잘못했다고!"

도로테아는 계속해서 이럴 수는 없다고 소리쳤지만, 돌아오는 건 그녀를 향한 싸늘한 눈총과 날카로운 질시뿐이었다. 모두가 그녀의 흉한 행동을 탓했으며, 판결이 당연하다는 듯 떠들었다.

도로테아 데미르 밀 코르노헨은 이제 꼼짝없이 베일탑에 수감될 운명이었다. 공식적으로 범죄자가 되었고, 징역을 살게 된 것이다.

'드디어 끝났네.'

나는 복잡하고도 미묘한 얼굴로 기사들에 의해 법정에서 끌려나가는 도로테아의 마지막 모습을 지켜보았다.

그녀의 얼굴에는 이제 악만 남은 상태였다. 그 예쁜 얼굴은 더 이상 아름답지 않았다.

"너, 후회하게 될 거야! 날 버린 걸 분명히 후회하게 될 거라고!"

도로테아는 마지막으로 악담 아닌 악담을 내게 퍼붓고는 무섭게 나를 노려보았다.

나는 그 살기 어린 눈빛을 보고 당황한 나머지 무의식적으로 비틀거렸다. 그때 누군가가 그런 나를 단단히 잡아주었다.

"아……."

"괜찮으십니까?"

나는 가만히 위를 올려다보았다. 다정한 눈동자가 나를 쳐다보고 있었다.

"……전하."

"조금만 늦었으면 큰일 날 뻔했습니다."

자비에르였다. 그가 걱정스러운 눈빛으로 나를 바라보며 물었다.

"혹 어디가 안 좋으십니까?"

"아닙니다, 전하."

나는 다소 파리해진 얼굴을 한 채, 작은 목소리로 대답했다.

"조금 당황스러워서요."

"놀라셨나 보군요."

도로테아가 내게 외치는 소리를 못 들었을 리 없었다.

자비에르의 말에 나는 작게 고개를 끄덕였다.

"네. 꽤 오랫동안 알고 지내왔다 생각했는데, 제게 저런 모습까지 보일 줄은 몰랐네요."

"충격받으실 만합니다. 그보다 근래 너무 놀라실 일만 있으셔서…… 걱정스럽군요."

그가 나를 부축한 손에 좀 더 힘을 주었고, 그것을 느낀 내가 살짝 당황한 눈빛으로 그를 쳐다보았다.

그러자 자비에르도 당황했는지 순식간에 그의 눈동자가 흔들렸다. 잠시 후 그가 실례했다는 듯 나를 부드럽게 놓아주었다.

"모든 게 끝났으니 안심하셔도 됩니다, 영애."

"후련해요. 큰 짐을 정리한 것 같기도 하고, 어렵던 숙제 하나를 다 끝낸 것 같기도 하고……."

"영애의 기분, 이해합니다. 복잡한 기분이시겠지요."

자비에르가 무언가를 회상하기라도 하는 듯 곰곰이 생각하는 얼굴로 내게 말했다.

"이제 좋은 일만 생길 겁니다."

"그러기를 바라고 있어요."

내가 엷게 웃는 모양으로 자비에르를 바라보며 말했고, 그런 내 모습을 본 자비에르는 순간 멈칫했다가, 이내 나를 따라서 엷게 웃어 보였다. 그 미묘한 변화의 이유를 알 것 같으면서도 내 입으로는 도무지 말하기가 부끄러워서, 나는 그 사실을 깨닫고는 그저 어색하게 웃어 보이기만 했다.

그날의 고백 이후 이런 식으로 다시 재회할 줄 몰랐다.

생각보다 아무렇지 않게 만나서, 그리고 또 아무렇지 않게 대해서 솔직히 좀 놀랐다.

생각했던 것보다 그렇게 어색한 분위기는 아닌 것도 꽤 놀랄 만한 일이었다. 물론 어색함이 아예 없다고는 말할 수 없겠지만.

"어쨌든 참관해 주셔서 감사합니다, 전하. 바쁘실 텐데요."

"아닙니다. 응당 참석해야지요. 사소한 일도 아닌데요."

"재판이 시작되기 전부터 황궁에서 도움을 많이 주셔서 늘 감사해 하고 있습니다."

"……그런 말은."

"네?"

"……."

제대로 듣지 못해 다시 물었음에도 자비에르에게서는 답이 없었다. 그저 나를 부담스러울 정도로 집요하게 빤히 바라볼 뿐이었다. 그리고 내가 그의 시선에서 야릇한 분위기를 잡아낼 때 즈음이 되어서야 입을 열었다.

"……도움을 제공할 때 대가를 바라서는 안 된다고 배웠습니다."

"네?"

이게 갑자기 뭔 뜬금없는 소린가 싶어 나는 눈을 뚱그렇게 뜨고 그를 바라보기만 했다. 하지만 그런 나와는 다르게 자비에르는 꽤나 진지해 보였다.

"무언가를 바라고 타인을 도와서는 안 된다고 배웠습니다."

"그야…… 당연히 그렇지요."

"하지만 영애."

자비에르가 속삭이는 듯 아주 작은 목소리로 나를 불렀고, 나는 심장이 쿵쿵 뛰는 것을 느끼며 그를 올려다보았다. 푸르디푸른 심연의 눈동자가 나를 꿰뚫듯 쳐다보고 있었다.

"제가 감히 영애께 한 가지만 바라도 괜찮겠습니까?"

그게 무엇이든 제국의 황태자가 '감히'라는 부사를 사용하면서까지 내게 부탁할 수 있는 건 없었다. 나는 당황스러움을 느끼며 그에게 물었다.

"뭘 바라시는데 그러세요?"

"영애와 데이트하고 싶습니다."

그가 진지한 목소리로 말했다.

"지금 저, 데이트 신청하고 있는 겁니다."

"어……."

내가 당황한 소리를 흘리며 물었다.

"바라시는 게…… 겨우, 그거라고요?"

"'겨우'가 아닙니다."

그가 내 손을 가만히 잡은 다음 손등에 입을 맞추며 나를 지그시 쳐다보았다. 생전 처음 보는 자비에르의 이런 행동은 내 기분을 요란하게 뒤섞어 놓기에 충분했다.

그러다 문득 나는 그가 마지막으로 내게 했던 말을 기억해 냈다.

'최선을 다해 영애를 유혹해 볼 생각입니다.'

내 결정이 좀 더 빨라질 수 있게, 유혹한다고 했다. 나를.

'맙소사.'

그제야 그때의 대화를 기억해 낸 내 얼굴이 홍당무처럼 물들었다.

'맞아, 그랬었지.'

하지만 그 '유혹'이란 게 이렇게 건전할 줄이야.

아니…… 물론 그렇다고 해서 불건전하거나 그런 걸 기대한 건 결코 아니었다. 그냥 말이 그렇다는 거지, 말이.

'그렇지만……'

생각보다 순수한걸. 아니면, 그게 나라서 순수하게 행동하는 걸까.

'어느 쪽이든 기분 좋은 일이기는 하지만.'

내가 멍한 눈빛으로 내 앞에 선 자비에르를 쳐다보았다.

그는 입가에 실낱같은 미소를 띤 채 속살거리는 목소리로 내게 말했다.

"용기 내서 말했거든요. 제게는 정말 큰 것이라서."

"아……."

"거절하셔도 하는 수 없습니다만, 이왕이면 받아주세요."

그렇게 말하고 나서 웃는 자비에르의 모습은 정말로 아름다웠다.

맙소사. 이렇게 잘생긴 남자가 데이트 신청을 하는데 어떻게 거절할 수 있다는 말인가.

그리고 자비에르는 아마 그 사실을 알고 있었을 것이다. 그걸 모르고 있었다면 이렇게 대담하게 내게 데이트를 신청할 리가.

'하지만…….'

만약 이 데이트 신청을 받아들인다면 그건 지난번 고백을 거절하지는 않겠다는 것에 준하는 의미였다.

그 말인즉슨, 내가 그의 마음을 거절하지는 않겠다는 의미.

그의 마음을 받아들일 여지를 조금이라도 주겠다는 의미.

그러니까 만약 자비에르에게 조금의 호감도 없다면, 그를 남자로서 조금도 생각하지 않는다면 나는 지금이라도 당장 그의 제안을 뿌리치고 이렇게 말하는 게 맞았다.

전 전하와 잘해볼 마음이 조금도 없습니다. 전하를 이성으로 생각할 마음이 눈곱만큼도 없습니다. 전 제 친구가 좋아하는 남자를 좋아하는 건 윤리적으로 반하는 이이라고 생각합니다. 그러니 제게 더 이상 이러지 말아주세요. 저를 힘들게 하지 말아주세요. 계속 이러시면 제가 불편합니다. 지금까지 유지해 왔던 친구 관계조차 유지하기 어려워집니다.

그래. 이게 정석일 것이다.

'하지만…….'

나는 기대감으로 물든 자비에르의 눈동자를 쳐다보았다.

그 기대감 섞인 눈동자에는 기대라는 순수하고 아름다운 감정만 있는 게 아니었다.

거절당할까 봐 초조해 하는 마음. 거부당할까 봐 걱정하고 두려워하는 마음. 이상하게도 나는 그것들이, 그 감정들이 전부 읽혔다.

이상한 일이었다. 남의 감정 읽는 행동 따위, 내가 가장 못 하는 짓이었는데.

'데이트 한 번 정도라면 괜찮지 않을까?'

거절하고 싶지가 않아졌다.

만약 거절하면 마주하게 될 자비에르의 상처받은 눈동자가 두려웠다.

입 밖으로는 괜찮다고, 그럴 수도 있겠다고 그는 말할 것이다. 그러나 눈동자로는 자신이 받은 상처를 여과 없이 드러내겠지.

그걸 직접 본 적이 없었던 게 아니라서 나는 더 그러고 싶지가 않아졌다.

'딱 한 번만.'

생명의 은인이었다. 도로테아가 벌을 받는 데 일조한 사람이었다. 죽은 사람 소원도 들어준다는데, 이 사람의 소원을 들어주지 못할 리가.

나는 고개를 끄덕이며 대답했다.

"받아들일게요."

"정말인가요?"

"네."

그 말을 하면서, 나는 어쩐지 가슴이 두근두근 잘게 뛰는 것을 느꼈다. 물론 심장이야 언제든 뛰는 것이고 한순간이라도 뛰지 않는다면 그것이야말로 이상한 일이겠지만, 이건 좀 달랐다.

의무적으로 뛰어야 하는 심장박동과 감정으로 뛰는 야릇한 심장소리는 분명히 다른 것이다.

누구라도 그 두 가지의 차이 정도는 구별할 수 있을 터였다.

나는 마른 침을 꿀꺽 삼킨 다음 덧붙여 말했다.

"정말이에요."

"아."

자비에르의 입속에서 탄성이 터져 나왔다. 그리고 나는 그날 그가 그렇게 행복하게 웃는 모습을, 정말 오랜만에 보았다.

'요즘 늘 표정이 슬펐는데.'

그렇게도 좋을까. 내가 그런 자비에르의 모습을 빤히 바라보고 있는데, 순간 그와 눈이 마주쳤다.

'아……'

예상치 못한 눈 맞춤에 당황한 내 눈이 동그랗게 커졌다.

깜짝 놀란 나는 파르르 속눈썹을 떨면서 서둘러 시선을 다른 데로 돌렸다.

몰래 쳐다본 것도 아닌데 이상하게 부끄러웠다.

이상했다. 정말로.

"시간은 언제가 괜찮으십니까?"

부드러운 목소리가 내게 물어왔고 나는 홀린 듯 아무렇게나 대답해 버렸다.

"아무 때나 좋아요."

"정말이십니까?"

"저보다야 바쁘신 분은 늘 전하시니까요."

나는 차분한 목소리로 대답했다.

"전하께서 정하시는 게 좋을 것 같아요."

"저도 괜찮습니다. 언제든, 어느 때나."

그가 빙긋 웃으며 내게 말했다.

"영애와의 데이트라면, 없는 시간도 쪼개는 게 맞는 일이니까요."

"……영광이네요."

"아쉬운 쪽은 저이니까요. 당연합니다."

"그래도 전하께서 정하세요. 전 정말 아무 때나 괜찮으니까요."

"그렇다면 내일 어떠십니까?"

조금 빨랐다. 나는 의외라는 듯 그에게 물었다.

"그렇게 스케줄을 갑자기 변경하셔도 괜찮으신 건가요?"

그 질문과 함께 나는 멀리 있던 딜튼 경을 쳐다보았고, 자비에르
는 괜찮다는 목소리로 답했다.

"네. 마침 내일 시간이 비어서요. 어떻게 시간을 보낼지 고민하던
중이었습니다."

"기막힌 타이밍이네요."

"영애와 제가 운명이라 그럴지도요."

"……."

뭐야, 자비에르…… 이렇게 능글맞은 사람이었어?

예기치 못한 대답에 당황한 내가 입을 떡 벌리고 그를 쳐다보았
지만, 자비에르는 아무것도 변한 것은 없다는 듯 늘상 짓던 미소를
나른하게 지어 보인 채 내게 속삭일 뿐이었다.

"아니라고 생각하십니까?"

"……이렇게 관계를 맺는 것도 운명이라면 운명이겠죠."

"좀 더 깊은 관계를 맺기를 희망합니다, 저는."

그렇게 말하면서, 자비에르는 자연스럽게 다시 내 손을 제 쪽으로 가져간 뒤 손등에 입을 맞췄다.

그게 너무 자연스러워서, 나는 그의 입술이 내 손등 위에 닿았을 때가 되어서야 그가 그곳에 키스했음을 깨달을 정도였다.

'이, 이 사람 은근히 고단수야.'

당황한 내가 멍한 얼굴로 자비에르를 쳐다보았지만, 그는 또 아무 일도 없다는 듯 씩 웃어 보이더니 내게 말했다.

"어쨌든 오늘은 저택으로 돌아가서 푹 쉬시는 게 좋겠습니다. 마음을 정리하실 시간도 필요하실 테니."

"그래야겠어요."

내가 어쩐지 씁쓸해진 표정으로 웃은 다음 마지막으로 그에게 인사했다.

"어쨌든 오늘 정말 감사했습니다, 전하. 지난번부터 지금까지…… 계속이요."

"저도 감사합니다, 영애."

"뭐가요?"

"이렇게 제 눈앞에 살아 숨 쉬고 계셔 주셔서, 정말 감사합니다."

그가 낮은 목소리로 내게 속삭였다.

"덕분에 저는 제 마음을 확실히 깨달았고, 용기를 낼 수 있었으니까요."

"……."

잊고 있던 주제가 갑작스럽게 훅 치고 들어오면서, 나는 당황스러움에 아무 말도 하지 못했다. 하지만 자비에르는 그것마저 예상했다는 듯 부드럽게 한쪽 입꼬리를 끌어 올리며 웃은 뒤, 내게 정중히 허리를 굽혀 인사하고 딜튼 경이 있는 쪽으로 걸음을 옮길 뿐이었다.

"달라졌어……."

그런 그의 뒷모습을 보면서, 나는 가만히 중얼거렸다.

"분명히 달라진 게 맞아."

그가 나를 대하는 태도가 예전과는 달라졌다는 걸, 나는 그날 확실히 깨달을 수 있었다.

8. Date

그날 저택으로 돌아왔을 때, 도로테아 이야기를 꺼내는 사람은 아무도 없었다.

놀라우리만치 아무도 그녀의 이야기를 꺼내지 않았다. 마치 의도적으로 그녀를 없는 사람 취급하는 것처럼. 나는 그런 가족들의 행동이 나를 배려하기 위함임을 알았다.

어쨌든 도로테아는 내게 저번 일로 큰 트라우마를 안겨 준 장본인이고, 나를 살해하려 하였던 범죄자였으며, 이제는 다시 볼 일 없는 사람이었으니까. 그녀가 형을 살고 베일탑 밖으로 나온다고 해도 내가 그녀에게 관심 가지는 일은 더 이상 없을 것이다.

그리고 아마 다른 사람들도 마찬가지일 가능성이 높았다.

요나스에서 귀족으로 살면서 범죄자로 낙인찍히는 것은 대단히 어려운 일이었지만, 일단 한 번 그 낙인이 찍히면 평범한 삶을 영위하기란 결코 쉬운 일이 아니었기 때문이었다.

어쨌든 그들의 배려에 힘입어 나 역시도 도로테아를 의도적으로 잊기 위해 노력했다.

이제 다시는 엮일 일 없는 사람이었으니까. 굳이 상기함으로써 내 머리를 복잡하게 만들 필요도, 기분을 불쾌하게 만들 이유도 없었다.

모든 게 끝났으므로.

저녁 식사를 마치고 방으로 올라온 나는 오전부터 재판에 참석하느라 피로해진 몸 상태를 느끼고 일찍 잠자리에 들려던 차였다. 내일 자비에르와의 데이트……가 있기도 했고.

똑똑.

그때 마침 들려오는 노크 소리는 누가 봐도 마티나였다. 나는 낮게 웃으며 입을 열었다.

"들어와."

그러자 누군가가 문을 열고 빠끔 모습을 드러냈다. 예상대로 마티나였다. 나는 그럴 줄 알았다는 듯 웃으면서 그녀를 맞아들였다.

"안 자고 어쩐 일이야?"

"아직 잘 시간도 아니다, 뭐. 9시밖에 안 됐어."

"새 나라의 어린이는 일찍 자야 키가 크지."

"이제 더 키 크기는 글렀어."

마티나가 투덜댔고, 나는 그런 그녀를 보고 키득키득 웃었다. 마티나의 키는 150cm가 조금 넘었다.

"언니가 너무 아무렇지 않아 보여서, 정말 아무렇지 않은 건지 아무렇지 않은 척하는 건지 궁금해졌어."

"너도 참."

어쩐지 오늘 내내 마티나가 이 문제로 조용하다 싶었다. 아무래도 가족들 모두 도로테아 이야기를 꺼내지 않으니 그녀 역시 눈치를 보는 듯했다. 나는 낮게 웃으며 마티나에게 말했다.

"괜찮아. 난 정말…… 괜찮아, 마티나."

"아까 도로테아가 재판정에서 끌려나가면서 언니에게 소리치는 거 들었어. 정말 소름 돋더라. 난 그 여자가 그렇게까지 악독한 여자인 줄은 몰랐는데 말이야."

"어느 정도 유추는 했지만, 그 정도가 그렇게까지 심각할 줄은 몰랐지."

"맞아. 제발 베일탑에서 그 성질 좀 고치고 나왔으면 좋겠어."

"……뭐."

나는 냉소적인 얼굴로 대꾸했다.

"이제 난 그 사람이 어떻게 되든 정말 상관없어."

"……그래, 뭐. 더 이상 우리랑 관계없는 사람이니까. 엮일 일도 없고."

마티나가 고개를 끄덕이며 내 어깨를 툭툭 쳤다.

"하여튼 언니, 이제 안 좋은 기억들은 다 털어 버리고 꽃길만 걷는 거야. 내가 언니 가는 길에 우리 언니 좋아하는 장미꽃잎만 잔뜩 뿌려줄게."

"맙소사. 말하는 것 좀 봐."

나는 기특해 죽겠다는 얼굴로 마티나의 이마 위에 쪽 하고 키스했고, 마티나는 씩 웃으며 내게 물었다.

"그보다 아까 황태자 전하와 오래 있더라?"

"아……."

나는 순식간에 어색한 표정으로 변했고, 마티나는 음흉한 얼굴로 내게 가까이 다가와 물었다.

"뭐, 진전이 있는 거야?"

"지, 진전은 무슨."

내가 말도 안 된다는 듯 고개를 절레절레 저으며 말했다.

"그냥 이야기 나눈 게 전부야. 아까…… 내가 넘어질 뻔했거든."

"그걸 또 우리 황태자 전하께서 멋지게 잡아주셨다! 이 말이구나? 아니, 어떻게 전하께서는 언니가 위험할 때만 꼭 나타나신대? 모르는 사람이 보면 짜고 친 줄 알겠어."

"너도 참."

내가 말도 안 된다는 듯 바스스 웃으며 대꾸했다.

"그냥 우연이지, 뭐."

"그거 알아? 우연이 세 번 계속되면 운명이래."

"……뭐."

할 말이 없다는 사람처럼, 나는 입술을 꼭 다물었다가 다시 열었다.

"그렇게 치면 오델레타나 에스클리프 공작님과도 운명이야."

"그 두 사람도 운명이지. 운명에 사랑만 포함되는 건 아니잖아?"

"마티나, 우리 그런 관계 아니거든?"

"언니만 그렇게 생각하는 건 아니고?"

"아니야."

내가 단호하게 고개를 저으며 대답했다.

"그런 사이 아니야. 정말이야."

"뭐……."

마티나가 심드렁한 얼굴로 대꾸했다.

"거짓말이라고는 생각 안 해, 나도. 언니 성격에 진도를 빨리 뺄 거라고는 생각도 안 하고."

"맙소사, 아무 사이도 아닌데 진도는 무슨 진도!"

"그래서, 마음은 정하긴 한 거야?"

"……몰라."

내가 머리 아프다는 듯 이마 위에 손을 얹으며 중얼거렸다.

"다른 사람 마음은 몰라도 내 마음은 잘 알고 있다고 자부해왔는데…… 전부 자만이었나 봐."

"이런 문제에서는 자기 마음을 정확히 깨닫는 게 어렵지. 언니가 이상한 게 아니야."

마티나가 나를 토닥거리며 말했다.

"언젠가 언니가 언니 마음을 정확히 알게 될 날이 올 거라고 생각해, 나는. 너무 조급히 생각하지 마. 언니만 생각해, 언니만."

"······진짜 너밖에 없다, 마티나."

내가 씩 웃으며 가만히 한 마디를 내뱉었다.

"실은 내일 전하와 데이트 가기로 했어."

"누구······ 설마 황태자 전하랑?"

"응."

내가 담담하게 대답했다.

"데이트 신청을 하셨는데, 거절할 수가 없었어."

"어째서?"

"거절하면 슬퍼하실 것 같았거든."

"······그건 당연한 거잖아. 그게 무서우면 나중에 거절할 일 있을 때 어떻게 하려고."

"전하께서 상처받으신 모습을 본 적이 있어."

기억을 되살려보면 나는 꽤 빈번하게 그의 상처 받은 눈빛을 목격했다. 그래, 마티나의 말마따나 처음도 아니었다.

"그런데 별로 보고 싶지 않더라."

순전히 그 이유, 하나 때문이었다. 다시 보고 싶지 않은 그 표정 때문에.

"그간 도와주신 일이 많았어. 크게는 내 목숨을 구해주셨고, 작게는 이번 재판 때 증인도 되어 주셨고······. 그 정도는 괜찮지 않을까 해서 받아들였어."

"······그랬구나. 그래, 뭐······ 괜찮지. 그 정도면."

마티나가 묘한 표정으로 고개를 끄덕이며 대답했다.

"잘했어, 그래. 잘했네. 그래서 데이트 날짜가 내일이라고? 왜 이렇게 빨라?"

"내일 마침 시간이 나셨대."

"그럼 언니, 이러고 있을 때가 아니지!"

마티나가 호들갑을 떨며 나를 재촉했다.

"얼른 자, 언니. 얼른. 늦게 자면 피부 상해서 화장도 제대로 안 먹어."

"아직 아홉 시밖에 안 됐…….."

"아냐, 늦었어, 늦었어. 얼른 자는 게 좋겠어."

마티나가 침대 위에 앉아 있던 나를 눕힌 다음 이불을 목 끝까지 덮어주었다. 하지만 나는 답답함을 느끼고 곧바로 이불을 살짝 가슴께까지 내렸다.

"갑자기 적극적이야."

"전하와의 첫 데이트니까. 특별하잖아?"

마티나가 미묘한 미소를 지어 보인 채로 말했다.

"잘 자, 언니. 좋은 꿈 꾸고. 오늘 있었던 일은 싹 다 잊어버려. 지금도, 앞으로도."

"……응."

나는 연하게 미소 지었고, 마티나는 내 이마 위에 키스한 뒤 내 방에서 나가주었다. 하지만 나는 그러고도 한참을 뒤척이다가, 새벽이 다가올 때 즈음이 되어서야 겨우 잠에 빠져들었다.

다음 날이 밝았을 때, 나는 아침 일찍부터 자비에르와 데이트할 준비를 했다.

"아가씨, 드레스는 역시 산뜻하게 레이스가 달린 게 좋겠어요."

"하지만 이건 너무 과해."

나는 고개를 절레절레 저으며 손을 까닥거렸다.

"지나침은 모자람보다 못한 법이야. 누가 멀리서 보면 내가 레이스에 파묻힌 줄 알겠다."

나는 곰곰이 드레스 룸을 살피다가 플로린다가 고른 드레스완 조금 떨어진 위치에 있는 드레스를 가리켰다.

"저게 좋겠어. 산뜻하기는 저게 좀 더 산뜻하다."

"흐음……."

내 말에 플로린다가 잠시 고민하는 표정을 짓다가 곧 입을 열었다.

"아가씨가 저걸 원하신다면 저걸로 하도록 하죠. 자, 그럼 드레스 입은 걸 도와드릴게요."

하녀들의 도움으로 내가 고른 연분홍색 드레스로 갈아입은 나는 머리를 예쁘게 손질하고 액세서리로 진주 귀걸이와 진주 목걸이까지 착용한 다음에야 거울 앞에 설 수 있었다.

"어머."

플로린다가 낮게 탄성을 흘리며 꽤 빈번하게 들었던 지겨운 말을 꺼냈다.

"오늘 너무 예쁘신걸요?"

"그렇네요."

내 반응도 평소와 같았다. 연분홍색 드레스는 걱정했던 것과는 다르게 아이 같은 느낌보다는 단아하고 우아한 느낌을 먼저 주었는데, 나는 그것이 꽤 마음에 들었다. 귓가에 걸린, 진주를 납작하게 펴 만든 귀걸이를 오른쪽 검지로 톡톡 건드리다가, 나는 만족스럽다는 듯 웃어 보였다.

"괜찮네요."

"오늘 모습이 마음에 드시다니 기쁘네요. 사실 황태자 전하와의 첫 데이트라 저희들도 신경 써서 꾸몄답니다."

다른 하녀의 말에 나는 어색하게 미소 지었다. 모두 이 데이트에 '처음'이라는 의미부여를 상당히 하는 듯했다.

정작 당사자인 나는 아무런 생각을 안 하고 있었는데도.

'하긴, 처음은 특별하니까.'

나는 별생각 없이 앞으로 삐져나온 머리카락을 뒤로 넘긴 다음 플로린다에게 시간을 물었다.

"지금 몇 시지, 플로린다?"

"아직 10시 20분 정도 되었어요. 전하께서 오시려면 조금 기다리셔야 할 것 같……."

똑똑.

그때 노크 소리가 바깥에서 들려왔고, 나는 물었다.

"누구세요?"

"아가씨, 들어가도 될까요?"

나는 그러라고 대답했고, 곧 문을 두드린 하녀가 내 방 안으로 들어왔다. 나는 의아한 얼굴로 그녀에게 물었다.

"무슨 일이 있니?"

들려오는 대답은 꽤 뜻밖의 것이었다.

"황태자 전하께서 도착하셨어요."

"……지금?"

나는 당황한 목소리로 물었다.

방금 플로린다가 지금이 10시 20분쯤 되었다고 했는데……? 자비에르가 약속을 원래 이렇게 칼같이 지키는 사람이었나? 아니, 이건 '칼 같이'도 아니었다. 약속 시각 40분 전의 방문이라니.

'다행히 준비를 다 하긴 했지만…….'

그래도 너무 일렀다. 내가 멍한 목소리로 중얼거렸다.

"준비가 다 안 끝났으면 어떻게 하시려고……."

그 말에 시녀가 깜빡했다는 듯, 한 마디를 덧붙였다.

"아, 실은 전하께서 도착하신 걸 비밀로 했다가, 아가씨가 준비를 마치시면 그때 말씀드리도록 하라고 명령하셨어요. 혹시 준비하시는데 부담 느끼실지도 모른다고."

"……."

배려심 하나는, 쓸데없을 정도로 깊으시다니까.

나는 오묘한 표정으로 소식을 전하러 온 하녀를 쳐다보았다가, 잠시 후에 물었다.

"그래서 지금 어디에 계셔?"

나는 곧바로 방 밖으로 나갔다. 그리고 계단을 내려가는 길에 벨플레어 백작부인과 마주쳤다.

"마리."

그녀가 작게 속삭이는 듯한 목소리로 나를 불러 세웠다.

"황태자 전하께서 도착하셨어. 알고 있니?"

"들었어요. 지금 응접실에 계신다고."

"그래, 맞아. 준비가 일찍 끝난 것 같아 다행이구나."

"이렇게까지 일찍 오실 줄은 몰랐어요."

"그만큼 전하께서 널 보고 싶어 하셨다는 소리겠지."

"……엄마도 참."

내가 민망한 사람처럼 얼굴을 붉히며 대꾸하자, 벨플레어 백작부인이 까르르 웃으며 내 등을 톡톡 두드렸다. 나는 이만 가보겠다고 그녀에게 인사를 남긴 뒤에야 다시 계단을 내려갈 수 있었다.

그리고 응접실에 도착했을 때, 나는 곧바로 노크하지 않고 투명한 유리문 너머의 자비에르를 가만히 바라보았다.

말쑥하게 차려입은 채 바른 자세로 앉아 우아하게 무언가를 홀짝이고 있는 모습.

늘 같은 모습이었지만, 이렇게 그와 눈 마주치지 않고 멀리 떨어져서 살펴보니 기분이 색달랐다. 늘 같아 보였던 사람이 조금 달라 보이는 기분.

"……."

나는 한동안 문 바깥에서 머뭇거리다가, 지나가는 하녀가 그런 나를 이상하게 여기기 직전에 유리문에 노크했다.

똑똑.

두 번 노크한 뒤 곧바로 문을 열고 들어가자 자비에르가 엷게 웃는 얼굴로 나를 맞아주었다.

"레이디 마리스텔라."

"전하."

나는 조용히 자비에르를 부르며 그가 있는 테이블로 다가갔다.

"일찍 오셨네요."

"인내심이 그리 많은 편은 아닙니다."

엉뚱한 대답에 내가 갸우뚱거리려는 찰나, 자비에르의 대답이 이어졌다.

"영애를 좀 더 빨리 보고 싶어서요. 참을 수가 없더군요."

"……."

이게 '유혹'의 범주에 드는지는 모르겠지만, 이런 멘트를 앞으로도 시시때때로 칠 것 같은 느낌은 들었다. 내가 헛웃음을 머금은 얼굴로 중얼거렸다.

"달라지신 모습이 어색하네요."

원래라면 이렇게 말할 사람은 아니었는데.

"사람은 적응의 동물이니까요. 곧 익숙해지실 겁니다."

천연덕스럽게 받아치던 자비에르가 곧 한 마디를 더 덧붙였다.

"아름다우시네요, 오늘."

"아……."

그 말에 나는 어색하게 웃으며 무의식적으로 드레스 자락을 뒤로 숨겼다. 그 모습을 본 자비에르가 낮게 웃으며 내게 물었다.

"뭘 숨기시는 겁니까?"

"아니, 뭐, 그냥…… 당황스러워서요."

"아름다우시다는 말, 제가 오늘 처음 드리는 건 아닌 것 같은데."

'그렇게 당황스러우셨나요?'라고 물으면서, 자비에르가 나와 눈을 맞추었고, 그 행동에 더 당황한 나는 빠르게 눈을 피했다.

그 모습을 본 자비에르가 또 웃었다.

낮게 웃음을 터뜨리는 모습이 어쩐지 얄미워서, 나는 부루퉁한 목소리로 그에게 말했다.

"웃지 마세요."

"죄송합니다. 영애가 너무 귀여우셔서."

"으악! 귀엽다는 말도 하지 마세요!"

나이 스물 먹고 귀엽다는 소리를 듣다니!

나는 부끄러워 죽겠다는 듯 화끈거리는 얼굴로 양쪽 얼굴을 감쌌다.

맙소사, 적응 안 돼.

"그렇지만 귀여우신걸요."

"이 나이 먹고 귀엽다니요. 남들이 욕하겠네요."

"외모적인 것만 말씀드린 건 아닙니다."

자비에르가 웃으며 뒤에 말을 보탰다.

"물론 그것도 포함하지만요."

"그…… 설마 제 행동이 귀엽다거나…… 뭐 그런 건 아니시죠?"

내가 슬그머니 얼굴에서 손을 치우고 그에게 묻자, 자비에르가 그런 나를 가만히 바라보다 입을 열었다.

"아니라고 생각하십니까?"

"누구도 제게 그런 말을 해준 적은 없었던 것 같네요."

"'누구도'요?"

그 말에 자비에르의 표정이 미묘해졌다.

정확히는 무언가를 마음에 들어 하는 것 같은 얼굴이었다.

"잘됐군요. 제가 처음이라니."

"네?"

"앞으로도 계속 말씀드리겠습니다. 영애의 귀여움을 이제껏 모르시고 계셨다니, 가슴이 아프군요."

"……거절할래요."

"어째섭니까?"

"전 제가…… 딱히 귀여운지 모르겠거든요? 지금 전하께서 콩깍지가 눈에 제대로 쓰이셔서 그래요."

"그렇게 말씀하신다면 제가 영애에게 첫눈에 반한 건 좀 아쉽군요."

"왜요?"

"영애에게 객관적일 때가 단 한 순간도 없었으니까요."

자비에르가 엷게 미소 지은 다음 덧붙였다.

"처음 본 순간부터 반짝반짝 빛났거든요, 영애는."

"······."

도대체 이런 표현들은 다 어디서 배운 걸까? 유전 같지는 않았다. 아무리 생각해도 헨리 14세가 그 근엄한 얼굴로 파네타 황후에게 저런 말을 속삭이지는 않았을 것 같다는 이야기이다.

"전하도 뭐⋯⋯ 비슷하셨어요."

내가 고개를 끄덕이며 대꾸했다.

"반짝반짝 빛나셨어요. 처음부터요. 황태자 전하시라 그렇게 느낀 건지도 모르겠지만⋯⋯."

"어느 쪽이든 상관없습니다. 절 그렇게 봐주신다면, 이유는 상관없어요."

그렇게 말한 자비에르는 내 손을 제 쪽으로 가져가더니 손등에 부드럽게 키스했다. 이제는 자연스럽게 그가 인사라는 명목으로 하는 키스였다.

"나가볼까요?"

저택을 나가 거리로 들어서자 귀족들의 저택가에서는 쉽사리 보기 어려운 광경들이 펼쳐졌다.

생선을 파는 상인들, 잡동사니를 파는 남자들, 골동품을 파는 여자들⋯⋯ 그리고 그것들을 사러 나온 어른들과 아이들로 거리는 인산인해를 이루고 있었다.

복잡했다. 황궁에서만 지내던 자비에르로서는 아마 귀족들의 파티만이 소란스러움의 전부였을 것이다. 그러니 이런 유의 소란스러움은 또 다른 느낌으로 다가올 테지.

아마 꽤, 신선할 것이다. 자비에르의 옆에서 걷던 내가 그에게 물었다.

"거리 구경 하신 적 있으세요?"

"제도에서는 아니지만, 뷰레가드에서는 한 적이 있습니다. 황립 아카데미가 그곳에 있거든요."

"아, 맞다. 그러셨죠, 참."

내가 짝- 하고 박수를 치며 물었다.

"외출이 자유로웠나 봐요."

"아뇨. 엄격했습니다."

그는 낮게 웃더니 의외의 대답을 내놓았다.

"그래서 몰래 했어요."

"······?"

뭐야, 의외네······?

'교칙이라면 무슨 일이 있어도 꼭꼭 지켰을 거 같은데.'

자비에르의 말에 흥미가 생긴 나는 다른 질문을 했다.

"혼자서요?"

"전 그렇게 교칙을 잘 안 지키는 학생은 아니었습니다."

"그럼······."

"······뭐."

자비에르가 머쓱하게 웃으며 대답했다.

"에스클리프 공이 다소 말썽꾸러기였습니다."

"맙소사, 공작 전하를 파시는 건가요?"

내가 장난스럽게 그에게 물었지만, 돌아오는 대답은 꽤 진지했다.

"파는 게 아니라, 정말 그랬습니다."

그가 낮게 웃으며 설명을 덧붙였다.

"딜튼 경과도 아카데미 동기인데, 셋이서 같은 방을 썼습니다. 사실 저보다는 딜튼 경이 좀 더 원칙주의자였죠."

"그래서……."

"제가 에스클리프 공에게 설득당하면 딜튼 경이 저를 말리다 또 설득당하고…… 그래서 결국은 저희 셋 모두 가끔 담을 넘었습니다."

"와."

그 말에 나는 상상이 안 간다는 목소리로 중얼거렸다.

"완전히 의외네요."

"뭘 생각하셨는데 그런 반응이신지."

"전 세 분 모두 착실히 아카데미만 다니셨을 줄 알았죠. 뭔가 이미지가…… 그렇잖아요?"

"공부 잘하고 교칙 잘 지키는 모범생 이미지?"

"네, 맞아요! 그런 거요."

"기대하셨다면 죄송하지만, 학업은 우수했을지 몰라도 행실은 딱히 아니었습니다."

"……그 말씀 어쩐지 재수 없네요."

"그래도 완전히 막 나간 건 아니었으니까요."

"그러셨을 것 같아요. 딜튼 경이 계셨다면 더더욱이요."

그렇게 대꾸하면서, 나는 의외로 클로드와 자비에르가 학창시절에는 꽤 사이가 좋았음을 깨달았다.

좋지 않은 추억이었다면 이 남자가 이렇게 기쁜 미소를 지으면서 지난날을 떠올리지는 않을 테니까. 확실히 지금 두 사람의 사이를 믿기 어려울 정도로 자비에르는 추억을 아름답게 이야기하고 있었다.

'그런데 도대체 왜 지금은 사이가 이런 거지?'

중간에 분명 무슨 안 좋은 일이 있었으니 사이가 이렇게 악화되었을 것 같기는 한데, 그게 뭔지 당최 짐작이 안 갔다.

'역시 한 번 크게 싸우기라도 한 걸까?'

둘 사이의 감정이 애증과 비슷하다고 했으니 그랬을지도. 하지만 보통 그 정도로 싸웠다면 아무리 과거의 추억이 아름다워도 웃으면서 이야기를 꺼내지는 않던데……. 나는 도무지 이해가 되지 않지만, 그렇다고 해도 물어볼 엄두까지는 나지 않아서 그냥 입을 다물고 있기로 했다.

<u>꼬르르르륵.</u>

하지만 내 배는 입을 다물 생각이 없는 듯했다. 내가 잔뜩 빨개진 얼굴로 슬그머니 자비에르를 쳐다보았고, 그는 또 그런 나를 귀여워 죽겠다는 얼굴로 바라보고 있었다.

오, 하느님.

'아무리 콩깍지가 쓰여도 그렇지.'

이건 좀 아니잖아! 배 속에서 알람시계 울리는 것까지 귀엽게 바라보면 어떻게 해……!

"그러고 보니 마침 식사시간이군요. 제가 시간을 애매하게 잡았네요."

"저랑 점심 저녁 다 같이 드시고 싶으셔서 그러신 건 아니고요?"

"이런."

자비에르가 난처하게 웃으며 대답했다.

"들켰네요."

"……그럴 줄 알았어요."

시간대가 너무 노골적이잖아. 11시라니. 내가 피식 웃으며 자비에르에게 물었다.

"식사는 전하께서 사시는 거죠?"

"당연하죠. 데이트 신청한 사람, 영애가 아니라 저인걸요."

그러더니 그는 내 귓가에 대고 속삭였다.

"그러니까 오늘은 돈 쓰실 생각, 조금이라도 하지 마세요."

제도에서 거리 구경을 한 적은 없다기에 식당 선정까지 내가 해야 하는 줄 알았는데, 의외로 자비에르는 꽤 괜찮아 보이는 레스토랑으로 나를 데리고 왔다. 내가 신기하다는 목소리로 물었다.

"여기가 맛집인가요?"

"네. 이곳의 티본스테이크가 맛이 일품입니다."

"어떻게 아셨어요? 제도에서는 거리 구경을 하신 적이 없으시다고 하셨잖아요."

내 말에 자비에르가 살짝 얼굴을 붉히며 대답했다.

"……실은."

"실은……?"

"딜튼 경에게 물어봤습니다. 그는 저와 달리 경험이 많거든요."

"헉, 그러셨군요."

그 대답이 어쩐지 귀엽게 느껴져서, 나도 모르게 화사하게 웃어버렸다. 그런 내 모습을 본 자비에르가 고개를 옆으로 기울이며 물었다.

"왜 그러십니까?"

"뭐가요?"

"환하게 웃으시기에."

"아."

내가 다시 한번 낮게 웃으며 대답했다.

"전하께서 귀여우셔서요. 절 위해서 그렇게까지 하신 건가요?"

"당연하죠."

이번에는 자비에르 역시 환하게 웃으며 내게 답해주었다.

"제일 맛있는 걸 먹여 드리고 싶었거든요."

"……그 말씀은 좀 기분 좋네요."

"맛있는 음식에 약하신가요?"

"공교롭게도 그렇답니다. 제가 그렇게 안 보일지는 모르겠지만,

음…… 좀 식탐이 많아요."

"괜찮습니다. 전 잘 드시는 여성분이 이상형이라."

"정말요?"

"……아뇨. 실은 잘 드시는 레이디 마리스텔라가 이상형입니다."

빠르게 말을 돌리는 그의 모습이 귀여워서, 결국 나는 한 번 더 웃어 버리고 말았다.

나름 오랫동안 그를 만나왔다고 생각했는데, 그게 다 착각이고 허상이었던 것처럼 그는 평소와 완전히 달라진 모습을 보여주고 있었다. 그게 어색하기도 하고 적응 안 되기도 했지만, 그렇다고 해서 싫은 건 아니었다. 오묘한 기분이었다.

그는 티본스테이크 2인분을 시킨 다음, 사이드로 닭 날개 구이와 리코타 치즈를 얹은 비스킷, 그리고 라자냐를 주문했다.

둘이 먹기에는 다소 많은 양이라고도 할 수 있었지만, 나는 굳이 거기다 대고 그 말을 하지 않았다. 왜냐하면 다 먹을 수 있을 것 같았기 때문에.

그리고 음식이 나오기 전까지 우리는 이런저런 주제로 이야기를 나누었다. 대개 신변잡기적인 주제라 나는 가벼운 기분으로 자비에르와의 대화에 임했다.

그러다, 어느 순간 자비에르가 이런 말을 꺼냈다.

"듣고 싶어 하실지는 모르겠지만."

어쩐지 심각할 것 같아 보이는 느낌이라 나는 당연히 긴장할 수밖에 없었다.

"네?"

"드릴 말씀이 있기는 합니다."

"뭔데요?"

"아, 심각한 건 아닙니다."

그가 걱정하지 말라는 듯 엷게 웃으며 하고 싶었던 이야기를 했다.

"코르노헨 영애의 이야기입니다. 근황이…… 안 궁금하실지도 모르겠지만, 그래도 알려드리는 게 맞겠다 싶어서요."

"아, 네."

나는 별 개의치 않는다는 표정으로 그에게 물었다.

"무슨 일이 있나요?"

"아뇨. 일이랄 것도 없고…… 그녀가 어제 베일탑에 문제없이 수감되었습니다. 그 말씀을 드리고 싶었어요."

"아…… 그랬군요."

나는 비교적 담담한 얼굴로 고개를 끄덕였다.

당연히 그러리라고 생각하고 있던 일이라 별 감정이 들지는 않았다. 사실 어제부로 완전히 끝난 사람이었으니까.

"네. 이제 신경 쓰실 만한 일은 없을 겁니다."

"그러기를 바라고 있어요. 그리고 특별한 일이 없다면 아마 그렇게 되겠죠."

내가 후련한 얼굴로 미소 지었다. 자비에르 역시 미소 띤 얼굴로 그런 나를 바라보다가, 빠르게 화제를 돌렸다.

"아, 그러고 보니 곧 황궁에서 정기 무도회가 열릴 겁니다."

"정기 무도회요?"

"네. 아마 오늘내일 즈음 황궁에서 초대장을 보내는 것으로 알고 있습니다."

"언제 하는데요?"

"다음 달이요."

그가 부드럽게 미소 지으며 내게 물었다.

"오실 건가요?"

"특별한 일이 없다면 가겠죠, 저는?"

"그럼 이곳에서 부탁드려야겠군요."

"뭘요?"

"그날, 제 댄스파트너가 되어주실 수 있으신가요?"

"……"

예상은 했지만 정말로 물어올 줄은 몰랐던 이야기에, 나는 순간 아무 말도 하지 못했다. 그리고 자비에르는 그것마저 예상했다는 듯 빙긋 웃으며 말을 보탰다.

"원치 않으신다면 거절하셔도 괜찮습니다."

"……항상 생각하는 거지만 전하께서는 늘 제게 정중하신 것 같아요. 항상 뭘 물어보시고는 제게 '싫다면 거절해도 된다'고 덧붙이시잖아요."

"그게 맞는 일이니까요. 제 욕심에 위계를 이용해서 영애의 행동을 강제할 수는 없습니다. 그건 폭력이라고 생각해요."

"……."

사람이라면 한 가지 정도 부족한 점이 있어야 하는데, 이 남자는 어째 없는 것 같았다.

드높은 지위와 비례하여 선민의식을 가진 사람들이 얼마나 많은데.

자비에르가 설령 선민의식을 가진다 해도 소설 배경 상 조금의 이상할 것도 없었지만, 그는 그걸 내세운 적이 단 한 번도 없었다.

나는 그게 신기하면서, 또 독특하다고 여겼다.

'소설 속 주인공이라 흠결 하나가 없는 건가.'

나는 속으로 우스갯소리를 하며 겉으로는 이렇게 말했다.

"전하께서는 너무 완벽하셔서, 가끔은 소설 속에서나 나올 법한 사람 같다는 생각이 들어요."

"제가 말입니까?"

"네. 전 전하께서 정말 결점 없는 분이라고 생각해요."

"으음, 아닐 겁니다. 세상에 결점 없는 사람이 어디 있겠어요."

"하지만 전 전하와 같이 지낸 시간 동안 그런 걸 느껴본 적이 한 번도 없는걸요."

"전 영애가 생각하시는 것보다 비겁하고 옹졸하고 이기적입니다. 영애께서 제 이런 모습을 알기를 원치 않아서, 애써 숨기고 있는 것뿐이에요. 그렇게 착한 사람은 아닙니다."

"으음……."

대단히 신빙성 없는 소리여서, 나는 순간 할 말을 잃고 머뭇거렸다.

"그런데 사실, 자기를 나쁘다고 평하는 사람 중에 진짜로 나쁜 사람은 없더라고요. 전 그런 사람을 본 적이 없어요. 대개 자신에게 요구하는 도덕적 기준이 다른 사람들보다 높아서 그렇게 느끼는 것뿐이에요. 다른 사람들이 본다면 분명 그렇지 않다고 말할걸요. 물론 전하를 포함해서요."

"그렇게 말씀하신다면, 저도 영애가 가끔 소설 속 주인공이 아닐까 생각한답니다."

"제가요?"

완전히 의외의 말이어서, 나는 눈을 휘둥그레 뜨고 물었다.

"도대체 저의 어떤 점이요?"

"영애는 배려심이 깊고, 자상하고, 착한 분이시거든요."

"제가요……? 한 번도 그런 생각은 해본 적이 없는데. 저도 썩 착한 여자는 아니에요."

"그것 보세요. 영애도 영애 자신에게 요구하는 도덕적 기준이 남들보다 높아서 그렇게 여기시는 겁니다. 실제로는 한없이 따뜻하신 분이니까요."

"……."

내가 한 말에 내가 걸려 들어가는 꼴이어서, 나는 머쓱한 사람처럼 웃어버렸다.

뭐, 어쩌면 내 말도, 자비에르의 말도 둘 다 맞을지 모른다.

내가 내게 요구하는 도덕적 기준이 높아서 그렇게 생각하는 걸지도.

"그래도 소설 속 주인공이 될 만큼은 아니에요."

"제 인생의 소설에서는 늘 주인공이십니다."

"……방금 손발이 오그라들 뻔했어요."

아…… 자비에르의 입에서 이런 말까지 들을 줄은 정말 꿈에도 몰랐는데. 내가 민망하다는 듯 얼굴을 감싸 쥐었지만, 정작 발언의 당사자는 아무렇지 않아 보였다.

"전 정말 그렇게 생각하고 있는걸요."

"한 사람의 세계에서 주인공을 차지하고 있다는 말, 되게 벅차고 커다란 말이거든요. 제가 그렇게 전하께 가치 있는 사람이라는 게 믿기지가 않네요."

"이런. 지금까지 계속 말씀드렸는데도 모르시겠다고요?"

자비에르가 안 되겠다는 듯한 어조로 말을 이었다.

"앞으로 더 노력해서 각인시켜드려야겠군요. 영애께서 제게 어떤 존재이신지."

"어떤 존재인데요?"

"뭘 하든 함께하고 싶고, 뭘 하든 생각나는 존재."

자비에르가 나를 지그시 바라보며 말했다.

"영애는 제게 그런 존재십니다. 한순간도 떨어지고 싶지 않은……."

"……."

그때 마침 종업원이 요리를 들고 우리 테이블로 다가왔고, 덕분에 나는 빨개진 얼굴을 겨우 숨길 수 있었다.

나는 시선을 이리저리 돌렸다가, 종업원이 요리를 테이블에 다 내려놓고 돌아간 뒤에야 다시 자비에르를 자연스럽게 쳐다볼 수 있었다.

그 이후에 우리는 직원이 놓고 간 스테이크를 썰기 시작했다. 하지만 고기가 질기기라도 한 건지 생각보다 부드럽게 썰리지 않았다.

'잘 안 썰리네.'

내가 끙끙거리며 스테이크 고기와 사투를 벌이고 있는데, 갑자기 접시가 내 시야에서 벗어났다. 놀라 앞을 바라보니 자비에르였다.

당황한 내가 멍하니 그를 바라보는 사이에, 그는 이미 내 몫의 스테이크 접시를 칼질하고 있었다. 아직 그 몫의 스테이크조차 다 썰지 않은 상태였다.

"어…… 전하, 제가 할 수 있어요."

"써는 게 좀 힘들어 보이셔서요."

자비에르는 칼질을 멈추지 않은 채로 나를 바라보며 씩 웃었다.

"제가 썰어 드리고 싶은데, 안 되겠습니까?"

"……."

'아뇨, 돼요'라고 차마 내 입으로 말하기가 그래서, 나는 그냥 입을 다물고 있었고, 그러는 와중에도 자비에르는 정말 열심히 내 접시에 담긴 스테이크를 썰었다.

그걸 다소 멍한 모습으로 바라보던 나는, 이윽고 자비에르의 목소리가 들려옴에 따라 겨우 정신을 차렸다.

"됐습니다, 레이디 마리스텔라. 먹기 괜찮은 크기로 잘랐는데, 마음에 드실지 모르겠네요."

그거야 썰어주는 사람 마음이지 뭐.

나는 두 입 크기만 아니라면 됐다고 생각하면서 자비에르가 건네는 접시를 받아들었다.

그리고 결과는······.

'뭐야, 왜 이렇게 잘 썰었지?'

나는 약간 당황한 표정으로 접시 위에 놓인 고기 조각들을 바라보았다. 스테이크는 '한 입'의 정의에 거의 정확하게 부합하는 크기들로 잘려 있었는데, 순간 이 남자가 스테이크를 써는 법까지 미리 연습해 온 것은 아닌가 하는 착각까지 들 정도였다.

'아니면 원래 이렇게 잘 썬다는 말이야?'

내가 놀랍다는 목소리로 자비에르에게 말했다.

"전하 손재주가 제법이시네요."

"네?"

"지난번 손수건도 그렇고······ 스테이크를 너무 잘 잘라주셔서 놀랐어요."

"아."

그제야 이해한 듯 자비에르가 낮게 웃으며 대답했다.

"마음에 들어 하시니 다행입니다."

"저 말고 다른 사람한테도 이렇게 썰어주신 적이 있으세요?"

'그게 아니라면 이렇게 잘 썰 리가 없다'는 의미에서 던진 질문이었지만, 이후에 들려오는 대답을 들어보면 아마 그는 내가 말한 뜻으로 이해한 건 아닌 듯싶었다.

"아뇨."

그가 그럴 리 있겠냐는 듯 어쩐지 오만함까지 느껴지는 목소리로 말했다.

"단 한 번도요."

"……."

"그리고 영애가 아니라면 그럴 일도 없을 겁니다."

그렇게 말하면서 자비에르는 또 웃었다.

그는 요즘 참 자주 웃었다. 그게 보기 싫은 건 아니었고, 오히려 보기 좋았으니 문제 될 건 없었지만…….

'내 심장에 해롭다는 게 문제라면 문제지.'

나는 속으로 한숨을 내쉬면서도 겉으로는 웃었다. 이런 내 마음을 이상하게 들키고 싶지 않아서.

"그보다 입맛에 맞으실지 모르겠군요."

"맛있어요."

내가 고기 한 점을 입안에 집어넣으며 답했다.

"딜튼 경이 잘 아시네요. 물론 황궁에서 먹던 것과는 비교할 수 없지만…… 그에 준할 정도로 훌륭한걸요."

"딜튼 경이 듣는다면 좋아하겠네요. 그보다, 다 드실 수 있으시겠습니까?"

"주문한 요리들 전부요?"

"네. 넉넉히 주문하긴 했는데, 좀 많지 않았나 걱정이 되어서요."

"아니에요. 다 먹을 수 있을 것 같아요."

내가 자신감 있는 목소리로 그렇게 말하자, 앞에 있던 자비에르가 웃었다. 비웃는 건 절대 아닌 듯했지만, 나는 궁금해서 물어보았다.

"왜 갑자기 웃으세요?"

"이유가 궁금하십니까?"

"네."

"귀여우셔서요."

"아, 왜 자꾸 귀엽다고 하세요."

저 소리 들을 때마다 민망해 죽을 거 같았다.

스무 살이 귀엽다니, 맙소사!

심지어 곧 스물한 살이었다. 남들이 들으면 분명 비웃을 거다.

"하지만 정말 귀여우신걸요."

"전하 너무 콩깍지가 단단히 쓰이셨어요. 이 정도면 병이에요. 궁의에게 가보셔야겠군요."

"상사병에는 약도 없답니다, 레이디 마리스텔라."

그걸 되게 뿌듯하게 말하는 자비에르를 바라보며 나는 어이를 상실했다.

그래서…… 좋다는 거야, 설마?

"상사병이세요?"

"영애를 주기적으로 뵙지 못한다면 그럴지도요."

"당분간 뵙지 말아야겠네요."

장난으로 그 말을 던지자, 자비에르의 표정이 언제 살가웠냐는 듯 금세 비 맞은 강아지처럼 변했다. 그의 수만 가지 표정 중 내가 가장 약한 모습을 보이게 하는 표정이었다.

그가 처연한 목소리로 물었다. 누가 들으면 세상이 멸망한다는 소리를 방금 전 들은 사람이라고 착각할 정도로 슬픈 목소리였다.

"……진심이십니까?"

"아뇨……."

거기다 대고 농담으로라도 '당연하죠. 이제 다시 전하를 안 볼 생각까지 하고 있어요'라고 말할 수가 없어서, 나는 서둘러 거짓말을 철회했다.

"농담이에요."

"다행이군요."

그렇게 대답하면서 자비에르가 다행이라는 듯 안도하는 미소를 지었다.

아니, 이 남자 설마 내가 그 표정에 약하다는 걸 알고 이용하고 있는 거 아냐……?

"진짜였다면 전 정말 슬펐을 겁니다."

아까의 그 표정은 정말로 그래 보이기는 했다.

내가 큼큼 헛기침을 하다가 옆에 있던 물컵을 들어 올렸다.

"앗……!"

하지만 바로 그 순간, 손이 미끌거리면서 유리잔이 아래로 떨어지기 시작했다. 당황한 내가 다른 손으로라도 컵을 잡기 위해 움직였지만, 이미 늦은 뒤였다.

쨍그랑!

날카로운 소리와 함께 유리잔이 바닥으로 떨어지며 산산이 조각나는 소리가 났다. 나는 혹시 유리 파편에 얼굴이라도 다칠까 봐 재빨리 팔로 얼굴부터 막았다.

"영애!"

그리고 동시에, 앞쪽에서 자비에르가 잔뜩 놀란 목소리로 나를 불렀다.

"영애, 괜찮으십니까?"

레스토랑 안의 있던 사람들의 이목이 전부 우리 쪽으로 쏠렸다.

나는 침착하게 뒤로 물러나며 대답했다.

"네, 전하. 저는 괜찮습니다."

하지만 자비에르는 그 말을 안 믿는 게 분명했다.

그가 재빨리 내게 다가온 다음 조심스럽게 나를 자리에서 일으켜 주었다.

"정말 괜찮으십니까?"

"네, 드레스에만 유리가 조금 튄 것 같아요."

"그나마 다행이군요."

자비에르가 안도의 한숨을 쉬며 중얼거렸고, 그사이에 종업원이 놀란 얼굴로 우리가 있는 테이블로 다가왔다.

자비에르가 건조한 목소리로 종업원에게 물었다.

"죄송하지만, 자리를 좀 옮길 수 있겠습니까?"

"네. 물론입니다. 직원들이 음식까지 옮겨 드릴 테니 원하시는 다른 테이블에서 기다려 주시면 감사하겠습니다."

"알겠습니다."

종업원과 상당히 정중한 대화를 주고받던 자비에르가 내 어깨를 한쪽 팔로 감싼 다음, 원래 앉아 있던 테이블에서 조금 떨어진, 구석진 테이블로 나를 데리고 갔다.

그런 다음 조심스럽게 자리에 앉히고 내게 물어왔다.

"테이블은 마음에 드십니까? 급해서 아무 데나 오긴 했는데……."

"네, 전하. 그럼요. 괜찮아요."

"많이 놀라셨겠습니다."

"제 실수인걸요. 갑자기 유리잔이 손에서 미끄러져서……."

"그러실 수도 있지요. 어쨌든 다치신 곳이 없어서 다행입니다."

그리고 얼마 지나지 않아 종업원이 우리가 원래 먹던 요리들을 전부 바뀐 테이블로 옮겨 주었다.

우리는 다시 아무 일도 없었다는 듯 식사를 계속했고, 나도 아까의 놀란 기분을 추스르고 다시 그와의 대화에 임했다.

그렇게 식사는 거의 완벽한 분위기에서 종료되었다.

값을 치르는 순간이 되었을 때, 자비에르는 아까의 일에 대한 미안함을 담아 거의 주문가의 절반쯤 되는 팁을 주고 나왔다.

종업원들이 머리가 무릎까지 닿을 정도로 허리를 굽혀 인사하는 모습을 보고 나오면서, 내가 그에게 지나가는 말로 말했다.

"되게 후하시네요."

"영애와의 즐거운 시간을 보내는 데 일조했으니 그 정도는 당연하다 여겼습니다. 아까 유리컵이 깨졌던 일도 있고 해서요."

그 말에 머쓱하게 한 번 웃은 내가 다시 자비에르에게 물었다.

"그래서, 우리 다음 행선지는 어디인가요?"

내 질문에 자비에르가 여유로운 미소를 지으며 대답했다.

"전부 정해뒀으니, 기대하고 계셔도 좋습니다."

자비에르가 나를 데리고 온 곳은 누가 봐도 유명한 수플레 팬케이크 가게였는데, 입구에서부터 코를 찌르는 달콤한 메이플 시럽 냄새가 점심 식사를 이미 배부르게 마쳤음에도 내 식욕을 돋워 주었다.

디저트 관련해서는 사실 별반 기대를 하지 않았는데, 의외였다.

가게 안으로 들어간 나는 상당히 아기자기한 내부 인테리어를 구경하며 거의 앞을 보지 않고 걸었다.

그런 내 모습을 본 자비에르가 또 귀엽다는 듯 웃으며 - 부정하고 싶지만 정말 그런 느낌이었다 - 내 어깨를 부드럽게 감싸주었다.

"그렇게 옆만 보고 걸으시면 넘어지십니다, 영애."

"아……."

그의 손이 내 어깨를 감싸고 있다는 사실을 느낀 다음에야 나는 고개를 들어 올려 자비에르가 있는 쪽으로 시선을 옮겼다.

그가 메이플 시럽만큼이나 달콤한 미소를 띤 얼굴로 날 바라보고 있었다.

"······앞만 보고 걸을게요."

그 말에 자비에르가 아쉽다는 듯 내 어깨를 감았던 손을 뗐다.

그 속내가 빤히 보여서, 나도 모르게 낮게 웃었다.

"전하, 그렇게 안 봤는데 의외로 고단수시네요."

"제가 말입니까?"

"아니라고 생각하세요?"

"전 제가 되게 요령 없는 사람이라고 생각했습니다."

"······전하께서요?"

전혀 아닌데? 내가 무슨 그런 말도 안 되는 소리를 하느냐는 얼굴로 자비에르를 쳐다보았지만, 그는 진지하게 답해주었다.

"여성분과 교제한 경험이 한 번도 없거든요."

"······네?"

그럴 리가요. 내가 말도 안 된다는 얼굴로 그에게 말했지만, 자비에르는 또다시 진지하게 대답했다.

마치 자신의 말에 한 치의 거짓도 없다는 표정으로.

"정말입니다. 제가 왜 이런 걸로 영애에게 거짓말을 하겠어요."

"진짜인가요? 하지만 도무지 믿기지 않는걸요."

내게 하는 행동만 보면 못해도 열 명은 사귀었을 것 같은데 말이지. 내가 얼떨떨한 얼굴로 그에게 재차 물었다.

"진짜 거짓말하시는 거 아니죠?"

"정말로 아니랍니다. 정 못 믿으시겠다면 딜튼 경에게 한번 물어보세요."

자비에르가 자신만만하기까지 한 얼굴로 내게 말했지만, 나는 여전히 얼빠진 표정을 지었다.

아니 이렇게 말할 정도면 진짜인 것 같기는 한데……. 아무리 생각해도 믿어지지 않는 것이었다. 그럼 이 매너를 처음 태어날 때부터 가지고 있었다는 소린데…….

무슨 사정이 있어서 여자 친구를 안 사귀었는지는 몰라도 아카데미 재학 시절 영애들 가슴을 꽤나 설렜게 했다는 생각이 들었다. 물론 그 외모만 놓고 봐도 그런 추측은 자연스러운 것이었지만.

"전하, 그럼 너무 비현실적이신 것 아니에요? 어떻게 조금의 경험도 없이 이렇게 완벽하게 행동하실 수 있으세요?"

"제가 말입니까?"

"네."

"글쎄요. 저는 특별히 제 행동이 완벽하다고 생각한 적이 없어서……."

자비에르가 잘 모르겠다는 듯 고개를 갸웃거리며 물었다.

"이 정도는 당연한 거 아닌가요?"

"……."

당연하고 안 당연하고는 차치하고서라도, 이런 남자를 나는 본적이 없었다. 들은 적도 거의 없었고. 그리고 이런 태도를 당연하게 여기는 남자도 거의 없었던 것 같다.

"누가 전하께 그런 생각을 심어 주셨는지가 너무 궁금하네요. 황후 폐하신가요? 아니면 황제 폐하?"

"으음, 글쎄요. 딱히 그래야 한다고 교육받은 적은 없습니다. 그냥 제가 그렇게 생각했을 뿐."

그 이야기를 하면서 자비에르의 표정이 살짝 안 좋아졌는데, 미묘한 변화였지만 나는 그 모습을 보고 혹시 내가 뭘 잘못 건드린 건가 싶어서 흠칫했다. 예전부터 했던 생각이었지만, 아무래도 부모님 이야기를 꺼내는 걸 그리 달갑게 여기지 않는 듯했다.

하긴, 그리 좋기만 한 가정사는 아니었으니까. 어쩌면 당연하다는 생각도 들었지만, 마음 한구석이 쓰라려 오는 건 어쩔 수 없는 일이었다.

구석에 있는 테이블까지 걸어가 앉은 나는 자비에르의 추천으로 그 가게에서 가장 인기 있다는 시그니처 메뉴를 1인분씩 주문했다.

"그런데 이런 것도 다 딜튼 경이 알려주신 건가요?"

"뭐가요?"

"아니, 메뉴 선정 같은 거요. 레스토랑부터 시작해서."

"도움을 많이 받았습니다."

그렇게 말하면서 자비에르는 꽤 뿌듯하게 웃어 보였는데, 나는 그 모습을 보면서 만약 이 남자가 현대에 살았더라면 여자 친구와의 데이트 전날 인터넷이란 인터넷은 몽땅 뒤져서 데이트 코스를 짜지 않았을까 하는 생각이 들었다. 아마 그랬을 것 같다.

"전하와 결혼하시는 분은 참 행복하시겠어요."

"······."

그 말에 자비에르가 나를 빤히 쳐다보았고, 나는 별생각 없이 던진 말에 그가 빤히 쳐다보자 자연스럽게 당황했다.

무슨 문제 있는 발언도 아니었는데.

"왜 그러세요, 전하?"

"방금 그 말씀은······."

자비에르가 심각한 표정을 지었고, 그 바람에 나는 덩달아 긴장할 수밖에 없었다. 하지만 그다음 들려오는 말은 내가 추측했던 것과는 완전히 다른 분위기였다.

"혹시 청혼해 달라는 말씀이신가요?"

······전하? 왜 결론이 그런 쪽으로 나는 건가요?

"네?"

내가 당황한 목소리로 그에게 물었지만, 아까 한 말이 농담이 아니라는 듯 자비에르는 여전히 진지한 표정을 고수하고 있었다.

"저, 저는 그런 뜻으로 드린 질문은 아니었거든요."

당황한 나머지 처음에는 말까지 더듬었다.

그만큼 방금 질문은 정말 생각지도 못한 것이었다.

"아, 그런 건가요?"

내 말에 자비에르가 민망하다는 듯 얼굴을 작게 붉히며 시선을 아래로 떨구었다.

그리고 그 모습을 귀엽다고 생각하는 나를 보면서, 나는 그제야 자비에르가 밥 먹듯이 말하는 '귀여우셔서요'의 의미를 알 수 있을 것만 같았다. 하지만 그걸 입 밖으로 냈다가는 자비에르가 자제 없이 계속 그 표현을 쓸 것 같아서, 말하지는 않고 속으로만 삼켜두었다.

"제가 오판했습니다. 불쾌하셨다면 사과드리겠습니다."

"아뇨, 아뇨. 괜찮습니다, 전하. 불쾌하지는 않았어요. 다만 조금 당황한 것뿐이랍니다."

엷게 웃으며 그를 달랜 내가 잠시 후에 궁금하다는 얼굴로 물었다.

"그런데 궁금하기는 하네요. 왜 그렇게 생각하셨어요?"

"으음…… 그건 비밀로 하겠습니다."

"네?"

자비에르가 내게 '비밀'이라는 이유를 대며 무언가 말하는 것을 회피하는 것은 내 기억 상으로 이번이 처음이었다. 그 생경함에 나는 자연스레 얼이 빠진 얼굴이 되었고, 그에게 확인조로 물었다.

"비밀……이라고요?"

"네."

아니, 이렇게 말하면 더 캐묻기가 어려워지잖아……?

비밀이라고 하는데 굳이 '왜 비밀인데요?'라고 물어볼 수도 없고.

"섣부르게 영애의 마음을 판단 내린 것도 부끄러운데, 이유까지 말씀드리면 더 부끄러울 거 같아서요."

"음…… 좋아요. 알겠습니다."

나는 이해한다는 듯 고개를 끄덕이다가, 무의식적으로 속내를 드
러냈다.

"그래도 이런 모습은 되게 드물게 봐서, 좀 귀여우셨어요."

"……네?"

"……."

아, 실수했다.

나는 그제야 실언했음을 깨닫고 퍼뜩 놀라 입가에 손을 가져가
막았지만, 이미 늦은 뒤였다. 한 번 내뱉은 말을 다시 주워 담을 수
는 없었으니까.

"아하하하."

"……웃지 마세요."

"아, 죄송합니다. 하지만 영애 정말…… 귀여우셔서요."

난리 났군. 이쪽에서 귀엽다, 저쪽에서 귀엽다.

나는 부끄러워 죽겠다는 듯 손으로 빨개진 얼굴을 가리며 중얼거
렸다.

"으아…… 하, 이런 실수를 하다니."

내가 탄식하듯 중얼거리자, 앞에 앉아 있던 자비에르가 낮게 웃
는 것을 멈추지 않으며 나를 달랬다.

"아닙니다, 영애. 귀여우셨습니다, 정말로."

……사실 이 정도면 놀리는 것에 더 가까웠지만. 내가 새된 눈초
리로 그를 쏘아보며 말했다.

"귀엽다고 하지 마세요."

"하지만 영애께서도 제게 그렇게 말씀하시지 않으셨습니까."

"……."

그 말에 할 말이 없어진 나는 결국 입을 다물어야만 했다.

아, 그러게 왜 그런 말을 해가지고선!

"오늘 영애께 들은 말 중에 가장 기분 좋은 말이네요."

"……귀엽다는 말이요?"

"네."

"남자들은 이런 말 들으면 싫어하던데."

"……다른 분께도 그런 말씀을 하셨다고요?"

순간 목소리 톤이 훅 낮아졌고, 그 반응에 나는 피식 웃으며 물었다.

"질투라도 나시나요?"

"네."

빠르고 직설적인 대답에 나는 순간적으로 헛숨을 들이켜고 자비에르를 쳐다보았다. 그가 차분히 가라앉은 얼굴로 나를 빤히 바라보고 있었다.

"질투 납니다."

아주 많이요, 라고 그는 덧붙였다. 이런 모습을 보는 건 또 처음인 것 같아서 신선했다.

나는 그의 질문에 대답하는 대신 딴소리를 했다.

"질투도 하시는 분인 줄은 몰랐어요."

"……도대체 절 어떤 사람으로 보신 겁니까?"

자비에르가 어이없다는 목소리로 내게 물어왔고, 나는 곰곰이 생각하다 답해주었다.

"음⋯⋯. 마음속이 편안함의 결정체일 거라고 생각하고 있었어요. 어떤 풍파에도 고요함을 지키는 커다란 호수 같은⋯⋯."

그 순간, 나는 말을 다 맺지 못하고 숨을 멈추었다.

자비에르가 돌연 자리에서 몸을 일으켜 내 쪽으로 가까이 기울인 탓이다.

갑작스럽게 좁혀진 거리에 나는 내가 무슨 말을 하는 중이었는지도 기억하지 못하고 멍하니 자비에르만을 쳐다보았다.

"그때 말씀드리지 못한 것 같은데."

낮디낮은 속삭임이 들려왔다.

자칫 숨결까지 느껴질 법한 거리에 나도 모르게 숨을 쉬는 것조차 조심스러워졌다.

"영애와 관련된 일이라면, 제 자제심은 사라지게 됩니다."

"⋯⋯."

"좋아하는 여자가 다른 남자에게 '귀엽다'고 말하는데 평정심을 지키기는, 더더욱 어렵고요."

"그⋯⋯."

잠시 후에, 나는 정신을 차리고 서둘러 입술을 뗐다.

"제가 그런 말을 했다는 게 아니라요, 전하. 그렇게 들었다고요. 남자분들은 대개 귀엽다는 말을 좋아하지 않으신다고⋯⋯."

그렇게 해명 아닌 해명을 하다가, 우연히 내 시선이 다시 자비에르에게로 향했다. 나는 나를 빤히 쳐다보는 그의 눈동자를 보자마자, 멈칫할 수밖에 없었다.

'사랑에 빠진 눈동자구나.'

주변에서 사랑에 빠진 사람의 눈동자를 본 적이 있다. 그리고 자비에르는 지금 그때 본 것과 똑같은 눈빛으로 나를 보고 있었다.

반짝거리는 눈빛이었다.

이제는 심연이 아니라, 별빛을 더 닮아 있는 눈동자.

그 모습을 바라보면서, 나는 내 심장이 어느 순간부터 두근두근 뛰고 있다는 사실을 깨달았다.

"……."

"……."

우리 모두 한동안 아무 말도 하지 않고 서로를 쳐다보기만 했다. 그래도 말이 통하는 사람처럼, 눈동자로 말을 건네받는 사람처럼, 그저 말간 눈빛으로 상대를 쳐다보기만 했다. 그건 일종의 교감이라고 봐도 무방한 행위였다.

시끄러운 가게 안에서 우리 두 사람만 입을 다문 채로 조용히 있었다. 그 분위기가 어색하게 느껴지는 건 아니었지만, 이 상태로 계속 있는 건 부담스러워져서 나는 입을 열려고 했다.

"레이디 마리스텔라?"

하지만 바로 그 순간, 새로운 목소리가 끼어들면서 아까의 야릇한 분위기는 순식간에 깨져버렸다.

내가 먼저 고개를 돌려 소리가 난 쪽을 바라보았고, 이윽고 자비에르 역시 그렇게 했다.

"……전하?"

그리고 전혀 예상치 못한 한 사람과 마주했다.

"여기는 어쩐 일이세요?"

클로드였다. 예기치 못한 상황에 내가 당황스러운 목소리로 그에게 묻자, 클로드 역시 꽤나 당황한 게 분명한 눈치로 내게 답했다.

"이 거리가 제 소유라서요."

'네?' 하고 놀라려던 나는 빠르게 지난날의 대화를 떠올리고서는 입을 다물었다.

아, 그러고 보니 지금 있는 가게가 클로드가 소유한 거리에 위치해 있었다.

"그랬죠, 참. 제가 깜빡 잊고 있었네요."

"그보다 레이디 마리스텔라, 황태자 전하와는 이곳에 어쩐 일로……"

그가 대놓고 불쾌한 티를 팍팍 내며 자비에르를 쳐다보았고, 그 시선을 받은 자비에르가 차분한 어조로 물었다.

"공은 내가 보이지도 않나?"

"지금 뵈었습니다. 제국의 작은 태양께 인사드립니다."

누가 봐도 대단히 성의 없는 인사였다. 자비에르가 한쪽 눈썹을 치켜뜨며 그의 무성의한 태도를 지적했다.

"공, 지금 태도가……"

"그보다 전하, 여기까지는 어쩐 일이신지."

"……."

말을 끊고 들어오는 클로드의 행동에 자비에르는 기가 찬다는 듯한 얼굴로 그를 노려보았다.

그러다 잠시 후에, 그냥 참자는 듯 깊은 한숨을 내쉬며 대꾸했다.

"여기가 공 소유의 가게였다면 오지 않았을 텐데."

자비에르가 통탄하다는 듯 인상까지 찌푸렸고, 나는 새삼스럽게 저 두 사람이 친하다는 것을 다시금 확인할 수 있었다. 다른 사람도 아니고 제국의 황태자에게 저런 태도라니.

더구나 저걸 용인하는 걸 보면 분명 둘 사이는, 지금은 저렇게 으르렁거린다고 하더라도 분명 막역한 게 틀림없었다. 그렇지 않고서야 자비에르가 저런 하극상을 눈감아 줄 리 없을 테니까.

"레이디 마리스텔라와 '데이트' 중이다, 공. 딱 보면 모르나?"

그렇게 말하는 자비에르의 입가에는 왜인지 몰라도 자부심으로 점철된 미소가 서려 있었는데, 클로드는 자비에르의 그 의기양양한 표정을 보고난 후 미간을 살짝 좁히는 모습을 보였다.

그러나 입가에는 여전히 미소를 띄운 기괴한 표정을 지으면서 자비에르에게 지적했다.

"바쁘시다더니 영애와 데이트하실 시간은 있으신가 보군요. 오늘도 원래 베질란스 백작과 정치학 수업이 있지 않으셨나요?"

"……."

"어젯밤에 급하게 수업을 빼셨다고 들어서 이유가 뭔지 궁금했는데…… 이것 때문이었군요."

"수업을 빠지셨어요?"

난생처음 듣는 이야기에 당황한 내가 냉큼 자비에르에게 물었다.

클로드의 말이 거짓말이기를 바랐지만, 자비에르는 난감한 표정을 지으며 변명할 거리를 찾기 위해 애쓰는 모습을 보였다.

그러니까, 클로드의 말이 진짜였던 것이다.

"그게…… 실은……."

"실망입니다, 전하. 그리고 지난번에 재무부에서 드린 긴축재정 기획서도 검토가 시급한데……."

"그 건은 거의 완료가 되어가고 있어, 공. 그리고 내가 알기로 기한은 이틀 후까지인 것으로 알고 있는데."

"가급적 빨리 전달 부탁드린다고 말씀드린 것으로 알고 있습니다."

"하아……."

피곤한 듯 이마에 손을 짚은 채 대놓고 한숨을 깊게 내쉬던 자비에르가 곧 침착한 목소리로 클로드에게 말했다.

"어쨌든 지금은 영애와 시간을 보내는 중이니, 오늘은 이만 가주었으면 좋겠는데. 예의가 아니라고 생각하지 않나?"

그 말에 클로드가 황당하다는 듯 말했다.

"전하, 실례지만 이곳은 제 소유의 가게입니다."

"……."

그렇다고 가게를 옮길 수도 없었기 때문에, 자비에르는 대단히 짜증 난 얼굴로 클로드를 노려보았다.

그러다가 포기하자고 생각했는지, 다시 한번 짧게 한숨을 내쉰 다음 클로드에게 말했다.

"알았다. 알았으니 이만 공도 볼일 보도록 해. 계속 이러는 건 레이디 마리스텔라에게도 예의가 아니라고 생각하지 않나?"

"……."

자비에르가 나를 거론하자 일순 미소로 가득하던 클로드의 얼굴이 와락 구겨졌다.

그리고 그 모습을 보고 있던 나는 이러다 또 둘이 싸울 것만 같아서 서둘러 두 사람 사이에 끼어들었다.

"다, 다들 안 싸우시면 안 될까요?"

"걱정하지 마십시오, 레이디 마리스텔라. 싸우는 건 '절대' 아니니까요."

"……."

아뇨. 이미 싸우는 것 같은데요…….

"어쨌든 알겠습니다, 전하. 즐거우실 데이트에 제가 괜히 끼어들었군요."

클로드가 차가운 미소를 지으며 자비에르에게 계속 말했다.

"제가 황제 폐하께는 고하지 않도록 하겠습니다. 뭐, 이미 알고 계실 확률이 농후하기는 하지만……."

"곳곳에 사람을 심어 두셨는데 아직까지 모르고 계실 리가."

똑같이 냉소를 지으면서 자비에르가 대꾸했다.

"내 걱정은 안 해도 돼, 경. 폐하께서 수업 한 번 빠졌다고 날 혼내실 분은 아닐 테니 말이야. 그리고 그 수업은 차후 보강을 들을 예정이라."

"……."

"할 얘기 다 끝났으면 이만 가보는 게 어떤가?"

"……아. 아직 한 가지가 더 남아서요."

"또 뭐지?"

자비에르가 피곤하다는 듯 눈살을 폭 구기며 물었지만, 클로드는 개의치 않고 그에게 대꾸했다.

"염려 마시지요, 전하. 전하에 관한 이야기는 아니니까요. 레이디 마리스텔라에게 드릴 말씀이 있는 겁니다."

"저, 저요?"

"네, 영애."

언제 인상을 찌푸렸냐는 듯, 금세 환한 미소를 지어 보인 클로드가 나를 향해 말했다.

"조만간 임대료 관련해서 드릴 말씀이 있어서요. 뵈었으면 합니다."

"아, 물론이지요. 편하실 때 언제든 방문해 주세요."

"언제든지요?"

"전 아무 때나 상관없으니까요."

"그러겠습니다."

입가에 연한 미소를 지으며 클로드가 다정하게 대답해 주었고, 그 모습을 보고 있던 자비에르는 심기 불편한 목소리로 물었다.

"그런 문제를 보통 미팅까지 하면서 진행하나?"

"일방적으로 통보를 내릴 수는 없지요. 전 그렇게 악덕 건물주가 아니라서."

"……하아. 좋아, 공. 할 말 다 끝났으면 이젠 정말 가보는 게 좋겠어."

"네, 전하. 안 그래도 그럴 작정이었습니다."

클로드가 그제야 편안한 얼굴이 되어 내게 말했다.

"그럼 이만 가보겠습니다, 레이디 마리스텔라. 좋은 시간 보내시길."

그러면서 클로드는 익숙하게 내 손을 잡아끌어 손등 위에 키스했고, 자비에르에게는 인사조차 하지 않은 채 자리를 떴다.

그 모습을 황당한 모습으로 쳐다보던 자비에르가 내게 물어왔다.

"원래 에스클리프 공이 영애의 손등 위에 입을 맞춥니까?"

"네?"

갑작스러운 질문에 내가 눈을 동그랗게 뜨고 자비에르에게 되물었다.

"그게 무슨 말씀이세요?"

"감히 저런 자가 영애의 손등에 함부로 입을 맞…… 불쾌하군요."

"하지만 귀족들 사이에서의 흔한 인사방법 중 하나인걸요."

나는 뭐가 문제인지 잘 모르겠다는 듯 고개를 갸우뚱거리며 그에게 물었다.

"그리고 전하께서도 제게 지난번에 하지 않으셨나요……? 전 그래서 별문제 없다고 생각했는데."

"⋯⋯."

내 이의제기에 자비에르는 아무 말도 하지 못했고, 나는 여전히 뭐가 문제인지 모르겠다는 얼굴로 고개를 갸우뚱거리며 그의 대답이 나오기를 기다리고 있었다.

결국 한참 후가 되어서야 자비에르는 입을 열었다.

"⋯⋯아닙니다, 영애. 제가 조금 흥분했군요. 싫어하는 사람을 만나는 바람에⋯⋯."

"아니에요. 뭐⋯⋯ 두 분 사이 안 좋으신 게 어제오늘 일인가요?"

내가 이해한다는 듯 어깨를 으쓱였고, 그러는 사이 종업원이 주문했던 수플레 팬케이크를 가지고 다가와 테이블 위에 내려놓았다.

"오, 맛있어 보이네요."

"마음에 드십니까?"

"그래도 맛은 먹어봐야 아는 거죠."

나는 가장 먼저 팬케이크 옆에 얌전히 놓여 있는 유백색 아이스크림부터 한 스푼 떴다. 달콤한 설탕과 우유의 조화가 사르르 녹으면서 입안에서 사라졌다. 혀로 조심스럽게 맛을 음미하면서, 나는 화사한 미소를 지으며 평을 내렸다.

"맛있어요!"

"입에 맞으신다니 다행입니다."

자비에르가 흐뭇한 미소를 지은 얼굴로 나를 바라보았고, 나는 그런 그를 발견하고서는 갑자기 살짝 부끄러운 마음이 들어 그에게 부탁했다.

"그……렇게 빤히 안 쳐다봐 주시면 안 될까요, 전하?"

"부담스러우십니까?"

"누군가의 시선을 집중적으로 받는 일이 부담스럽지 않을 리 없잖아요."

"이런."

자비에르가 탄식을 흘리며 대답했다.

"제가 너무 제 생각만 했네요."

"……전하."

내가 가만히 그를 불러 물었다.

"제가 그렇게 좋으세요? 계속 쳐다보고만 있어도 미소가 나올 만큼?"

"네."

다시 한번 직설적인 대답이 빠르게 돌아왔다. 중저음의 목소리가 이어졌다.

"좋습니다. 정말로요."

"……."

"제가 얼마나 영애를 좋아하고 있는지, 사랑하고 있는지 영애는 아마 모르실 겁니다."

"전하께서 절 구해주신 그 마음과 같지 않을까 생각하고 있어요."

"그 상황에서 누가 빠졌던 전 구했을 겁니다. 하지만 마음이 조금 달랐겠죠. 생명은 소중하기 때문에, 인간으로서의 도리를 지키기 위해 그 사람을 구해야 한다는 당위와, 영애가 빠졌기 때문에, 다시 보지 못할 것이 두려워서, 소중한 사람을 잃고 싶지 않아서 구한 것에는 조금의 차이가 있어요."

"하지만 전하께서 성품이 훌륭하다는 사실에는 변함이 없는걸요."

"좋게 봐주시니 감사합니다, 레이디 마리스텔라."

그가 빙긋 미소 지으며 내게 말했다.

"어쨌든 핵심은…… 제가 영애를 좋아하고 있다는 겁니다. 모든 걸 다 걸고서라도 지키고 싶을 만큼."

"전하께 받는 사랑이 너무 과분하게 느껴집니다. 전 사실 제가 왜 전하의 사랑을 받고 있는 건지 아직도 잘 모르겠어요."

"사람이 사람을 좋아하는 데는 이유가 없습니다, 영애."

뻔한 말이었지만, 그게 그의 지금 마음을 온전히 설명할 수 있는 가장 적절한 표현일 테다.

나는 말없이 이어지는 그의 목소리에 집중했다.

"그냥 제 눈에 들어온 분이 영애셨고, 제 마음속에 자리 잡으신 분이 영애셨을 뿐입니다. 그저, 그뿐입니다."

"……알겠어요."

이야기를 다 듣고 난 뒤에, 내 볼은 살짝 빨개져 있었다.

"어쩐지 부끄럽네요. 그런 말을…… 이렇게 직접적으로 들은 적이 거의 없거든요."

"그래서 이기적이게도, 저는 기뻐하고 있습니다."

그가 환하게 웃으며 덧붙였다.

"영애의 이런 매력을 발견한 사람이 제가 처음이라서요."

"……."

"그리고 두 번째는 없을 겁니다. 아니, 있더라도 이런 말을 하도록 허락하지 않을 거예요."

"은근히 집착이 있으신 성격이군요, 전하께서는."

"사랑하는 사람에게라면 누구나 조금씩은 가지고 있을 겁니다. 그게 범죄와 폭력이 아닐 수준에서는 괜찮다고 생각하는데…… 아닌가요?"

"아뇨, 뭐…… 비정상적이라는 건 아니지만."

내가 낯설다는 듯 어색하게 웃으며 뒷머리를 긁적였다.

"그냥 지금 상황이 조금 믿기지 않아요. 전 전하께서…… 절 좋아하신다는 것도 아직 크게 와 닿지 않거든요."

"그런 건 차차 알아차리실 수 있도록 제가 노력하겠습니다."

"……다정하시네요."

"글쎄요. 제가 영애를 유혹하기 위해 이런 '척'만 하는 것일 수도 있죠."

"아뇨. 그렇지는 않을 거예요."

의외로 이 대목에서 나는 강한 어조로 말했다. 마치 확신하듯이.

"전하께서는 멋진 분이시거든요. 마음이 따뜻하시고요. 다정하세요."

"모든 사람에게 그렇지는 않습니다. 영애에게만 그래요."

그렇게 말하며 자비에르는 설핏 미소를 지었고, 나는 그런 그의 모습을 가만히 바라보았다.

그러다 잠시 후에, 무언가를 털어 버리려는 사람처럼 눈꺼풀을 두어 번 깜빡거린 다음 그에게 말했다.

"전하께서도 어서 드셔보세요. 아주 달콤하답니다."

"네. 그러겠습니다."

빙긋 웃은 자비에르가 순순히 내 말에 따랐고, 나는 여전히 그에게서 시선을 거두지 않은 채 다시 아이스크림 한 입을 떠먹었다.

수플레 팬케이크를 다 먹은 뒤에, 우리는 데이트가 흔히 밟는 절차들을 전부 거쳤다. 자비에르가 재미있다고 추천한 – 물론 딜튼 경의 추천일 가능성이 컸지만 – 연극을 관람했고, 거리를 걸으며 아기자기한 소품들을 구경했다.

그러다 어느 순간, 내 발걸음이 어떤 가판대 앞에서 멈추었다.

"……."

내 시선을 잡아끈 건 금화로 만든 반지였는데, 소설 바깥에서 주화로 만든 핸드메이드 반지는 많이 봤어도 금화로 만든 반지는 이곳에서 처음 보는 것이었다.

책 속으로 들어온 덕에 경험할 수 있는 신기한 경험들 중 하나라고 생각하면서, 내 손가락은 자연스럽게 가판대에 놓인 금빛 반지를 매만졌다.

"그게 마음에 드십니까?"

그 모습을 물끄러미 바라보고 있었는지, 옆에서 자비에르가 물어 왔다. 나는 그 황금 반지에서 눈을 떼지 않으며 그에게 답했다.

"이런 걸 여기서 발견할 줄은 몰랐어요. 금이라 비쌀 것 같은데……."

"아무렴요. 비싸고말고요."

내 말에 가판 앞에 서 있던 중년의 부인이 얼른 답했다.

"제가 파는 것들 중에 가장 값나가는 것이랍니다. 무려 100년 전 자이킹족이 사용했던 주화거든요."

자이킹족은 100년 전 화려하게 그 명성을 떨치던 해적이었으나, 50년 전 펠리페 10세가 즉위한 후 대대적인 소탕에 들어가면서 쇠퇴한 민족이었다.

"자이킹족의 금화를 몸에 지니고 있으면 행운을 불러다 준다는 속설도 있어요."

"원하신다면 하나 사드려도 되겠습니까, 레이디 마리스텔라?"

"이 정도는 저도 살 수 있는걸요."

"하지만 오늘은 저와의 데이트니까요."

자비에르가 다정다감한 목소리로 나를 설득했다.

"영애와 함께하는 이 시간만큼은 해드릴 수 있는 건 전부 다 해드리고 싶습니다. 그러고 싶은 게, 제 마음입니다."

"……."

"어머, 동행자분이 참 다정하게 말씀하시네요. 애인이세요?"

"……."

자비에르의 말에 1차로 한 번, 여주인의 말에 2차로 한 번.

얼굴이 붉어진 나는 아무 말도 하지 못하고 그저 어색하게 웃어 보이기만 했다.

"아하하……. 아뇨, 그냥……."

뒤늦게 애매한 부정을 늘어놓았지만, 여주인은 썩 믿지 않는 눈치였다. 그녀는 나와 자비에르 사이를 의미심장한 눈빛으로 바라보다가, 대충 알겠다는 듯한 얼굴로 고개를 끄덕였다.

아니, 잠시만요. 뭘 어떻게 생각하신 건가요……?

"그래서 사실 건가요? 금화 한 닢만 주시면 돼요."

"여기 있습니다."

자비에르가 군더더기 없는 움직임으로 여주인에게 금화 한 닢을 내밀었다.

그건 내가 뭐라 할 새도 없이 아주 빠르게 이루어진 행동이었다. 그 모습을 바라보고 있던 나는 얼이 빠진 표정으로 자비에르를 쳐다보고 있다가, 뒤늦게 더듬거리며 입을 열었다.

"저, 전하. 제가 금화 한 닢 드릴 수 있……."

"괜찮습니다, 레이디 마리스텔라."

그렇게 말하면서 자비에르는 내가 건넨 금화처럼 환하게 웃어 보였는데, 나는 순간 할 말을 잃고 그의 미소만 빤히 쳐다보았다.

아니, 세상에. 왜 자꾸 웃는 거야.

'저렇게 잘생긴 사람이 자주 웃으면…… 반칙이잖아.'

나는 쿵쿵 뛰기 시작하는 심장을 애써 진정시켰고, 그러는 사이 자비에르가 주인에게서 금화 반지를 받아들었다. 나는 그 모습을 계속 지켜보다가, 결국 값을 치르기보다는 감사하다고 말하는 쪽을 선택했다.

"……감사합니다, 전하."

"이 반지가 그렇게 마음에 드셨습니까?"

자비에르가 엄지와 검지를 이용해 살짝 때가 탄 금화 반지를 들어 올렸고, 나는 가만히 고개를 끄덕였다. 내 반응에 자비에르가 신기하다는 듯 눈을 살짝 크게 뜨며 말했다.

"의외네요. 보통 영애들은 화려한 보석 반지를 더 좋아하지 않으신가."

"'보통 영애' 누구요?"

나도 모르게 날카롭게 말이 나갔고, 그런 내 질문에 자비에르는 예상치 못했다는 듯 당황한 얼굴로 순간 말을 잇지 못했다. 이윽고 정신을 차린 그가 빠르게 입술을 뗐다.

"아, 아뇨. 제가 겪은 이야기가 아니라, 딜튼 경이 해준 이야깁니다."

"아……. 그랬군요."

"그런데 지금…… 혹시……."

자비에르가 묘한 얼굴로 내게 물어왔다.

"질투하시는 건가요?"

"……아닙니다."

나는 정색하며 그의 말에 부정했지만, 자비에르는 어느새 그 특유의 나른한 미소를 지어 보이며 나를 바라보고 있는 것이었다.

"맞군요."

"아닙니다."

"맞는 것 같은데요."

"아니라니까요?"

그렇게 서로 실랑이를 계속하고 있는데, 어느 순간 자비에르가 한 발짝 내 앞으로 다가왔다.

그의 큰 키로 인해 짙은 그림자가 내 얼굴 위로 드리워졌고, 나는 예상치 못한 상황에 당황하며 눈만 깜빡거렸다.

그리고 그 상태로 나와 지그시 눈을 맞추던 자비에르가 야릇한 목소리로 속삭여왔다.

"정말…… 아닙니까?"

"……."

그렇게 진지하다 못해 유혹적인 얼굴로, 그렇게 낮다 못해 간질 거리는 목소리로 물어오면, 당장 질문에 답해주기란 그리 쉬운 일이 아니었다.

분위기가 형성하는 긴장감에 당황해 나도 모르게 마른침을 삼켰고, 입 밖으로 대답은 한 음절도 꺼내지 못했다.

"……아닌 것 같아요."

한참 후에 나는 한 마디의 대답을 내놓았다.

여전히 자비에르가 내 앞에 가로등처럼 서서, 내게 불빛 같은 시선을 보내고 있는 상태에서.

"아닌 것 같아요."

나는 두 번이나 부정의 대답을 내뱉었다. 이번에는 처음과는 다르게 좀 더 확신 있고, 떨리지 않는 목소리였다.

"……."

그런 내 대답을 들은 자비에르는, 속을 알기 어려운 의미심장한 얼굴로 나를 여전히, 계속 바라보고 있을 뿐이었다.

"……알겠습니다."

뭘 알겠다는 건지, 그가 답을 얻은 사람처럼 살짝 기뻐하는 얼굴로 내게 말했다.

"그래요. 아직은……."

자비에르가 고개를 끄덕이며 중얼거리더니, 이내 내게 물어왔다.

"제가 끼워드려도 되겠습니까?"

"뭘요?"

"이 반지 말입니다."

"……그러려고 사주신 건가요?"

"이런."

자비에르가 의미심장한 미소를 지어 보이며 답했다.

"반은 맞고 반은 틀립니다. 처음부터 그러려는 의도는 없었는데, 지금 생겨버렸으니까요."

그 말이 끝나기가 무섭게, 자비에르가 '실례하겠습니다'라고 속삭이듯 말하며 내 손을 부드럽게 잡아 쥐었다. 동시에, 어디선가 미약하게 자비에르의 체취가 느껴졌다.

갑작스럽게 타인의 온기가 느껴지자 나는 무의식적으로 손을 움찔거렸다. 하지만 그 순간 마술처럼 그가 내 오른손 중지에 손가락을 끼워 넣었다.

대단히 깔끔하고, 또 부드러운 마무리였다. 그 정교하고 군더더기 없는 움직임에, 나는 헛숨이 섞인 표정을 지으며 자비에르에게 말했다.

"재빠르시네요."

"거절당할까 봐 두려웠거든요."

"의외로 약지에 끼우지 않으셨고요."

"저도 양심이 있는 사람입니다."

자비에르가 연하게 미소 지으며 덧붙였다.

"청혼조차 하지 않은 분께 그럴 수는 없지요."

"……."

보류라는 소리였다. 나는 잠시 할 말을 찾지 못해 침묵을 지켰고, 내 손가락 위에서 독특한 느낌을 자아내며 존재감을 드러내는 금화 반지를 응시했다. 그리고 약간의 시간의 흐른 뒤에야 다시 입을 열었다. 궁금증이 생긴 탓이다.

"왜 굳이 오른손 중지에 끼우셨나요?"

"오른손 중지에 끼우는 반지는 액운을 쫓고 행운을 불러일으킨다고 하죠. 저는 영애께 행운이 가득하기를 빕니다."

자비에르가 중저음의 듣기 좋은 목소리로 내게 속삭였고, 나는 순간 호흡을 의식하며 그의 목소리에 집중했다.

"그래서 이 손가락을 택했습니다. 마침, 둘레도 딱 알맞네요."

"……뭐."

나는 조용히 중얼거렸다.

"의미가 나쁘지는 않네요. 행운을 가져다주는 반지를 액운을 쫓아내는 위치에 끼우다니……."

"마음에 드십니까?"

"네, 전하."

"마음에 드신다니 다행입니다. 반지도, 위치도."

"이렇게 골동품 느낌 나는 것을 좋아하거든요."

"황궁에는 골동품이 아주 많답니다."

"네?"

"건국 황제 때부터 내려온 유품들을 보관하는 궁전이 따로 있거든요. 아마 좋아하실 겁니다."

"하지만 그런 곳은 황족들만 출입 가능하지 않나요?"

전 황족이 아닌데요. 덧붙인 말에 자비에르는 순간 흠칫했다가 뒤에 급히 덧붙였다.

"제, 제 재량으로 언제든 영애는 출입하실 수 있습니다."

"정말요?"

"네. 그럼요."

자비에르가 씩 웃어 보이며 말을 보탰다.

"원하신다면 언제든 말씀하셔도 좋습니다. 물론 오늘 당장도 가능하고요."

"오, 오늘은 너무 시간이 늦었고요."

내가 황급히 대답했다. 지금 시간이 아마 5시 즈음 되었을 것이다. 연극을 보고 나왔을 때가 3시를 조금 넘긴 시각이었으니까.

"다음에요. 또 기회가 있을 거예요."

"네……."

그렇게 말하는 자비에르의 모습이 어쩐지 풀죽은 강아지의 느낌이라서, 나는 순간 당황했다.

아니, 내가 말을 혹시 잘못했나? 지금 헤어지자고 해서? 설마 그거 가지고? 하지만 했던 말을 곱씹어 봐도 딱히 그것 외에는 문제될 부분이 없었다.

내가 난감한 표정으로 그다음에 무슨 말을 해야 할지 고민하고 있는데, 갑자기 앞에서 자비에르가 나를 불러왔다.

"레이디 마리스텔라."

"네?"

나는 고개를 들어 올리며 자비에르를 쳐다보았고, 그가 수줍게 웃고 있는 모습과 마주했다. 살짝 볼까지 붉힌 상태였는데, 나는 그모습이 복숭아를 닮았다고 생각했다.

'귀여워.'

……아, 아니 또 이런 생각 하면 안 되는데.

또 말실수할라. 조심해야지.

"혹시 괜찮으시다면……."

괜찮으시다면……?

"저녁까지, 드실 생각은 없으십니까?"

"저녁이요?"

"네. 지금 시간이……."

그가 손목에 걸린 손목시계를 흘긋 살펴보았다가 입을 열었다.

"다섯 시에서 여섯 시 사이라서요."

"아……."

딱 저녁 식사 타임이기는 했다.

나는 어떻게 해야 할지 고민하다가, 잠시 후 별생각 없이 고개를 끄덕였다.

어려운 일도 아닌데, 뭐.

"좋아요."

"아…… 감사합니다, 영애."

횡재를 얻기라도 한 사람처럼 자비에르의 표정이 밝아졌고, 나는 순간 그 얼굴을 보고 멈칫할 수밖에 없었다.

'그렇게 좋을까.'

그렇게 생각하니 가슴이 순간적으로 거세게 뛰어왔다.

'내가 거절할 거라고 걱정하고 있었을까?'

그런데 내가 그러겠다고 해서 좋아하고 있을까? 내가 그의 제안을 거절했더라면 상처받았을까?

오만가지 생각들이 내 머릿속을 빙빙 맴돌며 나를 어지럽게 만들었다.

'진짜 날 좋아하는구나.'

그 생각이 머릿속에서 낙인찍혀 버린 듯했다. 절대 사라지지 않을 진리처럼, 영원불변한.

"……좋아요, 전하."

그 생각을 그대로 가진 채, 나는 다시 한번 대답했다.

"같이 먹어요, 저녁."

지금 이 순간 나를 사로잡은 그 미묘한 감정을, 절대 잊기 어려울 것이라 생각하면서.

아마 이것 역시도 계획의 일부에 포함되어 있는 듯했다.

자비에르가 조금도 당황하지 않은 채 나를 데리고 특정 레스토랑으로 발걸음을 옮겼기 때문이었다. 자비에르가 나를 데리고 온 곳은 생선요리를 주력으로 하는 레스토랑이었는데, 점심으로 육류를 먹었기 때문에 이곳을 선택한 듯싶었다.

"데이트하면서 두 끼 연속으로 밥 먹은 적은 처음이에요."

종업원이 안내해준 테이블로 가 앉은 내가 무심코 이런 말을 꺼냈고, 그 말을 들은 자비에르는 갑자기 흠칫하는 모습을 보였다.

"보통 다른 사람과 만날 때도 한 끼 정도만 먹고 헤어지거든요."

"음……."

내 말에 자비에르가 어쩐지 심각한 표정이 되더니 조심스럽게 나를 불렀다.

"저…… 레이디 마리스텔라."

"네, 전하?"

"그렇다면 다른 영식과도 데이트하신 적이 있다는 말씀이신 가요?"

"……."

여기서 나는 두 번 당황했는데, 첫째로 마리스텔라는 모태 솔로였다. 그리고 내가 알기로는 다른 영식과의 그 어떠한 접점도 없었다. 내가 소설 속으로 들어온 후 시간이 꽤 지났음에도 교류하고 있는 내 또래의 남자가 셋뿐 – 자비에르, 클로드, 딜튼 – 이면 말 다 한 거다.

둘째로 내가 너무 편하게 소설 바깥에서의 이야기를 했다는 점이었다. 지금 내가 말한 건 소설 바깥에서 나의 행동이었다.

'좀 더 조심해야겠어.'

어쨌든 괜히 의심의 소지를 제공해서는 안 된다. 상대가 누구라도 말이다. 그게 빙의자인 내가 지켜야 할 규칙이었다.

"아뇨, 아뇨. 남녀 간의 데이트 말고, 동성 간의 데이트요. 전 친구랑 만날 때도 친밀하게 '데이트'라는 표현을 쓰거든요."

실제로도 그랬으니 완전히 거짓말은 아니었다. 물론 지금 상황에서는 조금 양심에 찔리는 말이긴 했지만.

"설마 질투하셨어요?"

"아니라고는 말 못 하겠습니다."

"여자 과거에 집착하는 남자, 별로인데."

장난처럼 던진 말에 자비에르가 움찔했고, 나는 그 모습을 보고 무심코 속으로 '귀엽다'고 중얼거렸다.

"어쨌든 중요한 건 지금이라고 생각하거든요. 아닌가요?"

"……맞습니다."

자비에르가 한결 차분해진 얼굴로 내게 말했다.

"기분 상하셨다면 죄송합니다, 레이디 마리스텔라. 제가 가끔 이렇게 옹졸한 면이 있습니다."

하지만 나는 자비에르의 그런 모습이 '옹졸하다'고는 생각하지 않았다.

'현재 나와 데이트하는 사람은 당신이다'라고 그에게 안심 아닌 안심을 주긴 했지만, 사실 정말로 좋아한다면 그런 사소한 부분에까지 집착하게 되는 게 사람이었으니까.

농담처럼 별로라고는 말했지만, 나는 자비에르를 이해했다. 나라도 그럴 테니까.

"기분 안 상했어요."

나는 입꼬리를 양쪽 위로 끌어 올리며 말했다.

"그러니까 그런 표정 안 지으셔도 돼요."

"무슨 표정을 말씀하십니까?"

"시무룩하신 표정이요."

내가 가만히 손등 위로 턱을 받친 채 검지를 그에게로 향하며 말을 이었다.

"별로 보고 싶지 않아서요."

"제 그런 표정이 영애를 불편하게 만듭니까?"

"그냥…… 보고 싶지가 않았어요."

"어째서요?"

"그냥……."

이유를 찾다가, 나는 입을 다물어버렸다.

……그러게? 나는 왜 그걸 원치 않는 걸까?

곰곰이 고민하던 나는 이윽고 천천히 입술을 뗐다.

"그런 표정은…… 마음이 안 좋아져서요."

"그렇습니까."

"그게 누구든 슬픈 얼굴보다는 기쁜 얼굴이 더 아름답잖아요."

"영애도 그렇습니다."

자비에르가 잔잔한 미소를 지은 채로 내게 말했다.

"영애는 미소 지을 때 가장 아름다워요."

"……."

"그래서 늘 영애에게 웃으실 일만 있었으면, 하고 소망합니다."

"앞으로는 그럴 거예요. 제 근심의 주축이 되는 사람이 사라졌으니까."

그 말에 자비에르는 말없이 미소 지은 채로 나를 바라보았고, 바로 그 순간 종업원이 주문했던 생선 요리를 들고 우리 테이블로 다가왔다.

"잠시 실례하겠습니다."

종업원이 조심스럽게 테이블 위에 접시를 내려놓았고, 내 시선은 자연스럽게 요리가 담긴 접시로 향했다.

노릇노릇하게 잘 구워진 태가 나는 볼락구이와 연어 스테이크가 오늘의 저녁이었는데, 전자가 자비에르의 것이었고 후자가 나의 것이었다. 나는 익숙하게 포크와 나이프를 손에 쥔 뒤 생선을 썰기 시작했다.

"그러고 보니 영애께서 생선 요리를 좋아하시는지 여쭤보지 못했네요."

그때 자비에르가 내게 물어왔고, 나는 접시에 담긴 연어에 집중하며 입을 열었다.

"전 뭐든 잘 먹으니 괜찮아요."

그렇게 대답한 후에, 나는 곧바로 무언가 생각났다는 듯한 표정으로 자비에르를 불렀다.

"참, 전하."

"네?"

"과일청 말이에요."

나는 지난번 딜튼 경에게서 들었던 말을 떠올리고선 자비에르에게 물었다.

"혹시 더 필요하시면 말씀하세요. 지난번에 딜튼 경에게 듣기로 거의 다 떨어졌다고 들어서……."

지난번에 듣기로 '거의 바닥을 드러냈다'고 했으니, 아마 지금쯤이면 다 떨어졌을 가능성이 농후했다. 나는 여기까지 말한 다음, 조심스럽게 뒤에 덧붙였다.

"물론 필요 없으실지도 모르겠지만요. 제가 괜한 걸 여쭈었나요?"

"아뇨, 아닙니다."

자비에르가 손사래까지 치며 내 말에 답했다.

"제가 조만간 정식으로 영애의 가게에 방문하겠습니다."

"네? 아니에요. 바쁘신 분을 어떻게 오라 가라 하겠어요."

나와의 데이트 때문에 수업도 빠졌다는 클로드의 말이 계속 마음에 걸렸다.

어쨌든 한 제국의 황태자니 할 일이 좀 많겠는가.

"안 그래도 많이 바쁘실 텐데 전하께서 직접 오시는 건 좀…… 부적절하지 않나 생각이 드네요. 차라리 딜튼 경을 보내시는 건 어떠세요?"

"아뇨. 딜튼 경은 요즘 매우 바쁩니다. 영애의 가게까지 갈 시간이 없을 겁니다."

"아, 정말요?"

"네. 요즘 저보다 더 바쁩니다. 제가…… 그러니까 일을 좀 많이 주었거든요."

"그럼 다른 시종을 보내셔도 되는데……."

"……그냥."

그때 자비에르가 나를 똑바로 쳐다보았고, 갑작스럽게 눈이 마주치자 당황한 나는 부자연스럽게 연어를 썰던 손놀림을 멈추었다.

자비에르는 그런 나를 빤히 바라보면서 말을 이었다.

"영애께서, 서면궁으로 와주시면 안 되겠습니까?"

"제가요?"

"네. 출장비용은 넉넉히 드리겠습니다."

"출장비용이라뇨. 아니에요. 어떻게 이런 일로 돈을……."

'받겠어요'라고 말을 끝맺으려던 나는, 순간 머릿속에 스치듯 지나가는 생각 하나에 눈을 가늘게 뜨고 자비에르를 불렀다.

"전하."

"네, 레이디 마리스텔라?"

"그냥 절 한 번이라도 더 보고 싶으셔서 그러시는 것 아니에요?"

"아."

내 말에 자비에르가 깜짝 놀란 표정으로 나를 바라보며 중얼거렸다.

"……들켜버렸네."

"전하, 저를 너무 바보로 아시는 건……."

"그렇다면 레이디 마리스텔라."

자비에르가 한쪽 입꼬리를 예쁘게 말아 올린 다음 나를 쳐다보며 물었다.

"한 번만 속아주시면 안 되겠습니까?"

"……정확히 뭘요?"

"제가 영애를 한 번이라도 더 뵙고 싶어서 거짓말한 것 말입니다."

"결국 실토하시는 건가요?"

"결국 들켜버렸으니 진심으로 승부를 봐야겠다 생각이 들어서요."

하지만 그런 것 치고는 너무 아무렇지 않아 보이는 미소였다.

이윽고 나긋나긋한 목소리가 내 귓전을 울렸다.

"매일매일 영애를 뵙고 싶습니다. 아니, 정확히는 매시간, 매분, 매초마다 뵙고 싶습니다."

"······전하."

"그래서 지금 이 순간이, 오늘 이 하루가 제게 얼마나 소중하고 특별한지 영애는 아마 모르실 겁니다."

"······."

모를 리가 없었다.

모를 수가 없었다.

아니, 정확히는 처음부터 알고 있었다.

오늘 나를 처음 만났을 때부터, 차분했던 그의 눈동자에서 이채가 떠나간 적이 없었기 때문이었다. 단 한 순간도 빛을 잃지 않고 반짝거리며 그 존재감을 내뿜었다. 그게 눈에 띄지 않을 리 없었다.

'자꾸 이렇게 내가 좋아 죽겠다는 티를 내면······.'

나보고 어떻게 버티라는 거야.

이렇게 좋은 사람이, 이렇게 멋진 사람이 나를 그렇게 좋아한다는데.

"······."

나는 입술을 꾹 깨문 채 앞으로 시선을 들어 올렸다. 여전히 다정한 미소를 지으며 나만 바라보는 자비에르가 시야 가득히 들어왔다. 그는 아까와는 달리 조금 진지해진 표정을 하고 있었다.

그건 분명 인상적인 광경이었다. 짧은 삶을 살아오면서 누군가 이토록 나를 좋아하는 모습을 본 적이 없었기 때문이었다.

"제가 여기서 거절하면······ 어떻게 되는 건가요?"

"영애께서는 별로 안 좋아하실지도 모르겠지만, 아마 슬픈 표정을 지을 겁니다, 저는."

"협박하시는 건가요?"

"제가 감히 그럴 수 있을 리가요."

자비에르가 고개를 저으며 내게 말했다.

"간청 드리는 겁니다. 짝사랑에 괴로워하는 젊은 청년 하나를 구제해 달라고요."

"하지만 제가 마지막에 전하를 거절하게 된다면, 전하께서는 더 큰 상처를 받으실 거예요."

나는 조금 슬퍼진 목소리로 그에게 덧붙여 말했다.

"그걸 원치 않습니다. 그런 결말을 맞게 될까 봐 두려워요, 저는."

"이 이야기의 결말을 그렇게 쉽게 말씀하지 마세요, 레이디 마리스텔라."

자비에르가 빙긋 웃으며 말을 이었다.

"영애께서 생각하시는 끝이 설령 그렇다고 해도, 제가 바꾸기 위해서 죽을 만큼 노력할 테니까요."

"······제가 뭐라고 그렇게까지."

"사랑하고 있으니까요."

자비에르가 오묘한 눈빛으로 나를 바라보며 말했다.

"영애를 사랑하고 있으니까. 그 이유가 전부입니다. 영애가 누구인지는 상관없어요. 저는 영애가 좋고, 영애와 앞으로를 함께하고 싶고, 그래서 제 최선을 다해 영애에게 다가가고자 하는 겁니다. 설령 결말이 좋지 않을 거라 해도, 제 선택에는 조금의 후회도 없습니다."

그 말에 순간적으로 왈칵하는 감정이 가슴 속을 치고 올라와서, 나는 살짝 눈시울이 붉어진 채로 말없이 자비에르를 쳐다보았다.

그는 그런 내 눈동자를 보았는지 보지 못했는지, 가만히 나를 바라보고만 있었다.

나는 그가 내게서 먼저 시선을 돌리기를 원했지만, 기다리기 지칠 때까지도 그는 내게서 시선을 떼지 않았다.

"……."

결국 먼저 아래로 시선을 떨군 것은 나였다. 그러나 그 이후에도, 자비에르가 나를 쳐다보는 시선을 느낄 수 있었다.

저녁 식사를 다 마친 후에는 정말로 헤어질 시간이었다. 자비에르는 디저트까지 또 먹기를 바라는 눈치였지만, 이 이상은 과하다고 생각했는지 내게 묻지는 않았다.

우리는 올 때와 똑같은 마차를 타고 벨플레어 저택까지 갔다.

나는 그에게 곧바로 환궁하는 게 낫겠다고 권했지만, 그는 내가 무사히 저택으로 돌아가는 걸 보고 들어가야겠다며 고집을 부렸다.

더 말해봤자 내 말을 들을 것 같지는 않아서, 나는 일찌감치 포기하고 그와 같은 마차를 탔다.

"……."

그리고 현재. 나는 자비에르의 맞은편에 앉아 앞에서 잠이 든 그의 모습을 바라보고 있었다.

'피곤했나.'

마차에 탈 때부터 내게 말을 걸며 대화를 이어 나가려고 노력했던 그는 점차 말수가 줄어들더니, 어느 순간 꾸벅꾸벅 졸기 시작했고, 결국 지금은 의자에 머리를 기댄 채 잠이 든 상태였다.

'하긴 늘 무리한 일정을 소화하는 삶이니.'

피곤할 법도 할 것이다. 그런데도 시간을 쪼개 나와 데이트하고 있는 것이었다.

나로서는 그게 고마웠고, 또 기분 좋은 일이긴 했지만, 마음 한구석에서는 부담감이 드는 것도 어쩔 수 없는 일이었다.

이 사랑이 쌍방이 아니었기 때문에.

"……."

나는 말없이 고개를 들어 다시 자비에르에게로 시선을 옮겼다. 마차가 흔들거리면서 의자 등받이에 기댄 자비에르의 머리 역시 아슬아슬하게 흔들리고 있었는데, 그건 보는 사람을 꽤나 조마조마하게 만드는 광경이었다.

'저러다 깨겠는데.'

가급적 중간에 깨우지 않고 자비에르를 황궁까지 보내고 싶었던 나는 불안 불안한 표정으로 그를 쳐다보았다.

그리고 어느 순간, 나는 안 되겠다는 듯 자리에서 조심스럽게 일어났다.

'저러다 금방 깨고 말 텐데, 아무래도 자세를 고쳐주는 게 좋겠어.'

나는 천천히 중심을 잡으며 그가 앉은 맞은편 의자로 걸어가 앉았다.

"앗!"

하지만 바로 그 순간 마차가 유독 세게 흔들렸고, 내가 어떻게 해볼 새도 없이 자비에르의 머리가 내 어깨 쪽으로 기울더니 툭 내려앉았다.

"아……!"

내가 당황한 눈으로 어깨를 쳐다보았지만, 그렇다고 해서 이미 닿은 머리가 떨어질 리 없었다.

'이런. 어쩌지?'

전혀 예상치 못한 상황에 나는 어떻게 해야 할지 이리저리 고민해봤지만, 마땅히 나오는 답이 없었다.

내가 어떻게 움직여도 자비에르가 깰 것 같았기 때문이었다.

'하아……'

결국 가만히 있는 것밖에는 방법이 없다고 답을 내린 나는 속으로 깊게 한숨을 쉬며 머리를 의자 등받이에 기댔다. 괜히 도와주려다 일이 더 꼬인 느낌이었다.

"……"

그러다 무의식적으로 고개가 옆으로 돌아갔다.

자연스럽게 시야로 자비에르의 얼굴이 가득 들어왔고, 나는 순간적으로 다른 생각을 모두 잊은 채 그의 얼굴만 뚫어져라 쳐다보았다.

'진짜……'

잘생기긴 했네.

나는 멍한 눈으로 자비에르의 잠든 얼굴을 하나하나 뜯어보았다.

감긴 눈 아래로 떨어진 속눈썹은 '곱다'는 생각이 절로 들 정도로 길었고, 그 아래로 자리 잡은 콧날은 '날카롭다'는 형용사가 잘 어울리는 모양을 하고 있었다.

거기서 좀 더 시선을 아래로 내리면 붉은 입술이 들어왔는데, 몸에 열이 많기라도 한 건지 뭘 바른 것 같지도 않은데 사과처럼 붉은 기가 돌았다.

'저 입술색 틴트로 만들면 되게 잘 팔리겠다' 같은 쓸데없는 생각이나 하고 있다가, 나는 어느 순간 자비에르와 나 사이의 거리가 지나치게 가깝다는 사실을 깨닫고선 무의식적으로 숨을 멈추었다.

문자 그대로 숨결이 닿을 거리였다. 내가 이대로는 안 되겠다고 생각하면서 고개를 뒤로 빼려던 순간이었다.

"……."

"……."

눈 깜짝할 사이였다. 자비에르가 눈을 뜬 것은.

전혀 예상치 못한 상황에 나는 놀람으로 커진 눈만 멍청하게 깜빡거렸고, 그 시야 사이로 자연스럽게 나를 바라보고 있는 자비에르가 들어왔다. 방금 잠에서 깨어났다는 것이 명백하게 드러나는 나른한 눈매. 그로 인해 자아내진 야릇한 분위기.

쿵, 쿵, 쿵, 쿵.

심장이 거세게 뛰는 게 느껴졌다. 얼마나 거세게 뛰었는지, 심장이 몸속에서 튀어나오는 건 아닐까 걱정할 정도로. 하지만 그것보다 더 걱정되는 건…….

'소리가 들릴 거 같아.'

이 소리를 자비에르가 느끼지 못할 리 없을 거 같다는 생각이었다. 내 팔과 자비에르의 팔 사이를 통해서 그 거센 심장 박동이 전해지지 않을 리 없을 테니까.

그 생각을 끝내기가 무섭게 맞닿은 팔 부분에서 찌릿찌릿 전기가 오르는 것이 느껴졌다. 이대로는 위험하겠다고 판단한 내가 서둘러 입을 열었다.

"제가 지금 왜 이러고 있냐면…….'

"…….'

"전하께서 되게…… 불편하게 주무시는 것 같아서요. 그래서 자세를 고쳐드리려고 하다가…… 마차가 흔들리는 바람에…….'

사연을 처음부터 말하려니 참으로 구구절절해졌다. 내 머릿속으로 '지금 내가 무슨 말을 하고 있는 거지'라는 생각이 계속해서 들었지만, 그걸 제대로 인지할 새도 없이 나는 횡설수설해댔다.

"전하의 머리가 자연스럽게 제 어깨 위로…… 떨어졌어요. 그래서 지금 이러고 있는 거예요.'

"…….'

"피곤하신 것 같아서 깨우기가 싫었거든요. 그래서……."

자비에르는 눈을 뜬 게 분명한데도 말이 없었고, 도무지 무슨 생각을 하는 건지 모를 얼굴로 나를 바라보기만 할 뿐이었다.

전후 상황 설명을 다 마친 나는 무언가를 더 말함으로써 이 어색한 분위기를 탈피하고 싶었지만, 유감스럽게도 더 할 말이 없었다.

내가 머리를 굴리며 무슨 말을 할까 고민하고 있는데, 갑자기 자비에르가 내 어깨에 기댔던 몸을 일으켰다.

"아……."

갑작스럽지만 당연한 그 행동에 나는 새삼 당황하며 자비에르만 빤히 쳐다보았고, 그건 나만 그런 것이 아니었다.

자비에르 역시 나를 말없이 계속 빤히 쳐다보고 있었으니까.

마치 눈으로 무언가를 말하고 싶어 하는 사람처럼.

그로 인해 형성된 기묘한 분위기를 견딜 수가 없어서, 정확히는 고개를 들어 올렸음에도 지나치게 가까웠던 그 거리를 견디기가 어려워서 나는 한 발짝 뒤로 물러나야겠다고 생각했다. 하지만 생각을 마친 바로 그 순간 자비에르가 외려 내 쪽으로 더 가까이 다가왔고, 예상과는 완전히 달라진, 더 가까워진 거리에 나는 당황으로 커진 눈을 자비에르에게 고정시켰다.

'위험해.'

위험하다. 머릿속에서 위험신호가 울렸다.

더 이상 이래서는 안 된다고 머릿속에서 경고음을 울리는 걸 무시할 수 없어서, 나는 아예 자리에서 일어나려고 했다. 하지만 그러기 바로 직전에, 나는 내 몸이 완전히 경직되었음을 알고 그대로 멈추었다.

"아……."

온기가 느껴지지 않아야 할 입술에서 온기가 느껴졌다.

자비에르가 그대로 내게 입을 맞춰온 것이다. 그러니까, 나는 지금 그와 키스하고 있었다.

한참 동안 어안이 벙벙해진 얼굴로 그의 입술을 받아들이던 내가 어느 순간 정신을 차리고 그를 불렀다.

"전……."

하지만 그를 다 부르기도 전에 다시 한번 내 입술에 그에게 먹혔다. 시간이 흐를수록 자비에르의 움직임은 부드러움에서 농밀함 쪽으로 변화했고, 나는 어느 순간부터 가슴 끝이 걷잡을 수 없이 달아오르고 있음을 느꼈다.

그러다 결국 내 손이 무의식적으로 자비에르의 목을 끌어당겼고, 동시에 내 숨은 처음과는 비교할 수 없이 뜨거워지고 있었다.

"하아……."

내가 달뜬 숨을 내뱉으며 자비에르의 셔츠 깃을 꽉 움켜쥐었다.

뜨겁게 맞붙어오는 입술을 느끼며, 나는 가늘게 눈을 뜬 채로 눈앞에서 나를 바라보고 있는 자비에르를 쳐다보았다.

"아……."

욕망이 뚝뚝 떨어지는 눈동자가 나를 그대로 꿰뚫고 있었다.

처음이었다. 그가 이런 느낌의 눈빛으로 나를 바라보는 건.

늘 순수하고, 해사하고, 아이 같은 눈만 가지고 있을 줄 알았는데……

'완전히 착각이었네.'

그건 어른의 눈이었다.

집착과 욕망과 소유로 점철된, 내가 지금껏 단 한 번도 보지 못했던 자비에르의 이면.

"다른 생각."

열기 오른 목소리가 살짝 잠긴 채로 나를 불렀다. 단 한 번도 들어본 적 없던 그 새로운 목소리가, 더없이 야릇했다.

"하지 마십시오."

"……아."

말이 끝나기가 무섭게 다시 한번 그의 입술이 나를 침범했다. 눈이 자연스럽게 감기며 셔츠 깃을 쥔 손끝에 힘이 들어갔다.

내 숨은 꽤 오랫동안 그와 섞였다.

마차가 저택 앞에서 멈추어 섰고, 나는 아무렇지 않게 마차 바깥으로 내렸다. 뒤이어 자비에르가 따라 내렸고, 나는 당황한 목소리로 그에게 말했다.

"번거롭게 내리지 않으셔도 되는데요."

"아닙니다, 레이디 마리스텔라. 무사히 안으로 들어가시는 것까지는 보고 싶어서요."

"바로 앞인걸요. 걱정하지 않으셔도 되는데……."

나는 머쓱하게 말을 맺은 다음 서둘러 작별 인사를 꺼냈다.

"그, 그럼 이만 들어가 보겠습니다, 전하. 전하께서도 조심히 환궁하세요."

"그러겠습니다, 레이디 마리스텔라. 오늘 피곤하셨을 텐데 푹 쉬시기를."

조만간 초대장을 보내겠습니다, 하고 자비에르가 뒤에 덧붙였고, 나는 말없이 고개만 끄덕였다. 자비에르가 정말로 내가 저택 안까지 들어간 뒤에야 마차 안으로 다시 들어갈 눈치여서, 나는 하는 수 없이 그에게 허리 굽혀 인사한 다음 먼저 뒤를 돌았다.

뒤에서 자비에르가 나를 쳐다보고 있는 것이 느껴졌지만, 다시 뒤를 돌아보지는 않았다. 정확히는 뒤를 돌아볼 수가 없었다.

나는 그 길로 멈추지 않고 벨플레어 저택까지 종종걸음으로 걸어갔고, 대문 앞에서 종을 울려 집사가 문을 열어주기 직전까지도 뒤를 돌아보지 않았다.

만약 뒤를 돌아보았을 때, 자비에르가 나를 지그시 바라보고 있는 모습을 보면 견딜 수 없을 것만 같아서였다.

"아가씨, 오셨어요?"

플로린다가 환한 미소로 나를 맞아주었지만, 나는 어색하게 웃기만 할 뿐, 말은 한 마디도 하지 않고 안으로 들어갔다.

쿵.

대문이 닫히는 소리와 함께 나는 완전히 그를 볼 수 있는 방법을 차단당했다.

"휴……."

그러고 난 뒤에야, 나는 안도의 한숨을 쉬며 문가에 등을 기댔다.

이제야 좀 마음이 안심되었다.

"하아……."

입속에서는 탄식만 흘러나왔다.

그 모습을 본 플로린다가 의아한 얼굴로 내게 물어왔다.

"왜 그러세요, 아가씨? 얼굴에 근심이 가득하세요. 황태자 전하와 무슨 일이라도 있으셨어요?"

"일?"

플로린다의 뒷말에 당황한 내가 퍼뜩 놀라며 물었다.

"무슨 일? 아무 일도 없었어."

"네?"

플로린다가 외려 당황한 얼굴로 나를 쳐다보았고, 나는 어안이 벙벙해진 얼굴로 플로린다와 서로 쳐다보았다가, 결국 먼저 시선을 돌려버렸다.

아, 이게 지금 도대체 뭐 하는 짓인지!

"언니 왔어?"

그때 마티나가 2층의 제 방에서 1층으로 내려왔고, 나는 마티나를 발견하고 마음이 더 싱숭생숭해졌다.

아, 제발 지금 이 순간 혼자 있고 싶었다.

"아, 안녕. 마티나."

"뭐야, 언니. 얼굴이 왜 그래? 데이트에서 무슨 일이라도 있었어?"

"……아무 일도 없었어."

애써 포커페이스를 발휘해 거짓말을 했지만, 마티나는 썩 믿는 눈치가 아니었다.

"하지만 지금 뭔가 영…… 이상한걸. 얼빠진 사람 같아. 누가 보면 뜻하지 않게 키스라도 한 사람인 줄 알겠어."

"……."

오, 신이시여. 맙소사. 나는 말없이 마른침만 삼켰고, 마티나는 그런 나를 이상하다는 듯 바라보다가 내게 말했다.

"언니 지금 엄청 피곤하구나? 어째 나사가 하나 빠진 사람 같은걸."

완전히 틀린 말은 아니어서, 나는 대충 그렇다고 둘러대 버렸다.

내 말에 플로린다가 묘하게 기뻐하는 목소리로 말했다.

"피곤하실 줄 알고 목욕물 미리 받아 놨어요, 아가씨. 아마 지금쯤 들어가시면 아주 온도가 적당할 거예요."

"그래. 고마워, 플로린다."

나는 힘없이 미소 지으며 도망치듯 2층 내 방으로 올라갔고, 하녀들의 도움을 받아 빠르게 드레스를 벗어냈다. 하지만 목욕 시중까지는 거절한 채 혼자서 욕실 안으로 들어갔다.

지금은 그 누구와도 함께 있고 싶지 않았다. 다른 사람과 같이 있으면 지금 내가 가지고 있는 이 싱숭생숭한 기분을 전부 들켜버릴 것만 같아서.

나는 빠르게 배스 가운을 벗고 욕조 안으로 들어갔다. 플로린다의 말대로 욕조 안의 목욕물 온도는 딱 적당히 따뜻했고, 그것이 그나마 내 심신을 안정시키는 데 도움을 주었다. 물이 가득 찬 욕조 바닥에 앉은 나는 지친 표정으로 눈을 감으며 천근만근 같은 한숨을 내쉬었다.

"휴……."

분위기가 고요해지자 그제야 좀 진정되는 기분이었다.

나는 양손을 들어 올려 빨개졌을 게 분명한 양 볼을 부드럽게 감쌌다.

욕실의 열기 때문인지 아니면 아까의 열기 때문인지는 몰라도, 볼이 꽤나 뜨거워진 상태였다.

"하아……."

입속에서 계속 나오는 것은 한숨뿐이었다.

나는 욕조 등받이에 몸을 기댄 채 죽겠다는 얼굴로 중얼거렸다.

"내가 미쳤지……."

그래, 미친 게 분명했다. 거기서 바로 떨어지지 않고 그대로 목까지 끌어안다니.

미친 게 분명했다, 진짜로.

"미쳤어, 진짜. 어떻게 할 거야, 마리야."

키스 후에 마주했던 어색한 분위기를 다시 떠올리려니 부끄러워 죽을 것만 같았다.

내가 벌써부터 오그라들기 시작한 손과 발을 펴며 중얼거렸다.

"이제 자비에르 얼굴을 어떻게 봐……."

아무렇지 않은 척 인사하고 저택까지 들어온 게 기적이었다. 다행히 내 이성이 아직 거기까지는 작동하는 모양이었다.

나는 다시 한번 깊게 한숨을 내쉬며 눈가를 손바닥으로 가렸다.

마음이 복잡했다. 데이트를 나가기 전 어제보다 훨씬 더.

'그러니까 왜 아까 그 상황에서 키스를 하냐고…….'

그런 눈빛으로, 그런 분위기에서, 그렇게 로맨틱하게 키스해오면, 그 누가 안 넘어가고 배길 수 있겠느냐는 말이다.

나는 우습게도 자비에르 탓을 하며 아까 그 상황으로 인해 수반된 부끄러움을 씻어내기 위해 노력했지만, 아무래도 아까 그 상황은 이미 내 가슴과 머릿속에 깊게 각인된 듯 잘 지워지지 않았다. 오히려 시간이 지나갈수록 더 선명해지기만 했다.

'이제 어떻게 해야 하지…….'

지금으로서 가장 간단한 답은 아까의 키스를 마치 없었던 일처럼 여기고 행동하는 것이리라.

그리고 나는 그것이 가장 적합한 행동이라고 생각했다. 이미 아까 전에 그렇게 행동하고 그와 헤어졌으니까. 자연스럽게도 하고.

'당황할 거 없어, 마리. 아까처럼만 행동하면 돼.'

아무 일도 없었다는 듯 쿨하게, 아무렇지 않게.

그제야 생각이 다 정리된 사람처럼, 나는 굳세게 고개를 끄덕였다. 어렵지 않은 문제였다.

"괜찮아, 괜찮아."

분위기에 어쩔 수 없이 한 키스였을 뿐이다. 나도, 그도. 물론 자비에르의 경우에는…… 실수가 거의 아닐 확률이 높긴 했지만.

'그렇게 고단수일 줄 누가 알았겠어.'

나는 얼굴을 손으로 감쌌다가 주르륵 아래로 미끄러뜨렸다.

확실히 아까의 키스는 정말 예상 밖의 일이었다. 사실 그때의 모든 상황이 전부 예상 밖의 일이었기는 했지만.

자비에르가 깜빡 잠이 든 것도, 내가 그를 편안히 잠자게 하기 위해 선불리 움직인 것도.

어쨌든 나는 최대한 의식적으로 마음을 가라앉히기 위해 애쓰며 목욕을 마저 끝냈다. 그런 다음 욕실 밖으로 나가자, 기다리고 있던 하녀들이 내가 다시 드레스를 입는 것을 도와주었다. 나는 얇은 흰 실크 드레스 하나만 입은 채 스툴 위에 앉았고, 그런 내 젖은 머리카락을 플로린다와 다른 하녀들이 정성스럽게 말려주었다.

그러다 어느 순간 플로린다가 나를 부르는 목소리가 들려왔다.

"아가씨."

"응?"

"오늘 황태자 전하와 어떠셨어요?"

"……음."

순간적으로 표정 관리에 실패해 당황한 기색을 드러냈지만, 잠시뿐이었다. 나는 곧 아무렇지 않게 답했다.

"재미있었어. 연극도 보고, 맛있는 것도 먹고……."

"손가락에 끼우신 그건 뭐예요? 못 보던 것 같은데."

아까 노점에서 산 금화로 만든 반지였다.

나는 씩 웃으며 반지를 낀 오른손 중지를 살짝 흔들어 보였다.

"자이킹족이 사용했던 금화로 만든 반지래. 신기해서 사봤는데, 어때?"

"어머, 정말요? 너무 예뻐요! 독특한 느낌도 나고⋯⋯."

플로린다가 신기하다는 듯 눈을 반짝이며 내 손을 유심히 살펴보았다가, 이내 의외라는 듯 입을 열었다.

"아가씨가 이런 골동품을 좋아하실 줄은 몰랐네요."

"예쁘잖아. 그냥 그 이유로 샀어."

그렇게 말한 뒤에 나는 덧붙였다.

"엄밀히 말하면 황태자 전하께서 사주신 것이기는 하지만."

"즐거운 시간 보내다 오셨나 보네요."

"⋯⋯응, 그랬지."

내가 많은 감정이 응축된 미소를 지어 보이며 대답했고, 플로린다는 옆에서 신난 사람처럼 조잘댔다.

"전 소문만 듣고 전하께서 되게 차갑고 무서우신 분일 줄 알았는데, 계속 아가씨께 대하는 모습 보면 절대 아니신 거 같아요. 가끔은 에스클리프 공작 전하보다 더 다정해 보이실 때도 있다니까요?"

"에이, 플로린다. 그건 너무 갔어요. 그래도 전 공작님이 최고예요. 황태자 전하는 그래도 아직까지는 좀 차가워 보이신단 말이에요."

그때 옆에 있던 하녀가 그건 아니라는 듯 딴죽을 걸었고, 그 말에 플로린다는 황당한 얼굴로 그 하녀에게 말했다.

"아니, 아가씨께만 다정하시면 됐지 뭘 더 바라는 거예요? 우리가 황태자 전하와 접점이 있는 것도 아니고."

"이런, 다들 그만해."

나는 당황한 얼굴로 얼른 두 사람을 말렸다.

"당사자분들이 들으면 황당해 하시겠다."

"하지만 아가씨, 제가 보기에 황태자 전하께서는 아가씨를 좋아하는 게 맞는 거 같아요."

"음…… 그건 저희들도 동감해요. 황태자 전하의 행동은 아무리 봐도 아가씨를 좋아하고 계신 게 아니면 설명이 불가능하다니까요?"

"당장 오늘도 보세요. 전 제도에서 살면서 황태자 전하와 데이트를 했다는 영애를 들은 적도 본 적도 없다구요."

"……."

예전 같았으면 '무슨 소리예요. 전하께서 그러실 리 없어요'라고 했겠지만…….

나는 속으로 한숨을 내쉬며 아무 대답도 하지 않았다. 이미 그가 날 좋아한다고 있는 사실을, 나는 누구보다 잘 알고 있었기 때문에.

'그보다 과일청도 갖다 드려야 하는데.'

그때 문득 떠오르는 일에 나는 미간을 좁혔다. 어쨌든 흐지부지하게 그 이야기가 마무리되기는 했지만, 정황상 내가 서면궁으로 가는 게 맞아 보였다. 물론 과일청을 갖다 드리는 게 나의 의무는 아니었고, 그쪽도 절대 그렇게는 생각하지 않을 테지만…….

아, 모르겠다. 어찌 되었든 언젠가는 봐야 할 텐데, 이런저런 이유로 피하는 것도 한계가 있을 터.

'근데 또 그 순간에 피했다면 분위기가 더 어색해졌을 것 같기도 하고…….'

여기까지 생각이 미치자, 나는 그냥 모르겠다는 듯 머리를 털어버렸다. 어쩌다가 이렇게 일이 복잡해진 건지, 정말. 이렇게 고민하는 건 책 속으로 들어와서 거의 처음이라고 봐도 무방했다.

똑똑.

그때 문 바깥에서 노크 소리가 들려왔고, 나는 자연스럽게 마티나의 이름을 불렀다.

"마티나니?"

"아니란다."

앗……. 예상치 못한 목소리에 내가 당황한 눈을 끔뻑 뜨며 물었다.

"어머니세요?"

"그래, 나란다. 들어가도 될까?"

"물론이죠. 들어오세요."

이 시간에 내 방을 두드리는 사람이라면 마티나일 확률이 높았기 때문에 당연히 그녀인 줄로만 생각하고 있던 나였다.

잠시 후 벨플레어 백작부인이 문을 열고 들어왔고, 그녀는 머리카락을 말리고 있는 내 모습을 보더니 하녀들에게 자신이 직접 하겠다고 말한 다음 하녀들을 물렀다.

내가 머쓱하게 웃으며 그녀에게 물었다.

"어머니가 해주시게요?"

"그래. 모녀간에 이러는 것도 되게 오랜만이다 싶어서."

자애로운 목소리로 답한 벨플레어 백작부인이 이내 마른 수건 한 장을 들어 내 머리카락을 정성스럽게 말려주기 시작했다.

웬만한 하녀가 해주는 것보다 더 섬세한 손길에 나는 속으로 놀랄 수밖에 없었다. 벨플레어 백작부인이 내게 이런 모습을 보인 것이 처음이었기 때문이었다. 이렇게 사소한 일들은 전부 하녀의 손을 거쳤으니까.

나는 꽤 오랫동안 말없이 백작부인의 손길에 머리카락을 맡겼고, 한참 후 잠이 올 때 즈음이 되어서야 간신히 입술을 뗐다.

"그런데 이 시간에는 무슨 일이세요?"

"전해줄 게 있어서. 그보다 마티나가 언닐 자주 찾나 보구나."

"아하하……. 네, 어쩌다 보니까요."

"엄마로서는 보기 좋은 일이지. 자매간에 우애가 두터운 모습처럼 부모를 흐뭇하게 만드는 건 없거든."

"사이가 나쁘지는 않아요."

내 솔직한 대답에 벨플레어 백작부인은 나를 흐뭇한 눈길로 바라보더니 입을 열었다.

"낮에 황궁에서 정기 무도회 초대장이 왔단다. 다음 달에 열릴 예정이야. 그 사실도 알려줄 겸 해서 왔단다."

"아……."

아까 낮에 자비에르가 했던 말이 기억났다. 오늘내일 즈음 초대
장을 보낸다고 하더니 꽤 일찍 도착했다. 나는 가만히 고개를 끄덕
이며 입을 열었다.

"낮에 전하께 들었어요."

"음, 그래. 황태자 전하와는 좋은 시간 보냈니?"

"네? 아…… 네."

갑자기 훅 들어온 질문에 나는 최대한 아무렇지 않게 대답했지
만, 벨플레어 백작부인은 그 대답을 듣더니 나를 빤히 쳐다보기 시
작했다. 그 시선에 부담을 느낀 내가 어색하게 웃으며 왜 그렇게 보
시느냐고 여쭈려는데, 갑자기 벨플레어 백작부인이 내게 물어왔다.

"무슨 일 있었구나, 그렇지?"

"……네?"

백작부인의 질문에 순간적으로 당황한 내가 얼빠진 얼굴로 물었
다. 그리고 벨플레어 백작부인은 오묘한 시선을 내게서 거두지 않
은 채 그대로 말을 잇는 것이었다.

"아니, 황태자 전하 이야기가 나올 때부터 급격하게 눈동자가 흔
들려서. 얼굴이 조금 빨개진 것 같기도 하고……."

"……."

"무슨 일이 있었지?"

아무래도 마티나의 빠른 눈치는 벨플레어 백작부인에게서 물려
받은 게 틀림없었다. 나도 모르게 마른침을 삼킨 다음 사실대로 말

할지 말지를 고민했고, 고민의 시간이 길어질수록 백작부인은 그 사실에서 해답을 얻은 듯했다.

"이런, 마리. 전하와의 관계에서 고민이라도 있는가 보구나."

"어머니께 사실대로 말씀드려야 할지 말지 솔직히 잘 모르겠어요."

"지나치게 솔직하구나, 마리. 엄마는 조금 섭섭하긴 하지만…… 네 마음을 이해 못 하는 건 아니니까."

섭섭하다는 말이 거짓처럼 느껴질 정도로 그녀는 인자하게 웃어 보이며 말을 이었다.

"말하기 곤란하면 말하지 않아도 된단다. 부모 자식 간에 비밀이 하나도 없을 수는 없을 테니 말이야."

"어머니도 제게 비밀이 있으세요?"

"있지, 그럼. 없을 거라고 생각했니?"

"뭔데요?"

"그건 비밀이라 알려줄 수 없단다. 우리 서로의 사생활을 지켜주자꾸나."

그 말과 함께 백작부인이 슬쩍 웃어 보였고, 나는 너무한다는 듯 양 볼을 빵빵하게 부풀렸다.

그런 내 모습을 백작부인은 자비에르와는 또 다른 느낌의 사랑스러운 눈빛으로 바라보다가, 잠시 후 내게 말해주었다.

"사랑에 있어서 중요한 건 딱 한 가지란다. 네 마음 가는 대로 행동하는 거야."

"하지만 상황이 그걸 허락하지 않을 수도 있잖아요."

"물론 그렇지."

벨플레어 백작부인이 낮게 웃은 다음 덧붙였다.

"하지만 그렇게 행동하지 않는다면 남는 건 후회뿐이더구나."

"비슷한 경험이라도 있으세요?"

"아니, 나는 아니고. 그냥 들은 이야기."

백작부인이 소녀처럼 미소 지으며 덧붙였다.

"자기 자신처럼 자기의 마음을 정확히 아는 사람은 없단다. 대개 회피하거나 모르는 척하는 것뿐이지. 뭐, 내가 보고 겪은 바에 의하면 그랬구나."

"그냥…… 아, 모르겠어요. 뭘 어떻게 할 수가 없는 상황이에요."

"복잡한 상황일 때는 그냥 일이 흘러가는 그대로 두는 게 제일 좋다고 생각해. 적어도 난 말이다."

"……그럴까요?"

지금 이 상태를 그대로 유지하라고?

내가 영 복잡하다는 얼굴로 벨플레어 백작부인에게 묻자, 그녀가 고개를 끄덕이며 미소 지었다.

"그래. 그럼 언젠가는 답이 나오겠지, 뭐."

"……왜 다들 비슷한 소리만 하시는 건지."

마티나도 일전에 비슷한 소리를 한 적이 있었다. 내 푸념 아닌 푸념에 벨플레어 백작부인이 까르르 웃으며 말했다.

"마티나도 똑같은 소리를 했나 보구나?"

헐.

"뭐, 어쨌든 잘될 거야. 넌 예쁘고 똑똑하니까."

"예쁜 건 그렇다고 쳐도 똑똑한지는 모르겠어요."

"똑똑해, 그 정도면. 멍청하지는 않으니까."

중간이 없는 사람처럼 말한 벨플레어 백작부인이 씩 웃으며 내이마 위에 입을 맞추었다.

"자, 초대장은 이곳에 두고 가마. 오늘 피곤했을 텐데 일찍 자려무나."

"네, 그럴게요. 감사해요, 어머니."

"감사하긴. 자녀의 고민을 들어주는 건 부모로서의 의무란다."

끝까지 자애로운 미소를 입가에서 지우지 않은 벨플레어 백작부인이 이윽고 내 방에서 나갔고, 나는 복잡 미묘한 얼굴로 그녀가 나간 방에서 천천히 눈을 감았다. 그러다 잠시 후에, 다시 천천히 눈꺼풀을 들어 올려 벨플레어 백작부인이 손에 쥐여주고 간 초대장을 바라보았다.

"……"

나는 결심한 표정으로 초대장을 뜯어 안의 내용을 읽어나가기 시작했다.

〈3권에서 계속〉

디어 마이 프렌드 2

초판 1쇄 인쇄 2019년 11월 27일 **초판 1쇄 발행** 2019년 12월 4일

지은이 무소
펴낸이 연준혁

웹소설분사 이사 이진영
책임편집 오가진
디자인 김준영

펴낸곳 (주)위즈덤하우스미디어그룹 **출판등록** 2000년 5월 23일 제13-1071호
주소 경기도 고양시 일산동구 정발산로 43-20 센트럴프라자 6층
전화 031-936-4000 **팩스** 031)903-3893
홈페이지 www.wisdomhouse.co.kr

값 16,000원
ISBN 979-11-90427-14-2 04810
       979-11-90427-12-8 (세트)